Hans Joachim Alpers
Verschwörung in Havena

PIPER FANTASY

Zu diesem Buch

Endlich haben Rhianas Getreue geeignete Schiffe gefunden, um das ungeliebte Havena zu verlassen. Der Exodus steht unmittelbar bevor, als etwas Unvorhergesehenes passiert: Die von dem obersten Hetman Bjarnison angeführten Thorwaler greifen mit einer mächtigen Flotte die Hafenstadt an. Jedes Schiff in Albernia wird für die Seeschlacht gegen die Thorwaler gebraucht. Rhiana, die ihre Gefährten und sich aus der Auseinandersetzung heraushalten wollte, wird durch eine Intrige gezwungen, mit in die Schlacht zu ziehen. Doch die Amazone muss sich nicht nur dem Feind, sondern auch den Bestimmungen Rahjas, der Göttin der Liebe, stellen: Sie ist auserwählt, sich inmitten aller Kriegswirren zu verlieben ... Die spannende und bezaubernde Fortsetzung des Zyklus um die Amazonenkriegerin Rhiana, die neue Heldin aus der Welt des »Schwarzen Auges«.

Hans Joachim Alpers, geboren 1943 in Bremerhaven, war lange Jahre als Lektor und Herausgeber tätig und verfasste zahlreiche phantastische Romane und Hörspiele. Gemeinsam mit Werner Fuchs und Ulrich Kiesow erfand er das erfolgreichste deutsche Rollenspiel »Das Schwarze Auge«. Mit dem Zyklus »Rhiana die Amazone«, für den er als Autor und Herausgeber fungiert, führt er die Welt Aventurien in eines neues faszinierendes Zeitalter.

Hans Joachim Alpers

VERSCHWÖRUNG IN HAVENA

RHIANA DIE AMAZONE 4

Ein Roman aus der Welt des Rollenspiels
»Das Schwarze Auge«

Piper München Zürich

Aus dem Zyklus »Rhiana die Amazone« liegen bei Piper Boulevard vor:
Daniela Knor: Das Geheimnis des Königs (9103)
Hans Joachim Alpers: Verschwörung in Havena (9104)

Serienredaktion: Hans Joachim Alpers

Originalausgabe
März 2005

Umschlagkonzept: Zero München
Umschlaggestaltung: Nele Schütz Design, München
Umschlagabbildung: Jan Patrik Krasny via Agentur Schlück GmbH
Gesamtherstellung: Clausen und Bosse, Leck
Printed in Germany ISBN 3-492-29104-X

www.piper.de

Am Anfang, vor gut zwanzig Jahren, wussten wir nur, dass es irgendwo eine Welt der Magie und der Abenteuer gibt, geheimnisvoll und rätselhaft, und der Umstand, dass dort machtvolle magische Instrumente existierten, die man, ›Schwarze Augen‹ nannte, gab dieser Welt ihren Namen. Nach und nach erreichten uns immer mehr Berichte aus dieser Welt. Eine Vielzahl von Forschern versuchten die mitunter seltsamen und widersprüchlichen Dokumente zu ordnen und zu interpretieren, und allmählich entstand eine Chronik dieser Welt, die bis heute nicht abgeschlossen ist, auch gar nicht abgeschlossen sein kann, weil das Leben in Aventurien und Güldenland, den beiden bisher bekannten Kontinenten der Welt Dere, fortschreitet.

Rhiana die Amazone ist ein Teil dieser Chronik und im aventurischen Verständnis eine historische Romanserie, die mehr als hundert Jahre in die Vergangenheit dieser Welt hinabtaucht und von Ereignissen berichtet, die den Chronisten zum Teil bislang verborgen geblieben sind, derzeit aber – nach dem, was uns bekannt wurde – in Aventurien von Seiner Magnifizenz Rakorium Muntagonus, allseits geachtete ehemalige Spektabilität der Magierfeste zu Festum und heute Privatgelehrter in Khunchom, erforscht werden.

Der vorliegende Roman der Serie ist den unzähligen Chronisten gewidmet, die sich um die Erforschung der Welt des Schwarzen Auges verdient gemacht haben. Einigen von ihnen verdanken wir umfassende wissenschaftliche Studien oder belletristische Ausarbeitungen, aber wir wollen auch jene nicht vergessen, die nur gelegentlich auf Dokumente aus dieser Welt stießen, denen es aber trotzdem gelang, den Annalen der Geschichte das eine oder andere farbige Detail hinzuzufügen.

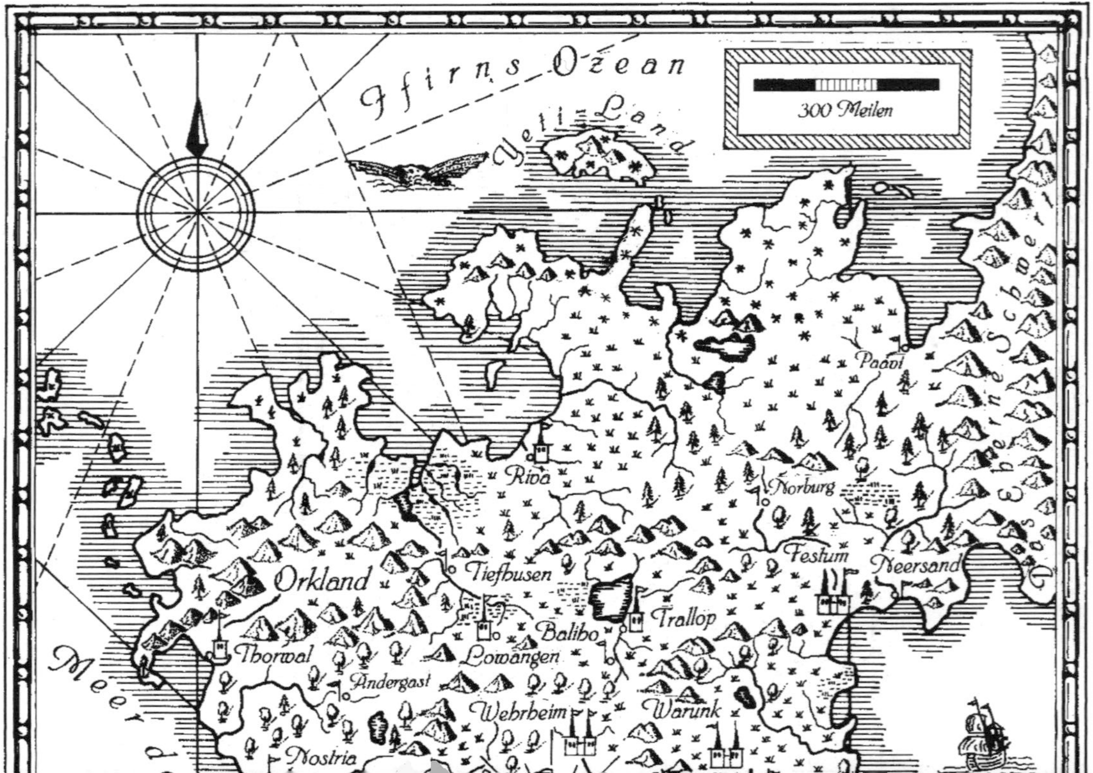

Ifirns Ozean
300 Meilen
Yeti-Land
Das Ehernes Schwert
Paavi
Riva
Norburg
Festum
Neersand
Orkland
Tiefhusen
Trallop
Balibo
Thorwal
Lowangen
Andergast
Wehrheim
Warunk
Nostria
Meer d

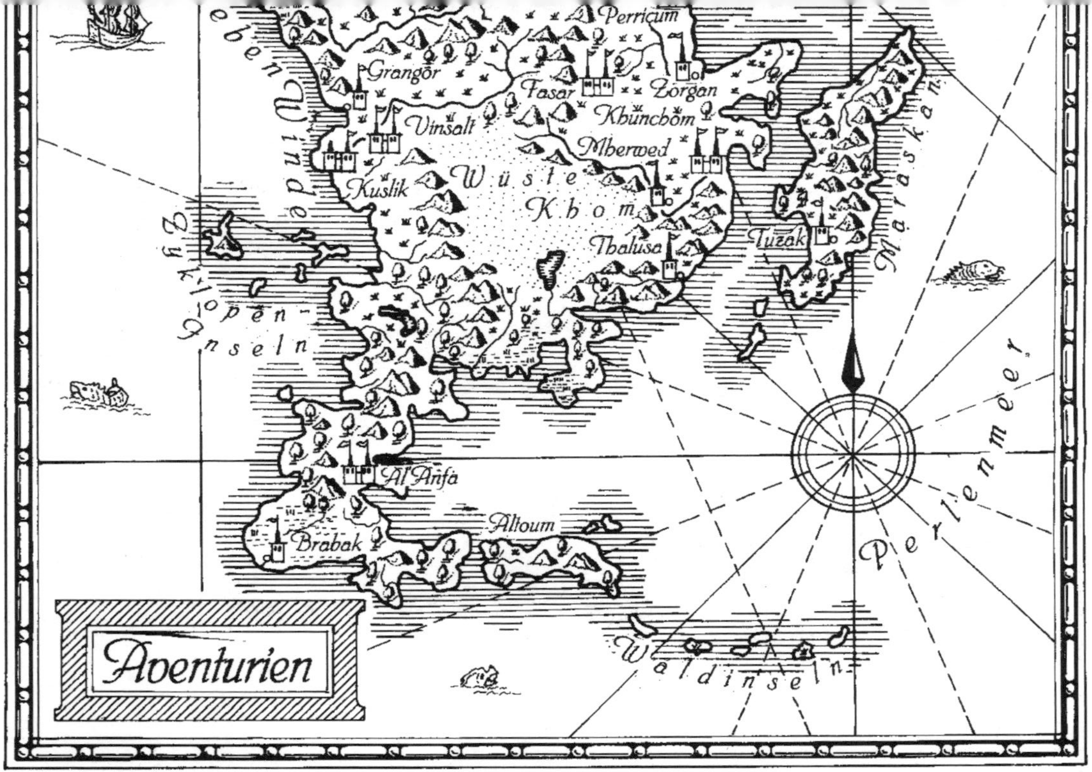
Aventurien
Perricum
Grangör
Fasar
Zorgan
Vinsalt
Khunchom
Mherwed
Kuslik
Wüste Khom
Thalusa
Tuzak
Maraskan
Zyklopeninseln
Al'Anfa
Altoum
Brabak
Perlenmeer
Waldinseln

1 Die Kaufherrin

Havena, Mitte Boron 914 BF

Schwer lasteten die grauen Nebel auf Havena. Von See her quollen sie heran, umwaberten die Steinmauern der Kais und schienen mit geisterhaften Klauen nach allem zu greifen, was sich zeigte, und alles durchdringen zu wollen. Vielleicht stimmte es, was die Alten unter den Bewohnern der Stadt sagten: Die vielen Menschen, die in der Großen Flut ihr Leben gelassen hatten, und alle anderen, die das Meer im Laufe der Jahre zusammen mit ihren Schiffen verschlungen hatte, hausten als Geister noch immer dort draußen und wollten im düsteren Boron die Lebenden zu sich holen.

Zwei Frauen und ein Mann, alle drei noch jung, gerade gewachsen und schlank, standen dicht beieinander, fröstelten und verfolgten die schemenhaften Bewegungen der Schauerleute, die in langen Reihen Güter an Bord der dicht an dicht liegenden Schiffe schleppten. Die meisten schufteten stumm. Nur manchmal drangen ein unwirsches Kommando oder ein halb unterdrückter Fluch zu den Beobachtern herüber.

Finni zog ihren Umhang über den schmalen Schultern enger zusammen. »Es will nicht Tag werden«, sagte sie. »Havena setzt mir schwer zu. Ich wünschte, an einem anderen Ort sein zu können.«

»So gräusliche Tage kennen wir im Süden nicht, dem mächtigen Rastullah sei ewiger Dank dafür.« Rashids dunkle Augen funkelten. »Er verwöhnt uns mit Wärme und milden Winden. Aber gräme dich nicht, du liebreizende Lilie von Albernia. Eines Tages wirst auch du dich in der Sonne des Südens aalen können, kleiner Dschinn.«

»Niemand zwingt euch, hier auszuharren«, wies Rhiana die Gefährten zurecht, obwohl sie ihnen im Stillen Recht gab. Sie mochte diesen Nebel auch nicht. Er schmeckte nach rostigem Eisen, faulendem Moder und kranken Dingen, über deren Ursprung sie lieber nicht nachdenken wollte. Flüchtig streichelte sie das eisblaue Fell des großen Wolfshunds, der aus dem Nebel aufgetaucht war und seinen Rücken an ihren Schenkeln rieb.

»Du kennst meine Antwort darauf«, gab die Halbelfe zurück.

Rashid streichelte sich über den sorgsam gepflegten Kinnbart, den er jeden Morgen kämmte und stutzte, und ergänzte: »Und ich verzichte gern auf all die Wärme des Südens, wenn ich mich im Glanz deiner atemberaubenden Schönheit sonnen darf, entzückende Prinzessin Rhiana. Du überstrahlst selbst die …«

»Dann denkt wenigstens an die Flüchtlinge von Talania, die dort draußen ausharren müssen«, unterbrach ihn Rhiana und zeigte vage zur Mündung des Yaquier hinaus. »Ihnen geht es viel schlechter als uns.«

Dort draußen versteckten sich ihre Leute in den Ruinen des alten Havena, das in der Flut versunken war, die dem Großen Beben gefolgt war, sich dem Meer aber nicht vollends ergeben hatte. Die höchsten der Häuser und Türme dieser Unterstadt ragten noch immer aus dem Wasser, manche als Skelette, viele schief, von Wind und Wasser zermürbt und halb zusammengesackt, andere gerade, fast trutzig und auf den ersten Blick ohne Schäden, als hätte ein verrückter Baumeister sie absichtlich ins Wasser gestellt, um den Neckern, Muränen und Perlbeißern, den Stockottern und Schlangenblumen eine Heimstatt zu geben. In diesem dichten Nebel konnte man allerdings nichts von alldem sehen. Nicht einmal die riesige, leicht geneigte Kaiser-Gerbald-Säule mit ihren nassen, schillernden Girlanden aus Seetang war zu erkennen.

Maruna, Neel und die Montas-Zwillinge, Muir, Ayka, Usmida und all die anderen, dachte Rhiana. *Sie leiden entsetzlich in der Nässe und Enge. Sie müssen da raus. Deshalb sind wir hier. Wir können nicht darauf warten, bis die Seeschlacht mit den Thorwalern beendet ist. Wie immer sie auch ausgehen mag, wir werden zu den Verlierern gehören. Wir müssen jetzt handeln!* Der arme Tjalmar fiel ihr ein. Auch sein toter Körper, durch Maruna vor dem Verfall bewahrt, ruhte dort draußen und wartete darauf, in die Heimat zurückgebracht zu werden. *Ich habe lange gezögert, Maruna und Tjalmar. Ich wollte diese Aufgabe nicht. Aber ich kann mich der Botschaft meines Vaters, die mich über sein Grab hinaus erreicht hat, nicht entziehen. Er hat mich zu seiner Nachfolgerin erwählt, und ich komme seinem Wunsch nun endlich nach. Es geht dabei nicht nur um den Thron von Talania, sondern um die viel größere Aufgabe, das Erste Schwarze Auge nicht in unrechte Hände fallen zu lassen.*

»Du hast Recht«, sagte Finni, die ebenso wie Rashid die Flüchtlinge in ihrem Elend erlebt hatte. Rhiana hatte ihre Gefährten mit hinausgenommen, um sie Maruna und den anderen vorzustellen. »Wir haben keinen Grund, uns zu beklagen.«

»Suchen wir also die Kaufherrin Patrusco«, sagte Rhiana entschlossen, warf mit einer raschen Kopfbewegung das offen getragene, lange blonde Haar in den Nacken und setzte sich in Bewegung. »Bel Ghadi meint, wir würden sie Tag und Nacht bei ihren Schiffen finden. Und das dort drüben sind die Ladekais der Patrusco.«

Stumm schlossen sich Finni und Rashid der Prinzessin an.

Rhiana und Finni hatten im Muhrsape gegen die untoten einstigen Vasallen von König Arlos kämpfen müssen und mit dem Novadi Rashid ay Thalusa einen neuen Gefährten gewonnen. Als sie schließlich nach Havena zurückkehrten, waren ihre Hoffnungen, zusammen mit Rhianas Volk der grauen Hafenstadt bald den Rücken kehren zu können, jedoch bitter enttäuscht worden. Havena befand sich im Aufruhr. Der Angriff einer riesigen Flotte von thorwalschen Drachenschiffen wurde erwartet. Die mühsam und heimlich mit dem letzten Geld der Flüchtlinge angemieteten Schiffe standen nicht mehr zur Verfügung. Fürst Emerthon II. hatte verfügt, jedes halbwegs seetüchtige Schiff zu beschlagnahmen, Bewaffnete an Bord zu schicken und es gegen den Feind segeln zu lassen.

In ihrer Verzweiflung hatte sich die Prinzessin an Bel Ghadi gewandt, den König der Diebe und Schlitzer und heimlichen Herrscher der Unterstadt. Bel Ghadi hatten es die Flüchtlinge, gegen gute Bezahlung, versteht sich, zu verdanken, dass sie sich draußen in der Unterstadt vor den Schergen des Flammenbunds verstecken durften. Aber Bel Ghadi konnte oder wollte ihnen ein weiteres Mal nicht helfen. Immerhin hatte er Rhiana verraten, dass die Anordnung des Fürsten nicht für alle Besitzer von Schiffen galt. Emerthon und seine Berater gingen zwar davon aus, dass die Thorwaler, wie es ihrer Art entsprach, den schnellen, überfallartigen Sieg suchen würden. Aber Bjarnison, oberster Hetman und Admiral der thorwalischen Angreifer, war unberechenbar. Man konnte nicht völlig ausschließen, dass Bjarnison statt der einen entscheidenden Schlacht Dutzende von Einzelgefechten führen würde, die sich über Wochen oder gar Monate hinziehen mochten. Er konnte sich irgendwo im Delta des Großen Flusses, vielleicht sogar einem eroberten Teil Havenas, festsetzen und die Stadt zermürben. Für diesen Fall durfte die Versorgung nicht allein auf die Güter beschränkt bleiben, die auf dem Großen Strom oder auf dem Landweg von Honingen und Nostria herbeigeschafft werden konnten. Havena würde auf den Seeweg nicht verzichten können. Insbesondere militärische Ausrüstung musste aus den nächsten Hafenstädten herbeigeschafft werden. Bel Ghadi war zu Ohren gekommen, dass Graf Tedesco Emerthon II. Unterstützung zugesagt hatte, desgleichen eine Kaufmannsvereinigung aus Tobrien – aber Garetien und Tobrien waren weit, und für den Seeweg galt dies erst recht. Emerthon hatte deshalb eine Anzahl von großen und schnellen Schiffen der bedeutenden Kaufherrin Patrusco für den Transport von Nachschub freigestellt – unter dem Murren anderer Schiffseigner, die ihre eigenen Schiffe ungern in die Schlacht segeln ließen. Der Fürst hatte allerdings zu Recht darauf hingewiesen, dass die Schiffe der Patrusco sowohl beim Auslaufen als auch bei der Rückkehr gefährdeter sein mochten als die Masse der Schiffe, die sich den Thorwalern stellten. Bel Ghadi hatte all dies ausführlich dargelegt und mit dem Ratschlag geendet, sich an die Kaufherrin Patrusco zu wenden. Gewiss, sie würde entbehrliche Güter in ihre Schiffe laden, um in anderen Häfen dafür Waffen einzutauschen – aber da in Havena in diesen Tagen kaum etwas entbehrlich war und die Schiffe schnell auslaufen mussten, mochte sie an menschlicher Fracht interessiert sein.

Rhiana hatte die Kaimauer erreicht und trat an die lange, dürre Lademeisterin heran, die dort breitbeinig in grauer Wachsjacke, Kniebundhose und hohen Stiefeln stand, die Schauerleute meistens nur mit Daumenbewegungen dirigierte und mit Kreide Striche auf einer auf einem Ballen abgelegten kleinen Schiefertafel machte. Die Frau sah flüchtig auf und fügte den bisherigen Strichen im nächsten Moment einen neuen hinzu.

»Efferd zum Gruß«, sagte die Prinzessin höflich. Wo Schiffe am Kai lagen, konnte es kein Fehler sein, den Gott des Wassers, der Winde und der Seefahrt zu rühmen. »Wir suchen die Kaufherrin Patrusco.«

»Was wollt Ihr von ihr?«, fragte die Frau unwirsch. »Ihr

seht doch, ich habe zu tun.« Ein weiterer Schauermann mit geschultertem Ballen wurde mit dem Daumen zum linken Süll des Schiffes geschickt. Während er die schwankende Laufplanke betrat, folgte ein weiterer Strich auf der Schiefertafel.

»Wir müssen sie in einer dringenden Angelegenheit sprechen«, sagte Rhiana. »Bitte, liebe Frau, habt ein Herz und lasst uns mit ihr reden. Für uns ist es sehr wichtig, aber für die Kaufherrin mag es sich auch als lohnend erweisen.«

»Dann fasst Euch kurz, denn Ihr sprecht bereits mit ihr«, knurrte die Frau, steckte zwei Finger in den Mund und stieß einen gellenden Pfiff aus. Ein ebenfalls hoch aufgeschossener Junge von vielleicht fünfzehn Jahren jagte aus dem Nebel heran. Die Frau drückte ihm die Kreide in die Hand. »Mach weiter, Menno. Du weißt, wie es geht. Ich komme gleich wieder.«

Finni und Rashid befanden sich noch ein Stück entfernt und tuschelten miteinander. »Das soll die Patrusco sein?«, flüsterte Finni. »Sie sieht eher wie ein langer Kerl mit Strickmütze aus.«

»Du darfst das Aussehen anderer Frauen nicht an deiner eigenen morgentaufrischen Schönheit messen, kleiner Dschinn«, gab Rashid genauso leise zurück. »Selbst eine Wüstenblume vermag unter Stacheln und Dornen eine wenn auch vielleicht nur kleine und blasse Blüte zu verbergen, aber es bedarf oft Rastullahs geduldiger Anleitung, diese zu erkennen.«

Die beiden traten langsam näher und fanden die Prinzessin fassungslos vor. »Ihr seid die berühmte Kaufherrin Patrusco?«, sagte sie gerade.

»Ihr müsst fremd in Havena sein, wenn Ihr mich nicht kennt«, befand die Frau und wischte sich die Kreidefinger an der speckigen Bundhose ab. »Jeder kennt mich hier, zumindest jeder im Hafen. Entspreche ich Euren Vorstellungen nicht?«

»Ich dachte…«, begann die Prinzessin.

»Ihr dachtet, ich renne in Samt und Seide am Kai herum? Hier wird gearbeitet, Mädchen. Samt und Seide verkaufe ich lieber an andere. Also, was wollt Ihr?«

Rhiana zögerte. Der nebelumschlungene Kai konnte Dutzende von Ohren haben. Es genügte, wenn sie sich der Kaufherrin notgedrungen offenbaren musste. »Unser Anliegen ist vertraulich«, sagte sie leise.

»Soso«, meinte die Patrusco. »Vertraulich also. Aber Ihr habt Recht. Kaufmännische Beredungen bedürfen der Geborgenheit von vier Wänden und zu dieser Jahreszeit wohl auch einer Kanne heißen Tees. Das eine ist im Sinne von Phex, das andere im Sinne von Travia. Wir können in mein Kontor gehen.« Sie fasste Rhiana zum ersten Mal voll ins Auge und musterte sie gründlich. Sie sah eine junge Frau Anfang Zwanzig mit einem ebenmäßigen Gesicht, großen blauen Augen, einer schlanken, wohlgeformten Nase, vollen Lippen und langem dichten Blondhaar, dem die Nässe nichts von seiner Schönheit nehmen konnte. Die eng anliegende Kleidung – dunkelblaue Samthosen und ein dunkelrotes Lederwams – zeichnete einen schlanken Körper mit schmalen Hüften nach, der kraftvoll wirkte, ohne dabei an Weiblichkeit einzubüßen. Die Armmuskeln deuteten an, dass die Frau das Schwert in ihrem Gürtel wohl zu führen wusste. Freundlicher fügte die Kaufherrin hinzu: »Ihr habt ein Gesicht, das mir gefällt, und eine stolze Haltung. Verzeiht mir, dass ich Euch Mädchen genannt habe. Ich wollte Euch nicht beleidigen.«

»Ihr habt mich nicht beleidigt.«

Eisfell kam hinzu und beschnüffelte die Kaufherrin. Rhiana wollte den Wolfshund am Halsband zurückziehen, aber die Kaufherrin beugte sich lachend zu ihm herab und kraulte ihn hinter den Ohren. »Ein schönes Tier, noch schöner als meine eigenen drei Hunde. Gehört er Euch? Verkauft Ihr ihn mir?«

Eisfell, der sonst so leicht niemanden an sich heran ließ, den er nicht kannte, grunzte wohlig.

»Er gehört zu mir, aber er gehört mir nicht«, sagte die Prinzessin. »Ich kann ihn Euch nicht verkaufen. Nicht für alles Geld Aventuriens.«

»Das ich nicht besitze und Euch auch nicht geboten hätte«, erklärte die Kaufherrin. »Aber er ist ein prächtiger Kerl. Ich hätte ihn an Eurer Stelle auch nicht hergegeben.« Sie stellte das Kraulen ein und gab ihm einen kleinen Stups. »Troll dich. Genug ist genug.«

Eisfell wandte sich dem Kai zu und steckte die hoch erhobene Nase in den Nebel.

Ein Stück weiter vorn wies Menno die Schauerleute ein, musste dabei aber im Gegensatz zur Kaufherrin ausgiebig von seiner hellen Stimme Gebrauch machen.

»Mein Sohn Menno«, sagte die Patrusco und zeigte mit dem Daumen über die Schulter. Rhiana hatte flüchtig den Eindruck, dass sich ein kummervoller Schatten über das Gesicht der Kaufherrin legte, aber sie mochte sich auch xgetäuscht haben. Der Nebel legte sich nicht nur aufs Gemüt, sondern verfälschte auch klare Linien, schlug Totes und Lebendiges in nasse Tücher.

»Gehen wir«, fuhr die Kaufherrin fort. »Mein Kontor ist dort drüben.«

Die Gruppe setzte sich in Bewegung.

»Wer seid Ihr, junge Kriegerin?«, fragte die Patrusco im Gehen. »Und wer sind die anderen beiden, die sich über mich lustig gemacht haben?« Sie sah Finni und Rashid an. »Ich habe Luchsohren und jedes Wort verstanden.«

»Verzeiht dem unwürdigen Diener Rastullahs seine vorwitzige Zunge, edle Herrin jener pfeilschnellen Schiffe, die selbst dem unwissendsten Ziegenjungen im fernen Kalifat ein Begriff sind…«

»Lasst nur, Ihr Meister der blumigen Sprache«, wehrte die

Patrusco schmunzelnd ab. »Euer Vergleich mit einer Wüstenblume hat mir im Gegenteil sehr gefallen. Und Ihr, junge Elfe, habt durchaus Recht. Irgendwie bin ich vor allem ein langer Kerl mit Strickmütze, und ich bin stolz darauf. Meinen Leuten gefalle ich so am besten – und mir selbst auch. Aber zurück zu Euch. Oder wollt Ihr mir die Namen nicht verraten?«

»Ihr spracht von vier Wänden und heißem Tee«, wich Rhiana aus. »Wenn es Euch nichts ausmacht, sind wir bis dahin nur drei Fremde und ein Wolfshund mit ehrlichen Absichten.«

Die Kaufherrin nickte und steuerte auf eines der kleinen einstöckigen Giebelhäuser am Kai zu, die dicht aneinander gekauert mit ihren Papierfenstern wie pummelige Steinkäuze aussahen, die sich gegenseitig wärmten und missbilligend in den Dunst starrten. Die Holzbalken des Fachwerks waren rot oder blau angemalt, die Lehmziegel dazwischen weiß gekalkt, während die meisten Dächer, die wie spitze Hütchen wirkten, dunkelrote Schindeln trugen. Aber die bunten Farben kamen im Nebel kaum zur Geltung und verschmolzen zu einem Graubraun mit ein paar düsteren Linien und helleren Klecksen. Selbst die prächtigen Türen mit Schnitzereien, die Schiffe, Fische, Wale und Seeungeheuer zeigten, kamen an diesem Morgen nicht zur Geltung und sahen wie schartige, vom Wasser angenagte Scherbretter aus, die zu lange der See ausgesetzt worden waren.

Die Kaufherrin stieß die Tür zu ihrem Kontorhaus auf. Wohlige Wärme schlug ihnen entgegen. Im Hintergrund des Raumes loderten Holzscheite in einem Kamin. Darüber hing an einem Haken eine rußgeschwärzte Eisenkanne. Es roch nach Harz, Leinöl, Zedernholz und Gewürznelken.

»Setana?«, rief die Kaufherrin. »Bring uns Tee.«

»Eure Tochter ist gerade aufgebrochen, um ihre Stiefel zum Schuster zu bringen«, antwortete ein grauhaariger

Mann, der hinter einem Stehpult stand und Zahlen in ein Buch eintrug, das größer als die Schreibfläche des Pults war. Die Wand dahinter wurde fast vollständig von einer Schiefermosaiktafel eingenommen, die den Kontinent Aventurien abbildete und Hunderten von Nägeln aufwies. Die wichtigsten Hafenstädte waren auf der Tafel eingraviert. Gut fünfzig Kupferschildchen mit Schiffsnamen hingen an den Nägeln, mal bei einem Hafen, mal im Meer der sieben Winde, mal im Perlenmeer, die meisten jedoch dort, wo Havena verzeichnet war.

»Die Stiefel sind doch erst vor zwei Monden besohlt worden«, wunderte sich die Kaufherrin. »Fängt Setana jetzt genauso zu spintisieren an wie ihr Bruder? Peraine möge es verhüten!«

Der Grauhaarige, der ein an den Ellbogen durchgescheuertes Wams aus dunklem Kusliker Leinen trug, sagte nichts dazu, sondern legte den Federkiel aus der Hand und verschob einige Kugeln auf dem Abakus neben dem Pult. »Ich wage die Verluste kaum auszurechen, die uns schon jetzt durch die Thorwaler entstanden sind«, fügte er mit verdrießlicher Stimme hinzu.

»Andere sind nicht besser dran als wir, Meister Cheannard«, entgegnete die Patrusco grimmig. »Eher schlechter. Wir werden es überleben. Ach ja, schickt jemandem aus dem Speicher zum Kai, um Menno abzulösen. Er muss zum Schreibunterricht. Jemand soll ihn hinbringen, damit er nicht schwänzt und zu seinen falschen Freunden geht.« Sie ging zum Kamin, streifte einen dicken Handschuh über, nahm die heiße Kanne und betrat ein hinteres Gemach, das ihr wohl als Privatkontor diente. Es war mit einem schlichten Schreibtisch aus Eschenholz, einem Stuhl mit abgewetztem Ledersitz und einem riesigen Wandregal ausgestattet. Hunderte von sauber aufgestapelten Pergamentrollen und Dutzende von riesigen Büchern der Art, wie es draußen auf dem Stehpult lag, füllten die Regalfächer. Eine filigran wirkende Öllampe aus dunkel angelaufenem Kupfer hing von der lehmfarbenen Decke und spendete dem Raum unstet flackerndes Licht. Ein kleines Fenster, dessen Höhlung mit Pergament abgedeckt war, ließ ein wenig Tageslicht herein.

»Holt Euch Schemel von nebenan«, sagte die Kaufherrin. Sie streifte die Strickmütze ab, unter der strubbeliges aschblondes Haar mit einigen grauen Strähnen zum Vorschein kam, schälte sich aus der Wachstuchjacke und warf sie achtlos zu Boden, schob Holzbecher zu ihren Gästen über die verkratzte Schreibtischfläche und goss Tee ein. Sie wartete, bis sich alle gesetzt hatten, griff sich dann einen Becher und lehnte sich gegen den Schreibtisch. »Ich höre.«

Die Prinzessin hatte sich entschieden, mit offenen Karten zu spielen. »Ich bin Rhiana von Talania«, sagte sie. »Meine Begleiterin Finni ist Halbelfe und zieht es vor, nur diesen einen Namen zu führen. Und das dort ist Rashid ay Thulusa, ein Novadi aus dem Kalifat, den es in unsere Breiten verschlagen hat.«

»Offenbar war es Rastullahs Wille, mich auf diese Weise erkennen zu lassen, dass Wüstenblumen ein ganz eigener Reiz zukommt«, meinte Rashid und verbeugte sich im Sitzen.

Die Kaufherrin ließ nicht erkennen, ob ihr die Namen etwas sagten, und schlürfte ihren Tee.

Auch Rhiana nahm einen Schluck. Der mit Gewürznelken, Honig und Kümmel angereicherte Tee war scharf und heiß und tat gut. Dann kam sie zum Thema. »Ihr seid die Einzige in Havena, die noch über auslaufende Schiffe verfügt.«

»Nicht mehr lange«, erwiderte die Patrusco und zog es vor, auf dem Stuhl Platz zu nehmen. »Fünf sind bereits fort, fünf laufen noch mit der Mittagsflut aus, die restlichen fünf übermorgen Mittag – sofern es Efferd gefällt.«

»Mit halbleeren Laderäumen?«

Die Kaufherrin nickte. »Einige mit Ballast statt Ladung. Leider.«

»Ladung wäre also willkommen?«

»Alles, was schnell an Bord genommen werden kann.«

Rhiana holte tief Atem und sagte dann: »Könnt Ihr zweihundert Menschen mit geringer Habe zu einem beliebigen anderen Hafen bringen?«

Die Patrusco starrte sie an. Ihr Gesicht verriet nicht, was sie dachte. »Die letzten fünf Holks segeln nach Bethana«, sagte sie schließlich. »Falls die Schiffe nicht im Delta von den Thorwalern abgefangen werden.«

»Bethana liegt auf unserem Wege«, sagte die Prinzessin.

Von Bethana ist es nur noch ein Katzensprung zu den Zyklopeninseln.

»Soso«, meinte die Kaufherrin. »Es liegt auf Eurem Wege... Wer sind diese Leute? Warum wollen sie gerade jetzt abreisen? Können Sie die Reise bezahlen? Weiß Fürst Emerthon von diesen Dingen?«

Rhiana seufzte. Es blieb ihr nichts anderes übrig, als mit der ganzen Geschichte herauszurücken. Zumindest mit jenem Teil, der mit der Herkunft und dem Ziel der Flüchtlinge zu tun hatte. Die Kaufherrin hörte zu, ohne sie ein einziges Mal zu unterbrechen. Nur die verengten Pupillen ihrer Augen zeigten, dass sie das Gehörte überdachte und nicht mit allem einverstanden war.

Als Rhiana geendet hatte, blieb es eine ganze Weile so still in dem Raum, dass das Knarzen, mit dem der Ledersitz des Stuhls eine Bewegung der Patrusco beantwortete, von Rhiana und ihren Gefährten wie grollender Donner empfunden wurde.

»Soso«, sagte die Kaufherrin schließlich. »Das alles ist sehr ungewöhnlich und lässt viele Fragen offen. Ihr sagtet, Ihr habt Euer letztes Geld ausgegeben, um Schiffe eines anderen Kaufherrn anzumieten, und dass diese Schiffe jetzt nicht mehr zur Verfügung stehen. Wollt Ihr mir den Namen des Kaufherrn verraten?«

Rhiana nickte. »Eochaid Bairson. Er weigert sich, das Geld vor dem Angriff der Thorwaler zurückzuzahlen, da die von uns bezahlte Ausrüstung vom Fürsten beschlagnahmt wurde.«

Sie nahm eines der Bücher aus dem Regal und blätterte darin. »Soso. Nun, Eochaid Bairson schulde ich Geld. Ich könnte die Kosten für den Transport Eurer Leute davon abziehen. Das wäre kein Problem.«

Das Herz der Prinzessin machte einen kleinen Hüpfer. »Soll das bedeuten ...«

»Nein, Prinzessin Rhiana von Talania«, wurde sie von der Kaufherrin auf den Boden zurückgeholt. »Wie stellt Ihr Euch das Ganze vor? Der Hafen ist voller Schiffe, es wimmelt nur so von Soldaten – Regulären wie Söldnern –, die eingeschifft werden. Selbst der Nebel, wenn er sich denn hält, wird nicht verbergen können, dass zweihundert Leute mit Sack und Pack an Bord meiner Schiffe gehen. Und was die Soldaten des Fürsten nicht sehen, werden ihnen die Zungen meiner Matrosen ins Ohr pusten.« Sie machte eine kleine Pause. »Aber es bedürfte dieser Gründe nicht. Meine Familie ist dem Fürstenhaus seit Generationen treu ergeben. Ich würde Seine Durchlaucht niemals hintergehen. Ihr habt Euch die Falsche ausgesucht.«

Alarmiert sprang Rhiana auf und griff nach dem Schwert. Im nächsten Moment standen Finni und Rashid neben ihr, die Halbelfe einen Dolch in der Rechten, Rashid sein Rapier.

»Heißt das, Ihr wollt uns verraten?«, fragte Rhiana.

»Immer mit der Ruhe«, wiegelte die Kaufherrin ab. Die Waffen schienen sie wenig zu beeindrucken. »Ihr seid mit einem vertraulichen Anliegen zu mir gekommen, und es bleibt vertraulich. Von mir wird niemand etwas erfahren – es sei denn, der Fürst würde gezielt nach Euch fragen. Dann allerdings müsste ich seine Fragen aufrichtig beantworten. Im Übrigen gibt es eine einfache Lösung für Euer Problem, Prinzessin. Habt Vertrauen zu unserem Fürsten. Fürst Emerthon II. ist ein gerechter Mann. Bittet ihn, Euch und Eure Leute ausreisen zu lassen. Ihr werdet sehen: Wenn Eure Geschichte wahr ist, woran ich nicht zweifle, erlaubt er es. Und dann stehe ich Euch mit Freuden zu Diensten.«

Rhiana steckte das Schwert in die Scheide. »Fürst Emerthon mag ein milder und gerechter Herrscher sein, aber er hat die falschen Ratgeber«, sagte sie bitter. Sie dachte an ihre Stiefmutter Sarja und an deren Liebhaber Mortenberg. Es war kein Geheimnis in Havena, dass beide das Ohr des Fürsten hatten. »Und außerdem wird die Zeit nicht reichen, sich seinem Urteil zu unterwerfen. Ihr selbst sagtet, Eure letzten Schiffe würden Havena übermorgen Mittag verlassen.« Brüsk wandte sie sich ab und sagte über die Schulter mit mühsamer Freundlichkeit: »Wie auch immer, ich danke Euch, dass Ihr Euch die Zeit genommen habt, uns anzuhören.«

Grußlos verließen die drei das Kontor, gefolgt von Eisfell, der mit gesenktem Kopf dahin schlich, als leide er mit seiner Herrin. Tatsächlich empfand Rhiana nackte Verzweiflung. Es gab keine Hoffnung mehr.

Ohne ein wirkliches Ziel zu haben, stürmte Rhiana los. Nur weg von den Kais, weg vom Südhafen. Eisfell war an ihrer Seite. Finni und Rashid folgten wortlos. Über den Bennaindamm, der den Hafen gegen die Kreaturen des Deltas abschirmte, erreichten sie Fischerort, einen eher dörflich anmutenden Stadtteil Havenas, der zur Altstadt gehörte, aber keinen so schlechten Ruf wie das benachbarte Orkendorf genoss. Rhiana war so in sich versunken, dass sie eine alte Frau anrempelte, die eine mit Reisig hoch aufgetürmte Kiepe schleppte. Die Frau wäre mitsamt ihrer Last zu Boden gestürzt, hätte Rhiana sie nicht geistesgegenwärtig in den Arm genommen und gestützt, während Rashid herbeistürzte und die Kiepe auffing. Das zahnlose alte Weib mit dem verhärmten Gesicht unter dem dunklen Kopftuch schimpfte wie ein Rohrspatz. »Könnt Ihr denn nicht aufpassen? Müsst Ihr es mir noch schwerer machen, als es ohnehin schon ist? Zu Hause wartet mein kranker Mann darauf, dass ich den Ofen anheize, damit sein weher Rücken ein bisschen Wärme bekommt. Nichtsnutziges Gesindel! Die Zwölfe sollen Euch strafen! Lasst mich gefälligst los, oder wollt Ihr mich auch noch meiner letzten beiden Kreutzer berauben?«

»Gute Frau, es war doch keine Absicht!«, beteuerte Rhiana. »Verzeiht mir, dass ich so unaufmerksam war.« Sie ließ die Frau los und drückte ihr drei Heller in die Hand. »Nehmt es als meine Entschuldigung an.«

»Wofür haltet Ihr mich?«, schimpfte die Frau. »Für eine Bettlerin? Bis jetzt habe ich mich und meinen Mann noch jeden Tag durch meiner Hände Arbeit durchgebracht. Ich brauche Euer Almosen nicht.« Ihren Worten zum Trotz waren die Geldstücke aber bereits irgendwo in den Tiefen ihres langen, zerschlissenen Gewandes verschwunden.

»Rastullah würde großen Gefallen an Euch finden, fleißige Frau«, lobte Rashid. »Wie heißt es doch im zweiten seiner 99 Gesetze: ›Der Gottgefällige schafft mit Fleiß an jedem der sieben Tage.‹«

Die Alte sah ihn mit schief gelegtem Kopf an. »Rabdulla? Nie von ihm gehört. Ich folge Tsa, obwohl ich sagen muss, dass es sie wohl nicht besonders kümmert.«

»Oh bitte, auch wenn Ihr ...«, begann Rashid, brach dann jedoch ab. ›Auch wenn Ihr eine Ungläubige seid‹, hatte er sagen wollen. Er erinnerte sich gerade noch rechtzeitig daran, dass er Gast in einem Lande war, dessen Bewohner einem falschen Glauben anhingen, dies aber sicherlich nicht gern aus seinem Munde hörten. »... von Ihm noch nie gehört habt, was ich Euch nicht vorwerfen kann, aufrechte und fleißige

Frau am Meer der sieben Winde, so sprecht bitte seinen Namen richtig aus: Rastullah. Vielleicht bin ich von Ihm deshalb in das berauschend schöne Albernia geschickt worden, damit Ihr Seinen Namen erfahrt: Rastullah.«

Die Frau grummelte etwas in sich hinein, was nicht zu verstehen war. Rashid half ihr, die Kiepe neu zu schultern, und blickte ihr nach, als sie sich, das rechte Bein ein wenig nachziehend, entfernte. Er seufzte. Rastullah machte es dem Gläubigen schwer, tagtäglich alle seine 99 Gesetze zu befolgen. Das 67. Gesetz zum Beispiel verlangte vom Gläubigen, die Ungläubigen zu meiden und mit ihnen weder Worte noch Blicke zu wechseln, das 68. Gesetz verschärfte dies noch im Hinblick auf ungläubige Frauen, die dem Gläubigen ein besonderer Gräuel zu sein hatten. So besehen, sündigte Rashid jede Stunde, die er mit Rhiana und Finni verbrachte. In seinem Morgengebet bat Rashid immer wieder um Vergebung. Das hatte er auch schon in seiner Heimat tun müssen, denn das 62. Gesetz verlangte, auch gläubige Frauen zu meiden, sofern sie nicht mit dem Gläubigen in den Ehebund getreten waren. Mit diesem Gesetz hatte Rashid stets Probleme gehabt. Aber Rastullah war ein gnädiger und großzügiger Herr, der die Schwächen der Gläubigen kannte und immer wieder verzieh.

Der Zwischenfall hatte Rhiana geholfen, aus dem zermürbenden Kreislauf ihrer Gedanken auszubrechen. »Vielleicht sollte ich mich doch um eine Audienz beim Fürsten bemühen«, sagte sie.

Die Gefährten machten die Mitte der Gasse frei, damit ein Ochsenkarren passieren konnte.

»Damit würdest du dich und deine Leute Emerthons Gnade ausliefern«, gab Finni zu bedenken. »Willst du das wirklich?«

»Eigentlich nicht«, gab die Prinzessin zu. »Ach, Finni, mir fehlt Marunas Weisheit.«

Das Bild ihrer Ziehmutter stand vor ihrem inneren Auge, übergroß, entrückt und verklärt. Rhiana hatte manchmal darunter gelitten, dass Maruna sie so selten in den Arm genommen hatte und unnahbar erschienen war. Aber die Thronregentin war nach dem Tod von König Arlos stets eine weise Führerin der talanischen Flüchtlinge gewesen, und ihr druidisches Wissen hatte dazu beigetragen, die Getreuen des Königs so lange den Nachstellungen des Erzfeindes zu entziehen. Als der Flammenbund die Flüchtlinge schließlich doch aufspürte, hatte Maruna die Talanier in das neue Versteck in der versunkenen Altstadt von Havena geführt, um von dort aus die Rückkehr nach Talania vorzubereiten. Es war eine Zeit der Prüfungen und Wandlungen. Geduldig hatte Maruna auf das Ziel hingearbeitet, Prinzessin Rhiana die Verantwortung für die Talanier anzuvertrauen. Aber Marunas Visionen reichten weiter. Sie sah Rhiana nicht allein als zukünftige Königin von Talania, sondern als Anführerin einer Streitmacht gegen dunkle Mächte, die Aventurien ins Verderben stürzen wollten. Und dann gab es noch Rhianas seltsame Träume, in denen ihr die Göttin Rondra erschien und behauptete, ihre Mutter zu sein …

»Warum bittest du die ehrwürdige Mutter der Weisheit dann nicht um Beistand, zarte Rose von Talania?«, meinte Rashid.

»Es würde zu viel Zeit kosten, hinauszurudern und …«, begann Rhiana, brach ab und schüttelte den Kopf. »Nein, das ist nur eine Ausflucht. Ich spüre, dass ich selbst eine Entscheidung fällen muss und mich nicht dauernd hinter Maruna verstecken kann. Aber es ist so schwer. Meine Leute sterben, wenn sie den Winter in diesen nassen Quartieren verbringen müssen. Und ich glaube nicht, dass Bairson nach der Seeschlacht mit den Thorwalern noch genügend viele Schiffe hat, um uns gegenüber seinen Verpflichtungen nachzukommen. Das Geld wird er uns in absehbarer Zeit auch nicht zurückzahlen können.« Sie straffte sich. »Es bleibt wohl doch keine andere Wahl«, sagte sie mit plötzlich entschlossener und fester Stimme. »Ich bitte den Fürsten um Gnade und unterwerfe mich seiner Gerechtigkeit.«

Ohne darauf zu warten, dass die anderen ihr folgten, bahnte sich Rhiana einen Weg durch die engen Gassen. Eisfell schloss im Nu zu ihr auf, und Rhiana hörte hinter sich die Schritte von Finni und Rashid. Die Prinzessin schritt zügig aus, war jetzt aber ganz bei der Sache und wich geschickt allen Hindernissen aus: spielenden Kindern, schnatternden Gänsen mit ihrer barfüßigen Hirtin, die die Tiere mit einem Stock in die gewünschte Richtung dirigierte, einem Gerber, der einen Stapel frischer, übel riechender Ziegenfelle geschultert hatte, zwei Fischerinnen, die sich in ihrem Wachszeug schwerfällig bewegten, und einen mit Aalen, Stinten und Barschen gefüllten Weidenkorb auf einem Handkarren hinter sich her zogen, drei Katzen, die dem Karren in der Hoffnung auf einen herab fallenden Fisch folgten.

Sie erreichten die Neustadt, in der sich die besser Betuchten angesiedelt hatten. Die Straßen waren hier breiter, die Häuser mehrstöckig, gepflegt und oft hinter Ziermauern und Gärten versteckt. Von den Bewohnern war kaum etwas zu sehen. In den Vorhöfen einiger Häuser standen allerdings hochbordige Wagen mit Pferdegespannen, und Bedienstete trugen Möbel hinaus. Offenbar zogen es einige der Wohlhabenden vor, ihr Hab und Gut in Sicherheit zu bringen.

Kleine Gruppen von Bewaffneten begegneten den Gefährten, einige gut gerüstet in den Farben des Fürsten, andere eher zerlumpt und mit zusammengesuchten Rüstungsteilen und Waffen versehen. Dem Ruf des Fürsten, die Stadt gegen die Thorwaler zu verteidigen, folgten viele, darunter auch Söldner, Verzweifelte und Glücksritter, die mit den in Aussicht gestellten Silbertalern oder gar Dukaten ihre Lage zu verbessern hofften. Rhiana wusste, dass am Stadtrand bereits

Marketenderinnen ihre Karren aufgestellt hatten, weibliche und männliche Dirnen ihre Dienste anboten und Hütchenspieler zu Glückspielen aufforderten. Wenn es gelang, die Thorwaler zu besiegen, würde die Zahl derer, die mit den Siegern zusammen feiern und ihnen das Geld aus der Tasche ziehen wollten, um ein Vielfaches anwachsen. Rhiana dachte an die Gaukler, zu denen Finni früher gehörte und die sich als treue Freunde erwiesen hatten. Sie hoffte, dass Branwen, Connair, Gom, Natalju, Boruntin und all die anderen gute Geschäfte machten und ein wenig für ihre Opfer und Leiden entschädigt wurden.

Als die Gefährten die Palastmauer erreichten, bahnten sich erste Strahlen der Praiosscheibe ihren Weg durch den Dunst und begannen ihn aufzulösen. Die Welt sah gleich viel freundlicher aus, was für die achteckige, sieben Schritt hohe Palastmauer allerdings nicht galt. Sie wirkte so abweisend wie zuvor. Auf den Wehrgängen und den Türmen patrouillierten doppelt so viele Wachen wie in normalen Zeiten, und reihum erklangen die Rückmeldungen, als der Befehlshaber des Wachregiments die einzelnen Posten anrief. Die Gefährten bewegten sich entlang der Mauer aus schweren Sandsteinquadern zum Haupttor, wo die Banner von Albernia und Havena aufgezogen waren. Da es an Wind fehlte, hingen sie schlaff herab. Das Gitter war herabgelassen. Dahinter erstreckten sich das prunkvoll gestaltete Hauptgebäude des Palasts sowie Nebengebäude für die Bediensteten und Wachen. Im Hintergrund ragte ein alter Bergfried aus früheren Tagen in die Höhe. Davor exerzierte eine Schwadron des Fürstlichen Leibregiments, zu der Reiter, Bogenschützen und Fußsoldaten gehörten. Das Nebentor war nicht versperrt, wurde aber von drei Soldaten überwacht.

»Name und Begehr?«, fragte eine behelmte Wachsoldatin mit bäuerlich wirkendem Gesicht und trat Rhiana in den Weg, als sie das Tor durchschreiten wollte.

»Rhiana von Talanien. Ich komme in einer wichtigen Angelegenheit und bitte um eine Audienz bei Seiner Durchlaucht.«

»Audienzen finden nur an Markttagen statt«, erklärte die Frau barsch, »und heute haben wir Rohalstag. Im Übrigen sind alle Audienzen gestrichen worden. Wisst Ihr denn nicht, dass die Thorwaler unsere Stadt angreifen? Ihr und Eure Gefährten solltet Euch am Hafen melden. Wir können jede Hand und jedes Schwert gebrauchen!«

Rhiana hatte nicht die Absicht, sich von einer simplen Wachsoldatin abspeisen zu lassen. »Ruft einen Offizier herbei!«, forderte sie mit energischer Stimme.

Der Ton zeigte Wirkung. Die Frau wandte sich um, marschierte über den Hof und kam wenig später mit einem älteren Mann zurück. Die straffe Haltung verriet den alt gedienten Soldaten, die Gesichtsnarben verwiesen auf reichliche Gefechtserfahrung und die Bänder am Brustharnisch signalisierten einen höheren Offizier. »Hauptmann Belisson«, stellte er sich vor. Er musterte Rhiana und ihre Begleitung und versuchte sie einzuschätzen. »Ich bedaure, aber die Wachen haben Anweisung, niemanden in den Palast zu lassen, der ihnen nicht persönlich bekannt ist.«

Rhiana nickte. »Das ist verständlich in diesen Zeiten, Hauptmann. Meine Gefährten und ich warten gern hier am Tor. Aber seid bitte so freundlich, jemanden zu Seiner Durchlaucht zu schicken.« Rhiana setzte ungern ihren Titel ein, aber hier schien er am Platze zu sein. »Prinzessin Rhiana von Talania bittet ihn in einer wichtigen Angelegenheit um eine Unterredung.«

Hauptmann Belisson zog die buschigen Augenbrauen hoch. »Verzeiht meine Grobheit, Prinzessin…«, begann er.

Rhiana lächelte gewinnend. »Ihr wart nicht grob, Hauptmann.«

Der Hauptmann verneigte sich leicht und fuhr mit seiner etwas heiser klingenden Stimme fort: »Leider kann ich Eurem Wunsch nicht genügen, denn Seine Durchlaucht hält sich nicht im Palast auf. Aber ich könnte Euch der Ersten Schreiberin oder der Baronin von Abilacht melden lassen.«

Rhiana hörte, wie Finni den Atem anhielt, als Sarjas Name genannt wurde. Die Prinzessin selbst spürte nur Bitterkeit. Die Erste Schreiberin würde ihnen nicht helfen können, und Sarja Galban Baronin von Abilacht würde die Letzte sein, die ein gutes Wort für die talanischen Flüchtlinge beim Fürsten einlegte. »Ich danke Euch, Hauptmann«, sagte sie. »Aber mir ist allein an einer Unterredung mit dem Fürsten selbst gelegen. Ihr wisst nicht zufällig, wo ich ihn finden kann oder wann er zurück erwartet wird?«

»Es tut mir Leid, Prinzessin«, erwiderte der Hauptmann. »Vielleicht solltet Ihr doch mit der Ersten Schreiberin reden. Sie wird Antworten auf Eure Fragen haben.«

»Lasst nur«, wehrte Rhiana ab. »Wir werden uns in der Stadt umsehen und es vielleicht später noch einmal versuchen.« Sie nickte Finni und Rashid zu. Die Gefährten schritten zügig aus und gewannen rasch Abstand zu dem Tor. Nur Eisfell ließ sich mehr Zeit, pinkelte gegen die Mauer und witterte noch einmal ausgiebig in Richtung Palasthof, bevor er sich ebenfalls abwandte.

Außerhalb der Hörweite der Wachen sagte Rhiana enttäuscht: »Die Götter meinen es heute nicht gut mit uns.«

»Es ist allein meine Schuld«, klagte Rashid. »Rastullah ist groß und mächtig und unfassbar nachsichtig gegenüber den Sünden der Gläubigen. Aber einer meiner unzähligen Verstöße gegen die 99 Gesetze scheint ihn erzürnt zu haben. Verzeiht mir, dass ihr darunter zu leiden habt.«

Plötzlich geschah etwas Seltsames und Bestürzendes. Rashid stöhnte auf, zuckte mit den Gliedern, glitt zu Boden und wälzte sich leise wimmernd im Dreck. Seine Augen waren irgendwie verdreht, und er schien seine Umgebung nicht mehr wahrzunehmen.

Rhiana und Finni sprangen erschrocken herbei und versuchten Rashid wieder auf die Beine zu helfen. Aber der Novadi war nicht zu packen, drehte sich wie ein Kreisel am Boden, lallte unverständliche Worte.

»Sein Rastullah wird ihn doch nicht auf diese Weise bestrafen?«, fragte Rhiana ungläubig. Sie konnte einfach nicht glauben, was sie sah. Es gab Krankheiten, die sich auf diese Art und Weise äußerten, aber Rashid wirkte gesund und hatte niemals zuvor den Eindruck erweckt, nicht jederzeit Herr seiner Sinne zu sein.

»Ich würde es eher für Magie halten«, sagte Finni ernst. »Für den magischen Angriff eines Feindes, der sich in der Nähe versteckt hält.« Einen ihrer beiden Dolche bereits in der Hand, schaute sich die zierliche Halbelfe nach allen Seiten um, konnte aber nirgendwo einen Feind entdecken. Sie war bereit, den Unbekannten wie eine Katze anzuspringen und ihm den Dolch ins Herz zu stoßen. Das Metall wegzuwerfen und selbst mit Magie zu antworten, traute sie sich nicht, und ihr wollte auch kein geeigneter Abwehrzauber einfallen.

»Magie in Havena, dazu noch in der Nähe des Fürstenpalastes?« Rhiana konnte sich nicht vorstellen, dass jemand es wagte, das strikte Magieverbot so dreist zu missachten. »Finni, spürst du denn, dass Magie im Spiel ist?«

»N-nein«, gab die Halbelfe zögernd zu. »Jedenfalls nicht direkt. Da ist … irgendetwas … etwas anderes … etwas Dunkles … das anders ist als alles, was ich kenne … und sich mir entzieht …«

Das gesträubte Fell von Eisfell und sein leises Knurren zeigten ebenfalls an, das etwas nicht geheuer war. Vergeblich versuchte Rhiana mit dem Wolfshund Kontakt aufzunehmen. Er war im Moment zu sehr abgelenkt, um sich ihr zu öffnen.

Rashid bewegte sich nicht mehr so hektisch. Es schien ihm ein klein wenig besser zu gehen, obwohl er immer noch nicht wieder bei sich war. Seine dunklen Augen starrten ins Leere. Aber die Angst und Beklemmung waren aus ihnen verschwunden. Stattdessen leuchtete aus ihnen Verzückung, die sich auf sein gesamtes Gesicht übertrug. »O edle Herrin, ich wusste ja nicht, wie wunderschön Ihr seid«, stöhnte er. »Verzeiht einem unwürdigen Diener Rastullahs, dass er Euer liebliches Gesicht und Euren berauschenden unverhüllten Körper erst jetzt erkennen kann. Ja, edle Herrin, ich will gehorchen. O nein, edle Herrin, bitte, edle Herrin, verlasst mich nicht. Straft mich, aber verlasst mich nicht. O bitte ...«

Im nächsten Moment sprang der Novadi auf die Beine und lachte fröhlich. »Ihr schaut mich an, als hätte eine Schwalbe in meinen Haaren ein Nest gebaut. Was ist los mit euch?«

»Du-du fragst, was mit uns los ist?«, stammelte Finni ungläubig.

Rhiana glaubte, dass der Novadi den Zwischenfall überspielen wollte. Aber die Sache war so erschreckend gewesen, dass sie ihm diesen Gefallen nicht tun konnte. »Rashid ...«, sagte sie leise. »Hattest du so etwas früher schon öfter?«

Verwirrt sah Rashid von Rhiana zu Finni und wieder zurück. »Bei Rastullahs Bart, ihr beide redet in Rätseln.«

»Willst du etwa behaupten, du kannst dich an nichts erinnern?«, fragte Finni.

»Wenn ich irgendetwas gesagt habe, das dich gekränkt hat, kleiner Dschinn, dann bitte ich tausendfach um Vergebung.«

»Du hast dich im Dreck gewälzt und mit einer fremden Frau in deinem Kopf gesprochen«, gab Finni patzig zurück. Sie konnte nicht umhin hinzufügen: »Einer sehr schönen Frau, nach deinen Worten, die dich mit ihrer Nacktheit ganz außerordentlich in Verzückung gesetzt hat!«

»Aber kleiner Dschinn ...«, protestierte Rashid.

»Schau dich an – schau deine Kleidung an!«, forderte die Halbelfe.

Der Novadi sah an sich herab. Die Hosen und das Wams, beide aus dunkelblauem Samt, starrten vor Dreck. Blankes Unverständnis machte sich in seinen Zügen breit. Angewidert versuchte er, den gröbsten Dreck zu entfernen. Er bückte sich und hob seine perlenbestickte Kappe auf, die ebenfalls im Dreck lag. »Bei Rastullah, ich muss ausgerutscht sein«, murmelte er.

»Wenn es nur das gewesen wäre«, seufzte Rhiana und schilderte dem jetzt stumm zuhörenden Novadi, was sich ereignet hatte. Finni ergänzte, dass sie etwas verspürt hatte, das mit Magie zu tun haben mochte, aber ganz anders gewesen sei als alles, was ihr jemals begegnet war.

Rashid war blass geworden. »Ich kann an euren Worten nicht länger zweifeln«, sagte er, »aber ich versichere euch, dass ich mich nicht an das Geringste erinnern kann.«

»Ich fragte dich vorhin, ob dir so etwas früher schon mal widerfahren ist.« Rhiana zuckte die Schultern. »Wenn du dich hinterher an nichts erinnern kannst, wirst du es nicht völlig ausschließen können. Ist es schon einmal vorgekommen, dass deine Kleidung unerklärlich schmutzig war? Hattest du blaue Flecken, ohne den Grund dafür zu kennen? Irgendetwas in der Art?«

Rashid überlegte. »Nein, ich bin ganz sicher.«

»Wir werden gut auf dich aufpassen müssen«, meinte Finni. »Bleib immer in unserer Nähe.«

»Ich wüsste nicht, was ich lieber täte, kleiner Dschinn«, versicherte Rashid, der seinen ersten Schrecken weitgehend überwunden hatte.

»Vielleicht sollte er besser unsere Nähe meiden«, sagte Rhiana düster. Sie dachte an die Magie, die von den Thronräubern gegen die Zuflucht eingesetzt wurde, an den Gestaltwandler und an den Schwarzmagier Zaraldus. Der Flammenbund verfügte über mächtige Magie und versuchte, magische Artefakte in seinen Besitz zu bringen. Es war nicht auszuschließen, dass der alte Feind versuchte, Rashid mit Magie für irgendwelche finsteren Pläne gefügig zu machen.

Und dann ist Rashid nur deshalb das Opfer, weil er sich in meiner Nähe aufhält. Aber warum greifen sie nicht mich direkt an? Weil Maruna mich schützt? Weil Rondra mich schützt?

Als ihr Rondra, die Göttin der Krieges und des Sturms und angeblich ihre Mutter, in den Sinn kam, machte sich noch ein Gedanke in ihr breit, der ihr überhaupt nicht gefallen wollte: *Wer immer Einfluss auf Rashid zu nehmen versucht – hat er nicht schon längst auch Einfluss auf mich genommen? Sind die Visionen, in denen mir Rondra erscheint, am Ende sein Werk?*

Sie versuchte, den Gedanken abzuschütteln, so beunruhigend er auch war. »Es macht keinen Sinn, hier herumzustehen«, sagte sie. »Kehren wir zum Hafen zurück. Vielleicht gelingt es ja doch noch, mit dem Fürsten zu sprechen.«

Finni hielt die Nase in den Wind, als wollte sie Eisfell nachahmen. »Es riecht brandig.« Sie zeigte in Richtung Hafen. »Seht ihr das rote Glimmen? Dort muss ein Feuer ausgebrochen sein.«

2 Der Fürst

Rhiana…, dachte Ritter Mortenberg. *Was machen wir mit der schönen Prinzessin Rhiana?*

Laut sagte er: »Setzt Euren Bericht fort, mein guter Freund Dom Lando.«

Havena, Mitte Boron 914 BF

Der grobschlächtige Soldat zog die Augenbrauen hoch und bedachte Mortenberg mit einem misstrauischen Blick. Aber er konnte in den Zügen des Ritters nur schlichte Freundlichkeit erkennen. Er musste sich getäuscht haben, als er leisen Spott in der Stimme des anderen zu hören glaubte. Vielleicht war es einfach die ungewohnte Anrede, die Dom Lando hatte stutzen lassen. Dass ihn jemand als guten Freund bezeichnete, kam selten vor. Eigentlich überhaupt nicht. Dom Lando gab niemandem Gründe, ihn so zu nennen. Wenn Mortenberg dies ernst meinte, war er ein Narr. Dom Lando jedenfalls empfand alles andere als freundschaftliche Gefühle für den eitlen Stutzer. Vielmehr hoffte er, dass sich irgendwann der Wind drehte und andere das Sagen hatten. Dann wollte er mit Vergnügen dafür sorgen, dass sich alsbald die Schneide seines Schwerts durch den parfümierten Hals des Ritters pflügen würde. Er verdrängte den Gedanken und sagte: »Wünscht Ihr einen ausführlichen Bericht?«

»Ich will alles wissen.«

Während Dom Lando Bericht erstattete, schlenderten die beiden Männer im Marstall des Fürsten gemächlich zwischen den beidseitigen Reihen der Pferde dahin, deren Schnauben und Hufescharren ihre Schritte begleiteten. Hier und da reckten sich ihnen Pferdehälse entgegen, andere Pferde wichen zurück. Ein Schimmelhengst tänzelte nervös hin und her. Es roch noch dem strengen Schweiß der Rösser, nach Mist, Urin, Hafer, Stroh und Heu. Am anderen Ende des Stalls striegelte eine stramme Pferdeknechtin, deren Hintern kaum schmaler war als der eines Rosses, einen Fuchswallach. Zwei miteinander scherzende Stallburschen, beide rothaarig und rotgesichtig, kamen aus einem Nebenraum hinzu und begannen mit dem Ausmisten. Mortenberg und Dom Lando machten kehrt und achteten darauf, außerhalb der Hörweite der Bediensteten des Fürsten zu bleiben.

»Ihr verlangtet mich dringend zu sprechen, aber bisher habe ich nichts erfahren, was ich nicht schon wusste«, rügte der Ritter den anderen.

»Ich folge nur Eurem Befehl, Euch alle für den Bund wichtigen Ereignisse der letzten beiden Tage mitzuteilen«, verteidigte sich der Söldner. »Aber ich komme jetzt zu Dingen, die Euch neu sein dürften. Nachdem wir auf dem Euch bekannten Wege erfuhren, dass die Prinzessin mit der Kaufherrin Patrusco verhandelte, um das Talania-Gesindel aus Havena herauszubringen, haben wir sofort gehandelt.«

»Ihr handeltet, ohne meinen Befehl abzuwarten?«, erwiderte der Ritter scharf. Im Nu hatte er den Säbel in der Hand und zielte damit auf Dom Landos Kehle.

Trotz seiner Verachtung für Mortenberg war Dom Lando von dessen Schnelligkeit beeindruckt. »Ihr … Ihr wart im Palast des Fürsten und nicht zu sprechen«, stammelte er. »Ihr selbst habt befohlen, Euren Plan zügig umzusetzen. Wir haben nur getan, was uns aufgetragen wurde.«

»Na schön.« Mortenberg steckte den Säbel in die Scheide. »Wer ist ›wir‹?«

»Die von Euch dafür abgestellten Leute, Ritter.«

»Sie alle haben diese Entscheidung getroffen?«, spottete Mortenberg.

»Ich habe die Entscheidung getroffen – stellvertretend für Euch«, antwortete Dom Lando, der sich wieder gefangen hatte und wütend war, dass der andere ihn für einen Moment aus der Fassung gebracht hatte.

»Dann sagt es doch gleich, mein guter Dom Lando«, meinte Mortenberg und lächelte sparsam. »Ich reiße Euch dafür schon nicht den Kopf ab. Und als Soldat seid Ihr doch eine klare Sprache gewohnt. Jedenfalls hörte ich Euch mit Euren Untergebenen schon sehr deutlich sprechen.«

»Wenn ich ihnen nicht gleich in den Arsch trete«, merkte Dom Lando mit einem seltenen Anflug von grimmigem Humor an.

»Oder ihnen auch schon mal den Kopf abschlagt, ohne Euch mit langen Vorreden aufzuhalten«, ergänzte Mortenberg.

Jetzt grinste Dom Lando sogar. »Jeder hat seine eigenen Methoden, und mit meinen bin ich bisher immer gut gefahren.«

»Gut«, befand Mortenberg. »Ihr habt jetzt hoffentlich verstanden, dass auch ich eine klare Sprache liebe. Aber kommt mir niemals – hört Ihr, Dom Lando: niemals – auf die Idee, Eure weitergehenden … nennen wir sie mal ›kleinen Eigenheiten klarer Willensbekundung‹ an mir auszuprobieren. Ihr würdet es bitter bereuen!«

Kann das Schwein etwa meine Gedanken lesen?, dachte Dom Lando. Äußerlich blieb er jedoch ganz ruhig. *›Kleine Eigenheiten klarer Willensbekundung‹ – so reden verzogene Weiber und Hofnarren, aber keine Männer!* Laut sagte: »Ihr kennt meine Loyalität und meine besondere Ergebenheit Euch gegenüber.«

»Eben«, meinte Mortenberg trocken. »Deshalb erwähnte ich es ja.« Er wechselte das Thema. »Wie ist die Sache ausgegangen?«

»Wunschgemäß.«

»Etwas genauer bitte!«

»Der Speicher ist mit allem, was sich darin befand, abgebrannt. Unser Freund hat uns eingelassen und wacker geholfen. Leider war die Patrusco rasch zur Stelle und mit ihr alles von nah und fern, was einen Wassereimer tragen konnte. Man hat verhindert, dass das Feuer auf weitere Gebäude übersprang. Wir hätten an mehreren Stellen zündeln sollen.«

»Unsinn, Dom Lando!«, rügte Mortenberg. »Wir wollten nicht den ganzen Hafen anzünden, sondern nur die Patrusco schädigen. Hat Euch jemand gesehen?«

Die beiden Männer traten aus dem Marstall hinaus auf den Exerzierplatz, der verwaist und nass dalag. Ein Stück weiter, zu den Kais hin, konnte man eine Ansammlung von großen Zelten erkennen, dunkle Buckel vor dem milchig grauen Nebelatem des Wassers.

»Nur die beiden Wächterinnen im Speicherhaus. Es wurde dafür gesorgt, dass sie ihre Beobachtungen nicht herausposaunen.« Dom Lando grinste und fuhr sich mit dem Daumen über die Kehle.

Mortenberg überlegte. Einmal mehr fragte er sich, ob der Plan angesichts des möglichen Nutzens nicht zu aufwendig und zu riskant war. Aber der Dragor erwartete von ihm, dass er handelte. Ein brennendes Lagerhaus im scheinbar so sicheren Südhafen würde für Unruhe, Unsicherheit und Zwietracht sorgen. Das ging nicht nur die Patrusco, sondern auch den Hof etwas an. Der Fürst persönlich würde befehlen, alles zu unternehmen, um die Schuldigen zu finden und zu bestrafen. Mortenberg selbst konnte seine Position am Hof nutzen, um die Stimmung weiter aufzuheizen.

»Gut«, sagte der Ritter. »Nehmt Rhianas Spur auf, und beginnt mit dem zweiten Teil des Plans.«

»Mit Vergnügen.«

»Und ich erwarte von Euch, dass Ihr Euch strikt an meine Befehle haltet!«

»Seid unbesorgt.« Dom Lando zuckte die Achseln. »Obwohl ich nicht verstehe, warum die Prinzessin plötzlich geschont werden soll.«

»Wir brauchen sie noch«, beschied ihn Mortenberg knapp. Warnend fügte er hinzu: »Gesund, unbenutzt und bei guter Laune.«

Dom Lando grinste. »Woher wollt Ihr wissen, ob ihre Laune nicht noch besser ist, wenn ihr in der Zwischenzeit etwas Passendes zwischen die Schenkel gefahren ist?«

»Ich sagte unbenutzt!«, fuhr ihn Mortenberg an. »Wenn Ihr oder einer Eurer Leute sie anrührt, seid Ihr des Todes! Weiß Eure Frau eigentlich von Eurer Leidenschaft für das Schänden?«

Die wässrig-grünen Augen des Soldaten weiteten sich, die Narben in seinem Gesicht begannen zu glühen. Nur mühsam hielt er sich unter Kontrolle. »Wer hat Euch von meiner Familie erzählt?«, stieß er gepresst hervor.

Mortenberg erkannte, dass er einen Fehler begangen hatte. Dom Lando hatte niemals erwähnt, dass er in einem Fischerdorf am Golf von Perricum Frau und Kinder besaß und auch seine Mutter noch lebte. Mortenberg, der stets bestrebt war, so viel wie möglich über die Leute in seiner Nähe zu wissen, hatte es über Gewährsleute herausgefunden. Wie es hieß, sorgte Dom Lando gut für seine Familie, obwohl er sie nur selten sah. Was Mortenberg am meisten erstaunte war jedoch, dass der brutale Schlächter im Kreis seiner Familie offenbar ein ganz anderer Mensch war. Im Umgang mit seiner Frau, seinen Kindern und seiner Mutter wirkte er freundlich, geduldig, friedfertig, zeigte sogar Ansätze von Zärtlichkeit. Mortenberg hatte dies erst kaum glauben können, es aber schließlich mit eigenen Beobachtungen verknüpft. Er war überzeugt davon, dass Dom Lando entweder von einem Dämon besessen war oder an einer Kopfkrankheit litt. Dieser Mann war eigentlich zwei Männer. Er war Dom, und er war Lando. Dom war ein Dämon, ein erbarmungsloses Raubtier, ein Schänder, Quäler und Schlitzer, Lando dagegen, der sich nur selten zeigte, war eher gutmütig. Vielleicht erklärte dies, dass Dom Lando im Stande war, die eigenen Untergebenen zu peinigen und Gefangene grausam zu quälen, gelegentlich aber auch seine Leute über die Maßen zu belohnen und Gefangene überraschend freizulassen. Mortenberg war sich bewusst, dass er mit Dom Lando jemanden in seiner Nähe duldete, der ihm jederzeit an die Kehle gehen konnte, aus einer Laune heraus oder auch geplant. Aber Dom Lando war zu nützlich, um auf seine Dienste zu verzichten – und Mortenberg traute sich zu, dieses Raubtier zu bändigen.

»Dom Lando!«, sagte er scharf. »Ihr wisst, für wen Ihr arbeitet? Na los, Kerl, sagt es mir!«

Der herrische Ton in Mortenbergs Stimme zeigte Wirkung. Dom Landos hässliches Gesicht spiegelte den Zweikampf zwischen Jähzorn und Gehorsam. Der Gehorsam siegte. »Für den Flammenbund, Ritter Mortenberg. Aber ich verlange …«

»Von mir habt Ihr gar nichts zu verlangen!«, fuhr ihn Mortenberg an. »Aber ich habe Euch nicht umsonst daran erinnert, dass Ihr einer Macht dient, die Euch großzügig entlohnt, aber auch Eure bedingungslose Loyalität erwartet. Glaubt Ihr im Ernst, der Flammenbund hätte nicht Mittel und Wege, sich dieser bedingungslosen Loyalität zu vergewissern? Dazu gehört auch, dass die Führer des Bundes, zu denen ich zähle, wie Ihr wisst, *alles* über ihre Untergebenen wissen.«

Dom Lando schwieg. Sein Gesicht war starr wie eine Maske. Dann nickte er. »Bitte lasst meine Familie aus dem Spiel«, sagte er tonlos.

»Ich habe Euch noch nie um etwas bitten hören«, erwiderte Mortenberg und bemühte sich, es nicht spöttisch klingen zu lassen. »Die Bitte sei deshalb gewährt. Aber denkt bei allem, was Ihr tut, stets daran, dass der Bund bei Fehlverhalten viele Möglichkeiten der Bestrafung hat. Und nun kümmert Euch um Rhiana – und um die Flotte, *Admiral*!«

Dom Lando deutete eine Verbeugung an und stakste davon.

Mortenberg atmete tief durch. Er war der Meinung, dass er die Situation gut gemeistert hatte, ärgerte sich aber immer noch, dass er ein kleines Stück seines geheimen Wissens preisgegeben hatte. Es war unwahrscheinlich, dass Dom Lando den Inhalt des Gesprächs an andere weitergab, aber man konnte nie wissen... Mortenberg entschloss sich, keine Lücke entstehen zu lassen. Er hatte Dom Lando gegenüber behauptet, der Flammenbund wisse von seiner Familie. Na schön – Mortenberg würde noch heute dafür sorgen, dass der Flammenbund tatsächlich über dieses Wissen verfügte. Er musste ohnehin dem Dragor einen Bericht senden. Und... O ja, es gab noch einen schnelleren Weg, um den Flammenrat zu erreichen...

Mortenberg begann die Umgebung wieder bewusst wahrzunehmen. Er passierte Dutzende von Zelten mit bunten Wimpeln an den oberen Stangen, in denen frisch angeworbene Söldner kampierten. Ausrüstung und Proviant wurde herangeschleppt und verteilt. Einige Söldner übten sich im Waffengang, andere saßen vor den Zelten an müde kokelnden Feuern und wärmten sich. Ein Söldnerhaufen formierte sich unter den Kommandos des Anführers zu einer dürftigen Marschordnung und bewegte sich zu einem Kai, wo mehrere Holks vertäut lagen, halb verschluckt vom Nebel, die hohen Masten und Spieren wie die Gerippe aufgespießter Ungeheuer in den Himmel reckend.

Mortenberg ließ den Marstall und das Truppenlager hinter sich. Vor ihm schälte sich die fürstliche Werft, die größte von fast fünfzig Schiffbaustätten in Havena, aus dem Dunst.

Zwei Arbeitspferde, stämmige Kaltblüter mit zotteligem gelbbraunem Fell, zogen einen mindestens 15 Meter langen, roh behauenen Baumstamm zu dem halb fertigen Schiff. Vermutlich sollte er als Großmast dienen. Das Zuggeschirr klirrte, die Zugketten rasselten, das Schnauben der Rösser vermischte sich mit dem »Ho« und »Hü« des Gespannlenkers, eines kleinen, kugelbäuchigen Mannes mittleren Alters, dessen bäuerliche Herkunft unschwer zu erahnen ist. Er dirigierte seine Pferde umsichtig und erfahren, ohne eine Peitsche einsetzen zu müssen, und hatte dabei Zeit genug, den Besuchern einen schnellen Blick aus listigen Äuglein zuzuwerfen. Er tippte an den krempenlosen grünen Filzhut, als sich seine und Mortenbergs Blicke kreuzten. Eine ausreichend respektvolle, aber keineswegs unterwürfige Geste.

An allen Ecken und Enden wurde in den Werkstätten und auf den Helgen gehämmert, gehobelt und gesägt. Quietschende Handbohrer fraßen sich in Eichen- und Fichtenholz. Reepschläger verdrillten auf langen Bahnen Hanfkardeele zu Trossen und diese wiederum zu Kabeln. Takler verspleißten mit Prickern die Enden. Segelmacher, ihre Talghörner, die zur Aufbewahrung und zum Einfetten der Nadeln dienten, in Griffweite, drückten mit den Handballen, die durch Segelhandschuhe geschützt waren, lange Nadeln in das Liek und vernähten es. In den im Freien aufgestellten Essen loderten die Feuer. Zuschläger hieben mit schweren Vorschlaghämmern auf Werkzeuge, mit denen Schmiedegesellen glühende Eisenstäbe zu Beschlägen oder Ringen formten.

Mortenberg schaute dem Treiben müßig zu. Für die Seeschlacht mit den Thorwalern würden die Bemühungen zu spät kommen. Aber die Schlacht, wie immer sie ausging, würde viele Schiffe kosten. Später, wenn man sich die Wunden leckte und die Verluste zählte, würde jedes neue Schiff, das die Helgen verließ, gefeiert werden. All die großen und kleinen Werften Albernias dürften auf Jahre hinaus keinen Mangel an Aufträgen haben.

Der Ritter hatte Dom Lando zum Marstall bestellt, weil im Fürstenpalast zu viele Lauscher vorhanden waren. Mortenberg selbst hatte die Zeit in Havena bereits genutzt und einige seiner Vertrauten als Bedienstete im Palast untergebracht sowie weitere Spitzel angeworben, die ihm Gespräche zwischen dem Fürsten und seinen Beratern oder der schönen Sarja zutrugen. Er war überzeugt davon, dass auch der Fürst seine Zuträger hatte, und ging entsprechend vorsichtig vor. Das war ohnehin seine Art. Und die Anwesenheit von Elidana erforderte besondere Umsicht.

Dass Mortenberg seine Schritte zu der Werft gelenkt hatte, entsprach keinem echten Interesse an den Arbeiten. Vielmehr war das der kürzeste Weg, um zum Palast zurückzukehren, wenn er die Enge und den Schmutz der Gassen meiden wollte. Niemand wusste, dass er hier war. Es überraschte ihn daher, als sich aus dem Schatten eines der Helgen eine Gestalt löste und zielstrebig auf ihn zueilte. Die Überraschung wurde noch größer, als er den sich nähernden Jungen als Pagen des Fürsten erkannte.

»Ritter Mortenberg?«, fragte der Junge mit hochmütigem Gesicht. »Seine Durchlaucht Fürst Emerthon II. möchte sich mit Euch unterhalten.«

Mortenberg nickte. »Richte Seiner Durchlaucht aus, dass ich mich eilen werde. Ich war ohnehin auf dem Rückweg zum Palast.« Er ließ sich nicht anmerken, dass er beunruhigt war. Wenn der Page ihn hier aufgestöbert hatte, konnte dies nur bedeuten, dass der Fürst Mortenberg überwacht hatte. Hektisch überlegte er, ob irgendjemand das Gespräch mit Dom Lando belauscht haben konnte. Ihm war niemand aufgefallen, der sich in der Nähe herumgetrieben hatte.

»Das wird nicht nötig sein«, sagte der Page und wirkte erneut recht hochmütig. »Seine Durchlaucht weilt auf der

Werft und sah Euch aus der Ferne. Ich geleite Euch zu ihm.«

Mortenberg atmete innerlich auf. Offenbar war er doch nicht überwacht worden.

Der Page hatte ein hübsches, ebenmäßiges Gesicht und lange braune Locken, die unter seiner roten Samtkappe herausragten. Er war schlank, zartgliedrig und wirkte feminin. Tatsächlich hätte man ihn für ein Mädchen halten können, wäre da nicht die Schamkapsel gewesen, die – wenn sie nicht ausgepolstert war – auf ein nicht gerade kleines Gemächt hinwies. Dass der Fürst die Dienste dieses Jungen nutzte, konnte Mortenberg gut verstehen. Nach außen hin galt Emerthon II. als ungewöhnlich treuer und seiner zehn Jahre älteren Gemahlin sehr zugetaner Ehemann, dem keinerlei Affären mit Hofdamen nachgesagt wurden. Wenn der Wein ihnen die Zunge löste, äußerte der eine oder andere aus der engeren Umgebung des Fürsten sogar die Vermutung, dass Emerthon niemals einer anderen Frau als der Fürstin, mit der vermählt wurde, als er fast noch ein Knabe war, beigewohnt hatte. Mortenberg hatte keine Veranlassung, dies nicht zu glauben – soweit es Frauen anging. Aber er zog seine Schlüsse aus der Tatsache, dass die Pagen des Fürsten ausgesprochen hübsch waren und einige der früheren Pagen am Hofe inzwischen zu engen Beratern oder gar Ministern aufgestiegen waren.

Das hochmütige Lächeln wird dir noch vergehen, mein Süßer, dachte Mortenberg. Ungeniert fasste er dem Pagen zwischen die Beine. »Respekt – kaum ausgepolstert«, stellte er nüchtern wie ein Pferdehändler fest, der einem Gaul die Lippen hochgezogen hatte, um das Gebiss zu beurteilen.

Der Page war schamrot geworden und hatte seine Selbstsicherheit verloren. Aber er wagte nicht zu protestieren.

Mortenberg zog die Hand zurück und warf dem Jungen ironisch eine Kusshand zu. Er überlegte flüchtig, ob er den

Fürsten bitten sollte, ihm den Jungen für eine Nacht zu überlassen. Er entschied sich dagegen. Hin und wieder fand auch er die Dienste eines jungen Mannes als amüsante Abwechslung, aber im Moment hatte er andere Pläne. Außerdem konnte er nicht einschätzen, wie Emerthon eine solche Bitte aufnehmen würde. Womöglich wollte er seine Pagen mit niemandem teilen oder fühlte sich bloßgestellt.

»Dann bring mich also zu Seiner Durchlaucht«, forderte er den Pagen auf, der sich eilends in Bewegung setzte, offenbar froh, dem Ritter zu entkommen.

Mortenberg war nicht sonderlich überrascht, den Herrscher von Albernia an diesem Ort in vergleichsweise schmuckloser Kleidung und – sah man von den Wachen und Bediensteten im Hintergrund ab – ohne irgendwelche Insignien seiner Macht anzutreffen. Das sonst sorgsam ondulierte dunkle Haar war schlicht nach hinten gekämmt und wurde zum größten Teil von einem hohen, breitkrempigen Hut verborgen, wie ihn Zimmerleute trugen. Wer Emerthon II. nur flüchtig aus den Audienzen im Palast kannte, wo er zwar ohne übertriebenen Prunk, aber in wirkungsvollem Ornat seine fürstliche Würde betonte, hätte vielleicht Schwierigkeiten gehabt, ihn wieder zu erkennen. Der engeren Umgebung des Fürsten allerdings war die Leidenschaft des Fürsten für den Schiffbau durchaus bekannt.

»Ihr wolltet Euch selbst davon überzeugen, dass meine Leute fleißig sind und gute Schiffe bauen?«, begrüßte ihn der Fürst. »Daran habe ich nie gezweifelt, Euer Durchlaucht«, erwiderte Mortenberg. »Ich wollte nur sehen, wie die Arbeiten vorankommen.«

»Und, seid Ihr zufrieden, Ritter?«

»Hochzufrieden, Euer Durchlaucht.«

Der Fürst musterte ihn sorgfältig. »Einer meiner Leute sah vorhin Admiral Dom Lando bei Euch. Ihr habt ihn weggeschickt?«

War doch ein Spitzel an meinen Fersen?, fragte sich Mortenberg.

»Ja, Euer Durchlaucht. Ich durfte ihn nicht länger aufhalten. Er muss sich um die Flotte kümmern.«

»Gewiss.« Emerthon setzte sich auf einen wuchtigen Zwischendecksbalken und forderte Mortenberg auf, es sich neben ihm bequem zu machen. »Ich habe ihn auf Euren Wunsch hin zum Admiral meiner Flotte gemacht, gegen den Widerstand meiner Berater und zum Unwillen meiner Seeoffiziere. Es heißt, er verstünde nichts von Schiffen und Seegefechten.«

Mortenberg wischte mit dem Handschuh Holzmehl von dem Balken und nahm Platz. »Mit Verlaub, Euer Durchlaucht, er versteht durchaus etwas von der Seefahrt, obwohl er sich vorrangig im Landkrieg seine Meriten verdient hat. Er ist ein Mann des Krieges – in jeder Form. Und er ist ein äußerst fähiger Soldat. Er wird sich nicht anmaßen, einem Kapitän das Segeln beibringen zu wollen, aber er hat einen unschätzbaren Vorteil gegenüber anderen Offizieren: Er will andere bezwingen, um jeden Preis. Er ist ein eisenharter Knochen. Ich kenne niemanden sonst, der so rücksichtslos gegen sich selbst und andere ist. Wenn jemand Bjarnison Paroli bieten kann, dann er.«

»Ihr haltet offenbar sehr viel von ihm.«

»Als Soldat.«

»Wie soll ich das verstehen? Erklärt Euch näher, Ritter.«

»Darf ich offen sprechen, mein Fürst?«

»Ihr dürft nicht nur, sondern ich müsst. Ich befehle es Euch!«

»Er ist das größte Arschloch, das in Aventurien herumläuft. Ein übler Schänder und Schlächter. Aber in diesem Moment, an diesem Platz ist er genau der Richtige.«

»Na schön.« Der Fürst zuckte die Schultern. »Aber ich will ihn wieder loswerden, wenn die Schlacht geschlagen ist. Meine Offiziere sind ehrenwerte Soldaten, denen Albernia und der Fürstenhof etwas bedeuten. Ich werde auf Dauer keinen Söldner an der Spitze meiner Streitkräfte dulden.«

»Euer Wunsch ist mir Befehl, Euer Durchlaucht«, versicherte Mortenberg. »Dom Lando wird wie die anderen angeworbenen Söldner von Kaufleuten bezahlt, die verhindern wollen, dass Albernia an Thorwal fällt. Wenn er und die anderen ihre Schuldigkeit getan haben, kehren sie dorthin zurück, woher sie gekommen sind.«

Emerthon sah ihn grübelnd an. »Ihr habt uns über die Pläne der Thorwaler unterrichtet, Albernia anzugreifen, und Ihr habt uns tatkräftig unterstützt. Dafür gebührt Euch aufrichtiger Dank.«

Der Ritter verbeugte sich leicht. »Dankt nicht mir, sondern dem Grafen Tedesco und dem Bund der Kaufleute. Ich bin nur ein Mittler mit geringen Verdiensten.«

»Es war sicherlich schwierig, die Absichten der Thorwaler in Erfahrung zu bringen«, meinte der Fürst. »Die Thorwaler sind ein eigenwilliges Volk, die sich anderen Mächten nicht beugen wollen. Es dürfte nicht leicht gewesen sein, unter ihnen Verräter zu finden.«

»Ich weiß nicht, wie es dem Bund der Kaufleute gelungen ist, die Pläne der Thorwaler auszukundschaften«, log Mortenberg. »Wie ich schon sagte, bin ich nur ein Beauftragter dieses Bundes. Aber ich hörte schon, dass der oberste Hetman Bjarnison bei seinen Leuten nicht unumstritten ist. Vielleicht haben Gegner von ihm mit dem Bund zusammengearbeitet.«

Emerthon gab sich mit dieser Auskunft zufrieden. »Immer wieder haben die Thorwaler Albernias Küsten heimgesucht«, sagte er. »Es ist schwer, gegen sie zu bestehen.«

»Was mich erstaunt, Euer Durchlaucht«, erwiderte Mortenberg. »Im Gegensatz zu Euch kenne ich mich nur unzureichend im Schiffbau aus. Aber mir wurde gesagt, dass Albernia über weitaus bessere Schiffe verfügt als Thorwal.«

Der Fürst machte eine wegwerfende Handbewegung. »Und wenn schon. Ist ein Rapier einem Schwert überlegen, Ritter? Eine Armbrust einem Bogen? Kommt es nicht immer darauf an, wer diese Waffen führt und unter welchen Bedingungen sie eingesetzt werden? Wenn es anders wäre, hätte sich längst die eine oder andere Waffe in ganz Aventurien durchgesetzt und alle anderen verdrängt.«

Ritter Mortenberg verbeugte sich leicht, um seinen Respekt für die Überlegungen Emerthons zu bekunden. Tatsächlich war es mehr als eine Geste. Mortenberg war einmal mehr überrascht, dass der Fürst nicht nur ungewöhnliche Eigenschaften offenbarte, sondern auch über vieles selbst nachgedacht hatte, bei dem sich andere Herrscher auf die Köpfe ihrer Ratgeber verließen.

»Die Schiffe der Thorwaler sind eigentlich nur große Boote«, fuhr Emerthon fort. »Die Rümpfe sind geklinkert, sie haben nur einen Mast und ein einfaches großes Segel. Das alles lässt sie geradezu lächerlich erscheinen gegenüber unseren großen Seglern mit zwei oder drei Masten, die nicht nur Haupt-, sondern auch Marssegel führen, einige sogar Bramsegel – also ein drittes Obersegel. Wir verwenden zusätzliche Gaffelsegel wie den Besan, dazu Stagsegel. Das bringt noch mehr Geschwindigkeit und Wendigkeit. Die Rümpfe unserer Schiffe sind viel stabiler, in Kraweelbauweise verplankt und kalfatert, mit hölzernen Querverbünden statt Tauen. Aber das alles hilft uns wenig. Unsere Schiffe sind Handelsschiffe, gebaut, um möglichst viel Ladung aufzunehmen und weite Fahrten zu unternehmen. Die Thorwalerschiffe dagegen werden mehr gerudert als gesegelt, sind aber trotz allem sehr seetüchtig und schnell. Und wisst Ihr was, Ritter? Im Kampf sind sie unseren Schiffen sogar überlegen.«

»Wie kann das sein, Euer Durchlaucht?«, fragte Mortenberg ehrlich verwundert.

»Es liegt an der Art, wie Seegefechte geführt werden«, antwortete der Fürst. »Wir können die Vorteile unserer größeren und besser zu segelnden Schiffe im Kampf kaum zur Geltung bringen. Die Thorwaler suchen den Enterkampf und erzwingen ihn. Wenn sie weit genug an uns herangekommen sind, streichen sie die Segel und rudern mit aller Kraft auf uns zu. Was hilft es uns da, besser manövrieren zu können, günstigen Wind vorausgesetzt? Allenfalls gelingt uns die Flucht. Aber das wollen wir ja gar nicht, denn auch wir können den Kampf nur gewinnen, wenn wir den Feind mittschiffs rammen oder im Enterkampf an Bord unserer eigenen Schiffe besiegen. Den einzigen Vorteil, den wir wirklich zur Geltung bringen können, sind unsere Bogen- und Armbrustschützen in den Gefechtsmarsen. Aber die Thorwaler sind geschickte Kämpfer, die sich mit ihren Schilden gut zu schützen wissen.«

Die Hand des Fürsten glitt über das bereits eingehängte Ruderblatt des Neubaus. »Schaut Euch einmal dieses Ruder an, Ritter. Ein schlankes, der See angepasstes Blatt mit kräftigen Beschlägen, deren Fingerlinge in fünf Ösen in der Kiellinie gelagert sind. Der Schaft wird durch den Rumpf zum Ruderdeck geführt. Alles auf Mitte, kurze Wege, größte Genauigkeit. Wusstet Ihr, dass es Jahrhunderte gedauert hat, ein solches, auch bei schlechtem Wetter sehr taugliches Ruder zu entwickeln? Die Drachenschiffe der Thorwaler werden viel primitiver gesteuert, nämlich mit zwei außerhalb der Bordwände angebrachten Ruderblättern, die durch eine Querpinne verbunden sind. Es kostet viel Kraft, ein solches Ruder zu bedienen. Es bricht leicht, weil stets eines der Ruderblätter an Luv liegt und bei starkem Wellengang zerschmettert wird. Aber wie Ihr wisst, hindert es die Thorwaler nicht daran, zügig über die See zu kommen und unsere Küsten anzugreifen.«

Seine Hand, die weiter über das Ruder geglitten war, stockte. »Dubinn!«, brüllte er zu seinen Leibwachen hinüber, die sich ein Stück weiter weg an einem der Schmiedefeuer wärmten, ohne dabei ihren Herren aus dem Auge zu verlieren. »Lass mir mein Werkzeug bringen! Sofort!«

»Wie Ihr befiehlt, Euer Durchlaucht!«, schrie eine ältere, pockennarbige Wachsoldatin zurück und raunzte dann zwei ihrer Gefährten an. Im nächsten Moment schleppten zwei Männer in Lederharnischen, an denen die blauen Bänder des fürstlichen Wachregiments befestigt waren, ächzend eine schwere Kiste heran und öffneten sie.

»Geht und holt sie später wieder ab«, sagte Emerthon. Noch bevor die Männer kehrt gemacht hatten, kramte er bereits in der Kiste und warf einige Zimmermannswerkzeuge hinaus: Schöreisen, Kalfateisen, Beitel, Deckschraper, Zugeisen, Spiekereisen, Dächsel und Löffelbohrer. Mortenberg, der sich interessiert vorbeugte, sah, dass die Kiste außerdem allerlei verschiedenartige Hämmer, Sägen, Äxte und Beile enthielt. Endlich hatte der Fürst gefunden, was er suchte: einen Klappmaßstock. Er maß damit den Abstand zwischen der unteren Ruderöse und dem Schaft nach. »Dachte ich's mir doch«, murmelte er, nahm ein Zimmermannsbeil und hieb mit sicher geführter Hand dicke Späne vom Schaft, glättete das Ganze anschließend mit einem Beitel.

Mortenberg sah zu, ohne zu verstehen, was der Fürst im Sinn hatte. *Was immer er dort treibt – er sollte wahrhaftig andere Sorgen haben,* dachte er.

»So«, sagte der Fürst zufrieden. »Die Seeleute, die das Ruder eines Tages vielleicht bei schwerer See auswechseln müssen, werden es mir zu danken wissen.« Er legte den Beitel aus der Hand und sah Mortenberg an. »Der Abstand war zu gering. Auf der Werft haben die Zimmerleute ihre Mittel, um das Ruder trotzdem einzuhängen. Die Seeleute an Bord hingegen würden kostbare Zeit verlieren oder daran verzweifeln. Ich verwundere Euch, Ritter? Winzige Kleinigkeiten entscheiden oft die großen Dinge. Bei einem Schiff und bei einem Land.«

Mortenberg nickte. Emerthons handwerklicher Eifer war ihm fremd, aber ansonsten konnte er der Einschätzung des Fürsten nur zustimmen. Mortenbergs eigene Pläne folgten stets der Einsicht, dass sich aus einer Vielzahl von scheinbar belanglosen Kleinigkeiten Wissen ergab, das sich zu Werkzeugen formen ließ. Und diese Werkzeuge wiederum, im richtigen Moment eingesetzt, konnten den weniger umsichtigen Gegner unter Umständen durchaus über die Klinge springen lassen.

»Wo waren wir stehen geblieben?«, fragte der Fürst.

»Wir sprachen über Seegefechte, Euer Durchlaucht, und Ihr beklagtet, dass wir die Vorteile unserer überlegenen Schiffe nur unzureichend nutzen. Erlaubt mir bitte den Hinweis, dass man im Süden bei Seegefechten oft Torsionsgeschütze wie den so genannten Aal oder Torsionsschleudern wie die so genannte Rotze einsetzt.«

Der Fürst sah ihn nachdenklich an. »Sagtet Ihr nicht, Ihr versteht nichts von Seefahrt, Ritter Mortenberg?«

Mortenberg, der einen Großteil seines Wissens dem Flammenbund verdankte, erkannte die Falle. Der Fürst begann sich offenbar bereits zu fragen, wieso ein simpler Ritter, der als Vermittler im Dienst von Graf Tedesco und einer Kaufmannsvereinigung stand, über derlei Dinge Bescheid wusste. Wenn Mortenberg seine Worte nicht sorgfältig wählte, würde der kluge Fürst sich eine weitere Frage stellen: Warum verwendete Mortenberg sein Wissen nicht für eigene Zwecke? Und als Antwort drängte sich dann die Wahrheit auf: Dass er genau dies im Geheimen auch tat. »Verzeiht, Euer Durchlaucht, dem ist tatsächlich so. Aber Ihr wisst, ich bin weit gereist und, ohne mich unziemlich loben zu wollen, ein aufmerksamer Beobachter und Zuhörer. Ich schildere nur, was ich gesehen habe oder was mir erzählt wurde. Meine Unzulänglichkeit ist mir dabei bewusst. Mein Wissen hat keine Tiefe.«

»Stellt Euer Licht nicht unter den Scheffel, Ritter – Ihr seid ein heller Geist«, widersprach Emerthon.

»Ihr schmeichelt mir, Euer Durchlaucht.« Mortenberg verbeugte sich erneut. »Gegen Euch und Euer profundes Wissen allerdings komme ich mir sehr klein vor. Wie ein Ritter gegenüber einem Fürsten, wie es ja tatsächlich der Fall ist.«

Emerthon lächelte kühl. »Übertreibt es nicht, Ritter. Ich erwarte von Euch den schuldigen Respekt, aber Ihr müsst mir keinen Honig um den Bart schmieren. Ich erkenne tief in Euren Augen, dass Ihr Euch nicht so weit unter mir einstuft. Begeht allerdings nicht den Fehler, Euch innerlich über mich zu erheben!« Er sah auf, schüttelte den Kopf, ging zu einem Schiffbauerlehrling, der ein Stück weit entfernt Spantenhölzer glättete, und zeigte ihm freundlich, aber bestimmt, wie er das Beil anzusetzen hatte. Dann kehrte er zurück und sagte: »Ihr erwähntet Geschütze und habt die wichtigsten bereits genannt, von den Drachenzungen mal abgesehen, die Hylailer Feuer spucken und sehr wirksam sein können, wenn der Stückführer sein Handwerk versteht. Bedenkt aber, dass diese Waffen von mehr oder weniger schwankenden Schiffsplanken abgefeuert werden. Habt Ihr eine Vorstellung davon, welche Kunst es ist, unter diesen Umständen ein Geschütz auszurichten? Ich habe eine seltsame und äußerst kunstvolle Visiervorrichtung in meinem Besitz, die von südlichen Meistern ersonnen und für den Skorpion gebaut wurde – eben jenen Skorpion, der als Seegeschütz Aal genannt wird. Abgesehen davon, dass es viel zu kostspielig ist, derartige Geräte in großer Zahl zu bauen, erbringen sie am Skorpion sehr gute Ergebnisse. Setzt man sie jedoch an Bord eines Schiffes ein, versagen sie kläglich. Tatsächlich habt Ihr aber mit dem Hinweis auf Geschütze, ob gewollt oder nicht, vielleicht die Zukunft des Seegefechts angesprochen: Distanzkampf mit Fernwaffen statt Enterkampf. Wenn es uns gelänge, mit

Steingeschossen oder Eisenkugeln oder Hylailer Feuer ausreichend viele Schiffe des Feindes zu versenken oder in Brand zu setzen, bevor es zum Enterkampf kommt, könnten wir die Größe und die Segeleigenschaften unserer Schiffe wirklich zum Tragen bringen. Aber den bisher verwendeten Geschützen fehlt es dafür einfach an Reichweite, Zielgenauigkeit und Durchschlagskraft.« Er machte eine Pause und puhlte wenig fürstlich mit einem Dolch Dreck unter den Fingernägeln hervor. »Nehmt die uns bevorstehende Schlacht: Torsionsgeschütze sind zu ungenau und die Drachenboote der Thorwaler zu schnell. Hardred Bjarnison würde sich nur darüber einen Ast ablachen und uns womöglich seinen nackten, swafnirgefällig tätowierten Hintern als Ziel anbieten. Vielleicht gibt es ja irgendwann bessere Distanzwaffen. Dann allerdings würden die Thorwaler bald auf verlorenem Posten stehen.« Dann fügte er noch hinzu: »Ihr sollt aber nicht glauben, wir würden die vorhandenen Waffen nicht ausschöpfen, so unvollkommen sie auch sein mögen. Wenn Ihr Euch aufmerksamer umgeschaut hättet, wüsstet Ihr, dass einige unserer Schiffe mit Aalen ausgerüstet sind, und von dem Geld, dass Ihr bereitgestellt habt, wurden auch einige Schwere Rotzen für die großen Schiffe gekauft. Sie wurden bereits an Bord gebracht, sind aber noch unter Segeltuch verborgen.«

»Ihr selbst solltet Eure Schiffe als Admiral in das Gefecht führen«, sagte Mortenberg in aufrichtiger Bewunderung, aber auch in der stillen Hoffnung, er würde dies tatsächlich tun. Das würde manches einfacher machen und die Pläne des Flammenbundes befördern. *Auch meine eigenen.*

Emerthon winkte ab. »Ich denke über vieles nach, was mit Schiffen, auch mit deren Bewaffnung, zu tun hat, aber ich bin weder ein Soldat noch ein Seefahrer. Ich bin auch nicht besonders mutig, vielleicht sogar ein bisschen feige.«

»Aber, Euer Durchlaucht …«, protestierte Mortenberg pflichtschuldig.

»Unterbrecht mich nicht!«, rügte ihn der Fürst. »Seht es als Privileg an, dass ich so offen mit Euch spreche. Und klug, wie Ihr seid, dürft Ihr nicht völlig ausschließen, dass ich Euch nur einen Bären aufgebunden habe. Denkt darüber, was Ihr wollt. Aber sollte ich jemals hören, dass Ihr anderen gegenüber erwähnt, was ich Euch anvertraut habe, werde ich Euch beweisen, dass ich trotz allem der Herrscher von Albernia bin, meine Machtmittel kenne und anzuwenden weiß.« Seine Stimme verlor ihre Schärfe. »Ritter, Ihr spielt ein undurchsichtiges Spiel, und ich habe das Gefühl, dass Ihr mehr seid als ein Werkzeug in den Händen anderer. Ich sollte gegen Euch eigentlich sehr vorsichtig sein, aber aus irgendwelchen Gründen mag ich Euch. Vielleicht ermangelt es mir in meiner Umgebung auch an Geistern wie dem Euren. Mir liegt daran, Euch wissen zu lassen, dass ich mich nicht danach gedrängt habe, dieses Land zu beherrschen. Tatsächlich war ich nur das vierte Kind meines Vaters, aber meine drei älteren Geschwister starben, bevor mein Vater selbst seinen schrecklichen Leiden erlag. Ganz anders als mein Vater, der Praios ergeben war, habe ich Ingerimm erwählt. Ich wäre zufrieden damit gewesen, Schiffe, Paläste und manches andere zu entwerfen und beim Bau selbst Hand anzulegen. Nun muss ich mein Land führen, und ich stelle mich der Aufgabe. Ich bemühe mich, Albernia aus Händeln herauszuhalten, aber wie Ihr seht, gelingt das nicht immer. Dass ich, um mein Land und meine Untertanen zu retten, jetzt Euren Auftraggebern verpflichtet bin, gefällt mir nicht, aber ich werde die eingegangenen Verpflichtungen erfüllen. Sollten Eure Auftraggeber allerdings mehr wollen – solltet Ihr selbst, Ritter Mortenberg, mehr wollen –, dann müsst Ihr wissen, dass ich zwar nicht nach mehr Macht im Mittelreich strebe, aber stur, unerbittlich und *mutig* darum kämpfen werde, Albernia nicht in fremde Hände fallen zu lassen.«

Mortenberg bemühte sich, überrascht auszusehen. »Euer

Vertrauen ehrt mich, Euer Durchlaucht, aber ich weiß nicht…«

»Dann ist es gut, Ritter Mortenberg«, unterbrach ihn der Fürst. »Nehmt es nur als Kampfansage an niemand Bestimmten. Euer Bund der Kaufleute will Handelsprivilegien, und die bekommt er für die großzügige Unterstützung – sofern wir die Thorwaler besiegen können. Aber Albernia zu schlucken wird nicht so einfach sein. Für die Thorwaler nicht und für andere auch nicht.«

Er ist ein Mann von Ehre, dachte Mortenberg, *kein Mann der Macht. Und das macht ihn in gewisser Weise gefährlich. Und dass er über alles Mögliche nachdenkt, macht ihn noch gefährlicher. Aber das alles wird ihm nichts helfen. Schade eigentlich, denn auf gewisse Weise mag ich ihn. Er ist in seinen eigenen Werten fest verankert. Das bin ich auch. Aber seine Werte stellen die Interessen anderer über die eigenen. Das ist bei mir anders.*

3 Der Verdacht

»Bei Rastullah, das Feuer kann nur eines bedeuten«, rief Rashid mit vor Aufregung heiserer Stimme. »Die Thorwaler greifen an!«

Havena, Mitte Boron 914 BF

Rhiana überlegte. In den Gasthäusern der Stadt sprach man davon, dass Späher entlang den Küsten Ausschau nach den Drachenschiffen der Thorwaler hielten und auch einige schnelle Schiffe weit draußen in der Bucht kreuzten, um rechtzeitig die Ankunft des Feindes zu melden. »Es kann sich nicht um den Hauptangriff handeln«, widersprach sie, »sonst wäre die albernianische Flotte längst ausgelaufen. Aber vielleicht ist ein Vorauskommando irgendwo im Delta gelandet und versucht den Hauptangriff mit Brandschatzungen zu unterstützen. Oder Piraten aus dem Delta nutzen die Gunst der Stunde zu einem Überfall.«

»Wieso Gunst der Stunde?«, fragte Finni. »Havena starrt vor Schiffen und Bewaffneten. Das müsste Piraten doch eher abschrecken.«

»Niemand rechnet mit einem Angriff aus dem Muhrsape«, erwiderte Rhiana. Sie erinnerte sich daran, wie mühsam sie und ihre Gefährten den unwegsamen Sümpfen entkommen waren. »Vergiss die Bezeichnung Piraten, aber Gesindel aller Art, das auf Raub, Mord und Todschlag aus ist, könnte sich Hoffnung machen, ein eigenes Süppchen auf dem Feuer des Krieges zu kochen.«

»Sie würden Häuser ausrauben, aber nicht anzünden!«, beharrte Finni.

»Sie würden Häuser ausrauben und sie anschließend anzünden, um besser entkommen zu können!«, erklärte Rhiana.

»Streitet nicht um den Bart des Rastullah, ihr kostbaren Perlen Albernias«, beschwor Rashid die beiden Frauen. »Was nützt euch graue Theorie? Wir werden bald wissen, wie es sich wirklich verhält. Ich weiß nicht, wie es euch geht, aber ich habe einen Bärenhunger. Lasst uns ein Wirtshaus aufsuchen, um unsere Mägen zu besänftigen. Bei der Gelegenheit erfahren wir vielleicht auch Näheres über das Feuer.«

Der Vorschlag sagte den beiden Frauen zu. »Wenn ein Wirtshaus auf unserem Weg liegt, kehren wir ein«, entschied die Prinzessin. »Aber ein bisschen kann es noch warten. Je näher wir dem Hafen kommen, desto größer die Wahrscheinlichkeit, Wissen aus erster Hand zu erfahren.«

Die Gefährten setzten sich in Bewegung. Der Brandgeruch wurde stärker, aber der Feuerschein wirkte zunehmend gedämpfter.

»Das Feuer scheint eingedämmt zu sein«, meinte Finni. »Zumindest hat es wohl nicht weitere Bereiche des Hafens erfasst.«

So wichtig das gebändigte Feuer für den Menschen war, so sehr wurde es zur schrecklichen Geißel, wenn es seiner Obhut entglitt. Jeder in Aventurien wusste um diese Gefahr, und jeder war beständig in Sorge, dass die gierigen Zungen des dank Travia gezähmten Herdfeuers sich befreien und nach allem greifen mochten, was es eigentlich wärmen und schützen sollte. Rhiana war mit dieser Sorge aufgewachsen. Jeder in der damaligen Zuflucht teilte sie. Auch dort waren mehrmals Häuser in Flammen aufgegangen, durch Blitzeinschlag oder die Nachlässigkeit der Bewohner. Und der Feind nutzte die Macht des Feuers. Auch das hatten die Flüchtlinge schmerzvoll erfahren müssen. In Städten wie Havena, wo Haus an Haus stand, vermochte ein einmal ausgebrochenes Feuer

Verheerendes zu bewirken. Zu groß war das Nahrungsangebot rundum: Fachwerkbalken, Papierfenster, Reetdächer, Vorräte an Zunder, Torf, Holz und Lampenöl, die brennbare Habe der Bewohner. Die Menschen wehrten sich nach Kräften und beugten vor. Feuerpatschen und Löschsand befanden sich in allen Häusern. Wenn ein Feuer ausbrach, gab es keinen kleinlichen Streit zwischen Nachbarn mehr. Jeder half so gut er konnte. Ketten von Menschen bildeten sich, die mit Wasser gefüllte Holz- und Ledereimer zum Brandherd weiterreichten, andere saßen auf den Dächern der benachbarten Häuser, nässten das Reet mit Wasser aus den Zisternen und notfalls auch mit Jauche, schlugen mit Patschen nach jedem Funken, der herüberwehte. Aber wenn der Wind in das Feuer fuhr und der Funkenflug übermächtig wurde, brannten oft ganze Stadtteile ab. Brandstifter wurden entsprechend hart behandelt. Selten nur kam einer vor den Richter. Wer auf frischer Tat erwischt wurde, wurde meistens auf der Stelle totgeschlagen oder am nächsten Baum aufgeknüpft. Oft traf es auch Unschuldige, die sich in der Nähe des Brandortes aufhielten und sich auf irgendeine Art und Weise verdächtig gemacht hatten.

Rhiana verspürte Magengrimmen, und sie wusste, dass dies mit dem Ausbruch des Feuers zu tun hatte. Heute war nicht der Tag der Talanier. Die Abfuhr, die sie bei der Kaufherrin bekommen hatten, der versperrte Palast, Rashids Anfall, nun auch noch ein Feuer. Sie konnte das Feuer nicht zuordnen, betrachtete es aber als weiteres Hindernis, den Fürsten aufzuspüren und in günstiger Stimmung anzutreffen. Der Angriff der Thorwaler stand bevor, am Hafen war ein Feuer ausgebrochen – welche Geduld mochte Emerthon da aufbringen, Rhiana anzuhören? And wenn er es tat: Welche Nachsicht war angesichts der äußeren Umstände zu erwarten? Immerhin würde Rhiana gestehen müssen, dass sich die Talanier ohne Wissen des Fürsten seit vielen Jahren in Albernia aufhielten, keinen Kreutzer Steuern bezahlt, wohl aber im Gefecht mit Angreifern das Banner von König Arlos gezeigt hatten. Wie sollte ein Landesherr dies alles gnädig aufnehmen? Warum sollte er ihnen erlauben, mit den Schiffen der Patrusco das Weite zu suchen, während seine eigenen Untertanen sich in den Kampf warfen? Selbst wenn er Rhiana und ihren Leuten ohne Grimm gegenüberstand – würde er nicht verlangen, dass sie ihre Rüstungen anlegten, ihre Waffen gurteten und für Albernia stritten?

Ist das vielleicht der richtige Weg? Dem Fürsten mich selbst und meine Leute als Kämpfer anzubieten? Aber ich kann es nicht tun. Wir sind nur noch wenige, und viele von uns sind alt und geschwächt. Wenn wieder Dutzende von uns sterben, stirbt auch der Traum, nach Talania zurückzukehren. Wenn er nicht ohnehin schon dazu verdammt ist, nur ein Traum zu bleiben.

Sie fragten die wenigen Menschen, die ihnen auf den Gassen begegneten, nach dem Feuer, aber niemand wusste Genaues. Der Großvater mit dem langen Bart, der in einer Decke vermummt auf einer Bank vor dem Haus die wenigen Sonnenstrahlen einzufangen versuchte, die sich durch den wolkigen Himmel schlichen, nickte nur und meinte lächelnd, ihm sei alles Recht, was die Zwölfe gut gelaunt oder im Zorn schickten, ein paar rotznäsige Blagen waren aufgeregt und alberten unwissend herum, ein griesgrämiger Metzger, das Messer in der Hand, fluchte, ihm sei die Sau entwischt, die er schlachten wollte: Daran seien das Feuer und das Herumrennen der Nachbarn Schuld. Jeder denke eben nur an sich selbst und nicht an den Metzger, der sein Tagewerk zu verrichten habe. Und hinterher werde gemault, wenn kein Fleisch vorhanden sei.

Endlich begegnete ihnen eine junge Frau, die aus dem Hafen kam. Sie trug eine Kappe aus Kusliker Leinen, die in einen langen Nackenschutz überging. Allem Anschein nach gehörte sie zu den Schauerleuten. Sie sah müde aus, murmelte einen knappen Gruß und schien wenig Neigung zu haben, sich mit Fremden zu unterhalten.

»Ehrbare und fleißige Frau, Ihr seht aus, als hättet Ihr mit den wunderbaren Schiffen zu tun, die mit Rastullahs Segen den Delfinen gleich auf den Meeren dahin gleiten«, sprach Rashid sie an. »Könnt Ihr uns vielleicht sagen, was am Hafen passiert ist?«

Die Frau, die eine derartige Ansprache offenbar nicht gewohnt war, fasste ihn näher ins Auge. Rashid lächelte freundlich und zog die perlenbestickte Kappe. Seine verschmutzte Kleidung machte gewiss nicht den allerbesten Eindruck. Aber Rashid verstand sich darauf, auch schmutzverkrustet auf Frauen zu wirken. »Verzeiht mir die Bemerkung, aber manche unter den fleißigen Bienen beglücken den Betrachter zugleich durch ihre Anmut, und Ihr seid eine von ihnen.«

»'n Speicher der Patrusco is' abgebrannt«, erklärte die Frau. »War wahrscheinlich Brandstiftung, aber geschieht der Alten ganz Recht. Sacht mein Herr. Die bringt ihre Schippen in Sicherheit, während mein Herr sie innen Kriech schicken muss. Sacht mein Herr. Die Feuerschurken hat man nich' erwischt, aber zum Glück is' das Feuer nich' auffen Speicher von mein' Herrn rüber gesprungen.«

»Sacht mein Herr«, murmelte Finni und verdrehte die Augen.

Die Frau hatte es nicht gehört.

»Verzeiht, dass wir selbst in widrige Umstände geraten sind und Euch für diese Auskunft nicht belohnen können«, sagte Rashid. »Aber seid gewiss, dass Euch Rastullah überreichlich beschenken wird, sei es in diesem Leben oder im Paradiese. Ihr dürft Euch schon jetzt darauf freuen!«

»'n heiße Fischsupp' is' mir jetzt lieber als 'n Rabdulla«, sagte die Frau, »un' die wartet auf mich zu Haus'. Efferd z'm Gruß.«

Rashid wollte wortreich das Missverständnis um Rastullah aufklären, aber Finn packte ihn am Arm und zog ihn zur Seite, damit die Frau passieren konnte.

»Spreche ich so undeutlich, kleiner Dschinn?«, beklagte sich der Novadi bei der Halbelfe. »Ich muss es ja hinnehmen, dass noch nicht alle Bewohner von Aventurien Rastullah als ihren Herrn erkannt haben – aber was bringt die Leute in Havena dazu, aus Rastullah immer wieder Rabdulla zu machen?«

»Es ist erst zweimal passiert«, erinnerte ihn Rhiana.

»Zweimal ist dreimal und viermal und fünfmal, und darum ist zweimal zu viel, sagen die Mawdliyat«, beharrte Rashid und fügte hinzu: »Die Mawdliyat sind die Richter, die Rastullahs Schriften auslegen.«

Finni kicherte in sich hinein. »Sei nicht böse, Rashid, und das gilt jetzt nicht deinen ehrenwerten Richtern, aber du näselst manchmal ein bisschen.«

»Ist es wirklich so schlimm, kleiner Dschinn?«, fragte der Novadi betroffen.

»Finni will dich nur foppen«, beruhigte ihn Rhiana. »Du näselst überhaupt nicht – na ja, so gut wie gar nicht. Wahrscheinlich ist dieser Rabdulla jemand, den man in Havena kennt. Vielleicht ein Seeungeheuer oder so etwas.«

»Rastullah ... wird ... mit einem ... Seeungeheuer verwechselt?« Rashid sackte förmlich in sich zusammen. »Wenn das wahr ist, muss ich der guten Frau sofort nacheilen und ihr die wahre Bedeutung ... «

»Rashid!«, unterbrach ihn Rhiana streng. »Wir haben andere Sorgen! Und das mit dem Seeungeheuer ist doch nur eine ins Blaue gesagte Vermutung von mir. Vergiss es einfach! Bedenkt jetzt bitte beide, was wir erfahren haben, und stellt alles andere zurück. Ein Speicher der Kauffrau Patrusco ist abgebrannt. Das ist ein Unglück, begreift ihr das?«

»Du meinst, die Patrusco kann ihre letzten Schiffe nicht mehr ausrüsten?«, fragte Finni mit großen Augen.

»Ja, vielleicht auch das nicht.« Rhiana blickte die Halbelfe an. »Aber das wird sie bei ihren guten Beziehungen zum Fürstenhof irgendwie hinkriegen. Aber Finni, verstehst du denn nicht? Wir haben die Patrusco um Schiffe für die Talanier gebeten, sie hat abgelehnt, und wir sind … na ja, im Streit geschieden. Wenig später brennt einer ihrer Speicher. Versetze dich mal in ihre Lage. Was würdest du denken?«

»Dass wir aus Rache …«

»Genau«, sagte Rhiana. »Es liegt doch auf der Hand, oder?«

»Nein, nein«, widersprach Finni hastig. »Die Kaufherrin war freundlich zu uns. Es ist deutlich geworden, dass sie dich mag. Nur ihre Loyalität zum Fürsten hat sie daran gehindert …«

»Alles richtig«, unterbrach Rhiana. »So sehe ich es auch. Aber dann brennt ein Speicher. Nicht irgendeiner, sondern *ihr* Speicher. Es war kein Überfall der Thorwaler, es waren keine Piraten. Die einen wie die anderen hätten doch die gesamte Speicherzeile ausgeraubt und abgesengt. Es brannte nur ihr Speicher. Selbst wenn man gutwillig ist, kann man doch gar nicht anders, als an gezielte Brandstiftung zu glauben!«

»Die unvergleichliche schönste Rose der tausend Rosen hat Recht«, mischte sich Rashid ein. »Diese emsige Frau, die Rastullah folgt, ohne es zu wissen, wird in ihrem Herzen verstört sein und sich fragen, wer sie zu schädigen suchte und warum er dies tat.«

»Sie hat auf mich einen … lebenserfahrenen Eindruck gemacht«, sagte Finni. »Sie selbst hat die Neider erwähnt, und die Schauerfrau tat es auf ihre Weise auch.« Sie ahmte die Frau nach: »›Geschieht der Alten ganz Recht. Sacht mein Herr. Die bringt ihre Schippen in Sicherheit, während mein Herr sie innen Kriech schicken muss. Sacht mein Herr.‹ Erinnert ihr euch? Die Patrusco wird Freund und Feind zu unterscheiden wissen.«

»Mag sein«, räumte Rhiana ein. »Sie wird uns aber trotzdem im Visier haben. Sie müsste schon sehr dumm sein, wenn sie diese Möglichkeit nicht in Betracht ziehen würde. Und sie ist nicht dumm. Wenn wir sie nicht zusätzlich reizen wollen, sollten wir uns jetzt nicht am Hafen zeigen.«

»Im Gegenteil – wer sich nicht zeigt, hat etwas zu verbergen«, befand Finni.

»Kleiner Dschinn, damit hast du fast im Wortlaut einen von den Mawdliyat oft zitierten Spruch Rastullahs wiedergegeben«, lobte Rashid. »Als es um den Diebstahl eines Lammes ging, sagte Rastullah nämlich: ›Wer frei von Schuld, der zeiget seine unbefleckten Hände. Wer sich aber verstecket, der…‹«

»Ach Rashid und Finni, das führt uns doch nicht weiter.« Rhiana seufzte. »Mein Gefühl sagt mir, dass die Kaufherrin uns zumindest im Verdacht hat. Wenn wir am Hafen herumstolzieren, könnte sie das als freches Gehabe missverstehen. Und Rashid, schau dich an. Jeder, der dich sieht, wird sich fragen, was dir passiert ist. Könnte es vielleicht sein, dass du im Dreck herumgekrochen bist, um ungesehen einen Speicher anzuzünden?«

Betroffen sah Rashid an sich herab. »O bitte, wirf mir mein Aussehen nicht vor, du hellster Stern am Nachthimmel. Du weißt, wie unwohl ich mich in diesen schmutzigen Kleidern fühle.«

»Ach Rashid, das war doch nicht als Vorwurf gemeint.« Der Südländer sah so hilflos aus, dass Rhiana ihn am liebsten in den Arm genommen hätte. Ganz unpassend zu diesem Zeitpunkt schoss ihr durch den Sinn, wie es sein mochte, sich in einer stillen Stunde der Nacht diesem glutäugigen Sohn des Kalifats hinzugeben. Jetzt starrte er vor Dreck, aber das war nicht seine Schuld. Unter der schmutzigen Kleidung war er wie immer ein reinlicher und gepflegter Mann. Er würde ohne Zweifel ein angenehmer Liebhaber sein, wohlriechend sogar, wenn sie ihm etwas Zeit ließ, sich vorzubereiten. Und Rhiana zweifelte nicht daran, dass Rastullah über die 99 Gesetze hinaus seine Anhänger in verschwiegenen Regeln auch gelehrt hatte, eine Frau auf besondere Art zu ehren und zu beglücken. Und wenn es nicht Rastullah war, dann würde es für Rashid andere Lehrmeister oder Lehrmeisterinnen gegeben haben. Er war ganz ohne Frage ein Freund der Sinne und würde dies auch in der Liebe zum Ausdruck bringen.

Nicht schon wieder Rahja, schalt sie sich. Die Göttin der Liebe mischte sich immer wieder auch zu ungelegener Stunde ein und lenkte ihre Aufmerksamkeit auf Menschen in ihrer Nähe. Sie erinnerte sich an die Momente, in denen sie sich hatte vorstellen können, mit Finni mehr zu teilen, als es gute Freundinnen für gewöhnlich taten. Auch Rashid hatte sie inzwischen als treuen Freund lieb gewonnen, aber als Mann nahm sie ihn kaum wahr. Ungeachtet der Schmeicheleien, die Rashid ihr in offenbar ehrlicher Bewunderung entgegenbrachte, verspürte sie nicht jenen Funkenschlag, den sie erwartete, wenn ein Weib und ein Mann füreinander bestimmt waren. *Erwartest du zu viel? Bist du schon zu sehr die Prinzessin, die sich aufheben will für den unfassbar schönen und edlen Prinzen oder gar König, der ihr Herz und ihren Schoß entflammt?*

Sie wünschte sich so sehr einen Mann, der sie in den Arm nahm und ihr das gab, wonach sie sich immer gesehnt hatte, was ihr die zu früh verstorbene Mutter nicht geben konnte und die unnahbare Maruna nicht geben wollte: Zärtlichkeit. Aber sie wollte mehr als einen flüchtigen Liebhaber. Sie suchte auch Halt und Trost, um der Welt um sie herum besser trotzen zu können. Gemeinsamkeit. Geborgenheit. Den Schlag zweier Herzen, der eine Insel im Meer der Gefahren formte. Rashid war ein so liebenswerter Mensch, ein wahres Schmuckstück der Kalifate. Sein Rastullah hätte keinen besseren Botschafter aussenden können. Aber Rhiana bezweifelte, dass er ihr das geben konnte, was sie suchte. Und für ein flüchtiges Abenteuer wollte sie ihn nicht benutzen. Das würde ihn kränken – und Finni. Sie wünschte so sehr, dass die beiden zueinander fänden. Finni wollte ihn mit ganzem Herzen, das spürte Rhiana – aber Rashid behandelte sie wie eine kleine Schwester. Dabei wollte der ›kleine Dschinn‹ sich doch so gern an ihn schmiegen und ihm die Schenkel öffnen … Jeder flüchtige Beobachter würde dies auf den ersten Blick erkennen, nur Rashid nahm es nicht wahr. *Männer sind manchmal so dumm.*

»Nicht zum Hafen, nicht zum Palast«, murrte Finni. »Was bleibt uns dann noch?«

»Ein Wirtshaus«, erinnerte Rashid. »Mein Magen sagt, wir sollten erst einmal eine gute Suppe zu uns nehmen, wenn es sich machen lässt, oder einen Eintopf mit reichlich Fleisch vom Hammel. Oder Kaldaunen. Alles andere ergibt sich von selbst.«

»Wie wärs's denn hiermit?«, fragte Rhiana und deutete auf ein Gebäude direkt vor ihnen. Ein geschnitztes Holzschild zeigte ein Drachenschiff der Thorwaler. Darunter stand, ebenfalls in geschnitzten Buchstaben: *Drachenschänke.* »Ob es dort Hammelfleisch oder Kaldaunen gibt, weiß ich nicht. Aber ich kann mir vorstellen, dass dieses Wirtshaus im Moment nicht sehr beliebt ist und wir viel Platz haben werden.«

»Wenn es dort Fisch gibt, ist es mir auch recht«, meinte Rashid. Den Blick nach oben gerichtet, fügte er murmelnd hinzu: »Verzeih mir Rastullah, aber die Schuppenhäutler, die im Wasser leben, schmecken nun mal sehr gut, auch wenn du dem Gläubigen verboten hast, sie zu essen. Wenn es dir Ernst gewesen wäre mit deinem Verbot, hättest du sie gewiss doch etwas bitterer oder giftiger erschaffen, oder?«

Die Gefährten betraten das Gasthaus. Wie Rhiana vermutet hatte, hielt sich niemand darin auf. Aber ihre Ankunft war bemerkt worden. Eine schielende alte Frau kam mit schlurfenden Schritten herbei. Ihr langes graues Haar war zu einem Zopf gebunden. Ein Leiden ließ sie den Rücken beugen, aber trotz allem sah sie in ihrem Willen ungebeugt aus. Sie besaß die hagere, knochige Statur der Leute aus dem Norden, und das Gesicht war herb und kantig.

»Ihr wünscht?«, fragte die Frau schniefend.

»Wir haben Hunger und Durst«, sagte Rhiana, während sie sich einen Schemel nahm und zu den anderen an einen blank gescheuerten Tisch setzte.

»Gastfreundliches Mütterchen«, ließ sich Rashid vernehmen. »Ein Eintopf mit Hammelfleisch würde mich entzücken.«

»Wir haben Eintopf mit Kohl, Kartoffeln, Schwarzwurzeln, Karotten, Äpfeln, Hammelfleisch vom Rücken und reichlich Hammel-Kutteln«, erwiderte die Frau, sich ab und zu die Nase in die Schürze erleichternd. »Wenn es Euch nicht stört, dass er dreimal aufgekocht wurde und gestern etwas altbackenes Brot sowie ein Rest vom Suppenhuhn hinzugefügt wurde.«

Rashid verdrehte genießerisch die Augen. »Wovon ich geträumt habe, Zierde aller Wirtsfrauen. Eine große Portion bitte. Und einen Krug Wasser.«

»Wasser saufen die Ochsen«, erklärte die Wirtin. »Hier gibt es nur Bier und Landwein.«

Rashid verzog in komischer Verzweiflung das Gesicht. »Rastullah möge mir verzeihen, aber ich habe alles versucht, seinen Gesetzen zu folgen. Aber es geht nicht. Also bitte einen Krug Bier.«

»Dünnbier oder was Ordentliches, nach dem man gut furzen kann?«

»Wenn ich schon sündigen muss, dann auch richtig: das Furzbier.«

»Und sonst?«, fragte die Wirtin in die Runde.

»Eintopf und Dünnbier«, sagte Rhiana.

»Für mich das Gleiche«, ergänzte Finni.

Die Wirtin nickte.

»Ihr seid aus Thorwal?«, fragte die Prinzessin.

Die Wirtin nickte erneut. »Mein Mann und ich leb'n seit vierzig Jahren in Havena. Hatt'n nie Ärger. Aber plötzlich woll'n die best'n Freunde nix mehr von uns wiss'n. Is' schon bitter. *Wir* greif'n doch nich' die Stadt an! Auch nich' die Thorwaler. Bjarnison isses, Bjarnison, der Hundsfott, Swafnir mög' ihn straf'n.«

»Ihr werdet schon wieder bessere Zeiten erleben, gute Frau«, meinte Rashid. »Bringt uns diesen formidablen, mehrfach gekochten Eintopf, und wir werden Eure Kochkunst in ganz Aventurien preisen.«

»Was ist nun?«, wollte Finni wissen. »Sollen wir uns in dieser Schänke vollaufen lassen und die Welt beweinen?«

»Wäre vielleicht nicht das Schlechteste«, sagte die Prinzessin leichthin.

»Rhiana, du willst doch nicht etwa aufgeben?«, empörte sich Finni. »Oder doch? Dann lass uns meine Gaukler suchen. Dort finden wir alle drei Unterschlupf und Eisfell auch. Und wenn die Seeschlacht vorüber ist, sieht alles ganz anders aus.«

»Nein!«, sagte Rhiana. »Nein und nochmals nein! Finni, du kennst mich jetzt lange genug. Ich wusste anfangs nicht, was ich wollte, aber jetzt weiß ich zumindest dies. Aber es tut mir Leid, ich bin immer noch immer keine geborene Führerin. Ich weiß manchmal nicht, wie es weitergeht, und dies ist so ein Moment. Verdammt noch mal, Finni – was kann ich noch tun? Du hast dich zwischen zwei Welten herumgeschlagen und trägst drei Welten in deinem Kopf. Weißt du keinen Rat? Und Rashid aus dem fernen Süden – hilf mir mit deinem Rastullah und allem, was dich dein alchimistischer Lehrmeister gelehrt hat. Ich will doch nur, dass meine Leute dort draußen nicht umkommen. Mehr will ich doch gar nicht.«

»Weine doch nicht, mein Stern«, sagte Rashid sehr leise und sehr traurig, und erst in diesem Moment wurde Rhiana bewusst, dass ihr Tränen der Verzweiflung in den Augen standen.

Auch Finnis Stimme war ganz leise und sanft, als sie sagte: »Rhiana, du hast so viele Freunde dort draußen. Connair und Gomm, Branwen und Thorla, Eillyn und Albin, Natalju, Boruntin, Jerrilu und ... und Nogaba, Tsalita ... sie alle würden für dich durchs Feuer gehen. Sie sind nur Gaukler, wie ich, aber treue Seelen. Und sie haben Freunde, viele Freunde, viel mehr, als du dir vorstellen kannst, andere Gaukler, fahrendes und sesshaftes Volk ... «

Sie brach ab, weil die Wirtin ihnen einen dampfenden Topf, Löffel und Holzteller hinstellte. Es roch angenehm nach all dem, was die Wirtin als Inhalt des Topfes angekündigt hatte, dazu nach Knoblauch, Thymian, Lauch und Basilikum. Eisfell, der sich zu Rhianas Füßen niedergelassen hatte, wurde unruhig. Eine dralle junge Magd, der die üppigen Brüste fast aus dem breiten Ausschnitt ihrer Linnenbluse hüpften, brachte drei riesige Bierkrüge. Zwei davon, beide mit schaumlosem, hellgelbem Bier gefüllt, stellte sie vor den Frauen ab, den dritten mit dem dunkelbraunen und kräftig aufschäumenden Bier stellte sie vor Rashid ab. Sie sah ihn die ganze Zeit mit großen runden Augen an und stellte sich so ungeschickt an, dass ihre Brüste den Arm des Novadi streiften.

»Schönes Kind, Ihr seid mit einem Körper gesegnet, wie man ihn sonst nur im Paradies antrifft«, sagte Rashid nach einem tiefen Blick auf den Grund der Bluse, der ihm bereitwillig gestattet wurde. »Wenn ich nicht bereits einer andern Herrin dienen würde, käme ich in Versuchung, ein weiteres der 99 Gesetze Rastullahs zu brechen.«

Schmollend zog sich die Magd zurück, und Rashid machte sich wie die anderen mit großem Appetit über den Eintopf her. Rhiana sorgte dafür, dass auch Eisfell seinen Anteil erhielt.

Finni konnte einen kleiner Rülpser nicht unterdrücken und knüpfte an das Gespräch von vorhin an. »Rhiana, deine Freunde haben andere Freunde, und diese stehen auch nicht allein da. Es ist eine beinahe endlose Kette. Hier ein einstmals klammer Gastwirt, dem wir mit einer Darbietung aus der Not geholfen haben, dort ein armer Hochzeiter, dem wir umsonst die Feier verrichtet haben, aber auch Verwandte mit kleinen Höfen und kleinen Gewerben, alles keine großen Leute, und niemand hat mehr als ein paar Silbertaler im Strumpf, aber alle sind aufrichtig und verschworen in der Gemeinsamkeit der Habenichtse. Sie haben nicht viel und erhoffen noch weniger, aber ihre Freundschaften ersetzen ihnen den in Münzen zählbaren Reichtum, und kein Geld der Welt würde sie zum Verrat anstiften. Rhiana, wenn es dir darum geht, deine Leute in Sicherheit zu bringen, dann schick sie zu meinen Leuten, zu den Gauklern. Sie müssten nur bereit sein, sich für eine Weile in kleine Gruppen aufzuteilen, aber das könnte doch auch ein Vorteil sein, weil der Flammenbund sie nicht mehr als Gruppe wahrnehmen würde. Ich weiß, wie schwer es ist, nach all den Mühen einen Schritt rückwärts zu machen. Aber du kannst ihr Leben retten. Und im nächsten Jahr, wenn all dies, was im Moment vonstatten geht, Geschichte ist…«

Rhiana legte den Löffel weg, nahm die Freundin in den Arm, drückte sie, küsste sie auf den Mund und spürte, wie der Kuss erst überrascht, dann aber zärtlich erwidert wurde.

»Finni…« Rhiana hatte Schwierigkeiten, ihre Gedanken zu ordnen. Zu deutlich war das Signal gewesen, das Finnis Zunge ausgesandt hatte. *O Rahja, bitte nicht jetzt! Bitte nicht jetzt! Aber ich kann es mir wohl nicht aussuchen, und eigentlich möchte ich es auch.*

»Finni, ich stehe mit leeren Händen da, und du beschämst

mich einmal mehr mit … mit deiner Einladung.« Sie wählte diese Worte ganz bewusst, weil sie sowohl für das Gesagte als auch für das Ungesagte standen. »Was mich selbst angeht … « Sie machte eine Pause, um Rashid nicht hellhörig zu machen, und trank einen Schluck von dem fade schmeckenden Bier. »… kann ich mir vorstellen, deinen Vorschlägen mit Freuden zu folgen.« Sie küsste Finni erneut, diesmal nur auf die Wange, und entließ sie dann aus der Umarmung. Sie bemühte sich, dem Aufruhr der Gefühle zu entkommen. »Was mein Volk angeht, so wünsche ich ihm so sehr Ruhe vor den Nachstellungen des Feindes.«

Finni sah sie mit blitzenden Augen an und fuhr sich mit der Zunge über die Lippen. Das war eindeutig eine Einladung für mehr.

Rhiana konnte im Moment nicht darauf eingehen. »Aber so großzügig und wunderbar dein Angebot auch ist, Finni: Ich fürchte, es ist nicht der richtige Weg. Die Talanier haben nur überlebt, weil sie fernab der Heimat ihre Gemeinschaft erhalten konnten. Wenn man sie aufteilte, würden sie ihren Überlebenswillen verlieren. Die Jungen würden sich vielleicht anpassen, aber die Alten würden verzweifeln und eingehen.«

Die Halbelfe stellte sich der nüchternen Wirklichkeit. »Es ist doch nur für kurze Zeit«, wandte sie ein. »Für ein halbes oder meinetwegen auch ein ganzes Jahr.«

»Wenn der Zwang, die Gemeinschaft erhalten zu müssen, erst einmal aufgehoben ist, werden daraus schnell mehrere Jahre. Und vergiss nicht, die Leute sind arm. Wenn Bairsson uns nicht unser Geld zurückgibt, können wir keine neuen Schiffe anmieten. Das zwingt uns, in den Verhältnissen auszuharren, ob wir sie nun gern ändern möchten oder nicht.«

»Ich weiß sehr gut, was Heimweh bedeutet«, mischte sich Rashid in das Gespräch ein. Bislang hatte er sich hauptsächlich damit beschäftigt, die letzten Reste aus dem Topf herauszuschaben und sein Braunbier zu schlürfen. Er klang ungewöhnlich nachdenklich und verzichtete darauf, Rastullah zu erwähnen. »Aber ich glaube, deine Leute müssen sich entscheiden, was sie wollen. Oder du musst diese Entscheidung für sie treffen. So wie sich die Dinge entwickelt haben, wird es schwer, in die Heimat zurückzukehren. Jetzt und später. Aber der kleine Dschinn hat dir eine Möglichkeit eröffnet, wenigstens die meisten Leben zu retten. Wenn ich an deiner Stelle wäre, würde ich die Leben retten. Man kann später sehen, ob mehr möglich ist.« Er kam nun doch nicht umhin, seinen sprachlichen Gewohnheiten Platz einzuräumen, und fuhr fort: »Verzeih mir, du goldhaariger Traum aller Gläubigen und Ungläubigen, dass ich dir meinen Ratschlag unterbreitet habe. Es ist nur die bescheidene Meinung eines Unwürdigen, der sich mit minderem Erfolg bemüht, Rastullahs Gesetzen zu folgen.«

»Ja, ihr habt ja beide Recht«, gab Rhiana zu, »und ihr könnt gar nicht ahnen, wie sehr mir das zu schaffen macht. Ich bin damit aufgewachsen, dass die Gemeinschaft alles bedeutet und das Ziel der Gemeinschaft die Rückkehr nach Talania ist. Maruna hat uns darauf eingeschworen. Es war ihr Wille, ihr unglaublich starker Wille. Wenn sie nicht gewesen wäre, hätten sich die Flüchtlinge über das Land verteilt, und nach einer Generation hätte sie niemand mehr aus ihren neuen Wurzeln herausreißen können.«

»Wäre das nicht eher gut gewesen?«, fragte Finni. »Jedenfalls für die Menschen?«

»Schau mich nicht so an als wäre ich die machthungrige Prinzessin, die diese Leute braucht, um ihren Thron zurückzuerobern«, beschwerte sich Rhiana. »Ich freue mich über jeden einzelnen Talanier, der in Albernia oder sonst wo eine neue Heimat findet und sein Leben nicht für einen Traum opfert. Aber ich habe auch Angst um jeden Einzelnen, seitdem ich weiß, wie unerbittlich der Flammenbund unseren Leuten nachstellt. Weißt du, das ist wie mit den Zugvögeln. Auf den ersten Blick erscheint es unsinnig, dass sie sich zu Schwärmen gruppieren und ihren Feinden ein deutlich sichtbares Ziel anbieten. Aber es macht Sinn, wenn sich Schwache zusammenschließen. Der Feind tötet den einen oder anderen, aber die Gruppe überlebt, geht, durch den Nachwuchs ergänzt, vielleicht sogar gestärkt aus den Angriffen hervor. Einzeln jedoch würden sie nacheinander vom Feind getötet und hätten keine Aussicht, ihr Erbe weiterzugeben. Auf die Talanier übertragen hieße das, alle Träume aufzugeben und Albernianer zu werden.«

»Und das ist so schlimm?«, fragte Rashid mitfühlend.

»Nicht für mich«, sagte Rhiana, »aber für die Alten, insbesondere für Maruna. Sie und viele der anderen leben nur für den Traum, das Unrecht zu sühnen. Sie wollen in der Fremde keine neuen Wurzeln schlagen. Sie leben nicht wirklich in der Gegenwart, sondern nur in der Vergangenheit und der Zukunft. Und für den Flammenbund wäre es einfach, sich Maruna und andere zu greifen, sie zu foltern, ihnen ihr tatsächliches oder nur vermutetes Wissen herauszupressen und sie dann zu töten.« Sie machte eine kleine Pause und fuhr dann fort: »Dies alles vor Augen, weiß ich aber auch, dass sie dort draußen in den Ruinen nicht länger bleiben können. Was soll ich nur tun?«

Rondra, hilf mir!, flehte sie. Rhiana war verzweifelt genug, der Göttin des Krieges oder auch dem Trugbild dieser Göttin, das ihr so oft erschienen war, alles zu glauben und alles zu versprechen, wenn sie sich damit Hilfe erkaufen konnte. Aber noch während ihr dies durch den Kopf ging, fiel ihr ein, dass sie erst vor kurzem den Feind hinter dem Trugbild wie hinter Rashids seltsamen Anfall vermutet hatte.

Und wenn schon! Elidana hat die Botschaft meines Vaters gelesen. Der Feind weiß, was ich weiß. Nicht mehr und nicht weniger. Warum nicht den Feind bitten, uns zu helfen? Viel-

leicht lässt Mortenberg meine Leute ziehen, wenn ich ihm schöne Augen mache und verspreche, mit ihm zusammenzuarbeiten. Ich werde mich dafür hassen, aber es wäre ein Weg.

»Wenn wir genug Geld hätten, könnten wir versuchen, an der Patrusco vorbei die Kapitäne oder Kapitäninnen der auslaufenden Schiffe zu bestechen«, sagte Rashid. Er zog seine Geldkatze, schaute hinein und seufzte. »Ich habe nur noch zwei Dukaten und ein paar Silbertaler. Das wird nicht genügen. Aber ich gebe dir das Geld mit Freuden, du gleißender Stern, der dem Wanderer in der Wüste den Weg weist.«

»Ich danke dir von Herzen, Rashid.« Rhiana beugte sich zu ihm, nahm nun auch ihn in den Arm und gab ihm einen Kuss. Anders als bei Finni war dieser Kuss aber nur flüchtig auf die Wange gehaucht, und sie beendete die Umarmung mit einem freundschaftlichen Hieb auf die Schulter, wie es unter Freunden üblich ist. »Aber bitte behalte dein Geld. Bestechung wäre keine Lösung.« Sie straffte sich. »Mir ist gerade eine Idee gekommen, die irrwitzig sein mag, aber zum gewünschten Erfolg führen könnte. Ich werde mit Ritter Mortenberg reden.«

»Mit Mortenberg, dieser Schlange?«, rief die Halbelfe empört. »Rhiana, welcher Dämon ist in dich gefahren?«

»Er hat uns beiden schon einmal geholfen – erinnerst du dich, Finni?«

»Nur um uns hinterher seine Schergen auf den Hals zu hetzen!«, fauchte das Mädchen. »Hast du vergessen, dass dieser Kotzbrocken Dom Lando Mortenbergs Kreatur ist? Es ist so, auch wenn er es abgestritten hat. Mortenberg hat es sogar geschafft, seinen Busenfreund zum Admiral der fürstlichen Marine zu machen. Rhiana, wenn du mit Mortenberg verhandelst, begibst du dich in eine Schlangengrube.«

Rhiana nickte. »Richtig. Aber mir bleibt keine Wahl. Mortenberg ist ein Intrigant und mit dem Feind verbündet, und möglicherweise ist der Ritter in Wahrheit viel mehr unser

Feind als dieses Arschloch Dom Lando. Aber er kann uns helfen, wenn er will, und vielleicht nützt es sogar seinen Plänen. Ich werde es versuchen. Verstehst du, Finni? Ich will mich nicht an ihn verkaufen, sondern ihn ausnutzen.«

»Er wird *dich* ausnutzen!«, sagte Finni bitter. »O bitte, Rhiana, komm nicht vom leuchtenden Pfad ab«, bettelte sie. »Lass dich nicht auf die schmutzigen Geschäfte eines Mortenberg ein. Wenn es denn wirklich sein muss, lass mich mit ihm reden.«

»Er will mich, Finni, nicht dich«, erinnerte die Prinzessin ihre Freundin.

»Ja«, fauchte die Halbelfe. »Da gibt es noch andere, die *dich* wollen und nicht mich!«

»Er will mich nicht als Frau, sondern als Werkzeug, das ihn zum Ersten Schwarzen Auge führt«, stellte Rhiana richtig.

»Er will mehr«, widersprach Finni. »Ich habe seine Augen gesehen, als er dich betrachtete. Er hat dich mit seinen Blicken förmlich ausgezogen. Egal, was er sonst noch will, er will dich unbedingt in sein Bett ziehen.«

Rashid hatte die Hand am Rapier. »Ich werde diese nichtsnutzige Hyäne umbringen!«, fluchte er. »Rastullah sei mein Zeuge!«

»Sei unbesorgt, Rashid«, sagte die Prinzessin. »Ich werde mich diesem Mortenberg nicht hingeben. Mag sein, dass er mich gern in seinem Bett hätte, aber das schafft er nicht. Und was immer man sonst gegen ihn sagen kann, er hat einen gewissen Stil. Frauen mit Gewalt zu nehmen kommt für ihn nicht in Frage.«

Finni schüttelte heftig den Kopf. »Du kennst die Männer nicht! Sie werden von ihren Lenden beherrscht. Wenn sie mit gesäuselten Liebesworten nicht weiterkommen, werden sie brutal.«

Rashid blickte sie traurig an. »Kleiner Dschinn, du musst schlimme Erfahrungen mit Männern gemacht haben. Glaube mir, die meisten Männer sind anders. Sie ehren die Frau und würden ihr niemals ihren Willen aufzwingen.« Finster fügte er hinzu: »Ich werde mir diesen Mortenberg anschauen. Wenn er tatsächlich seinem Gemächt folgt wie ein Löwe in der Savanne, werde ich ihn töten!«

Rhiana rief die Wirtin herbei und zahlte die Zeche. »Wir wünschen Euch Glück«, sagte sie zum Abschied. »Wir haben selbst unseren Kummer, aber wenn die Schlacht geschlagen ist, werden sich die Nebel über unser aller Gemüt verflüchtigen. Ihr werdet es sehen. Eure Wirtschaft wird wieder aufblühen.«

»Es wird nie wieder wie vorher«, grollte die Wirtin. »Zerbrochenes Glas lässt sich nich' wieder zusammenfügen.«

»Aber ja doch, Mutter aller köstlichen Eintöpfe«, widersprach Rashid. »Ich habe alchimistische Studien betrieben und kann Euch versichern, dass es dazu nur guter Kohle, eines Blasebalgs und der Kunst eines Meisters bedarf. Schöpft Hoffnung! In jedem Fall werde ich Rastullah preisen, dass er mich Euren Eintopf hat genießen lassen! Ich habe jede Kuttel einzeln herausgeschmeckt und auf der Zunge vergehen lassen! Das Furzbier nicht zu vergessen, obwohl ich es Rastullah gegenüber vielleicht nicht besonders erwähnen werde, wenn Ihr gestattet.«

»Euer Essen war wirklich gut und reichlich«, lobte auch Finni die Wirtin, und Rhiana nickte dazu.

»Ich danke Euch, und Swafnir möge Euch schützen«, sagte die Frau. »Und es hat mir gefallen, wie Ihr zugelangt habt. Das ist thorwalsche Art. Ihr habt mich damit geehrt. Nur von dem Braunbier hätte Ihr alle trinken sollen, bis Ihr unter den Tisch gerutscht wäret. Auch das ist thorwalsche Art.«

»Ein andermal mit Vergnügen«, versicherte Rhiana. »Heute müssen wir leider einen klaren Kopf bewahren. Aber setzt einen weiteren Eintopf auf. Wir kommen wieder.«

»Der Eintopf sollte genauso viele Kutteln haben und genauso oft gekocht worden sein wie der, den wir verzehrt haben!«, forderte Rashid. Er ließ einen Wind fahren. »Und die Wirkung des Bieres hört Ihr ja.«

Rhiana hatte es genossen, im Kreis der Freunde zu speisen, und die wohlige Wärme in der Schenke trug zu ihrem Wohlbefinden bei, aber hier draußen in der Gasse fühlte sie sich wieder kalt und allein. *Mortenberg! Es führt kein Weg daran vorbei!*

Jemand zupfte an ihrem Wams. Es war Finni. »Schau mal«, wisperte sie. »Dort drüben.«

Rhiana blickte auf und sah einen Jungen mit rußverschmiertem Gesicht, der in Gedanken versunken mit gesenktem Haupt durch die Gasse stiefelte. Irgendwie kam er ihr bekannt vor, aber ihr wollte nicht einfallen, wo sie ihn schon mal gesehen hatte.

»Menno«, flüsterte Finni. »Der Sohn der Patrusco.«

Schlagartig war die Erinnerung wieder da. Der lange Schlacks, der seine Mutter am Kai abgelöst hatte. Der seiner Mutter irgendwie Kummer bereitete, der spintisierte und falsche Freunde hatte, wenn man der Kaufherrin Glauben schenken sollte, der zum Schreibunterricht begleitet werden musste, weil er ihn sonst schwänzte. Und wenn schon. Rhiana erinnerte sich an Zeiten, in denen sie auch nie das hatte machen wollen, was Maruna oder Tjalmar von ihr erwarteten. Tatsächlich hatte sie sich bis in die jüngste Zeit hinein geweigert, Marunas Vorstellungen von einer die Flüchtlinge führenden Prinzessin zu entsprechen.

»Na und?« Sie zuckte die Schultern.

»Aber Rhiana«, flüsterte Finni. »Bist du denn blind? Das Gesicht und die Hände des Jungen! Ruß!«

»Er wird beim Löschen des Speichers geholfen haben«, sagte die Prinzessin, die nicht wusste, worauf Finni hinauswollte.

»Dann hätte ihn seine Mutter anschließend geknuddelt

und in die Waschbalge gesteckt«, sagte Finni leise. »Frag mich nicht wieso, aber mit diesem Menno stimmt etwas nicht. Was macht er hier? Wird nicht jede Hand gebraucht, um die letzten Flammen zu ersticken, gerettete Sachen zu sichten, Listen mit den Verlusten zu erstellen?«

Von einem Moment auf den anderen hatte Rhiana verstanden. »Du glaubst, Menno hat den Speicher seiner Mutter angezündet? Finni, er wird den Besitz seiner Mutter einmal erben. Mindestens zur Hälfte. Warum sollte er so etwas tun?«

»Die beiden sind einander nicht grün, das konnte man doch heraushören. Rhiana, es ist die Chance, mit der Patrusco ins Reine zu kommen und deine Leute raus zu bringen, egal was der Fürst dazu sagt!«

Die Prinzessin hatte sich nur unter dem Druck der Umstände entschlossen, Mortenberg um Hilfe zu bitten. Sie würde alles darum geben, sich dies ersparen zu können. Finnis Eingebung mochte abenteuerlich sein, aber es war eine Hoffnung.

»Folgen wir dem Jungen«, sagte sie. »Er wirkt unaufmerksam, aber seid trotzdem vorsichtig!« Sie fasste Eisfell am Halsband, damit er nicht auf eigene Faust losrannte und unbeabsichtigt Menno warnte.

In gebührendem Abstand folgten die Gefährten dem Jungen. Finni schlich lautlos dahin, nutzte jeden Mauervorsprung und verschmolz beinahe mit ihrer Umgebung. Ihr elfisches Erbe kam voll zum Tragen. Sie blieb am engsten auf Mennos Spur. Wenn es ihre Absicht gewesen wäre, hätte sie dem sorglosen Jungen auf den Fersen kleben und ihm ins Ohr pusten können. *Die süße kleine Finni könnte im Dienste eines jeden Herren ihr Auskommen finden,* schoss es Rhiana durch den Kopf. Sie hing etwas zurück, weil sie das nicht ganz zu unterdrückende Geräusch ihrer Stiefel auf dem Kopfsteinpflaster als zu laut empfand. *Wie gut, dass sie meine treue Freundin ist und nicht in Mortenbergs Sold steht.*

Rashid bewegte sich geschmeidig wie eine Katze, ganz ein Sohn der Wüste, biegsam, wachsam und elegant. Mit Finni vermochte er es nicht ganz aufzunehmen, aber auch von ihm hörte Rhiana nur einmal ein Geräusch, das allerdings Tote hätte wecken können. Einen lauten Wind. Um Verzeihung heischend, hob der Novadi die Hände in die Luft. »Dieses Bier…«, wisperte er. »Die goldige Wirtin wusste, warum es sie es Furzbier genannt hat. Ich bleibe hinter Euch, damit es Euch in jeder Hinsicht nicht stört. Rastullah, steht mir bei: Ich weiß, dass es eine Sünde war, aber bestrafe mich dafür bitte später!«

Der Junge hatte nichts gehört, obwohl die Gassen still dalagen. Es war erst früher Nachmittag, aber das Leben in Havena schien inzwischen erstorben zu sein. Keine spielenden Kinder mehr, kein in Decken gehüllter Großvater. Alles wartete angstvoll auf den Hörnerschall der Thorwaler. Wer konnte, verschanzte sich in seinem Haus. Fischer brachten ihre Boote und die Netze in Sicherheit. In Havena wusste man aus leidvoller Erfahrung, was es hieß, wenn die Nordleute die Stadt heimsuchten. Mütter bangten um ihre Töchter, wenn sie sie nicht längst zu Verwandten im Umland geschickt hatten.

Unbeeindruckt von alldem schien allein Menno Patrusco zu sein. Er bewegte sich zielstrebig dahin und achtete kaum auf seine Umgebung.

Was denkt er?, fragte sich Rhiana. *Wenn er wirklich den Speicher seiner Mutter angezündet hat… Fühlt er sich gut, weil er es der Alten gezeigt hat, weil alles so geklappt hat, wie er es sich vorgestellt hat? Oder schämt er sich und fühlt sich mies?* Sie versuchte sich an ihre eigene Jugend zu erinnern, an Aufmüpfigkeit und den Wunsch, sich für tatsächliche oder vermeintliche Ungerechtigkeit zu rächen, den eigenen Willen durchzusetzen. *Aber ich habe niemals ein Haus angezündet. Ich wäre nicht im Traum auf die Idee gekommen, andere in Gefahr zu bringen. Was ist los mit dem Jungen?* Es war ihr plötzlich ganz wichtig, dies in Erfahrung zu bringen, ganz unabhängig davon, dass die Lösung des Rätsels den Talaniern zur Flucht verhelfen mochte. *Irgendwann werde ich selbst Kinder haben. Ich muss wissen, was Kinder dazu bringen kann, das Dach des Hauses ihrer Eltern anzuzünden.*

Menno ließ die Häuser der Stadt hinter sich und bewegte sich den Bennaindamm entlang. Es wurde jetzt selbst für Finni schwierig, ungesehen in seiner Nähe zu bleiben. Der Damm war kahl und leer. Sie kauerte sich in eine Mauernische und erlaubte dem Jungen einen Vorsprung.

Am anderen Ende des Dammes liegt Orkendorf, ging es Rhiana durch den Kopf. *Die verrufenste Ecke von Havena. Kaschemmen, Dirnen, Schlitzer, Abschaum und Gestrandete. Wenn die Thorwaler kommen, werden sie in Orkendorf willkommen sein. Man wird sie höchstens fragen, ob sie für Bier und Dirnen auch wirklich bezahlen können. Und wenn sie betrunken sind, werden sie erfahren, dass Havenas Unterwelt besser schlitzen kann als alle Seekrieger Albernias zusammen. Aber was hat der Sohn einer reichen Kaufherrin dort verloren?*

Mennos Ziel war nicht Orkendorf. Bevor er noch die Mitte des breiten Dammes erreicht hatte, verschwand er plötzlich aus Rhianas Blickfeld. Finni, die näher an ihm dran war, deutete mit dem Daumen nach unten. Rhiana, Eisfell und Rashid schlossen auf. Finni zeigte auf eine Treppe, die zur See führte. »Dort unten ist er«, flüsterte sie. »Am Fuß der Treppe liegen Ruderboote. Eines davon macht er gerade los.«

»Das ist doch Wahnsinn!«, sagte Rhiana, die ihre Stimme kaum im Zaume halten konnte. »Wozu hat man diesen Damm gebaut? Warum sorge ich mich um meine Leute dort draußen? Weil die See vor Havena vor schrecklichen Kreaturen nur so wimmelt. Man sagt, dass sie nachts den Damm hinaufklettern und auf Beute lauern. Aber auch tagsüber sind sie irgendwo dort unten und können tückisch zuschlagen. Niemand wagt sich unbewaffnet auf die See hinaus. Und dieser Junge … Wir müssen ihn zu seiner Mutter zurückbringen!«

»Er scheint aber sehr genau zu wissen, was er tut«, widersprach Finni. »Ich wette, er rudert nicht zum ersten Mal hinaus. Vielleicht ist er nur arglos und sich der Gefahren nicht bewusst – oder das Bürschchen hat einen Pakt mit den Ungeheuern geschlossen.«

»Ach komm, Finni, das meinst du nicht ernst!«

Die Halbelfe blickte Rhiana mit ihren wunderschönen, großen rehbraunen Augen an, in denen im Moment nicht die geringste Spur von koboldhaftem Schalk zu entdecken war, der manchmal aus ihnen hervorblitzte. »Todernst, Rhiana! Ich verstehe ein bisschen von Magie und auch magischen Kreaturen. Dort draußen sind viele von ihnen, die meisten primitiv und nur auf Fressen aus. Aber manche sind intelligent und hinterhältig. Ich halte alles für möglich.«

»Finden wir es heraus«, sagte Rhiana.

4 Die Insel

Havena, Mitte Boron 914 BF

Zielstrebig ruderte der junge Patrusco hinaus. Er wirkte sorglos, als sei er gegen alle Gefahren gefeit. Auch schien er nicht damit zu rechnen, dass ihn jemand beobachtete oder ihm gar folgte. Er legte sich kräftig in die Riemen, ohne indes besondere Eile an den Tag zu legen, und schaute kaum auf. Da sein Gesicht beim Rudern dem Damm zugewandt war, warteten die Gefährten jedoch eine Weile, bevor sie eines der anderen Boote losmachten und ihm in gebührendem Abstand folgten.

Hier draußen auf dem Wasser war es noch immer diesig, obwohl der dichte Nebel des Vormittags sich verflüchtigt hatte. Scheinbar friedlich lag das Meer vor ihnen, das sich während des Bebens tiefer in Havena hinein geschoben und einer großen Teil der Altstadt verschlungen hatte. Weiter vorn, zur Linken, ragten die ersten Ruinen aus dem Wasser. Aus der Ferne sahen sie wie eigenwillig geformte Klippen eines natürlichen Riffs aus. Ein Stück weiter draußen versteckten sich Rhianas Leute in den Obergeschossen alter Speicher, die noch immer den Fluten standhielten.

Nichts ließ ahnen, dass in der Tiefe gefräßige Ungeheuer lauerten, nichts wies darauf hin, dass Havena zusammengekauert wie eine Katze auf den Angriff der Thorwaler wartete, um dann selbst die Krallen zu zeigen und dem Angreifer entgegen zu springen. Nur einige Fischerboote waren zu sehen. Sie kehrten mit dem auflaufenden Wasser aus ihren Fanggründen zurück und schienen es eilig zu haben, in die Sicherheit des Hafens zu fliehen. Der Wind stand günstig, blähte die Gaffelsegel und ersparte den Fischern das Rudern.

Rashid und Rhiana hatten je ein Paar Riemen übernommen, während Finni im Heck stand und das Ruder bediente. Eisfell kauerte im Bug. Die Halbelfe behielt Mennos Boot im Auge und steuerte den gleichen Kurs. Das Boot und der Junge sahen aus der Ferne wie ein buckliger Wasserkäfer aus, der sich mit abgespreizten dünnen Beinen voranbewegte.

»Er hält sich westlich von den Ruinen«, sagte die Halbelfe. Das Meer hatte sich beim Großen Beben nicht nur die Altstadt von Havena geholt, sondern auch Bauernhöfe, bebautes und unbebautes Land außerhalb der Stadt geraubt und es den Kiemenatmern geschenkt. Einige der Höfe waren dereinst auf Warften errichtet worden, desgleichen Befestigungsanlagen, und es gab einige wenige natürliche Anhöhen, der Bucht zugekehrt auch Sandbänke und Dünen. Die höchsten dieser früheren Landmarken, die vor dem großen Beben den Schiffen als Navigationshilfen gedient hatten, ragten als Inseln aus dem Wasser, zu klein und zu karg, um sie zu nutzen, manche von ihnen bei Stürmen überflutet. Wegen der Untiefen und der Erzählungen über in der Nähe hausende Riesenkraken, Giftspucker und Stachelwürger wurden sie weitgehend gemieden. Nur Schmuggler nutzten einige von ihnen als Umschlagplatz für ihre Ware.

Auf eine dieser Inseln hielt Menno zu. Auf den ersten Blick sah sie wenig interessant aus, fast kreisrund wie ein alter Topf, den ein Riese über das Wasser gestülpt hatte, an den meisten Stellen bis auf etwas Moos und einige Flechten trostlos kahl, an anderen Stellen mit verfilztem Buschwerk bewachsen, das, verkrüppelt und mit vom Sommer verbliebenen Resten dunkelroten Blattwerks, an schartige, aufgeplatzte Rostblumen erinnerte. Aber die Insel besaß eine Besonderheit, die Menno offenbar vertraut war. Er steuerte einen winzigen Einschnitt an, gerade breit genug für ein Ruderboot und zur Hälfte überwachsen von dem sich vorwölbenden Gestrüpp. Der Junge musste sich ducken, um die Einfahrt zu passieren.

Hätte Finni den Jungen nicht die ganze Zeit aufmerksam im Auge behalten, wäre sie verblüfft gewesen, so schnell verbarg die Insel ihn und das Boot allen Blicken. Sie teilte den Gefährten mit, was sie gesehen hatte.

»Wahrscheinlich versteckt er hier seine kleinen Schätze, von denen seine Mutter und seine Schwester nichts wissen sollen«, meinte Rhiana. Sie konnte sich gut daran erinnern, dass sie selbst als Kind wie als junge Heranwachsende verschiedene Verstecke für allerlei heiß geliebten Firlefanz und Tand gehabt hatte. »Wenn die Lösung des Rätsels um Menno nicht eine vage Möglichkeit böte, uns bei der Kaufherrin lieb Kind zu machen, würde ich sagen, wir rudern zurück. Aber so... Schauen wir mal, was der junge Patrusco dort treibt.«

Die Halbelfe steuerte das Boot bis nahe an die Einfahrt. Rhiana und Rashid betätigten nur noch hin und wieder die Riemen, hielten sie schließlich ins Wasser, um dem Boot die Fahrt zu nehmen.

»Wenn wir ihm durch den Kanal folgen, entdeckt er uns womöglich sofort«, sagte Rhiana. »Dort drüben ist eine Stelle, wo wir an Land klettern können.«

Finni nickte und ließ das Boot an den Büschen entlang in eine kleine Bucht treiben, wo das Gestrüpp nicht ganz bis ans Wasser reichte. Rashid hatte sich an Eisfell vorbei in den Bug begeben, warf den Wurfanker aus, der sich im Gestein festkrallte, zog die Leine an und machte sie fest. Das würde genügen, um das Boot nicht abtreiben zu lassen. Die Strömung, hervorgerufen durch den Tidenhub der auflaufenden Flut, war an dieser geschützten Stelle ohnehin nur gering.

Rhiana und Finni kletterten halbwegs trockenen Fußes an Land. Eisfell machte einen weiten Satz und kam sicher am Strand auf. Nur Rashid rutschte aus und landete bis zu den

Knien im Wasser. Er stieß einen unverständlichen, halb unterdrückten Fluch auf Tulamidisch aus. Finni gluckste in sich hinein. »Was beschwerst du dich, Sohn der Wüste? Da werden deine Beinkleider wenigstens wieder sauber.«

»Kleiner Dschinn, du bist wirklich und wahrhaftig ein boshafter kleiner Dschinn«, gab Rashid säuerlich zurück.

»Hört auf damit und seid leise!«, forderte Rhiana ungeduldig. Sie fühlte sich nicht ganz wohl in ihrer Haut. Allen guten Argumenten zum Trotz hatte sie das Gefühl, nicht das Richtige zu tun. Der Fürst, selbst Mortenberg – waren das nicht die besseren Wege, um die Talanier aus ihrem nassen Gefängnis zu befreien? Da es jedoch nicht ihre Art war, das einmal Begonnene aus einer Laune heraus abzubrechen, bahnte sie sich zügig einen Weg durch das Gestrüpp. Sie spürte, dass Finni und Rashid ihr folgten. Hören konnte sie nur leise Geräusche, die von dem Novadi ausgingen, während die Halbelfe sich lautlos und geschmeidig wie eine Katze bewegte.

Als die Prinzessin die Kuppe des kleinen Hügels erreichte und freien Ausblick auf den Rest der Insel hatte, blieb sie abrupt stehen. Zu verwunderlich was das, was sich ihren Augen bot. »Schau doch nur, Finni«, wisperte sie, als sie den Atem der Freundin in ihrem Nacken spürte.

Die Insel war nichts weiter als ein ringförmiger Wall, der eine Wasserfläche umschloss. Sie sah aus wie ein Atoll, aber an den Küsten Albernias gab es keine Vulkane. Vermutlich war der Wall von Menschenhand angelegt worden. Es mochte sich um die Reste einer uralten Befestigungsanlage handeln. Doch weder die Insel selbst noch Mutmaßungen über ihren früheren Zweck ließen die Gefährten verblüfft innehalten. Etwas anderes fesselte ihre Aufmerksamkeit. Im flachen Wasser des Binnensees lag ein merkwürdiges Gebilde, das fast ein Viertel der Wasserfläche einnahm. Im ersten Moment hielt Rhiana es für eine Art Wasserburg, wie Biber sie bauen – nur viel größer. Oder war es der Panzer eines Riesenkrebses? Ihre nächste Eingebung war, dass es sich um ein Bauwerk handeln müsse, das ein von Dämonen besessener Baumeister errichtet hatte, so asymmetrisch und bizarr sah es mit seinen Rundungen, breiten Zacken und in den Himmel ragenden Dornen aus. Aber dann erkannte sie hier und da vertraute Einzelheiten, die sich allmählich zu einem Gesamtbild zusammenfügten. Die drei großen Rundungen, die aus dem Wasser ragten, waren beplankt. An einer Stelle waren ein Kiel, an einer anderen Stelle ein Bugspriet und eine Art Galionsfigur zu erkennen. Und die Dornen, die schief nach oben ragten, mussten Reste von einstigen Masten und Rahen sein. Ja, wahrhaftig, es hingen sogar noch ein paar halb verrottete Leinen und Segelfetzen herab. Eines der Wracks besaß nur einen Mast, dafür jedoch eine Vielzahl von größtenteils zerbrochenen, unglaublich langen Riemen, die in drei Reihen übereinander angebracht waren. Es musste sich um eine Galeere handeln, genauer gesagt eine Triere. Eine derart riesige Triere hatte Rhiana noch niemals gesehen.

Die Wracks der drei Schiffe waren nicht nur zu einem Dreieck angeordnet, sondern fest miteinander verbunden. Über den einstigen Decks erstreckte sich ein Labyrinth aus Laufstegen, Tunneln, Plattformen und Treppen, die aus jüngerem Holz bestanden und offensichtlich nichts mit Seefahrt zu tun hatten.

»Wie ein riesiges Dämonenhaus«, flüsterte sie. »Jemand hat sie miteinander verbunden und daraus eine Art Burg gemacht.« Sie schüttelte sich innerlich bei dem Gedanken, in einer solchen Burg, die aussah, als sei sie einem Fiebertraum entnommen worden, leben zu müssen.

»Wie kommen die Wracks hierher?«, fragte Finni leise. »Die Einfahrt ist viel zu schmal für sie.«

»Sie müssen sehr alt sein«, gab Rhiana zurück. »Wer weiß, wie es damals hier ausgesehen hat.«

»Du meinst, sie liegen hier seit dem Großen Beben?«

Rhiana schüttelte den Kopf. »Wahrscheinlich schon viel länger. Vielleicht hat das Beben sie vom Meeresgrund emporgehoben.«

»Wenn sie so alt sind, hätte das Holz doch schon längst zerfallen müssen, oder?«, meinte die Halbelfe.

»Eigentlich schon, aber es sieht merkwürdig aus, als hätte es eine Kruste. Das hat mich im ersten Moment an den Panzer eines Meeresungeheuers denken lassen.«

Das Boot des Jungen dockte an dem merkwürdigen Gebilde an. Ohne Umstände zu machen, vertäute Menno es, stieg eine Treppe hinauf und war wenige Augenblicke später im Inneren der Wrackburg verschwunden. Er wirkte nicht eine Spur unsicher oder zögerlich. Er schien sich hier wirklich bestens auszukennen.

»Dort liegen weitere, offenbar intakte Boote«, merkte Rashid an. »Zu sehen ist allerdings niemand.«

Die Prinzessin nickte. »Also doch nicht Mennos Versteck allein. Das sieht mir ganz nach einer geheimen Zusammenkunft aus.«

Ob sich Menno hier mit seinen ›falschen Freunden‹, wie seine Mutter sie genannt hat, trifft? Aber wenn es Jungen und Mädchen in Mennos Alter sind – woher wissen sie von diesem versteckten Ort, und was zieht sie hierhin? Und jemand muss die Wracks zusammengefügt haben. Das war schwere Arbeit, und es musste eine Menge Baumaterial herangeschafft werden. Das hätten Kinder nicht geschafft.

Auf Rhianas Wink hin bewegten sich die Gefährten geduckt den Hang hinab. Ihnen war bewusst, dass die Büsche ihnen kaum Sichtschutz gewährten. Wenn jemand in den Wracks auf der Hut war und Ausschau nach Fremden hielt, würde er sie kaum übersehen können. Aber nichts rührte sich. Kein Laut drang aus den Wracks.

Die Prinzessin führte die kleine Gruppe an eine Stelle

nördlich des Kanals, wo eines der drei Wracks eine feste Verbindung mit dem Land bildete. Als sie den Rumpf des alten Schiffes aus der Nähe betrachtete, stellte sie fest, dass sie sich nicht getäuscht hatte. Der Rumpf sah nicht nur sehr alt aus, sondern wirkte auch fremdartig. Das galt besonders für den steil aufragenden Heckspiegel, der fast vollständig erhalten war und in verschwenderischer Fülle Schnitzereien aufwies. Die meisten zeigten Seeungeheuer und dämonische Fratzen. Wer immer die Leute gewesen sein mochten, die dieses Schiff einst besessen und gesegelt hatten – sie waren sichtlich nicht bemüht gewesen, Efferd um gutes Geleit zu bitten.

»Ich habe in alten Folianten die Abbildungen ähnlicher Schiffe gesehen«, flüsterte Rashid, der ebenfalls zu den Schnitzereien emporschaute. »Dort wurden sie ›Schiffe des Düsteren Volks‹ genannt, das diesen Schriften zufolge in vergangenen Tagen irgendwo im Südmeer zu Hause war, jenseits der Waldinseln.«

»Wird dort im Süden nicht ein untergegangenes Reich der Achaz vermutet?«, fragte die Prinzessin ebenso leise.

»So ist es, meine stolze Rose.« Rashid zuckte die Schultern. »Aber in den alten Schriften, die ich studiert habe, wurden keine Echsenmenschen erwähnt.«

»Ist doch auch egal«, meinte Finni. »Wer immer die Seeleute waren, sie sind längst tot. Die werden uns bestimmt nicht dort oben erwarten.«

»Bist du sicher, kleiner Dschinn?«, entgegnete Rashid. »Denk an die Untoten auf der Nebelinsel im Muhrsape. Wer weiß, was diese ungläubigen Seeleute für einen dunklen Auftrag zu erfüllen hatten. Und vielleicht waren sogar ein paar ihrer dämonischen Herren mit an Bord ...«

»Sah Menno vielleicht so aus, als würde er gleich einem Untoten oder gar einem Dämon begegnen?«

Rashid gab sich geschlagen »Du hast Recht, kleiner Dschinn. Er schien sich eher auf etwas zu freuen, etwa so, wie der Gläubige, der in den Tempel geht, um sich an Rastullahs Nähe zu laben.«

Rhiana beteiligte sich nicht weiter am Gespräch der beiden und sah auch keinen Grund, sie zur Ruhe zu ermahnen, da sie kaum hörbar miteinander flüsterten. Stattdessen streichelte sie Eisfell, dessen Unruhe sie spürte. Sie versuchte, ihn zu beruhigen und zugleich zu ermahnen, nichts auf eigene Faust zu unternehmen. Dabei betrachtete sie das Holz des früheren Schiffes. Schon aus der Ferne hatte es eigenartig geglitzert. Aus der Nähe sah es aus, als liege eine dünne Salzkruste darüber. Sie strich mit den Fingern darüber und leckte an einer Fingerkuppe. Sie schmeckte nicht salzig, sondern nach gar nichts. *Wenn es nicht Salz ist, was dann? Eine Haut aus Glas oder Kristall? Wie sollte so etwas möglich sein?* Das Große Beben hatte sich 702 BF ereignet, lag also gut zweihundert Jahre zurück. Aber diese Wracks sahen in der Tat älter aus. Waren sie wirklich während des Bebens vom Meeresgrund emporgehoben worden? Hatte Havena in früheren Zeiten Handel mit einem ›Düsteren Volk‹ aus dem tiefen Süden betrieben? Oder segelten diese Schiffe gar im Meer der sieben Winde, bevor es überhaupt eine Stadt namens Havena gegeben hatte? Die Prinzessin empfand einen Schauder bei diesem Gedanken und wusste nicht, ob dies auf Ehrfurcht vor den Geheimnissen der Geschichte oder einer unbestimmten Angst beruhte.

Sie stieß Finni leicht an. »Da hinten ist eine Treppe, die einen Vertrauen erweckenden Eindruck macht. Was meinst du?«

Die Halbelfe folgte ihrem Blick. Die Treppe aus neuerem Holz, das nicht diesen eigenartigen Überzug aufwies, führte am Schanzkleid des Wracks entlang zu dem einstigen Deck. Da das Wrack mit der Backbordseite im Wasser lag, fiel auch das Deck stark ab, aber die Erbauer der Wrackburg hatten vorgesorgt. Wo die Treppe endete, erstreckte sich eine Bahn aus breiten Bohlen, die wie ein Ring die drei Wracks umklammerte. An zahlreichen Stellen führten von dort weitere Treppen nach oben und nach unten, fügten sich zu einem teilweise sogar überdachten Labyrinth zusammen. »Für uns kein Problem, aber Eisfell …«

»Eisfell bleibt hier«, entschied Rhiana. Sie konzentrierte sich auf den vierbeinigen Gefährten, der einst ihrem väterlichen Freund Tjalmar gedient hatte. Nach dessen Ermordung hatte er sich Rhiana angeschlossen. Eisfell war kein gewöhnlicher Hund. Niemand wusste dies besser als Rhiana. Es bestand ein enges Band zwischen ihr und ihm. Zwar konnte sie sich mit ihm nicht wie mit einem Menschen unterhalten, aber manchmal gelang es ihr, seine Wahrnehmungen und Gefühle aufzunehmen, als wären es ihre eigenen, und mit ihm wortlose Botschaften auszutauschen.

Sie öffnete ihren Geist und spürte seine mentale Anwesenheit und Aufmerksamkeit. Leicht verwirrt von den so ganz anderen Sinneseindrücken eines Hundes, gestaltete sie das Bild des Wolfshundes und sandte es aus. Es wurde sofort zur Kenntnis genommen. Eisfell erkannte sich selbst in dem Bild und drückte seine Freude darüber aus, dass seine Herrin ihm Aufmerksamkeit schenkte. Rhiana sandte ihm ein Bild, in dem sie, Finni und Rashid Treppen hinauf und hinab stiegen, während Eisfell sich hinter einem Busch versteckte und geduldig auf die Rückkehr der Gefährten wartete.

Rhiana spürte eine leichte Enttäuschung, dann aber ergebene Zustimmung. Im nächsten Moment trottete der Wolfshund davon und verschwand im Gebüsch.

Die drei Gefährten stiegen die Treppe hinauf, Finni leichtfüßig voran, den Dolch in der Hand, Rhiana in der Mitte, das Schwert noch in der Scheide, Rashid nach hinten absichernd. Mit seinem Rapier zog er kleine Kreise und Schleifen durch die Luft, als wollte er unsichtbare Gegner auf Distanz halten. Die Treppe war steil, aber die breiten Stufen gaben sicheren

Halt und federten nur leicht unter den Schritten nach. Auf einer Seite gab es sogar ein Geländer, an dem sich aber nur Rashid gelegentlich abstützte, wenn er etwas zurückblieb, um sich nach allen Seiten umzusehen. Auf der Insel roch es wie überall hier draußen nach Seetang und Algen. Etwas Faules mischte sich auch darunter, das in Blasen aus dem Schlamm am Meeresgrund aufstieg. Als der Wind ein wenig auffrischte, dominierte allerdings ein salziger, klarer Duft, ganz anders als am Morgen.

Sie erreichten das Oberschanzkleid und konnten erstmals auf das einstige Deck des Schiffes herabsehen. Bis auf einige wenige fehlende Planken war es noch tadellos erhalten. Nur die Sülle sahen verwaist aus, weil die Lukendeckel fehlten. Wieder fiel Rhiana die Kruste auf, die das Holz bedeckte. Rhiana hatte erwartet, dass der Geruch von Moder, Schimmel und morschem Holz von unten her aufsteigen würde, aber da gab es nichts, was ihre Nase beleidigte. Von irgendwo weiter oben kam ein Geräusch wie ein Peitschenhieb. Sofort hatte Rhiana ihr Schwert in der Hand. Aber es war nur der traurige, zerfetzte Rest eines Segels, der im Wind killte. Nur das ruhende Holz war unter der schützenden Kruste erhalten geblieben. Die Reste der Segel und Leinen besaßen die seltsame Kruste zwar ebenfalls, aber dort schien sie teilweise abgeplatzt zu sein. Offenbar konnte sie auf Dauer dem zermürbenden Druck wechselnder Winde, denen die Takelage ausgesetzt war, nicht widerstehen.

Vor ihnen lag der Bohlenring, der die drei Wracks miteinander verband.

»Wohin?«, flüsterte Finni und sah Rhiana fragend an.

»Erst mal nach links«, gab die Prinzessin zurück. »In die Nähe von Mennos Boot. Aber ich glaube, unser Ziel liegt irgendwo dort drüben im Zentrum.«

Von hier oben war die Struktur des Ganzen klarer zu erkennen. Die hinauf und hinab führenden Treppen ergaben einen Sinn, weil sie zu den schräg liegenden Decks und zu mehreren separaten Plattformen führten, die aus der Ferne wie Zacken ausgesehen hatten. Aus der Nähe sahen sie eher wie flache Dächer aus, die sich vom Bug des einen zum Heck des nächsten Wracks, dann wieder zwischen zwei Decks und zwei Bugs erstreckten. Offenbar waren damit zusätzliche Räume gewonnen worden. Das größte dieser Dächer befand sich in der Mitte des Gebildes und verband die Breitseiten aller drei Schiffe in Höhe der früheren Großmasten. Da Treppen zu den unteren Enden der schräg liegenden Decks aller drei Wracks führten, war vermutlich die freie Fläche zwischen den Wracks auch unten beplankt. Sinn ergab das nur, wenn man auf diese Weise einen großen Versammlungsraum hatte gewinnen wollen, ohne auf die Laderäume der Wracks angewiesen zu sein. So labyrinthisch das Ganze auch aussah, es war sauber ausgeführt. Hier waren Zimmerleute und Tischler am Werk gewesen, die ihr Handwerk verstanden. Die Balkenkonstruktion wirkte solide, und die seitlichen Bretter waren nicht einfach aufgenagelt, sondern in Schwalbenschwanzführungen eingepasst worden, als gelte es, einen guten Schrank anzufertigen. Je mehr Rhiana sah, desto rätselhafter erschien ihr das alles.

Wer hat ein Interesse daran, auf einer unwirtlichen Insel in einem gemiedenen Teil der überfluteten Altstadt gute Tischlerarbeit ausführen zu lassen? Und wer waren die Handwerker, die das vollbracht haben? Bestimmt keine Einheimischen, denn sonst hätte sich die Sache in Havena herumgesprochen.

Am seltsamsten erschien Rhiana, dass sich nirgendwo Leben rührte und keine Stimmen zu hören waren. Der junge Patrusco musste sich irgendwo dort vorn befinden – und mit ihm die anderen, deren Boote sie gesehen hatten. Was taten sie?

Haben sie uns längst entdeckt und lauern uns auf?

Der Bohlenring war am Bug unterbrochen, so dass die drei Gefährten eine Treppe hinabsteigen und ein Stück des krustigen Vorderdecks – es gab nachträglich aufgenagelte Leisten, um die Schräge besser meistern zu können – passieren mussten. Plötzlich unterdrückte Finni nur mühsam einen Aufschrei, wandte sich mit bleichem Gesicht zu Rhiana um und krallte ihre Hand in den Oberarm der Prinzessin. »Dort vorn!«, hauchte sie.

Rhiana drückte die Halbelfe leicht zur Seite, um an ihr vorbeiblicken zu können. Sie erblickte, was Finni so verstört hatte, und erschrak ebenfalls. Im Aufgang zum Unterdeck stand eine regungslose Gestalt, ein Mann offenbar. Genauso schnell wie die Halbelfe erkannte die Prinzessin allerdings, dass von ihm keine unmittelbare Gefahr ausging und es nicht nötig war, ihn mit der Waffe herauszufordern. Dieser Mann war bereits tot – sehr lange tot sogar. Die gleiche Kruste, die das ganze Wrack bedeckte, hüllte auch ihn ein und gab ihm ein silbergraues Aussehen, obwohl seine richtige Haut darunter eher dunkel wirkte.

Rashid schloss auf und sah sich nach der ersten Verblüffung den Mann genauer an. »Bei Rastullah! Der ausrasierte Schädel, die Gesichtbemalung … er sieht aus wie ein Moha.« Er deutete auf den metallenen Brustpanzer und das Kurzschwert, das der Mann trug. »So gerüstet und auf solchen Schiffen hätte ich sie allerdings nicht vermutet. Ob er zu dem Düsteren Volk gehörte? Es würde ja passen. Die Schriften berichten von einem Reich südlich der Waldinseln, wo die Mohas heute leben. Vielleicht ist ihr Reich untergegangen, und die heutigen Waldmenschen und Utulus sind die Nachkommen von Flüchtlingen, die den Untergang überlebt haben.«

Sofort musste Rhiana an ihr eigenes Volk denken, und der Tote wurde ihr trotz des grimmigen Aussehens beinahe sympathisch. »Er mag auch nur ein Söldner auf den Schiffen anderer gewesen sein«, sagte sie. »Und wir haben jetzt keine

Zeit, uns als Forscher zu betätigen und nach weiteren Toten zu suchen.«

Rashid verbeugte sich leicht. »Du hast Recht wie immer, schönster Schwan von Talania.«

Sie stiegen an dem Toten vorbei die nächste Treppe hinauf und befanden sich wieder auf dem Bohlengang. Links führte eine weitere Treppe tief hinab zu den vertäuten Booten. Diese Treppe hatten sie Menno hinaufsteigen und dann verschwinden sehen. Rhiana schaute sich um. Den Bohlengang konnte der Junge nicht benutzt haben. Dann wäre er länger sichtbar geblieben. Aber unter dem Bohlenring führte ein weiterer breiter Steg direkt zum Zentrum des Gebildes.

Die Prinzessin bewegte den Kopf in die Richtung. »Das ist unser Weg.«

Noch leiser als zuvor schlichen die Gefährtin die wenigen Stufen hinab und bewegten sich dann auf dem Steg vorwärts, der zur unteren Reling des zweiten Wracks führte. Ein mannshohes Loch in der Reling deutete auf einen Einstieg hin. Das Loch lag dunkel vor ihnen, aber als sie sich ihm bis auf zwei Schritt genähert hatten, entdeckten sie irgendwo in der Tiefe darunter einen rötlich gelben Lichtschimmer.

Der Einsteig erweiterte sich zu einem halbrunden, vollständig aus neuerem Holz gefertigten Tunnel, der, an mehreren Stellen abgestuft, sanft nach unten führte. Rhiana vermutete, dass sie sich bereits in dem Dreieck befanden, das sich zwischen den drei Wracks spannte. In die Tunneldecke waren Prismen eingelassen, die gerade genug Tageslicht sammelten, um die nächste Umgebung wahrzunehmen. Weiter voraus befand sich jedoch jene stärkere Lichtquelle, die sie schon am Einstieg wahrgenommen hatten. Allerdings drang der Schein nicht direkt zu ihnen, sondern kam von der linken Seite. Den Grund dafür erkannten die Gefährten, als der Tunnel plötzlich in einen nach links und nach rechts abführenden Quergang mündete. Von links kam helles Lampenlicht, und jetzt waren auch ferne Stimmen zu hören. Der rechte Quergang besaß keine eigene Lichtquelle, wurde aber hinreichend beleuchtet. Er ging in eine nach oben führende Treppe über.

Längst hatte Rhiana ihre Vermutung aufgegeben, dies sei ein Versteck von Kindern und Halbwüchsigen in Mennos Alter. Aber wer mochten sie sein, die sich dort am Ende des Ganges versammelt hatten? Die Prinzessin lauschte in den Gang hinein. Die Stimmen klangen für Kinderstimmen eindeutig zu dunkel. Sie klangen ernst, beinahe feierlich, wenn auch auf eher düstere Art. Da waren kein Lachen und keine Fröhlichkeit herauszuhören, keine Aufgeregtheit und kein schrilles Heischen um Aufmerksamkeit. Manchmal redeten Einzelne, dann wieder erklang ein monoton murmelnder Chor.

Rhiana empfand keine unmittelbare Bedrohung. Sie waren zu dritt, konnten alle drei gut mit Waffen umgehen und würden es in der Enge des Ganges notfalls mit Dutzenden von Gegnern aufnehmen, sofern diese nur von einer Seite her angriffen. Ob die Leute überhaupt angreifen würden, wenn man sie störte, war dabei nicht einmal ausgemacht – obwohl Rhiana ahnte, dass die hier Versammelten etwas zu verbergen und gegen Eindringlinge zu verteidigen hatten.

»Hast du einen Plan?«, flüsterte Finni.

Rhiana schüttelte den Kopf. »Ich weiß nur, dass wir dort nicht einfach hineinplatzen können. Wir haben kein Recht dazu, dürften eigentlich gar nicht hier sein, wenn dies alles rechtmäßiger Besitz von Bürgern aus Havena ist.« Sie besann sich auf den Grund ihrer Anwesenheit. Sie waren Menno gefolgt, weil sie ihn verdächtigten, den Speicher seiner Mutter angezündet zu haben, und weil seine Mutter selbst sich über seinen Umgang mit angeblich falschen Freunden sorgte.

So schlimm es auch sein mag, wir sind hier, weil wir Menno seiner Mutter als Übeltäter präsentieren wollen. Am besten als Übeltäter, der aufrichtig bereut und seinen fal-

schen Freunden abschwört. Das könnte die Kaufherrin vielleicht dazu bringen, die Flüchtlinge auch ohne Zustimmung des Fürsten an Bord gehen zu lassen. Aber dazu müssten wir Menno hier wohl an den Ohren herausziehen, nachdem er zuvor mit seiner Tat geprahlt hat. Und selbst wenn Menno ein Brandstifter ist, müssen die anderen nichts damit zu tun haben.

Aber wie man es auch drehte und wendete: In diesen verzweifelten Zeiten war es eine winzige Hoffnung. Und das wiederum war mehr als gar nichts.

»Die Treppe…«, wisperte Rashid und zeigte nach rechts.

Rhiana nickte. »Ja, Rashid, die Treppe.« Ein Bild war in ihrem Kopf. Dieser große Zwischenraum zwischen den drei Wracks war deutlich höher überdacht als der Raum dort unten dies nötig machte. Mehr noch, wenn der Raum eine so hohe Decke besaß, wären die Stimmen der Versammelten schon draußen auf dem Steg zu hören gewesen. Das konnte kein Zufall gewesen sein. Und die Treppe selbst, die offensichtlich nicht ins Freie führte, musste einem Zweck dienen. Ihr fiel nur ein vernünftiger Grund ein. »Das müssen zwei übereinander liegende Räume sein. Vielleicht kann man vom oberen Raum aus mehr hören oder vielleicht sogar sehen.«

Vorsichtig bewegten sie sich in den rechten Quergang hinein. Dass weder draußen noch hier drinnen jemand Wache hielt, brachte die Prinzessin erneut ins Grübeln.

Sie scheinen dieses Versteck für absolut sicher zu halten. Oder sie brauchen keine Wachen, weil sie nichts zu verbergen haben. Letzteres wollte Rhiana einfach nicht glauben. *Dies ist ein Ort, den sich Verschwörer aussuchen würden. Oder Piraten. Es können nicht einfach nur Träumer sein, die sich in dieser Umgebung für die Heldentaten des Düsteren Volkes begeistern!*

Die Treppe mündete in einen weiteren Gang. Der Baumeister dieses Gebildes schien eine Vorliebe für Ameisenhügel zu haben. *Wahrscheinlich tue ich ihm Unrecht,* dachte Rhiana. *Burgen sind genauso angelegt. Man will den Feind in engen Gängen bekämpfen oder durch geheime Gänge fliehen. Nur manchmal dreht der Feind den Spieß auch um und nutzt die Gänge für die eigene Taktik …*

In diesem Fall nützte ihnen das Labyrinth der Gänge und Treppen. Rhianas Vermutung stellte sich als richtig heraus. Der Anbau zwischen den drei Wracks umfasste neben dem Versammlungsraum einen darüber liegenden Boden mit zwei Schächten, die etwas Licht, aber vor allem Luft nach unten gelangen ließen. Der von der Treppe abführende Gang öffnete sich zu eben diesem Boden. Verschlossene Lukendeckel ließen vermuten, dass vom unteren Raum weitere Treppen oder zumindest Leitern zum Boden führten. *Wenn es nur den einen Durchbruch zu den Schanzkleidern der Wracks gibt, ist das auch nötig,* erkannte die Prinzessin. *Sollte ein Feuer ausbrechen, wären dort unten sonst alle verloren. Und ein Feind könnte sie auch bequem ausräuchern und im Gang einzeln abfangen.*

Nur zwei Deckenprismen sorgten hier oben für Licht, was viel zu wenig für den riesigen dreieckigen Raum war, dessen jede Seite mindestens fünfundzwanzig Schritt lang war. Die Licht- und Luftschächte für den unteren Raum, hier oben mit Holz ummantelt, waren einen Schritt mal einen Schritt groß und würden unten für mehr Helligkeit sorgen.

Die Stimmen waren jetzt deutlicher zu hören als unten im Gang, aber die Gefährten vermochten sich immer noch keinen Reim auf die Vorgänge im unteren Raum zu machen. Finni schlängelte sich lautlos zu einem der Lukendeckel, drückte den Dolch in die Fuge und hob den Deckel an. Das geschah so langsam und vorsichtig, dass jemand dort unten schon unverwandt auf diesen Deckel hätte starren müssen, um etwas zu bemerken. Mit jedem viertel Finger, den der Spalt sich vergrößerte, wurden die Stimmen lauter. Schließlich klemmte Finni den Dolch hochkant in die entstandene Öffnung. Rhiana und Rashid rutschten zu ihr heran. Gemeinsam lugten die Gefährten durch den Spalt. Sie waren sicher, dass man sie von unten aus nicht wahrnehmen konnte. Zu duster war es hier oben, während unten Licht aus den Schächten hereinfiel und zudem ein Dutzend Öllampen brannten, deren Schirme nach unten gekehrt waren. Zudem war die Decke des unteren Raums trotz des Bodens darüber sehr hoch, mehr als vier Schritt, schätzte Rhiana.

Aber die Versammelten wurden zusätzlich daran gehindert, nach oben zu schauen. Bis auf einen Jungen, den Rhiana sofort als Menno Patrusco erkannte, trugen alle Anwesenden lange schwarze Kutten, deren Kapuzen weit in die Gesichter hingen und das Gesichtsfeld einengten. Es mochten zwanzig oder auch fünfundzwanzig Personen sein, die stehend einen Halbkreis bildeten. Menno war Teil des Halbkreises und befand sich etwa in der Mitte. Einer hoch gewachsenen Gestalt mit schmalen Schultern schien eine besondere Rolle zuzukommen, denn sie stand ein paar Schritt vor dem Halbkreis, das Gesicht den anderen zugekehrt.

Es war eine überaus merkwürdige und auf unbestimmte Art erschreckende Versammlung. Rhiana sah ihre Vermutung bestätigt, dass hier etwas vor sich ging, das nicht geheuer war und das Tageslicht zu scheuen hatte. *Verschwörer gegen den Fürsten?*, dachte sie. Dann sah sie im Hintergrund einen Wandteppich, der das Bild eines Feuer speienden Drachen zeigte. *Es sind Kultisten! Mehr noch – es könnte eine Versammlung des Flammenbundes sein! Aber was hat Menno mit ihnen zu tun? Und warum trägt er als Einziger keine Kutte?*

Die Kultisten waren in einen murmelnden Singsang verfallen, der grollend und bedrohlich klang, ohne dass die Lauscher ein einziges Wort verstehen konnten. Wie alle im Raum hielt Menno den Kopf gesenkt, ohne sich an dem

Singsang zu beteiligen. Tatsächlich wirkte der Junge nicht so ruhig wie die anderen und lugte mehrmals verstohlen nach links und nach rechts. Seine Geduld wurde offenbar auf eine genauso harte Probe gestellt wie die der Lauscher, denn der Singsang wollte einfach nicht abreißen. Mehrmals ebbte er ab, wurde dann aber von irgendwo aus dem Halbkreis neu aufgegriffen und von den anderen sofort wieder mitgetragen.

Rhiana fragte sich, was die Kultisten mit dem Ritual bezweckten. Diente es dazu, eine Art Gemeinschaftsgefühl aufzubauen, oder war es die Einstimmung auf größere Dinge? Ihr wurde fast übel bei dem Gedanken, dass die Leute dort unten zu den Feinden gehörten, die Tjalmar ermordet und mehrfach versucht hatten, sie selbst umzubringen. Am liebsten wäre sie an einem Seil hinab geklettert, um dem Spuk mit dem Schwert in der Hand ein Ende zu machen. Aber sie beherrschte sich. Die Kultisten waren vielleicht nur verführte Mitläufer oder aus Abenteuerlust dabei, wie sie es sich bei dem jungen Patrusco vorstellen konnte. Sie sah auch keine offen getragenen Waffen, und es widerstrebte ihr, Menschen anzugreifen, die sich nicht angemessen verteidigen konnten. Und sie erinnerte sich daran, dass sie, Finni und Rashid hier waren, um herauszufinden, ob Menno und die Kultisten etwas mit dem Feuer am Hafen zu tun hatten.

Endlich hob die schlanke Gestalt, die vor den anderen stand, die Arme und rief mit südländischem Akzent: »Pyrdacor, wir rufen Euch!«

Es war eine energische weibliche Stimme, die Rhiana bekannt vorkam. Fragend wollte sie Finni ansehen, aber es war zu dunkel, um die Mimik ihres Gesichts erkennen zu können.

Sofort brach der Singsang ab, um gleich darauf durch einen Chor ersetzt zu werden, der ihr klar und deutlich antwortete.

»Aus Flammen geboren,
Pyrdacor verschworen,
Sind wir erkoren,
Die Herrschaft des Drachen
Steht vor den Toren.«

Die Frau, die das Ritual leitete, ließ die Worte eine Weile nachhallen. Dann sagte sie: »Flammenbündler, wir haben heute einen Novizen unter uns. Er möge vortreten.«

Menno tat schüchtern einen Schritt auf die Frau zu und senkte das Haupt noch tiefer als zuvor.

»Du hast deine erste Aufgabe zu unserer Zufriedenheit erfüllt«, lobte ihn die Frau ohne jede Wärme in der Stimme.

Erste Aufgabe? Die Prinzessin war sofort hellhörig geworden. *Bestand diese Aufgabe vielleicht darin, den Speicher seiner Mutter anzuzünden?*

»Du wirst in nächster Zeit eine weitere Aufgabe zugeteilt bekommen«, fuhr die Frau fort. »Wenn du auch sie zu unserer Zufriedenheit löst, überantworten wir dich unserem Herrn Pyrdacor. Er allein kann entscheiden, ob du würdig bist, der Schar der Auserwählten anzugehören.«

Finni presste ihren Mund auf Rhianas Ohr und hauchte: »Es ist Elidana!«

Rhiana erstarrte. *Elidana! Die Schlange, die sich mir und meinen Gefährten im Muhrsape aufgedrängt und uns am Ende verraten hat. Die König Arlos' Botschaft, die nicht für sie bestimmt war, gelesen hat. Aber natürlich, Finni hat Recht. Es ist eindeutig ihre Stimme und ihre hagere Gestalt! Ich hätte selbst darauf kommen müssen.*

Die Kuttenträger im Halbrund beantworteten Elidanas Ansprache, indem sie erneut skandierten:

»Aus Flammen geboren,
Pyrdacor verschworen,
Sind wir erkoren,
Die Herrschaft des Drachen
Steht vor den Toren.«

Nachdem die Worte verklungen waren, sagte Elidana: »Bringt den Novizen jetzt hinaus.«

Die beiden Kuttenträger, die Menno zur Linken und zur Rechten flankiert hatten, traten vor, packten den Jungen an den Armen und zogen ihn mit sich. Einmal, als Menno stolperte, schleiften sie ihn sogar ein Stück.

Einige der Kultisten unterhielten sich murmelnd miteinander, während Elidana stocksteif vor den Versammelten stand und schwieg. Sie wartete, bis einer der Kuttenträger, die Menno eskortiert hatten, zurückgekehrt war. Es hatte eine Weile gedauert.

»Du hast ihn zum Boot gebracht, Bruder?«, fragte sie ihn, als er eintrat.

»Ja, edle Abgesandte des Dragor«, antwortete einer der Kuttenträger, der Stimme und Statur nach ein Mann in mittleren Jahren. »Ich sah, wie er ablegte. Die Schwester ist draußen geblieben, um zu sehen, ob er tatsächlich die Insel verlässt.«

»Gut, Bruder.« Elidana wandte sich den anderen zu. »Wir alle haben drängende Aufgaben. Ich lasse euch wissen, wann wir wieder an diesem Ort zusammentreffen.«

Mehrere Kuttenträger tuschelten miteinander und schoben schließlich aus ihrer Mitte jemanden als Sprecher vor. »Edle Abgesandte des Dragor«, begann die Frau zögernd. »Verzeiht bitte unsere Beharrlichkeit, aber Ihr habt uns in Aussicht gestellt, unsere Gemeinschaft nach altem Brauch mit einem Opfer für unseren Herrn Pyrdacor zu festigen.«

»Ich stehe zu meinem Wort, Schwester«, gab Elidana zur

Antwort. »Der Junge ist bemüht, aber nicht gefestigt. Er könnte leicht zum Verräter werden und weiß schon jetzt zu viel über uns. Er wird für uns noch eine wichtige Aufgabe übernehmen und dann auf ganz andere Weise mit Pyrdacor verbunden werden, als er es sich vorgestellt hat.«

Die Gefährten auf dem Dachboden hielten den Atem an. *Die Botschaft ist eindeutig,* dachte Rhiana entsetzt. *Elidana will Menno opfern, sobald er seine Schuldigkeit getan hat. Sein Blut soll die Verschwörer bei der Stange halten. Ein gemeinsam begangener Ritualmord wird dieses Gesocks auf Leben und Tod miteinander verbinden. Ich hätte es wissen müssen: Es ist kein Zufall, dass der Flammenbund Schlächter wie Dom Lando einsetzt. Der Flammenbund ist eine gegen das gesamte aventurische Leben gerichtete Bande von Verschwörern, die vor nichts zurückschreckt, um ihre Ziele zu verwirklichen.*

Drängender als zuvor spürte sie den Wunsch, mit denen dort unten abzurechnen, bevor sie weiteres Unheil anrichten konnten.

Nein, Rondra!, wehrte sie sich. *Und nein, Neel! Ich weiß, Ihr wäret längst zu den Verschwörern herabgestiegen, hättet »Schwert für Gerechtigkeit!« gerufen und die Leute zu Paaren getrieben. Ich bin nicht Neel, ich bin nicht Rondras Tochter! Ich muss für meine Leute sorgen. Wenn ich ihre Prinzessin sein muss, dann bin ich ihre Prinzessin. Wenn ich kämpfen muss, dann kämpfe ich. Wenn ich eine Amazone sein muss, dann bin ich eine Amazone. Aber ich töte nicht wahllos, auch dann nicht, wenn der Feind ehrlos ist und den Tod verdient hätte.* Gleichzeitig war ihr klar, dass ihr eine neue Aufgabe zugewachsen war, eine weitere, zu all den anderen: Sie musste Menno Patrusco, trotz seiner offenkundigen Schuld, davor bewahren, unter Elidanas Messer zu verbluten!

Zumindest hatten sie jetzt genug erfahren. Es war an der

Zeit, sich zurückzuziehen. Ganz einfach würde es nicht sein, da eine Flammenbündlerin am Bootsanleger zurückgeblieben war, aber dieses Problem würden sie in der einen oder anderen Form schon lösen. Als Rhiana den Gefährten ein Zeichen geben wollte, begann Rashid plötzlich zu röcheln und wild um sich zu schlagen.

O bitte, nicht jetzt!, flehte Rhiana in sich hinein, aber niemand erhörte ihre Bitte.

Die Geräusche, die Rashid machte, waren schon viel zu laut gewesen, aber es kam noch schlimmer. »Nein, edle Herrin, straft mich nicht!«, schrie er. »Ich will auch alles tun, was ihr wollt! Straft mich nicht!«

Er verstummte und entspannte sich, aber der Aufschrei ließ sich nicht mehr rückgängig machen.

Unten war es mucksmäuschenstill geworden. Aus den Kapuzen heraus starrten die Gesichter zur Decke. Elidana zog ein Rapier aus den Falten ihrer Kutte hervor und reckte es zornig nach oben. »Na warte, Bursche, dich kriege ich!« Dann keifte sie in Richtung der Flammenbündler: »Na los, worauf wartet ihr? Fangt den Kerl, aber tötet ihn nicht! Bringt ihn zu mir, damit ich ihn verhören kann. Ich muss unbedingt wissen, wer uns belauscht hat!«

Sie selbst eilte an der Spitze ihrer Leute zum Ausgang des Raums.

»Was ist los?«, fragte Rashid verwundert.

»Du hattest wieder einen Anfall und hast sie auf uns aufmerksam gemacht – das ist los!«, fauchte Finni.

»Ich … ich kann mich nicht erinnern …«, stammelte der Novadi. »Verzeih mir, kleiner Dschinn. Verzeih mir, Prinzessin Rhiana.«

»Du kannst ja nichts dafür«, murmelte Finni, betroffen von der Hilflosigkeit des Südländers.

»Wir wollten sowieso gehen«, sagte die Prinzessin leichthin, obwohl sie sich überhaupt nicht wohl in ihrer Haut fühlte. Sie wäre so gern verschwunden, ohne den Feind wissen zu lassen, dass er belauscht worden war. Es würde jetzt schwer sein, von der Insel wegzukommen. Sie waren zu dritt und mussten es mit mehr als zwanzig Gegnern aufnehmen. Selbst wenn vielleicht nur wenige von ihnen Waffen besaßen und im Umgang damit geschult waren: Zumindest Elidana war eine ernst zu nehmende Gegnerin. Bestimmt gab es aber auch noch andere Kämpfer, möglicherweise hinterhältige Schlitzer. Und die anderen würden die Fluchtwege blockieren. Das konnte ihnen gelingen, selbst wenn sie sich nur mit Knüppeln bewaffnet hatten. Sie waren es, die sich in diesem Labyrinth auskannten.

Im Kopf ging Rhiana den Weg durch, den sie gekommen waren. Es war zu spät, die Treppe hinab zu rennen. Die Flammenbündler würden schneller an der Nahtstelle der beiden Gänge sein. »Wir müssen irgendwie nach oben!«, rief sie.

Es gab keine Luke, die zum Dach führte, das hatte sie schon festgestellt, als sie den Boden betrat. Trotzdem diente der Boden offensichtlich auch als Fluchtweg, falls unten Feuer ausbrach.

»Die Luftschächte!« Rhiana nahm ihr Schwert und hieb auf die Holzverkleidung ein. Eines der Bretter barst unter den Hieben. Finni und Rashid eilten ihr zu Hilfe und zogen an den verbliebenen Brettern. An der Treppe waren bereits Schritte und gedämpfte Stimmen zu hören.

Gemeinsam schafften sie es, einen Einstieg zu öffnen. Danach war es recht einfach, denn in dem Luftschacht befanden sich Steigeisen. Nur oben gab es noch einmal ein kleines Problem, denn der Luftschacht war mit einem Lattenrost abgedeckt. Zu dritt stemmten sich die Gefährten dagegen. Der Rost sprang aus den Fugen. Der Fluchtweg war frei. Die drei sprangen auf das Dach des seltsamen Anbaus zwischen den drei Schiffswracks.

Es war auch höchste Zeit. Den Geräuschen nach zu urteilen, drang eine Anzahl von Flammenbündlern gerade in den Boden vor. Rhiana zweifelte nicht daran, dass bald andere durch den Tunnel kommen würden, der vom Versammlungsraum heraufführte.

Am einfachsten wäre es gewesen, sich zum nächstgelegenen Ende des Bohlenrings zu hangeln und sich in die See zu stürzen, um schwimmend das Ufer zu erreichen. Aber daran wagte Rhiana keinen Gedanken zu verschwenden. Es dämmerte bereits, und im Wasser lauerten Ungeheuer, die allein vom Tageslicht zurückgehalten wurden, der Wasseroberfläche zu nahe zu kommen. Aber was blieb ihnen? Der Weg, den sie gekommen waren, über die Planken zum Bohlenring und dann entweder zum Bootsanleger oder zu der Stelle, wo sie das eine Wrack geentert hatten? Dann wäre ein Kampf mit der feindlichen Übermacht unvermeidlich.

»Die Treppe hinab!«, sagte die Prinzessin und deutete nach vorn.

Am Bohlenring vorbei gelangten die Gefährten auf einen Steg, der zu dem Rumpf des am weitesten im Wasser liegenden Wracks führte, und passierten das Oberschanzkleid. Vor ihnen lagen weitere Treppen, die sowohl nach oben als auch nach unten führten. Rhiana, die an der Spitze der Gruppe lief, entschied sich für die nach unten führende Treppe. Draußen auf dem Bohlenring bewegten sich schon Gestalten in schwarzen Kutten, und Rufe ertönten. Fackeln wurden entzündet, um die Abenddämmerung aufzuhellen. Unstet flackernde Laternen wurden geschwenkt. Der Geruch von Pech und Rauch wehte bis zu ihnen herüber. Noch hatten die Kultisten die Flüchtlinge nicht entdeckt, und als sie tiefer hinab stiegen, gab ihnen das schräg aufragende Schanzkleid des Wracks Sichtschutz. Sie kamen auf dem einstigen Oberdeck auf. Der unbekannte Baumeister des Gebildes hatte mit nachträglich angebrachten Leisten auch bei diesem Wrack dafür gesorgt, dass das Deck passierbar blieb.

Das Wrack glich im Wesentlichen den Rümpfen der beiden anderen Schiffe, war aber nicht so gut erhalten. Zahlreiche Planken fehlten, und es gab sogar mehrere Schritt große Löcher, als habe etwas Schweres das Deck durchschlagen.

»Hast du einen Plan?«, wollte Finni von Rhiana wissen.

Die Prinzessin nickte. »Ich weiß nur nicht, ob er etwas taugt. Auf jeden Fall müssen wir in den Laderaum hinabsteigen. Mit etwas Glück sind die Laderäume der Wracks miteinander verbunden. Wir könnten dann unbemerkt zu dem halb an Land liegenden Wrack zurückkehren und auf dem Weg zurückkehren, den wir gekommen sind. Die einsetzende Dunkelheit wird uns dabei helfen.« Rhiana hielt es für durchaus möglich, dass der unbekannte Baumeister oberhalb der Wasserlinie Tunnels zwischen den Rümpfen angebracht hatte. Es würde zu seinem sonstigen Bemühen passen, aus den drei Wracks eine labyrinthische Burg zu bauen.

»Und wenn die Wracks nicht miteinander verbunden sind?«, fragte Rashid.

»Dann warten wir unten, bis die Flammenbündler sich in kleine Gruppen aufgeteilt haben, und brechen an der schwächsten Stelle durch«, gab Rhiana zurück.

Sie hangelte sich zum Süll einer Luke und stieg hinein. Der Laderaum gähnte bedrohlich dunkel unter ihr. Rhiana zögerte. Dann entdeckte sie eine Leiter, die offenbar nachträglich angebracht worden war. Das gab Hoffnung. Außerdem begannen sich ihre Augen an das hier herrschende Zwielicht zu gewöhnen. Durch mehrere offene Luken und die Löcher in der Deckbeplankung drang genügend Restlicht des Tages ein, um zumindest Konturen erkennen zu können. Sie stieg die Leiter hinab, bis sie ein Zwischendeck erreichte. Finni und Rashid folgten ihr. Irgendwo gluckste Wasser, aber das Geräusch kam aus der Tiefe. Wahrscheinlich stand das Wasser im unteren Laderaum. Das Zwischendeck hingegen war trocken.

Rhiana stieß gegen etwas, das sie für einen Balken gehalten hatte. Sie zuckte zurück, als der vermeintliche Balken umfiel und klirrend in Hunderte von kristallinen Einzelteilen zersplitterte, die scheppernd die Schräge des Decks zum tiefsten Punkt hinab rutschten. Bevor der Gegenstand aufschlug, erkannte die Prinzessin die Konturen eines menschlichen Körpers.

Sie war erschrocken und griff nach der Waffe. Aber dieser in Einzelteile zerfallene Körper konnte ihr nichts mehr tun. Es schien sich um ein weiteres der ehemaligen Besatzungsmitglieder der uralten Schiffe zu handeln. Noch aufmerksamer als zuvor musterten die Gefährten die Umgebung und entdeckten weitere versteinerte Menschen. Einige Körper waren intakt, von anderen gab es nur Bruchstücke. Rashid glitt nahe an mehrere gut erhaltene Körper heran und musterte sie, fuhr mit den Fingern sogar die Körperkonturen nach. Einige trugen Waffen, andere waren bis auf einen Lendenschurz nackt.

»Alles Moha«, teilte er den beiden Frauen seine Erkenntnisse mit, »genau wie der Krieger im anderen Wrack. Es sieht wirklich so aus, als seien dies Schiffe des legendären Düsteren Volks. Bei Rastullah, wenn ich das meinem alchimistischen Lehrmeister erzähle! Aber was ist mit ihnen passiert?«

»Dieses Geheimnis werden wir kaum ergründen können«, antwortete Rhiana, die in der Zwischenzeit nach einem Tunnel Ausschau gehalten hatte. »Dort hinten gibt es eine Öffnung. Das könnte ein Durchstieg zu dem anderen Wrack sein.«

Sie arbeitete sich zu der Stelle vor, immer sorgsam darauf bedacht, auf der Schräge nicht abzurutschen sowie Spanten und Querhölzer als Kletterhilfen zu nutzen. Ihre Hoffnung wurde nicht betrogen. Dort befand sich ein nachträglich in das Schanzkleid geschnittenes Loch, das in einen mit Holz verschalten Tunnel überging, der gerade hoch genug war, um ihn geduckt passieren zu können.

Über ihnen, hoch oben auf dem Bohlenring, aber auch auf nach unten führenden Treppen polterten die Schritte der Flammenbündler, die offenbar damit begonnen hatten, ihr gesamtes Versteck nach den Flüchtlingen abzusuchen.

So leise wie möglich passierten die Gefährten den Tunnel und erreichten den Laderaum des anderen Wracks. Hier war es noch dunkler als drüben, da nur durch zwei offene Luken ein bisschen Dämmerungslicht einfiel. Das Licht reichte gerade aus, um einen einigermaßen sicheren Weg und schließlich eine Leiter zu erkennen, die nicht zu einem der Sülls, sondern zum Achterdeck führte. Genau dahin wollten sie.

Finni lauschte auf die Schritte der Kultisten. Die meisten Flammenbündler schienen in der Mitte zwischen den Wracks und in dem Wrack, das die Flüchtlinge gerade verlassen hatten, zu suchen. »Über uns scheint niemand zu sein«, flüsterte sie.

»Wahrscheinlich haben sie das am Strand aufliegende Heck zuerst abgesucht«, vermutete Rhiana. »Uns soll das Recht sein. Nutzen wir die Gunst der Stunde, bevor sie es sich anders überlegen.«

Ohne die gebotene Vorsicht zu vernachlässigen, stiegen die Gefährten in Windeseile die Leiter hinauf, passierten einen Niedergang des Wracks und einen Gang, der die Kammern der Offiziere und ihre Messe miteinander verbunden hatte. Einige der Kammern wiesen noch Reste von Türen aus ursprünglich wohl schwarzem, jetzt silbern verkrustetem Holz auf. Das durch Oberlichter und Heckfenster hereinfallende Dämmerungslicht ließ sogar Truhen und andere Möbelstücke erkennen, ebenfalls aus dem schwarzen Holz gefertigt.

»Ich würde viel darum geben, hier nach alten Schriftrollen und Seekarten zu suchen«, seufzte Rashid.

»Oder nach Schätzen!«, stimmte Finni ein.

»Schriftrollen und Seekarten des Düsteren Volks wären größere Schätze, als Gold und Geschmeide dies sein könnten, kleiner Dschinn«, flüsterte Rashid.

»Vielleicht bei unserem nächsten Besuch«, vertröstete Rhiana die beiden. »Aber was wollt ihr mit Schätzen, die wie Glas zersplittern, wenn man sie fallen lässt? Wenn es hier Schriftrollen gibt, werden sie überkrustet wie alles andere sein und sich nicht öffnen lassen.«

Sie konnte sich ohnehin nicht vorstellen, dass die Flammenbündler bei ihrer niemals endenden Jagd nach magischen Artefakten nicht längst alles durchsucht und jedes Relikt, das auch nur entfernt wertvoll sein mochte, an sich genommen hatten. *Es sei denn, es liegt ein Fluch über den Schiffen, der das verhindert. Oder sonstige Magie. Das würde auch erklären, warum man den Anbau errichtet hat, statt die vorhandenen Räume in den Wracks zu nutzen.*

Zielstrebig eilte Rhiana zu dem Raum am Ende des Ganges. Eine Tür gab es nicht mehr, auch keine Reste von Möbeln. Nur eine Koje war zu sehen. Es war der größte Raum im Achterschiff, und offene Fensterhöhlen führten zum Heckspiegel des Schiffes. Dies musste einst die Kammer des Kommandanten gewesen sein. Jetzt war es der wahrscheinliche Fluchtweg für Bewohner der Wrackburg. Und desgleichen für unwillkommene Besucher.

Die Prinzessin trat zu einer der Fensterhöhlen. Sie hatte sich nicht getäuscht. Die Kultisten hatten diese Kammer als Notausstieg vorgesehen und alles Nötige vorbereitet. Eine Leine war an einem Balken unter dem Fenster befestigt, der Rest lag aufgeschossen daneben.

»Wenn das keine Einladung ist!«, freute sich die Prinzessin, prüfte die Belastbarkeit des Seils und lauschte nach draußen. Am Heck des Wracks war alles ruhig. Sie sah aus dem Fenster. Etwa zehn Schritt unter ihr lag der Strand. Ein Stück entfernt verlief die Treppe, die sie benutzt hatten, als sie in die Wrackburg eindrangen. Unerreichbar von hier aus. Aber sie waren auf die Treppe nicht angewiesen.

Mit einem raschen Blick nach oben vergewisserte sich Rhiana, dass niemand mit einer Waffe in der Hand auf dem Achterdeck kauerte, kletterte dann aus dem Fenster und seilte sich ab. Finn folgte, als Rhiana den Strand erreicht hatte, dann Rashid. Mit schnellen Schritten überbrückten die Gefährten den Strand und tauchten im Buschgürtel unter. Wie aus dem Nichts stand plötzlich Eisfell vor ihnen, wedelte heftig mit dem Schwanz und sprang begeistert an Rhiana hoch. Die Prinzessin ermahnte ihn mit einem flüchtigen Gedankenbild, seine Begeisterung zu zügeln.

In der Ferne sahen die Gefährten die Lichter der Flammenbündler, hörten ihre Schritte und ungeduldigen Rufe. Aber keiner von denen hielt sich in der Nähe auf. Und niemand schien es bisher für sinnvoll gehalten zu haben, die gesamte Insel nach den Flüchtlingen abzusuchen.

Nicht einmal Elidana?, wunderte sich die Prinzessin. *Ich hätte ihr mehr zugetraut.*

Ohne zu zögern und immer hoffnungsvoller näherte sich die Gruppe ihrem zurückgelassenen Boot. Eisfell knurrte leise, aber Rhiana achtete nicht auf ihn. Fast gleichzeitig erreichten sie die Kuppe des Hügels und hatten erstmals einen Blick auf die See. Es war schon zu dunkel, um weit sehen zu können, aber alles wirkte friedlich. Nur in der Ferne, am Bennaindamm, waren Lichter zu erkennen. Und dennoch verspürte die Prinzessin ein eigenartiges, bedrohliches Kribbeln im Nacken. Und Eisfell hatte nicht aufgehört zu knurren …

Im nächsten Moment wurden rund um die Gruppe Fackeln entzündet und Laternenblenden hochgeklappt. Überall erhoben sich Krieger, die im Buschwerk gekauert hatten, und rannten auf die Gefährten zu. Hünen mit blonden Haaren, die oft zu Zöpfen gebunden waren, viele mit ungezähmten

Bärten und großflächigen Bildern auf der nackten Haut, andere in Seehundfelle gehüllt.

Thorwaler! Es sind mindestens fünfzig von ihnen!

Rhiana hatte gerade noch Zeit, sich zu wundern, dass die Krieger nicht mit gezückten Schwertern, sondern mit Schilden und Knüppeln auf sie eindrangen. Sie sah, dass Finni mit einem Schlag niedergestreckt wurde, bevor sie irgendetwas unternehmen konnte, im nächsten Moment auch Rashid. Es gelang der Prinzessin, das Schwert zu ziehen. Aber bevor sie damit ausholen konnte, versetzte ihr jemand, der sich ihr unbemerkt von hinten genähert hatte, einen Hieb. Er traf sie seitlich am Kopf und an der Schulter. Sie sah, dass Eisfell dem Hieb eines anderen Thorwalers ausweichen konnte und sich zähnefletschend dem Angreifer zuwandte. Die Prinzessin glitt benommen zu Boden. Sie sandte ein verzweifeltes Gedankenbild an den Wolfshund, das einen sich versteckenden Eisfell zeigte. Ein zweiter Hieb traf sie, dieses Mal voll auf den Hinterkopf. Ihr wurde schwarz vor Augen.

Interludium

Als Luhida Luhid noch unter den Lebenden weilte, hatte es ihr an den Diensten williger Männer niemals gefehlt. Dabei war Luhida selbst in jungen Jahren keine Schönheit gewesen, auch in ihren eigenen Augen nicht. Aber sie hatte etwas besessen, das mehr zählte und um das sie von schöneren Frauen oft beneidet worden war. Sie strahlte Sinnlichkeit aus. Und sie *liebte* es, einen Mann zwischen ihren Schenkeln zu spüren. Sie hatte die Männer und ihre Begierden studiert und wusste, was sie sich ersehnten. Sie brachte sie dazu, wie kleine Jungen zu winseln und zu betteln, um endlich von ihr erlöst zu werden. Das wiederum steigerte ihre eigene Lust.

Schon als Zehnjährige hatte sie einen vier Jahren älteren Vetter verführt. Der Junge war ausgesprochen schüchtern gewesen, aber sie hatte ihn einfach von hinten umschlungen, sich an ihm gerieben und, als sie spürte, dass es ihm irgendwie gefiel, seine Wurzel aus der Hose geholt. Er war vor Scham rot geworden, als seine Wurzel wuchs und schließlich ihre sanft knetenden Finger nässte. Danach hatte sie ihm gezeigt, dass es noch interessantere Höhlen gab als die, die ihre Finger bilden konnten.

Männer waren nicht das Einzige gewesen, was Luhida interessiert hatte. Als Tochter eines Hoflehrers, der am Hof von Havena die siebzehn Söhne und Töchter des damaligen Fürsten von Albernia unterrichtete, war ihr das Privileg zuteil geworden, schreiben und lesen zu lernen. Ihr Vater hatte gehofft, sie würde sich den Göttern zuwenden – vielleicht Pereine, vielleicht Hesinde, der er selbst sich verschrieben hatte –, die Schriften studieren und das daraus entnommene Wissen anderen Menschen zukommen zu lassen. Aber Luhida hatte einen anderen Weg gewählt. Einen dunkleren Weg.

Sie wusste nicht mehr genau, wie sie auf diesen Weg geraten war. War es der düstere Joshid gewesen, ein sehr ausdauernder Liebhaber, den sie nach dem Geheimnis seiner außergewöhnlichen Manneskraft befragt und der ihr verraten hatte, sich der Hilfe einer Hexe zu bedienen? Oder war es der geheimnisvolle Reiz der uralten Schriftrolle gewesen, die ihr bei ihrem stetigen Stöbern nach alten Handschriften bei einem Trödler in die Hände geraten war? Sie hatte die halb zerfallene Schriftrolle zwar lesen, ihren Sinn aber nicht ergründen können. Sie wusste nur, dass der Urheber des Textes ein Mensch gewesen war, der sich der Beschwörung von Dämonen verschrieben hatte, ohne indes viel darüber zu wissen und Erfolge vorweisen zu können. Wenn Luhida es recht bedachte, hatte der Mann – sie glaubte, dass es ein Mann gewesen war – aufgrund seiner Misserfolge sogar davor gewarnt, sich diesen Dingen zu widmen. Luhida allerdings hatte diese Warnung in den Wind geschrieben und sich mit der ihr eigenen Gründlichkeit der Beschwörung von Dämonen gewidmet. Sie hatte Erfolge erzielt und Niederlagen erlitten und am Ende ihrer Tage nicht gewusst, was von beiden ihr Leben stärker bestimmt hatte. Gewiss war nur, dass sie den Tod überdauert hatte – und sich in ihrem Halbleben manchmal die alten Tage zurückwünschte.

Und endlich glaubte sie, einen Weg gefunden zu haben, wenigstens für kurze Zeit wieder an das anknüpfen zu können, was sie früher erfreut hatte.

5 Das Schiff

Ritter Mortenberg lehnte am Schanzkleid der *Wogenfee* und sah zu, wie die Matrosinnen und Matrosen des Schiffes das Schiff segelfertig machten. Rahen wurden hochgezogen, Segel angeschlagen, Leinen angeholt und belegt, der Bug langsam in den Wind gedreht. »Anker lichten!«, kam das Kommando der Kapitänin Jolath.

Havena, Mitte Boron 914 BF

Der Lotse stand neben ihr und gab Anweisungen.

Nichts drängte Mortenberg, an der Seeschlacht mit den Thorwalern teilzunehmen, und seine Stellung am Hofe verpflichtete ihn auch nicht dazu. Mit etwas Glück würde er sich aus den Kampfhandlungen heraushalten können. Aber die *Wogenfee* war ein schnelles Schiff und vielseitig einsetzbar. Es hatte Mortenberg schon öfters gute Dienste geleistet. Als er von den Angriffsplänen der Thorwaler erfuhr, hatte er es sofort herbeibeordert. Und selbstverständlich hatte er es, nicht ohne Hintergedanken, dem Fürsten für besondere Aufgaben angedient.

Dass sich Elidana Charazzar aus dem Geschlecht der Charazzar zu H'Rabaal an Bord befand, erfüllte ihn mit Genugtuung. Fürst Emerthon II. bot so gut wie alles gegen die Thorwaler auf, was einen Kiel aufwies, darunter neue Schiffe, die halbfertig von den Werften kamen, und uralte Holks, die mit halb verrotteten Planken und ohne Masten nur noch als Lastkähne gedient hatten. Letztere waren hastig wieder segelfähig gemacht worden, und wenn die Mannschaften Tag und

Nacht die Lenzpumpen bedienten, mochten sie sich sogar eine Zeitlang über Wasser halten – gutes Wetter vorausgesetzt.

Angesichts der Vielzahl der Schiffe waren Steuerleute und Kapitäne knapp. Mortenberg hatte der fürstlichen Marine großzügig die beiden Steuerleute der *Wogenfee* als Kapitäne kleinerer Schiffe zur Verfügung gestellt – sehr zum Unwillen der Betroffenen, die sich die Seeschlacht lieber aus größerer Entfernung angeschaut hätten. Sodann hatte er Elidana aufgefordert, sich der Gastfreundschaft des Fürsten würdig zu zeigen und als Erste Steuerfrau auf der *Wogenfee* in See zu stechen. Da die Tochter eines Kaufherren aus Brabak zugegeben hatte, ein wenig von Navigation zu verstehen, war es ihr nicht gelungen, sich herauszureden. Auch der Hinweis auf Sonderaufgaben, die sie als Abgesandte des Dragor zu erfüllen hatte, konnte Mortenberg nicht beeindrucken. Er wusste, dass sich Elidana um in Havena ansässige Mitglieder des Flammenbundes kümmern sollte, und hatte sie sogar angewiesen, Dom Lando bei den Plänen gegen Rhiana und die Kaufherrin Patrusco zu unterstützen. Aber das alles war für ihn kein Grund, Elidana zu erlauben, die Seeschlacht um Havena vom Trockenen aus zu verfolgen.

Mortenberg wusste genau, was er tat. Er wollte Elidana in den entscheidenden Momenten vor der Machtübernahme unter Kontrolle haben. Schon bei der ersten Begegnung, noch bevor sie sich ihm als Gesandte des Dragor zu erkennen gab, war ihm klar gewesen, dass sich Elidana nicht zufällig in Havena aufhielt. Der Dragor Atamur, geheimnisvoller und mächtiger Herrscher des Flammenbundes, hatte sich persönlich für Prinzessin Rhiana interessiert und maß zudem der Schlacht um Havena große Bedeutung bei. Er hatte den Magister Zaraldus nach Albernia entsandt und Mortenberg damit eines Stückes seiner Macht als Flammenrat beraubt. Nun, Zaraldus hatte gegen Rhiana versagt und war als Magier in Havena nicht willkommen. Der Ritter hatte geradezu darauf gewartet, dass der Dragor ihm einen anderen Aufpasser senden würde. Als Elidana zügig am Hof ihre Fäden zu spinnen begann, hatte Mortenberg sie sofort durchschaut. Amüsiert verfolgte er ihre Versuche, ihn auszuspionieren, ohne jedoch den Fehler zu machen, die Brabakerin zu unterschätzen. Er blieb wachsam.

Mortenberg fragte sich, ob Elidana ihn nur überwachen sollte oder ob ihr eine Sonderaufgabe zugedacht war. Ursprünglich hatte der Flammenbund Bjarnisons Angriff auf Havena verhindern wollen, weil er für die Pläne des Bundes zu früh kam. Als die Versuche, Bjarnison kaltzustellen, misslungen waren, blieb nichts anderes übrig, als eine Kehrtwendung zu vollziehen. Jetzt sollte die Seeschlacht genutzt werden, um einerseits Bjarnison eine entscheidende Niederlage zuzufügen und andererseits einen Machtwechsel in Albernia herbeizuführen. Sarja Baronin von Abilacht sollte künftig als Marionette das Fürstentum regieren. Das zumindest war die Weisung des Dragor an den Ritter.

Ist das wirklich der ganze Plan? Bin ich in alles eingeweiht? Ist Elidana wirklich nur eine Erfüllungsgehilfin des Dragor, wie es Zaraldus war? Träumt sie wie Zaraldus von mehr – oder ist sie mehr?

Mit seinem untrüglichen Instinkt spürte Mortenberg, dass das Selbstbewusstsein der Frau nicht allein auf dem Reichtum ihres Vaters beruhte. Zaraldus war ein Blender gewesen, der mehr scheinen wollte als er war. Elidana hingegen gab sich Mühe, weniger scheinen zu wollen als sie war. Der Ritter wusste, dass Dragor Atamur, der sich Erste Flamme des Flammenbundes nannte und den Bund als sein persönliches Machtinstrument verstand, neue Flammenräte ernannt hatte, die für die anderen Räte selbstverständlich anonym blieben. Flammenrat Basilisk – hinter dem die Magistra Lysdia Lynd gesteckt hatte, wie Mortenberg wusste –

hatte der Dragor höchstpersönlich hingerichtet, und Spitzel hatten dem Ritter berichtet, dass Flammenrat Alligator von den Achaz getötet worden war. Elidana Charazzar, die sicher das Geld ihres Vaters in den Flammenbund einbrachte und die nötige Härte besaß, mochte Atamur durchaus als geeignete Kandidatin für einen freien Platz im Flammenrat erschienen sein. Es gab Hinweise, dass er sie erwählt hatte, allerdings keine Gewissheit. Das allein hätte Mortenberg nicht beunruhigt – aber wenn Elidana wirklich Flammenrätin und zugleich Vertraute des Dragor war, dann hatte sie nach Atamur die wichtigste Position im Flammenbund inne. Eine Position, die Mortenberg für sich beanspruchte, vorerst einmal.

Aber Mortenberg fühlte sich vergleichsweise sicher. Er hielt die Fäden in den Händen und war in Albernia nur schwer zu ersetzen, selbst wenn der Dragor Albernia zu seinem Stützpunkt ausbaute. Hinzu kam, dass er am Flammenbund vorbei sein eigenes Spitzelnetz aufgebaut hatte, durch das er frühzeitig von sich anbahnenden Veränderungen Kenntnis erhielt und zugleich versuchte, die geheimen Strukturen des Flammenbundes zu erforschen.

Mortenberg verscheuchte die Gedanken und dachte an Prinzessin Rhiana. Das war angenehmer. Alles in allem hatte er den Eindruck, dass dies im Moment sehr interessante Zeiten waren – auch in Bezug auf Rhiana und ihn.

Als Rhiana erwachte und die Augen öffnete, nahm sie als Erstes wahr, dass sich über ihr eine niedrige Holzdecke befand. Unter ihr raschelte ein Strohsack, als sie sich bewegte. Sie lag offenbar in einem Kojenbett, dessen Öffnung zu einer nahen Wand zeigte, die wie die Koje selbst aus eng miteinander verfugten Eichenholzbrettern bestand. Als Nächstes musste sie zur Kenntnis nehmen, dass sie heftige Kopfschmerzen hatte. Auch die linke Schulter tat weh. Sie richtete sich auf und betastete den Hinterkopf. Unter dem dichten blonden Haar fühlte sie eine große Beule.

Schlagartig standen ihr wieder die letzten Eindrücke auf der Insel vor Augen. *Thorwaler! Wo kamen plötzlich diese verdammten Thorwaler mit ihren Knüppeln her?*

Finni, Rashid und Eisfell kamen ihr in den Sinn. Was war aus ihnen geworden? Sich leicht aus der Koje beugend, sah sie sich in der engen Kammer um. Auch die anderen Wände, die Decke und der Fußboden bestanden aus Holz, desgleichen die schmale Tür, die sich in der gegenüberliegenden Wand befand. Es gab eine an Seilen aufgehängte Tischplatte, die man hochklappen und mit einem Haken sichern konnte, einen fest mit dem Boden verbundenen Hocker, und aus einem Oberlicht drang Tageslicht in den Raum. Viele Stunden mussten seit den Ereignissen auf der Insel vergangen sein, wenn es draußen nicht mehr dunkel war.

Noch immer benommen und mit einer Hand den schmerzenden Kopf reibend, schob Rhiana die Beine aus der Koje, blieb aber sitzen. Sie stellte fest, dass der Boden leicht schwankte. Erst dachte sie, es hätte mit ihrem Kopf zu tun, aber sie spürte nur Schmerzen, keinen Schwindel.

Das Schwanken passt zu allem anderen. Ich befinde mich auf einem Schiff. Aber dies ist kein Drachenschiff der Thorwaler! Rhiana wusste, dass die Schiffe der Thorwaler keine derartigen Kammern besaßen.

Allmählich kehrten die Lebensgeister zurück, und selbst an die Kopfschmerzen begann sie sich ein bisschen zu gewöhnen. Sie sah an sich hinab. Sie trug ein Seidenhemd, darüber das dunkelrote Lederwams, dazu dunkelblaue Samthosen und Stiefel. Ihr Umhang lag auf dem heruntergeklappten Tisch. Lediglich der Schwertgürtel und die Waffe selbst fehlten. Sie konnte beides auch nicht in der Kammer entdecken.

Wenn man dir die Waffe nicht lässt, bist du eine Gefan-

gene! Aber wohin haben mich die Thorwaler gebracht? Auf ein größeres Schiff, das sie erobert haben?

Mit steifen Gliedern ging sie zur Tür und versuchte sie zu öffnen. Sie war versperrt. Etwas anderes hatte die Prinzessin auch nicht erwartet. Sie schaute sich nach Fluchtmöglichkeiten um. *Nein, das Oberlicht scheidet aus. Es wäre selbst für die zierliche Finni zu eng.*

Finni … Wo war die Freundin? Wo war Rashid? In anderen Kammern auf diesem Schiff? Wo war Eisfell? War es ihm gelungen zu flüchten?

Sie klopfte erst gegen die eine, dann gegen die andere Wand, hinter denen sie weitere Kammern vermutete. »Finni? Rashid?«, rief sie leise.

Niemand antwortete. Das Einzige, was sie in der Ferne hörte, waren Schiffsgeräusche: Das Anbranden von Wogen bei frischer Brise, gurgelndes Wasser, das am Schanzkleid entlanglief, das leise Pfeifen des Windes, mitunter das Peitschen eines Segels oder einer Leine, manchmal auch Segelkommandos. Auf letztere versuchte sie sich zu konzentrieren, so gut ihr das mit dem brummenden Schädel gelingen wollte. Einmal verstand sie: »Brassen und neu belegen!« Das Kommando war eindeutig in Garethi, der Sprache des Mittelreichs wie auch Talanias, erteilt worden, nicht in Thorwalsch, das Rhiana zwar nicht beherrschte, aber unter anderen Sprachen heraushören konnte.

Das muss nicht viel heißen. Vielleicht haben die Thorwaler dieses Schiff gekapert und einen Teil der Besatzung am Leben gelassen. Thorwaler werden nicht darin geübt sein, einen Holk oder ein ähnlich großes Schiff zu segeln.

Noch immer ging der Prinzessin im Kopf herum, dass die Thorwaler mit Knüppeln statt mit Schwertern angegriffen hatten. Dafür konnte es nur die Erklärung geben, dass sie nicht töten, sondern Gefangene machen wollten. Aber warum? Um gefangene Thorwaler freizupressen? Das war nicht

Art der Thorwaler, und am Vorabend einer Schlacht machte es erst recht keinen Sinn. Die Vorstellung, dass die Thorwaler nicht zufällig auf der Insel gewesen waren, sondern gezielt nach einer gewissen talanischen Prinzessin und ihren Gefährten gesucht hatten, ergab in ihren Augen aber noch weniger Sinn. Sollte Bjarnison jemals von Rhiana von Talania gehört haben und sie aus welchen Gründen auch immer in seine Gewalt bringen wollen, würde er dafür kurz vor der Seeschlacht gewiss nicht fünfzig Krieger abstellen.

Rhiana versuchte, das Herumwirbeln ihrer Gedanken abzustellen. Es brachte nichts, und der Kopf tat ihr auch so schon weh genug. Aber der Rückzug aus den Grübeleien führte nur dazu, dass ihr verschiedene Bedürfnisse ihres Körpers bewusst wurden. Hunger, Durst und der Wunsch, sich zu waschen, waren davon noch die Unbedeutendsten. Sie sah sich erneut in der Kammer um, konnte aber keine Pütz für derlei Verrichtungen entdecken.

Wenn nicht bald jemand kommt, werde ich laut. Ich habe keine Lust, mir ins Hemd zu machen!

Als hätte jemand an Deck ihre Ungeduld gespürt, hörte sie plötzlich im Niedergang Schritte, die sich ihrer Kammer näherten. Wenn der Schemel nicht fest mit dem Boden verbunden gewesen wäre, hätte Rhiana ihn als Waffe in die Luft gehoben. Etwas anderes Geeignetes konnte sie nicht entdecken.

Ein Schlüssel drehte sich im Schloss, die Tür öffnete sich, und ein Mann schaute in die Kammer. Er war groß und schlank, Mitte der Dreißig, gepflegt gekleidet und besaß ein markantes, aber nicht hässliches Gesicht mit ausgeprägten Wangenknochen und einer leicht gebogenen Nase, hatte graublaue Augen, trug einen Kinnbart und das schwarze Haar halblang. Rhiana erkannte ihn natürlich sofort. Obwohl er ihr Feind war, empfand sie gegen ihren Willen fast Erleichterung, ihn zu sehen und nicht einen grobschlächtigen Thorwaler.

»Prinzessin Rhiana, ich freue mich, dass Ihr endlich wach seid«, sagte er betont freundlich. »Ich hoffe, Ihr wurdet nicht ernsthaft verletzt? Wir haben leider nur einen Wundbader an Bord, der sich in erster Linie auf das Amputieren versteht und den ich Euch nur im Notfall zumuten möchte.«

»Ich hätte mir eigentlich denken können, dass Ihr dahinter steckt, Ritter Mortenberg!«, fauchte sie ihn an.

Der Ritter tat einen Schritt in die Kammer hinein und schloss die Tür, blieb aber respektvoll auf Distanz. »Ich kann Euren Zorn verstehen, Prinzessin, aber Ihr tut mir Unrecht«, versicherte er. »Ich freue mich aufrichtig, dass es uns gelang, Euch aus den Händen der Thorwaler zu befreien.«

»Ihr wollt mich aus den Händen der Thorwaler befreit haben?«, rief die Prinzessin aus.

»Nicht ich, sondern ... Verbündete ...«, wich Mortenberg aus. »Wir können später darüber reden. Auf jeden Fall seid Ihr frei und Gast an Bord meines Schiffes.«

»Ach ja? Und wo ist mein Schwert? Warum habt Ihr mich eingesperrt?« Rhiana war nahe daran, auf den Ritter zuzuspringen, um ihm den Säbel zu entreißen und gegen ihn selbst einzusetzen.

Mortenberg schien ihrem Gesicht entnommen zu haben, was in ihrem Kopf vorging. »Bitte keine Dummheiten, Prinzessin. Um Eure Frage zu beantworten: Ich wollte Missverständnissen und vorschnellen Handlungen von euch vorbeugen. Aus diesem Grund habe ich das Schwert an mich genommen und die Kammer versperrt. Hört zu, schaut euch an Bord um, und urteilt selbst. Wie immer Euer Urteil dann ausfallen mag: Ich verspreche Euch, Ihr erhaltet nach unserem Gespräch Euer Schwert zurück und werdet an einem von Euch zu bestimmenden Ort an Land gesetzt, sobald Ihr dies wünscht.«

Rhiana beruhigte sich ein wenig. Sie wusste, dass Mortenberg ein geborener Lügner war. Sein Wort hatte er ihr gegenüber allerdings noch nicht gebrochen. Hunderte von Fragen lagen ihr auf der Zunge, aber sie beschränkte sich zunächst auf das Wesentliche. »Was ist mit meinen Freunden?«

Der Ritter hob die Schultern leicht an. »Bedauerlicherweise gelang es, nur Euch zu befreien. Eure Freunde sind Gefangene der Thorwaler. Aber die Entführer versichern, dass sie unverletzt sind und es ihnen gut geht.« Er hob abwehrend die Hände, bevor Rhiana Gelegenheit hatte, ihn der Zusammenarbeit mit den Thorwalern zu verdächtigen. »Nicht was Ihr denkt, Rhiana. Ich wusste, dass Euch Eure Gefährten am Herzen liegen, und habe meinen Einfluss genutzt. Die Thorwaler wollen mit Euch über Lösegeld verhandeln.«

»Ihr wisst sehr gut, dass ich kein Lösegeld aufbringen kann!«, empörte sich die Prinzessin.

»Ich werde das Lösegeld für Euch aufbringen, wenn es sein muss«, erwiderte der Ritter. »Ohne Bedingungen, ohne Hintergedanken. Aber wahrscheinlich bedarf es gar keines Lösegeldes. Wir sollten in aller Ruhe darüber sprechen und …«

Keine Hintergedanken, Freundchen?, dachte Rhiana. *Wenn ich jemals einen Menschen kennen gelernt habe, der dauernd Hintergedanken hat, dann bist du das! Du kannst gar nicht anders!* »Nicht jetzt«, unterbrach ihn die Prinzessin. »Was ist mit Eisfell?«

»Euer Hund?«, fragte der Ritter. »Er wurde gesehen, als er einen Thorwaler angriff und dann entwischte, bevor die Thorwaler ihn totschlagen konnten.«

Rhiana hoffte, dass es Eisfell irgendwie gelungen war, sich von der Insel zu retten. Hoffentlich hatte er nicht versucht, schwimmend den Damm zu erreichen, und war von Ungeheuern in die Tiefe gezogen worden. Aber Eisfell war klug und vorsichtig. Er roch die Gefahren. Vielleicht hatte er sich auf der Insel versteckt. Er würde eine Weile durchhalten können.

»Dann für den Moment nur noch eines«, sagte die Prinzessin. »Ich möchte mich erleichtern und waschen – und zwar nicht unbedingt an Bord, wo alle zusehen.«

Mortenberg verbeugte sich. »Das ist verständlich. Kommt mit, dann zeige ich Euch die Örtlichkeit, die von mir und den Offizieren benutzt wird. Verzeiht, dass ich nicht sofort daran gedacht habe. Ich lasse derweil eine Balge auftreiben, damit Ihr baden könnt und …«

»Eine Pütz Wasser genügt«, unterbrach ihn Rhiana.

»Ich lasse sie bringen«, versprach der Ritter.

»Noch eines, Ritter Mortenberg!«, sagte Rhiana scharf. »Wenn Ihr Wert darauf legt, dass ich Euch zuhöre, dann lasst mir auch mein Schwert bringen. Zusammen mit der Pütz – nicht später!«

Mortenberg seufzte. »In Euren Forderungen seid Ihr eher Königin als Prinzessin. Aber ich werde Euren Wunsch erfüllen.«

Später saß Rhiana dem Ritter in der Offiziersmesse gegenüber. Sie bestand im Wesentlichen aus einem langen, blank gescheuerten Tisch und zwei Sitzbänken, auf denen insgesamt acht Personen Platz finden konnten. Der Tisch und die Sitzbänke waren fest mit dem Boden verbunden, damit sie sich bei Seegang nicht durch den Raum bewegten. An allen vier Seiten des Tisches befanden sich drei Finger hohe Blenden, die im Moment herabgeklappt waren. Während der Tisch und die Sitzbank schlicht wirkten, waren für die Täfelung des Raumes edelste Hölzer in verschiedenen Farben zu kunstvollen Einlegearbeiten zusammengefügt worden.

Mortenberg hatte Wort gehalten. Sie trug wieder ihr Schwert am Gürtel. Der Ritter versuchte seine Unaufmerksamkeit von vorhin wettzumachen, indem er Rhianas weitere Wünsche erriet und ein üppiges Frühstück mit Brot, Schinken, Räucheraal, Krabben und Eiern sowie verdünnten Wein servieren ließ. Er selbst nahm nur ein paar Krabben mit Ei und sah ansonsten zu, wie die Prinzessin es sich schmecken ließ. Von der Besatzung des Schiffes hatte Rhiana außer Mortenberg bisher nur ein Schiffsmädchen zu Gesicht bekommen, als es ihr die Pütz Wasser brachte, dazu zwei Messejungen, die das Frühstück auftischten, um sofort danach wieder zu verschwinden. Offenbar hatte der Ritter Anweisungen gegeben, ihn und die Prinzessin nicht zu stören.

Rhiana legte den Dolch und den Holzlöffel aus der Hand, die ihr als Besteck gedient hatten, und lehnte sich auf der Bank zurück. Jetzt fühlte sie sich schon wesentlich wohler. Selbst die Kopfschmerzen schienen ein wenig nachgelassen zu haben. Und mit dem Schwert am Gürtel konnte sie es ertragen, mit einem ihrer ärgsten Feinde am Tisch zu sitzen und ihm ruhig zuzuhören. Entspannen konnte sie sich dabei nicht. Obwohl sie sich körperlich von dem Ritter durchaus angezogen fühlte, war ihr seine Schlitzohrigkeit zuwider. Hinzu kamen die Sorgen. Zu ungewiss war das Schicksal von Finni und Rashid. Und das bedrückende Wissen, dass die letzten Schiffe der Kaufherrin Patrusco am morgigen Tag auslaufen würden, nagte ebenfalls an ihr. Die Zeit wurde immer knapper. Sie dachte an ihren Plan, in der allergrößten Not Mortenberg um Hilfe zu bitten. Ob sie es wirklich über sich bringen würde, wusste sie nicht.

»Wie weit sind wir vom Land entfernt?«, fragte sie.

Mortenberg zuckte die Schultern. »Ein paar Seemeilen. Wenn Ihr unsere Position genau wissen wollt, lasse ich Kapitänin Jolath kommen.«

»Nicht nötig«, wehrte Rhiana ab. »Ich wollte nur wissen, ob Ihr mich nötigenfalls schnell an Land absetzen könnt. Ihr steht doch zu Eurem Versprechen, Ritter?«

»Selbstverständlich, Prinzessin Rhiana«, versicherte Mortenberg. »Obwohl ich hoffe, dass ich Eurer äußerst angenehmen Gesellschaft nicht schon so bald entsagen muss.«

»Was macht Ihr hier draußen auf See? Oder ist es ein Geheimnis?«

»Durchaus nicht. Ich habe Seiner Durchlaucht Fürst Emerthon II. die *Wogenfee* zur Überwachung der Küste angeboten.«

»Wurde die Flotte der Thorwaler schon gesichtet?«, fragte Rhiana.

Mortenberg schüttelte den Kopf. »Nein, Prinzessin. Aber es gab vor zwei Tagen einen Sturm. Wir nehmen an, dass Bjarnison ihm ausgewichen ist und deshalb länger braucht. Vielleicht sind Schiffe beschädigt worden und müssen repariert werden. Andere sind vielleicht abgetrieben worden. Es kann sein, dass Bjarnison die Schiffe erst sammeln und neu ordnen muss.«

Rhiana überlegte. Das hörte sich überzeugend an. »Gibt es Hoffnung, dass die Thorwaler zu viele Schiffe verloren haben und ihren Angriff aufgeben müssen?«

»Kaum. Die Thorwaler sind gute Seeleute und wissen, wie sie einem Sturm begegnen können. Aufgeben kommt für Bjarnison sowieso nicht in Frage.«

»Wie lange hat Albernia noch Zeit, wenn Bjarnisons Flotte gesichtet wird?« Rhiana versuchte, die Frage beiläufig klingen zu lassen, damit Mortenberg nicht hellhörig wurde.

»Bis es zur Seeschlacht kommt?« Der Ritter überlegte kurz. »Vielleicht einen halben Tag, vielleicht einen ganzen. Wenn Bjarnison ausweicht, auch länger. Fürst Emerthon und Admiral...« Er korrigierte sich. »... und seine Admiräle wollen Bjarnison draußen in der Bucht stellen, bevor er Gelegenheit hat, Havena direkt anzugreifen, was zweifellos sein Plan ist. Ob es der fürstlichen Flotte gelingt, die Seeschlacht dort draußen zu erzwingen, ist allerdings ungewiss.«

»Nennt nur den Namen des Admirals«, forderte Rhiana ihn auf. »Jeder in Havena weiß, dass Euer Dom Lando die Flotte führen wird.«

»Es ist nicht *mein* Dom Lando!«, gab der Ritter unvermutet barsch zurück.

»Ihr befehligt Dom Lando!«, widersprach die Prinzessin heftig.

»Falsch«, widersprach der Ritter mit grimmigem Gesicht. »Ich bin leider gezwungen, mit ihm zusammenzuarbeiten, aber ich befehlige ihn nicht.«

»Das glaube ich Euch nicht!«

Mortenberg zuckte die Schultern. »In gewisser Weise habt Ihr ja Recht, Prinzessin, denn ich leite Befehle, die ich von anderen erhalte, an ihn weiter.«

Rhiana versagte sich eine weitere scharfe Antwort. Sie hatte noch immer nicht in Erfahrung gebracht, wie viel Zeit den Schiffen der Patrusco notfalls verblieb, bevor die Bucht blockiert war. Sie sah keine andere Möglichkeit, als den Ritter unverblümt danach zu fragen. »Lassen wir das für den Moment. Was meint Ihr, wie lange nach der Sichtung der Thorwaler es Schiffen aus Havena noch gelingen mag, mit Südwestkurs unbeschadet die Bucht zu passieren?«

»Zwei Tage. So lange braucht Bjarnison, um seine Boote so in Position zu bringen, dass sie jedes aus Havena auslaufende Schiff abfangen können. Die Lücke im Südwesten wird er erst zuletzt schließen können. Wenn er dies alles überhaupt im Sinn hat.« Jetzt schmunzelte der Ritter. »Ich wusste von vornherein, dass Euch nicht die Seeschlacht als solche interessiert, sondern die Möglichkeit, mit Euren Leuten noch rechtzeitig zu fliehen.«

Rhiana schwieg dazu.

»Prinzessin Rhiana«, sagte Mortenberg eindringlich. »Vergesst diesen Wunsch. Alle Schiffe sind dem Fürsten unterstellt, von ein paar Schiffen der Kaufherrin Patrusco mal abgesehen. Solltet Ihr ernsthaft in Erwägung ziehen, die Kaufherrin auf Eure Seite zu ziehen – erspart Euch den Versuch. Sie ist dem Fürsten treu ergeben.«

»Wir haben ohnehin kein Geld, um die Patrusco zu bezahlen«, versuchte die Prinzessin den Ritter von dieser Fährte abzubringen – wenn er nicht ohnehin schon alles wusste. »Ich frage Euch jetzt einmal ganz direkt, Ritter Mortenberg: Wäret Ihr – Ihr ganz persönlich – in der Lage, die Talanier herauszubringen?«

»Nicht mehr vor der Schlacht.«

»Und danach?«

Mortenberg schwieg eine Weile. »Vielleicht«, sagte er schließlich.

»Würdet Ihr es tun?«, bohrte Rhiana weiter.

Wieder überlegte der Ritter sehr lange. Rhiana hatte den Eindruck, dass er sich in die Enge getrieben fühlte.

»Es würde meinen Auftraggebern nicht gefallen«, sagte er schließlich langsam und betont. »Ganz und gar nicht gefallen. Aber ich erwähnte schon mal, dass ich auch eigene Interessen verfolge und mir an einem Bündnis mit Euch sehr gelegen ist, Prinzessin Rhiana.«

Die Prinzessin entschloss sich, es für den Moment dabei bewenden zu lassen. »Vielleicht komme ich eines Tages darauf zurück, Ritter. Und nun erzählt mir, warum die Thorwaler mich und meine Gefährten überfallen haben. Wie ist ein einzelnes ihrer Schiffe nach Havena gelangt, wenn Bjarnisons Flotte sich noch weit draußen auf dem Meer sammelt? Und erzählt mir nicht, es sei durch den Sturm abgetrieben worden.«

Mortenberg wirkte jetzt sichtbar entspannter als vorher und lehnte sich zurück. »Ich stecke nicht in der Haut der Thorwaler, schon gar nicht in der von Bjarnison. Aber meine … Verbindungsleute haben mir berichtet, dass der oberste Hetman Verbündete in Havena sucht, die seinen Angriff unterstützen. In der Stadt leben Dutzende von Thorwalern und deren Nachkommen. Vielleicht hat er einige seiner Leute ausgeschickt, um sie für seine Ziele zu gewinnen. Das könnte von langer Hand vorbereitet worden sein, bevor Bjarnison mit der Hauptflotte auslief. Er könnte frühzeitig ein einzelnes Schiff ausgesandt haben.«

»Fünfzig Krieger, um vielleicht weitere fünfzig zu rekrutieren?«, warf die Prinzessin ein. »Die Krieger und das Schiff werden ihm in der Schlacht fehlen. Ist Bjarnison so dumm?«

»Nein, Rhiana, dumm ist er keineswegs. Aber hundert bewaffnete Thorwaler in der Stadt – oder selbst nur diese fünfzig – könnten uns erhebliche Probleme bereiten.«

»Ihr meint also, sie sind frech mit einem Drachenschiff in das Delta gesegelt, ohne dass man sie bemerkt hat? Sagtet Ihr nicht, die Küste würde überwacht?«

»Nicht der Süden«, sagte Mortenberg. »So viele Schiffe haben wir nicht. Die Thorwaler könnten Ihr Schiff irgendwo im Muhrsape versteckt haben. Gewiss ist nur, dass sie nicht mit einem Drachenschiff, sondern mit mehreren kleineren Fahrzeugen in die Unterstadt eingedrungen sind.«

Rhiana überlegte. Die Erklärung wirkte schlüssig, aber wieder einmal hatte die Prinzessin das Gefühl, dass der Ritter ihr Sand in die Augen streuen wollte. Oder war sie übertrieben misstrauisch gegenüber allem, was Mortenberg vorbrachte? Es war offensichtlich, dass der Ritter den Fürsten unterstützte. Dass er heimlich auch mit Bjarnison einen Pakt geschlossen hatte, erschien kaum vorstellbar. *Aber sichert sich Mortenberg nicht stets nach allen Seiten ab?*, dachte sie. *Und wie sonst sollte es ihm gelungen sein, mit den Entführern von Finni und Rashid Verbindung aufzunehmen?*

Laut sagte sie: »Das alles erklärt nicht, warum sie ausgerechnet mich und meine Freunde überfallen haben. Oder haltet Ihr es für einen Zufall?«

Der Ritter schüttelte energisch den Kopf. »Kein Zufall, Prinzessin, sondern leider ein durchtriebener Plan. Wie ich schon sagte, fordern die Thorwaler Lösegeld ... «

»Dann hätten sie einen reichen Kaufherrn entführen sollen«, unterbrach ihn Rhiana. »Und selbst dann – was nützt ihnen das Lösegeld so unmittelbar vor der Schlacht noch?«

Mortenberg verneigte sich leicht. »Ausgezeichnet, Prinzessin Rhiana. Ich wusste, dass Ihr den Plan der Thorwaler durchschauen würdet.«

»Ich verstehe nicht…«

»Aber Ihr seid auf dem besten Wege. Eure Einwände treffen den Nagel auf den Kopf. Die Lösegeldforderung ist natürlich ein Vorwand.«

»Klärt mich bitte auf«, sagte die Prinzessin.

»Prinzessin Rhiana, sie wollten *Euch* entführen, was zum Glück verhindert werden konnte. Jetzt verlangen sie für Eure Gefährten Lösegeld, das *Ihr und niemand anders* überbringen sollt – so lautet die Forderung. Sie wollen in Wahrheit gar kein Lösegeld, sie wollen *Euch.*«

»Warum?«, fragte Rhiana schlicht.

»Eure Stiefmutter Sarja hat dem Fürsten verraten, dass sich Eure Leute in der Stadt versteckt halten. Der Fürst hat die Angelegenheit mit seinen Beratern erörtert, und ich weiß, dass einer von ihnen – leider kenne ich seinen Namen nicht – im Sold der Thorwaler steht. Damit weiß auch Bjarnison, dass es in Havena zweihundert Männer und Frauen gibt, die für das Versprechen, Schiffe und freies Geleit zu erhalten, vielleicht sogar in den Kampf ziehen würden. Versteht Ihr jetzt? Bjarnison wird Euch alles versprechen, was Ihr wollt, wenn Ihr die Talanier während der Seeschlacht gegen das dann nur unzureichend geschützte Havena führt. Und wenn Ihr auf seine Wünsche nicht eingeht, wird er Euch zwingen, ihm zu gehorchen. Er wird keinerlei Hemmungen haben, denn für ihn geht es um alles.«

Das musste Rhiana erst einmal verdauen. Dann sagte sie: »Ich lasse mich durch Versprechungen nicht zum Verrat verleiten, und zwingen lasse ich mich erst recht nicht – das solltet Ihr am besten wissen, Ritter Mortenberg.«

Der nickte nur knapp. »Ich weiß das, Prinzessin, und ich bewundere Euch dafür. Aber weiß es auch Bjarnison?«

»Woher wussten die Thorwaler, dass wir auf der Insel waren?«, fragte sie knapp.

»Sie werden Euch gefolgt sein. Jemand hat Euch verraten. Hattet Ihr Kontakt zu Thorwalern in Havena?«

Rhiana antwortete nichts darauf, aber sie musste an die Wirtin der *Drachenschänke* denken. Stand sie mit ihren Landsleuten im Bunde?

»Seht Ihr?«, fuhr der Ritter fort, der ihr Mienenspiel aufmerksam verfolgt und richtig gedeutet hatte. »Aber es bedarf nicht einmal eines Verräters. Es genügt, Ausschau nach einer auffällig schönen Kriegerin zu halten. So viele gibt es davon in Havena nicht.«

»Wenn Ihr schon von Auffälligkeiten redet – um wie viel auffälliger sind dann fünfzig thorwalsche Krieger, die durch Havena pirschen?«

Mortenberg lachte laut auf. »Die Vorstellung ist wirklich amüsant. Natürlich müsst Ihr davon ausgehen, dass nicht die Krieger selbst in voller Montur, sondern Helfershelfer Euch gesucht und entdeckt haben.«

Die Prinzessin konnte nicht verhindern, dass ihr eine leichte Schamesröte ins Gesicht stieg. Es gefiel ihr nicht, dass sie Mortenberg Anlass gegeben hatte, über sie zu lachen. Um es ihm heimzuzahlen, sagte sie scharf: »Findet Ihr es auch so witzig, dass Flammenbündler in albernen Kutten in alten Schiffswracks herumstolzieren?«

Der Ritter behielt seinen amüsierten Gesichtsausdruck bei. »Ich stelle es mir gerade vor, und Ihr habt Recht, es hat etwas ungewollt Spaßiges.«

»Mir ist das Lachen vergangen, als ich hörte, dass sie einen Jungen schlachten wollen!«, schleuderte Rhiana ihm entgegen. »In einem Ritual für den Drachengott!«

Mortenbergs Augen verengten sich. »Davon weiß ich

nichts, und es macht mich betroffen. Ihr müsst mir das glauben, Prinzessin!«

Es klopfte an der Tür. Rhiana hatte draußen keine Schritte gehört, aber das wunderte sie nicht. Sie war zu sehr mit ihrer Scham und ihrer Wut beschäftigt gewesen, um auf Dinge in ihrer Umgebung zu achten.«

»Ich hatte doch befohlen, nicht gestört zu werden!«, rief Mortenberg ärgerlich. »Und ich war der Meinung, mich klar und deutlich ausgedrückt zu haben!«

»Aber es geht um den Kurs!«, kam von der anderen Seite eine weibliche Stimme mit südländischem Akzent.

»Gut, tretet ein, Kapitänin Jolath«, sagte Mortenberg mit etwas leiserer, aber immer noch harscher Stimme.

Die Tür öffnete sich. »Nicht Jolath, ich bin es«, sagte die eintretende Frau. »Tut mir Leid, aber ...«

Sie sah Rhiana und verstummte.

Rhiana blickte auf und erstarrte. Sie blickte in ein kupferfarbenes, ebenes, aber kantiges, fast männlich herbes Gesicht mit braunen, mandelförmigen Augen, umrahmt von schwerem, blauschwarzem Haar. Als Rhiana diese Frau zuletzt gesehen hatte, trug die Frau eine schwarze Kutte. Jetzt war sie nach Seefahrerart mit Wams und Hosen aus Segeltuch bekleidet, und die zwar steife, aber eng anliegende Kleidung unterstrich ihre hagere Gestalt, die kaum weibliche Konturen aufwies.

Elidan Charazzar.

»Verräterin!«, zischte die Prinzessin, sprang auf und zog das Schwert.

Fast im gleichen Moment hatte die Brabakerin ein Rapier in der Hand.

Bevor die beiden aufeinander losgehen konnten, sprang Mortenberg dazwischen. Auch er hatte seinen Säbel in der Hand. »Kommt sofort zur Vernunft!», brüllte er. »Alle beide!«

Einen Moment lang überlegte Rhiana, ob sie es nicht mit beiden aufnehmen sollte. Aber dann siegte die Vernunft. Es mochte sein, dass es ihr gelang, die beiden Feinde zu besiegen, aber gegen die gesamte Mannschaft des Schiffes würde sie nicht bestehen können. Ihrem Volk erwies sie damit einen Bärendienst.

Sie steckte das Schwert in die Scheide.

»Ihr auch!«, befahl Mortenberg der Südländerin. »Auf der Stelle! Glaubt nur nicht, Ihr wäret unersetzbar!«

Als Elidana immer noch zögerte, vollführte der Ritter eine blitzschnelle Drehung und schlug ihr das Rapier aus der Hand. Klirrend fiel es zu Boden und rutschte in eine Ecke der Kammer. Mortenberg, die eigene Waffe immer noch in der Hand, ging hin und hob es auf. »Ihr bekommt es später zurück, Elidana«, sagte er und fügte mit einem Anflug von Humor hinzu: »Ihr müsst wissen, ich habe eine gewisse Erfahrung darin, Frauen zu entwaffnen.« Er steckte den Säbel in die Scheide und warf das Rapier auf den Tisch.

»Ihr habt mir nicht gesagt, dass sie an Bord gebracht wurde«, beklagte sich Elidana bitter und zeigte auf die Prinzessin. Ihr lautes Atmen spiegelte ihre Erregung wider.

»Weil es Euch nichts angeht!«, antwortete Mortenberg.

Rhiana zitterte vor Wut. »Verräterin!«, wiederholte sie und spuckte vor Elidana aus. »Flammenbündlerin! Du bist eine widerliche Schlange, die sich in mein Vertrauen geschlichen und es auf schändliche Art missbraucht hat! Mehr noch …« Sie wandte sich dem Ritter zu. »Wir sprachen gerade über den scheußlichen Plan, einen Jungen diesem … diesem Pyrdacor zu opfern.« Anklagend wies sie auf Elidana. »Diese Frau hat die Schandtat geplant und will sie durchführen!«

»Ist das wahr, Elidana?«, fragte der Ritter sie mit gefährlich leiser Stimme.

»Alles gelogen!«, behauptete die Südländerin. »Welchen Grund hätte ich, so etwas tun? Und wo? Hier an Bord etwa?

Erkennt Ihr nicht, Ritter, dass Rhiana nur einen Keil zwischen uns treiben will?«

»Wir sprechen später darüber!«, knurrte Mortenberg.

Der Prinzessin war es noch immer nicht gelungen, ihre Wut zu bezähmen. Die Dreistigkeit, mit der Elidana log, trug das ihre dazu bei. »Sie ist wirklich der letzte Abschaum!«, rief sie. Sie ergriff das auf dem Tisch liegende Rapier und warf es der Feindin zu. »Wehre dich, Flammenbündlerin!« Rhiana zog erneut das Schwert.

Die Brabakerin hatte die Waffe geschickt am Heft aufgefangen, machte aber keine Anstalten anzugreifen.

»Prinzessin Rhiana!«, rief Mortenberg scharf. »Bevor Ihr etwas Unüberlegtes tut: Dieser Frau verdankt Ihr Eure Freiheit, vielleicht sogar Eure Ehre, wenn nicht Euer Leben. *Sie* war es, die Euch aus der Gewalt der Thorwaler befreit hat!«

Die ungeheuerliche Behauptung wirkte wie ein kalter Guss auf nackter Haut und brachte die Prinzessin zur Besinnung. »*Sie?*«, stammelte sie ungläubig.

»Ja, sie und die anderen, die gerne in albernen Kutten in alten Schiffswracks herumstolzieren«, bestätigte der Ritter sarkastisch. »Ihr erinnert Euch, wie sehr wir uns darüber amüsiert haben. Hört zu, Rhiana, die Welt lässt sich nicht so einfach in Gut und Böse, Schwarz und Weiß aufteilen. Ihr mögt Gründe haben, den Flammenbund zu hassen, und vielleicht hat Elidana Charazzar aus dem Geschlecht der Charazzar zu H'Rabaal…« – Groll lag in seiner Stimme, als er den vollständigen Namen der Frau nannte – »… gegen Weisungen von höherer Stelle verstoßen. Trotzdem ist es so, dass die Thorwaler Euch verschleppt hätten, wenn Elidana nicht den Befehl gegeben hätte, die Thorwaler anzugreifen. Mehr noch, sie hat die Großmut besessen, Euch mir zu übergeben.«

Rhiana schluckte und steckte das Schwert in die Scheide. »Warum hast du das getan?«, fragte sie die Südländerin.

Elidana schob ihre Waffe ebenfalls in den Gürtel. Sie

wirkte jetzt sehr abgeklärt und zuckte mit den Achseln. »Ich weiß es selber nicht, denn anders als der Ritter sehe ich in dir eine unversöhnliche Feindin und große Gefahr. Ich hätte dich töten können, aber ich habe es nicht getan. Vielleicht …« Sie zögerte kurz. »Vielleicht glaubte ich, dir etwas schuldig zu sein.« Ihre Stimme klang unbewegt, aber für sie, die sonst kaum Gefühle zeigte und oft mit beißendem Spott die Fehler und Gefühle anderer geißelte, war es eine bemerkenswerte Aussage.

»Nachdem dies nun geklärt ist, möchte ich mich weiter mit der Prinzessin unterhalten«, sagte Mortenberg. »Allein! Wir sehen uns später an Deck, Erste Steuerfrau.«

»Mit Verlaub, Ritter«, sagte Elidana. »Ich kam, um Euch nach dem Kurs zu fragen. Der Wind frischt auf und erschwert das Kreuzen dicht vor der Küste. Ihr müsst entscheiden, ob wir mit nordöstlichem Kurs tiefer in die Bucht segeln oder nach Havena zurückkehren.«

»Kurs Havena!«, befahl Mortenberg. »Aber nicht in den Hafen einlaufen. Ich werde Euch rechtzeitig mitteilen, wo wir Anker werfen.«

Die Brabakerin machte mit zwei Fingern eine grüßende Bewegung zum Kopf, drehte sich wortlos um und verschwand. Die Tür ließ sie offen stehen.

Der Ritter ging zum Eingang, wartete, bis die Schritte der Frau verklungen waren, und schloss dann die Tür. »Ich mag sie ja auch nicht, Prinzessin«, gestand er, als sich beide wieder gesetzt hatten. »Aber ich muss nun mal mit ihr zusammenarbeiten. Wie mit Dom Lando. Man kann sich die Auftraggeber nicht aussuchen – und oft auch nicht die Werkzeuge.«

»Doch, das kann man«, widersprach Rhiana. »Wenn man will und seine inneren Maßstäbe über den Wunsch nach Macht und Reichtum stellt. Aber Ihr habt keinerlei Skrupel!«

Mortenberg betrachtete einen der kostbaren Ringe, die er

an drei Fingern der linken Hand trug, drehte ihn, hauchte ihn an und polierte ihn mit dem Ärmel seines Hemdes. »O doch, die habe ich, Prinzessin. Ihr müsstet es eigentlich wissen. Habe ich nicht Euch und Eurer Freundin geholfen? Und glaubt mir, ich habe öfter, als Ihr glaubt, meine schützende Hand über Euch gehalten. Nicht nur weil ich Euch mag. Ich versuche jederzeit, Ungeheuer wie Dom Lando in ihre Grenzen zu weisen. Brutalitäten sind mir zuwider, egal gegen wen sie sich richten. Aber ich bin nicht überall, und ich kann auch nicht immer meinen Einfluss geltend machen.«

»Ich glaube Euch nicht.«

»Das ist Euer gutes Recht.«

»Ihr geht über Leichen, wenn es Eurer Sache dient.«

Der Ritter lächelte. »Tut Ihr das nicht auch, schöne Prinzessin?«

»Was versucht Ihr mir zu unterstellen?«

Mortenberg wurde ernst. »Gar nichts! Begreift doch, Prinzessin Rhiana, wir leben nicht in einem Märchenland, sondern sind von Feinden umgeben. Wir müssen uns wehren – manchmal mit dem Stahl in der Hand, manchmal mit subtileren Werkzeugen. Wir beide sind Menschen, die etwas wollen, die Pläne verfolgen. Das ruft andere auf den Plan, die uns daran hindern wollen.« Er zuckte die Schultern. »Aber ich will Euch zugestehen, dass Ihr die edleren Absichten habt. Und doch wollt auch Ihr im Grunde, wenn auch zum Besten Eures Volkes, Macht ausüben. Das will ich auch, wenn auch vielleicht nur zu meinem eigenen Besten. Muss sich das widersprechen? Ihr wollt Leben retten und benutzt dafür Euer Schwert, teilt dabei aber so sparsam wie möglich aus. Ich benutze meine Waffen zum Vorteil meiner Herren und manchmal auch zum eigenen Vorteil, aber auch ich teile so sparsam wie möglich aus. Warum sollten wir nicht ein Bündnis zum beiderseitigen Vorteil eingehen?«

»Weil ich Euch nicht traue!«

»Werdet endlich erwachsen, Prinzessin Rhiana!«, sagte der Ritter in scharfem Ton. »Es gibt nicht so viele, die Euch und Eurem Volk wirklich helfen können und dabei weder ihm noch Euch schaden wollen! In mir hättet Ihr einen solchen Helfer.«

»Ich verzichte auf Helfer, die den Dolch im Gewande haben!«

Ritter Mortenberg wirkte nachdenklich. Dann nickte er. »Ich verstehe, dass die Zeit noch nicht reif ist, uns zu verständigen, Prinzessin. Aber ich gebe meinen Plan nicht auf. Ihr werdet sehen, eines Tages liegt uns beiden Aventurien zu Füßen, wenn wir gemeinsame Sache machen.«

»Ich will nicht Aventurien, sondern nur eine Heimat für meine Leute.«

Der Ritter lächelte dünn. »Die Ansprüche wandeln sich mit den Jahren, Prinzessin Rhiana. Ihr seid eine außergewöhnliche Frau – zu schön, zu intelligent und zu… mitreißend, um nur ein paar Inseln zu regieren. Ihr werdet an meine Worte zurückdenken.« Er räusperte sich. »Im Übrigen glaube ich mich zu erinnern, dass Ihr sogar im Moment mehr wollt als nur eine Heimat für Euer Volk. Ihr wollt zum Beispiel Eure entführten Freunde wieder in Freiheit sehen.« Er wirkte ein wenig müde oder auch nur ungeduldig. »Können wir uns jetzt ohne weitere Wortgefechte über einen Plan verständigen?«

Die Prinzessin nickte. »Gebt mir keinen Anlass, mich erneut aufzuregen, und ich werde mich bemühen, mich ebenfalls zurückzuhalten.«

»Schön.« Der Ritter sah sie mit seinen graublauen Augen an, in denen sich nichts als Aufmerksamkeit und Teilnahme zu spiegeln schien, die aber unergründliche Tiefen aufwiesen. Rhiana hielt seinem Blick stand, bis der Ritter wegschaute. »Ich habe Euch bereits erläutert, dass die Thorwaler nicht wirklich ein Lösegeld herauspressen, sondern das zu

Ende bringen wollen, woran Elidana sie gehindert hat: Euch mitzunehmen. Eure Gefährten werden sie auch in der Hand behalten wollen, notfalls aber im Austausch gegen Euch freilassen. Wir haben ihnen gegenüber den Vorteil, dass wir ihre Ziele kennen. Was tun wir also?«

»Wenn Finni und Rashid dadurch freikommen, werde ich mich ihnen ausliefern.« Sie sah, wie sich Mortenbergs Stirn umwölkte, und fuhr ohne Vorwurf und Bissigkeit fort: »Ich war schon in schlimmeren Lagen. Es werden sich Möglichkeiten bieten, sie in die Schranken zu weisen und zu fliehen.«

»Es sind fünfzig Männer, die vielleicht Weisung haben, Euch ehrenvoll zu behandeln – aber sie könnten Euch auch als Kriegsbeute betrachten, mit der sie anstellen können, was sie wollen.«

»Ja«, sagte die Prinzessin. »Aber gewiss erst dann, wenn ich mich weigere, die Talanier gegen Havena zu führen.«

Diesmal bedachte Mortenberg die Prinzessin mit einem prüfenden Blick. »Heißt das, Ihr wollt das Angebot der Thorwaler annehmen? Rhiana, selbst wenn Bjarnison die Absicht hat, sein Wort zu halten: Er wird diese Seeschlacht verlieren. Und damit hättet Ihr und Euer Volk ebenfalls alles verloren.«

»Ich werde Albernia nicht verraten!«, erklärte die Prinzessin. »Aber das muss ich den Thorwalern ja nicht sagen. Ich werde sie hinhalten, bis mir die Flucht geglückt ist.«

»Ich habe einen Plan«, erklärte Mortenberg, »der im Ansatz ganz ähnlich, aber für Euch weniger gefährlich ist. Wollt Ihr ihn hören?«

Mit einer Handbewegung forderte Rhiana ihn auf zu reden.

»Sie wollen, dass Ihr mit dem Lösegeld am Strand einer Insel auf eines ihrer Boote wartet. Diese Insel liegt nördlich der Insel, auf der Ihr niedergeschlagen wurdet. Für die *Wogenfee* ist das Wasser dort zu flach, aber meine Leute können in Booten die Insel überwachen. Ich wette, nur ein paar Thorwaler kommen ohne Eure Gefährten in einem einzigen Boot und werden Euch auffordern, mit ihnen zusammen zu dem Ort zu fahren, wo man sie gefangen hält. Ihren Stützpunkt, wenn man so will. Geht zum Schein darauf ein. Wir folgen dem Boot und befreien Euch, sobald dieser Ort erreicht ist. Anschließend greifen wir ihren Stützpunkt an und befreien auch Eure Gefährten.«

Rhiana überlegte. Wenn Mortenberg es ehrlich meinte, bot dieser Plan die besseren Möglichkeiten. *Aber er meint es niemals ehrlich! Was hat er wirklich vor? Wo ist die Falle?* »Warum wollt Ihr das für mich tun, Ritter Mortenberg?«, fragte sie schlicht. »Was bringt es Euch ein?«

»Eine Menge«, gab Mortenberg zu. »Fürst Emerthon wird mir zu Dank verpflichtet sein, wenn ich die fünfzig Thorwaler daran hindere, Havena unsicher zu machen. Wenn wir ein paar Thorwaler gefangen nehmen und verhören können, erfahren wir obendrein vielleicht mehr über Bjarnisons Taktik in der Seeschlacht. Was meine eigenen Interessen angeht, so stärkt ein militärischer Erfolg meine Position bei meinen Auftraggebern. Und nicht zuletzt hoffe ich darauf, dass Ihr Euch irgendwann erkenntlich zeigen werdet, wenn ich Euch einmal um einen Gefallen bitte.«

Die scheinbar schonungslose Offenlegung seiner Interessen beeindruckte Rhiana. Sie mochte nicht ausschließen, dass Mortenberg trotzdem noch Hintergedanken hegte, aber wenn sie Finni und Rashid retten wollte, durfte sie nicht zögern, dem Plan zuzustimmen. *Wenn er versucht, mich hereinzulegen, kann ich es immer noch auf meine Art versuchen.*

»Einverstanden«, sagte sie. »Bringt mich zu dieser Insel.«

6 Die Südländerin

Havena, Mitte Boron 914 BF

Vom Achterdeck aus sah Mortenberg zu, wie die Leinen des im Schlepp mitgeführten Beiboots angeholt wurden und Rhiana ein Fallreep herabkletterte, um dann im Heck des Bootes Platz zu nehmen. Wenig später legte das Boot ab. Die beiden Matrosen, die Rhiana begleiteten, setzten ein Segel, da der Wind günstig hereinkam. Das ersparte ihnen die Arbeit an den Riemen. Die Insel lag zwei Seemeilen weiter südlich. Untiefen verhinderten, dass sich die *Wogenfee* ihr noch weiter näherte. Aber bis zum frühen Nachmittag dürfte das Boot zurück sein. Die Matrosen würden froh sein, wieder an Bord der *Wogenfee* zu gelangen. Es gab zu viele Geschichten über die Ungeheuer, die im Delta und besonders in der versunkenen Unterstadt von Havena ihr Unwesen trieben. Mortenberg hielt die meisten Geschichten für erfunden oder zumindest stark übertrieben. Am Tage zumindest traute sich kaum jemals eines der Ungeheuer an die Wasseroberfläche, und die großen unter ihnen, die einem Boot gefährlich werden konnten, bewegten sich nur im Schutze der Nacht.

Der Ritter überdachte noch einmal alle Einzelheiten seines Plans. Er konnte keinen Fehler entdecken. Selbst wenn das eine oder andere nicht wie gewünscht ablief, würde der Nutzen insgesamt beachtlich sein.

Die *Wogenfee* lag vor Anker und war im Moment nicht manövrierfähig. Die meisten Seeleute, die für das Setzen der Segel benötigt wurden, befanden sich an Bord von anderen

Segel- und Ruderbooten, die längst zum Einsatzort unterwegs waren. Die meisten der Boote hatte Dom Lando in Havena beschlagnahmt, was eigentlich seine Befugnisse überschritt. Aber er würde sich zu verteidigen wissen, falls ihn der Fürst zur Rede stellen sollte. All diese Boote waren zu klein, um in der Seeschlacht eine Rolle zu spielen. Sie gehörten zumeist Fischern oder Fährleuten. Und Fürst Emerthon verlor auch keine Deckshand und keinen Bewaffneten, der auf den größeren Schiffen benötigt wurde. Die Seeleute und Söldner, die sich auf Mortenbergs Booten befanden, waren mit dem Geld des Flammenbundes bezahlt worden.

Zu den wenigen Besatzungsmitgliedern, die sich noch an Bord der *Wogenfee* befanden, zählte Elidana Charazzar. Mortenberg hätte ihr wie Kapitänin Jolath und dem Zweiten Steuermann befehlen können, das Schiff zu verlassen und die Führung eines der Boote zu unternehmen. Aber das lag nicht in seinem Interesse. Der Ritter hatte seine eigenen Pläne mit Elidana, und die verlangten ihre Anwesenheit auf der *Wogenfee.*

Wohlweislich hatte sich die Brabakerin seit dem Zwischenfall in der Messe nicht mehr blicken lassen, solange die Prinzessin sich an Bord aufhielt. Jetzt tauchte sie hinter dem Gangspill auf dem Mitteldeck auf, stieg die Leiter zum Achterdeck hoch und gesellte sich Mortenberg hinzu.

»Ich hoffe, Ihr vergeht nicht vor Sehnsucht nach der schönen Rhiana«, begrüßte sie ihn spöttisch. »Es dürfte bitter für Euch sein, jetzt mit meiner Gesellschaft vorlieb nehmen zu müssen.«

Der Ritter wandte sich ihr zu und sagte liebenswürdig: »Ihr ahnt gar nicht, wie sehr ich mich auf die nächsten Stunden mit Euch freue, Elidana. Nein wirklich, ihr könnt es gar nicht ahnen!«

Die Südländerin sah ihn verständnislos an. »Hat Euch Rhianas Schönheit um den Verstand gebracht? Steckt den

Kopf in eine Pütz Wasser, dann fühlt Ihr Euch gleich viel besser.«

Mortenbergs Liebenswürdigkeit war plötzlich wie weggewischt. Seine Augen schienen vor Zorn zu sprühen. »Um ein Haar hättet Ihr alles verdorben, Brabakerin! Wenn ich Euch nicht geistesgegenwärtig als edle Retterin hingestellt hätte, wäre die Prinzessin nicht bereit gewesen, auf meine Pläne einzugehen! Ist Euch eigentlich klar, dass sie Euch ganz nebenbei auch getötet hätte?«

»Sie mich?«, höhnte Elidana. »Ihr habt mich noch nicht fechten sehen, Ritter. Ich wurde von den besten Fechtmeistern des Südens ausgebildet und bin mit dem Rapier wie verwachsen. Rhiana ist eine gute Schwertkämpferin, aber für mich nicht gut genug. Sie hätte keine Chance gegen mich gehabt. Und ich hätte sie mit Vergnügen getötet.«

»Damit hättet Ihr Euch selbst gerichtet«, sagte Mortenberg düster.

»Mit Euch nehme ich es auch auf!«, erklärte die Brabakerin herausfordernd. »Wenn Ihr es bezweifelt, dann zieht Euren Säbel.«

Der Ritter tat nichts dergleichen. »Elidana, Ihr müsst noch eine Menge lernen«, sagte er. »Nicht ich hätte Euch gerichtet, sondern der Dragor. Es entspricht den Plänen von Atamur im Moment nicht, dass Rhiana stirbt.«

»Woher wollt Ihr das wissen?«, fragte Elidana frech. »Seid Ihr die Abgesandte der Ersten Flamme, oder bin ich es?«

»Ich wiederhole, Ihr müsst noch viel lernen«, knurrte Mortenberg. »Was glaubt Ihr, wer die wahren Pläne des Dragor besser kennt? Ein Flammenrat, der seit Jahren das Vertrauen Atamurs genießt? Oder eine Abgesandte…«, er entschloss sich, seine Vermutung preiszugeben. Es war der richtige Moment dafür. »… die erst kürzlich zur Flammenrätin Alligator ernannt wurde und sich noch bewähren muss?«

Der letzte Teil des Satzes traf die Brabakerin wie ein Dolchstoß. »Wie … wie könnt Ihr wissen …«, stammelte sie.

»Was vermutet Ihr denn, von wem ich es weiß?«, sagte Mortenberg leichthin. Er wusste, dass er ein gefährliches Spiel betrieb. Wenn Elidana Gelegenheit bekam, sich mit dem Dragor auszutauschen, würde die Lüge auffliegen. Dann konnte Mortenberg in ernsthafte Schwierigkeiten geraten, denn Atamur würde wissen wollen, woher sein Flammenrat Salamander derartige Informationen bezog. Andererseits liebte der Ritter gefährliche Spiele. Und er musste Elidana tief genug erschüttern, um zu erfahren, ob sie vom Dragor geheime Weisungen erhalten hatte und wie diese lauteten.

Die Südländerin schwieg. Die Vorstellung, dass es andere gab, die das Vertrauen Atamurs genossen, machte ihr zu schaffen. Mortenberg hoffte, dass seine Saat aufgehen würde. Mortenberg wettete, dass man Elidana als Kind verzogen hatte und sie in dem Glauben aufwuchs, unter den Leuten Ihres Standes stets die Erste zu sein. Niemand durfte ihr vorgezogen werden! Wenn der Ritter ihr Denken richtig einschätzte, würde sie darauf brennen, mehr zu erfahren, um den Nebenbuhler ausschalten zu können. *Dass ich das gleiche Ziel verfolge, kannst du dir überhaupt nicht vorstellen, Brabakerin!*

Der Ritter fragte sich neugierig, wie sie es anstellen würde, ihn auszuhorchen. Mit den Waffen einer Frau? Er bezweifelte, dass diese Waffen so gut geschult waren wie ihr Rapier. Sie mochte die besten Fechtmeister des ganzen Südens zur Verfügung gehabt haben, aber keinen Meister der Liebeskunst. Sie machte nicht den Eindruck, sich jemals in einem Rahjatempel auch nur umgeschaut zu haben, geschweige denn, von den Dienern Rahjas in Lust und Ekstase unterrichtet worden zu sein.

Elidana vereinbarte schon rein äußerlich sowohl weibliche als auch männliche Attribute. Die Augen, das Haar, eigentlich das ganze Gesicht bis auf die Kantigkeit des Kinns, wirkten recht weiblich und auf eine herbe Art eigentlich sogar schön. Doch die überschlanke Gestalt mit den schmalen Hüften hätte einem Mann gehören können. Vor allem ihr Benehmen machte jedoch deutlich, dass sie ihre Weiblichkeit unterdrückte und nicht daran interessiert war, einen Mann zu umgarnen.

Er ließ ihr Zeit, die Gedanken zu ordnen. Wie er es sich gedacht hatte, verzichtete sie auf jede Art von weiblicher List und steuerte ihr Ziel direkt an: »Wir sollten uns als Flammenräte austauschen, Ritter. Es wäre der Sache nicht dienlich, wenn wir uns gegenseitig behindern.«

Aha, dachte Mortenberg zufrieden. Um sie zappeln zu lassen, antwortete er: »Ein ungewöhnlicher Vorschlag, Flammenrätin Alligator. Ihr wisst doch hoffentlich, dass Flammenräte sich untereinander nicht beraten dürfen. Mehr noch, die meisten Flammenräte unterliegen nur den Weisungen Atamurs, sind ansonsten auf sich allein gestellt und kennen nicht einmal die Gesichter und wahren Namen der anderen Räte, sondern nur deren Masken.«

Natürlich war Elidana sich des Frevels bewusst, der hinter ihrem Vorschlag steckte, und sie suchte nach einem Ausweg. »Außergewöhnliche Umstände erfordern außergewöhnliche Mittel. Wir stehen vor einer entscheidenden Schlacht. Da muss der Austausch unter Vertrauten der Ersten Flamme erlaubt sein.«

»Wann trefft Ihr den Dragor?«, fragte Mortenberg listig. »Es wäre mir lieber, wenn Ihr seine Erlaubnis einholen würdet.«

»Das geht im Moment nicht«, verriet die Brabakerin. »Die Erste Flamme hat sein Erscheinen für den Tag nach dem Machtwechsel angekündigt. Und wir müssen vorher handeln.«

Sehr gut, dachte der Ritter. *Elidana kann also nicht auf einem mir unbekannten Weg mit dem Dragor Kontakt aufnehmen. Das wollte ich hören!* Ihm war bewusst, dass Atamur mit dem Schwarzen Auge seine Flammenräte aus der Ferne überwachen konnte und dies auch tat. Aber dies war nur möglich, wenn sich der Dragor im Augenhort befand, was selten der Fall war. Und er konnte mit dem Auge zwar in die Ferne sehen, aber keine Gespräche belauschen. Mortenberg machte sich in diesem Fall keine Sorgen. Wenn Atamur in diesem Moment nach ihm oder Elidana suchte, würde er Mühe haben, sie auf der *Wogenfee* zu entdecken, da er die Position des Schiffes nicht kannte. Und selbst wenn er sie hier entdeckte, würde ihn das nicht argwöhnisch machen. Schließlich war er selbst es gewesen, der Elidana befohlen hatte, den Flammenrat Salamander aufzusuchen und sich in seiner Nähe aufzuhalten.

Misstrauisch fügte die Südländerin hinzu: »Warum fragt Ihr? Hat die Erste Flamme Euch etwas anderes mitgeteilt?«

Mortenberg winkte ab. »Ich wollte nur sicher gehen, dass es wirklich keinen Weg gibt, Weisungen einzuholen. Dass Atamur nach dem Machtwechsel die Sache selbst in die Hand nimmt, war mir natürlich bekannt.« Er tat so, als würde er mit sich ringen, und hoffte, dass seine Mimik nichts von der Heiterkeit verriet, die er in Wahrheit empfand. »Nun«, meinte er schließlich, »ich gebe zu, dass ich mich nur schwer damit anfreunden kann, möglicherweise gegen ein Verbot Atamurs zu verstoßen. Aber wahrscheinlich habt Ihr Recht. Uns bleibt keine andere Wahl. Wenn wir uns nicht beraten, gefährden wir am Ende die Pläne des Dragor und begehen damit einen noch schlimmeren Frevel.«

Darauf hatte Elidana nur gewartet. »Dann erläutert mir zunächst einmal alle Einzelheiten des Plans, der sich mit Rhiana befasst«, stieß sie hervor. »Ich kenne von Euch bisher nur Bruchstücke und ...«

»Nicht hier«, unterbrach Mortenberg sie. »Gehen wir in

meine Kammer. Dort lässt es sich besser reden.« Innerlich triumphierte er. *Wenn Atamur sie in alles eingeweiht hätte, müsste sie solche Fragen nicht stellen. Aber ich muss unbedingt herauskriegen, welche Rolle der Dragor ihr in Havena zugedacht hat.* Innerlich schärfte er seine Werkzeuge, um an ihr Wissen zu gelangen. Er war schon jetzt sehr zufrieden mit der Art, wie er es angestellt hatte, die Brabakerin in die Defensive zu drängen, aber er war sich gewiss, dass er seine Mittel noch lange nicht ausgeschöpft hatte. *Alles wird sich in jeder Beziehung anders entwickeln, als du es dir vorstellen kannst, Elidana.*

»Einverstanden, mein guter Ritter.« Die Südländerin versuchte sich in einer Kumpelhaftigkeit, die aus ihrem Mund nicht nur ungewohnt und ungeübt, sondern auch lächerlich wirkte.

Gemeinsam stiegen sie den Niedergang hinab und erreichten den Gang zu den Kammern der Offiziere. Er lag verwaist da. Außer ihnen gab es im Moment niemanden an Bord, dem es erlaubt war, sich hier aufzuhalten. Selbst die Messejungen befanden sich draußen auf der See in den Booten.

Mortenberg öffnete die Tür seiner Kammer und ließ Elidana als Erste eintreten. Sie wirkte unruhig und ungeduldig und sah sich kaum um, obwohl Mortenberg sie hier noch niemals empfangen hatte.

Die Kammer war die größte an Bord, größer noch als die Offiziersmesse. Sie war dem Kommandanten des Schiffes vorbehalten und Jolaths Reich, wenn sich Mortenberg nicht an Bord befand. Der Ritter verstand zu wenig von der Seefahrt, um sich anzumaßen, im seemännischen Sinne Kommandant des Schiffes zu sein. Da sich Jolath seinen Anweisungen zu fügen hatte, würde ihm dieser Titel dennoch zustehen. Allerdings legte Mortenberg keinen Wert auf Titel und Würden. Es genügte ihm, dass Jolath das Schiff dorthin brachte, wo er es haben wollte, und sich für die Dauer seiner

Anwesenheit mit der wesentlich engeren Kammer des Ersten Steuermannes begnügte.

Es hatte sich einiges verändert, seit Mortenberg die *Wogenfee* zum ersten Mal betreten hatte, um gemeinsam mit Waran zum Augenhort zu segeln. Die Entwicklung der Dinge hatte in Mortenberg den Wunsch geweckt, nicht immer wieder bei Bedarf ein Schiff anmieten zu müssen. Stattdessen hatte er die *Wogenfee* mit dem Geld des Flammenbundes gekauft. Jolath, die er als Kapitänin schätzte, hatte er übernommen, desgleichen die meisten Besatzungsmitglieder. Natürlich befanden sich auch einige von Mortenbergs persönlichen Vertrauten an Bord, und dass der Flammenbund ihren Sold bezahlte, bereitete ihm ein besonderes Vergnügen.

Der Ritter kannte die Enge an Bord eines Segelschiffes. Er legte auch keinen Wert auf eine prunkvolle Ausstattung, wie manch anderer Schiffseigner oder höherer Seeoffizier sie liebte. Immerhin hatte er eine breitere Koje einbauen lassen, die mit dicken Matratzen mit Seegrasfüllung, die eigens für den Ritter gefertigt worden waren, komfortabel gepolstert war. Mochte Jolath die Matratzen ebenfalls genießen – Mortenberg hatte nichts dagegen. Aber wie er die Frau kannte, hätte sie wohl eher eine Hängematte vorgezogen, wie sie den Matrosen vor dem Mast als Schlafgelegenheit dienten. Alles andere, was zu seiner Bequemlichkeit beitrug, ließ der Ritter an Bord bringen, wenn er mit der *Wogenfee* reisen wollte: Einen kunstvoll geknüpften Tulamidenteppich mit verwirrenden Mustern aus dunkelblau und gelb gefärbter Wolle, schwere Decken aus Samt und Satin für die Schlafstätte, vor allem jedoch ein umfangreiches Reisenecessaire, das allerlei nützliche Gegenstände für die Körperpflege und ein Essbesteck enthielt. Der Ritter war es gewohnt, auch mit weniger auszukommen, aber wenn sich die Möglichkeit bot, sich einen kultivierten Rahmen zu schaffen, nutzte er sie. Dazu gehörte er auch, dass die Speisen und Getränke, die er zu sich nahm, einem nur für ihn bestimmten und von ihm ausgesuchten Proviantvorrat entnommen, vom Koch nach seinen Wünschen zubereitet und von einem Messejungen entweder in der Kammer oder in der Offiziermesse aufgetragen wurden. Auch die Speisen, die er Rhiana in der Messe hatte auftischen lassen, entstammten diesem Vorrat. Mochte Mortenbergs Proviant auch erlesener sein als der von anderen Schiffseignern – was eher mit dem verfeinerten Geschmack des Ritters als mit einem dickeren Geldbeutel zu tun hatte –, so wusste er doch, dass überall in der Seefahrt in dieser Art verfahren wurde: Der Kommandant verfügte über eigene Vorräte, und auch die Offiziere wurden besser verpflegt als die Mannschaften und die Seesoldaten und Söldner der unteren Ränge.

»Setzen wir uns«, sagte Mortenberg und deutete auf zwei schlichte Scherenstühle mit halbrunder Sitzfläche, die vor dem Schreibtisch standen. »Mögt Ihr einen Becher Wein? Ich kann Euch Raschtulswaller oder Dattelwein anbieten. Nur tut mir den Gefallen, ihn nicht mit Wasser verdünnen zu wollen.«

»Ich verdünne keinen edlen Wein!«, gab Elidana schnippisch zurück, während sie Platz nahm. »Habt Ihr meine Herkunft vergessen?«

»Verzeiht, ich sah für einen Moment in Euch wohl nur die Erste Steuerfrau dieses Schiffes«, entschuldigte sich Mortenberg. »Wollt Ihr nun Wein oder nicht?«

»Ich könnte jetzt einen Trollzacker vertragen«, gab die Frau zurück.

Ich hätte mir denken können, dass du einen Männerschnaps vorziehst. Laut sagte er: »Auch damit kann ich dienen.«

Er ging zum Schreibtisch, entnahm ihm eine Karaffe mit dunklem Rotwein, einen Krug mit Obstbranntwein sowie zwei Zinnbecher. Er füllte den einen Becher randvoll mit

Trollzacker und drückte ihn der Südländerin in die Hand. Er selbst schenkte sich von dem Raschtulswaller ein und setzte sich der Frau gegenüber.

Elidana nahm einen ordentlichen Schluck, ohne eine Miene zu vollziehen. »Nun?«, fragte sie.

»Warum so ungeduldig? Wir haben reichlich Zeit, bis die Leute zurückkehren.« Er nahm das Bukett des Rotweins mit der Nase auf, nippte an dem Becher, ließ den Wein die Zunge umschmeicheln und genoss die samtige Weiche hinter dem herben, erdigen Mantel, bevor er ihm gestattete, die Kehle hinab zu rinnen.

Mit einem verächtlichen Zug um die Lippen verfolgte sie sein Weinritual. Sie wartete. Er ließ sie bewusst warten und erlaubte sich einen weiteren kleinen Schluck, den er genauso zelebrierte. Ärgerlich nahm Elidana den bereits abgestellten Becher wieder in die Hand und trank daraus.

Wieder ein ordentlicher Schluck, freute sich Mortenberg. *Der Trollzacker wird ihre Zunge lösen.* Er überlegte, wie er am besten vorgehen sollte. *Wirf ihr ein paar Brocken hin. Dinge, die sie sich am Ende des Tages auch allein hätte zusammenreimen können.*

»Rhiana …«, sagte er. »Beginnen wir also mit Rhiana und dem Unternehmen, das im Moment vonstatten geht. Damit ich Euch nicht mit Einzelheiten langweile, die Ihr längst kennt, wäre es sinnvoll, wenn Ihr mir sagtet, was Ihr bereits wisst.«

»Ihr habt mich in gar nichts eingeweiht«, beklagte sie sich. »Wohingegen ich Euch stets umfassend unterrichtet habe. Ich habe Euch von der Botschaft des König Arlos an seine Tochter erzählt. Und Euch war ebenfalls bekannt, dass die Erste Flamme mir aufgetragen hat, die örtliche Gruppe des Flammenbundes zu leiten und …«

»*Eine* der örtlichen Gruppen«, unterbrach er sie. Mit Interesse beachtete er, dass das Gesicht der Frau sich vom Trollzacker ein wenig gerötet hatte, als sei die kupferfarbene Haut unter ein inneres Feuer geraten.

»Wieso eine...«

»Es gibt mehrere«, sagte Mortenberg leichthin. »Ihr leitet nur eine davon. Aber fahrt bitte fort.«

Die Eröffnung trug nicht dazu bei, Elidanas Selbstbewusstsein zu steigern. »Dann eben nur eine...«, murrte sie. »Das ist ja auch nicht wichtig, oder? Jedenfalls habe ich neue Mitglieder angeworben und bin dabei, die Gemeinschaft enger zusammenzuschmieden. Vergesst nicht, dass es mein Verdienst ist, den jungen Patrusco für den Bund interessiert zu haben.«

Er widersprach nicht, obwohl er wusste, dass Menno schon früher auf der Wrackinsel herumgestrolcht war und sich mit Flammenbündlern angefreundet hatte.

»Auf Dom Landos Wunsch hin habe ich den Jungen beauftragt, uns Zugang zum Speicher seiner Mutter zu verschaffen und dabei zu helfen, ihn anzuzünden«, fuhr sie fort. »Er sagte, dies sei Euer Befehl, und der Verdacht würde auf Rhiana fallen.«

Mortenberg nickte. »Zumindest wird es dadurch schwerer für sie, die Patrusco zu bewegen, die Flüchtlinge an Bord ihrer Schiffe gehen zu lassen.«

»Und Ihr selbst habt angeordnet, den Jungen ein zweites Mal einzusetzen.«

»Das ist richtig«, bestätigte Mortenberg. »Es war aber nicht die Rede davon, ihn anschließend zu opfern.«

»Die Feinheiten müsst Ihr schon mir überlassen!«, sagte die Südländerin ärgerlich. »Ich führe die Gruppe auf meine Art und bin dafür nur der Ersten Flamme Rechenschaft schuldig.«

»Dann müsst Ihr Atamur auch Rechenschaft darüber ablegen, wie es möglich war, dass Rhiana und ihre Gefährten die Wrackinsel auffinden und Euch belauschen konnten«, hielt Mortenberg dagegen.

»Ich wusste nicht, dass es sich bei den Lauschern um Rhiana und ihre Freunde handelte«, gab Elidana zu. »Ein unglücklicher Umstand. Sie werden dem Jungen gefolgt sein. Dafür kann ich nichts.«

»Aber Ihr habt sie entkommen lassen«, bohrte Mortenberg in der Wunde.

Die Südländerin schwieg und lehrte den Becher mit dem Trollzacker.

Mortenberg lächelte. »Sorgt Euch nicht, Elidana«, sagte er sanft. »Wir sind doch auf dem besten Wege, Freunde zu werden. Ich werde Atamur nichts davon erzählen. Schließlich ist alles in unserem Sinne ausgegangen. Dom Lando und seine Leute sind Rhiana und ihren Freunden gefolgt und haben sie sich im richtigen Moment geschnappt.«

»Dom Lando?«, fragte sie verdutzt. »Ich denke, es waren die Thorwaler…«

Jetzt kommen die Brocken für dich, und danach redest du!, dachte er. Laut sagte er: »Dom Lando hat sich auf meine Weisung hin zurückgehalten. Und, nun…die Leute, die er anführte, waren in der Tat Thorwaler, aber nicht Bjarnisons Leute. Der weiß von alledem nichts – nichts von dem Überfall in seinem Namen, vermutlich auch nichts von Rhiana und ihren Leuten. Es wäre auch nicht thorwalsche Art, so zu handeln. Würde die Prinzessin nicht so unter Druck stehen, hätte sie die Sache vielleicht durchschaut. Hört zu, meine Freundin: Wir wollen um jeden Preis verhindern, dass Rhiana auf eigene Faust zu den Zyklopeninseln segelt – und das würde sie tun, wenn sie Schiffe für ihre Leute auftreiben könnte. Ihr mit einem schnellen Schiff wie der *Wogenfee* zu folgen, ist uns zu unsicher. Ein Sturm, ein anderes unvorgesehenes Ereignis, und sie könnten uns entwischen. Es ist möglich, dass wir Ihrem Volk nach der Schlacht erlauben, Havena zu verlassen, aber nur unter der Bedingung, dass die *Wogenfee* sie begleitet und Rhiana auf meinem Schiff Quartier nimmt. Sie ist der Schlüssel, um das Erste Schwarze Auge zu finden, und wir dürfen sie nicht aus den Augen lassen.«

Mortenberg nahm einen etwas größeren Schluck Wein, ohne darauf zu verzichten, ihn in Ruhe zu genießen, stand auf und füllte Elidana erneut den Becher mit Trollzacker. Dann fuhr er fort. »Rhiana ist im Moment, ohne es zu wissen, Mittelpunkt einer Komödie, die eigens für sie gestaltet wurde, aber nicht für sie allein. Wenn der Plan in allen Einzelheiten gelingt, wird es Rhiana unmöglich gemacht, bei der Patrusco Schiffe zu mieten oder den Fürsten um Gnade zu bitten. Sie und ihre beiden Gefährten werden an Bord der *Wogenfee* sein und uns für ihre angebliche Rettung dankbar sein müssen. Die Reise zu den Zyklopeninseln zu unseren Bedingungen wird für die Prinzessin die einzige Möglichkeit sein, die ihr bleibt. Und mehr noch: Gegenüber dem Fürsten werden wir mit der angeblichen Vernichtung der fünfzig Thorwaler an Ansehen und Vertrauen gewinnen. Das macht es einfacher, ihn aus dem Weg zu räumen.«

Die Frau hatte ein wenig Mühe, unter dem Einfluss des Trollzackers dies alles zu verdauen. »Ihr …«, begann sie.

»Du«, korrigierte Mortenberg sie lächelnd. »Wir sind doch jetzt Freunde, oder?«

»Du …«, wiederholte sie unsicher. »Ich weiß nicht einmal deinen Vornamen.«

»Rufus«, sagte er.

»Rufus … Wie kannst du sicher sein, dass deine Leute die angeworbenen Thorwaler auch wirklich bis auf den letzten Mann töten? Wenn auch nur einer überlebt, könnte er plaudern …«

»Es wird zu keinem echten Kampf kommen«, versicherte Mortenberg. »Wenn unsere Leute angreifen, flüchten die angeblichen Thorwaler und kehren mit ihrem Sold in die Löcher zurück, in denen sie gesteckt haben. Es ist alles abgesprochen, und niemand wird reden. Dom Lando hat ihnen verständlich gemacht, dass wir es ernst meinen. Eine Komödie, wie ich schon sagte.«

Er entschied sich, dass er Elidana genug verraten hatte. Seine eigenen Pläne in Bezug auf Rhiana, die wenig mit den Zielen des Flammenbundes zu tun hatten, würde er ihr am wenigsten preisgeben. Jetzt war sie dran.

Er stand auf, ging zu ihr und strich ihr sanft über das Haar. »Trink, Elidana«, sagte er zärtlich. »Ich mag die zarte Röte auf deinem Gesicht, die der Trollzacker hervorzaubert. Und ich habe den Eindruck, dass der Trollzacker und der Raschtulswaller ein viel engeres Band zwischen uns schmieden könnten, als es sonst unter Freunden besteht. Du bist jetzt eine ganz andere Frau als vorhin. Eine begehrenswerte Frau, Elidana.« Er beugte sich hinab und küsste sie leicht auf das Haar.

Die Südländerin versteifte sich im ersten Moment, ließ ihn aber gewähren, ohne ihn zurechtzuweisen oder zu verspotten, wie es sonst ihre Art war. Sie schien überhaupt nicht zu wissen, wie sie sich verhalten sollte. In einer beinahe hilflos anmutenden Geste griff sie nach dem Becher und trank daraus.

Das ist alles andere als Abwehr, dachte Mortenberg. *Ich dachte, es würde schwieriger sein. Ist es der Trollzacker? Oder nur Verlegenheit? Oder vielleicht auch etwas Neugier, wie es sich weiter entwickelt? Oder ist sie nur froh, dass ich scheinbar davon abgekommen bin, sie nach ihren Geheimnissen zu befragen? Oder ist es von allem ein bisschen?*

Er strich das Haar beiseite und streichelte sanft die Stelle, wo der Hals in den Nacken überging. Täuschte er sich, oder kam sie den Bewegungen seiner Hand entgegen? Er küsste sie an der gleichen Stelle und spürte, wie sie erschauderte.

Er griff nach ihren Händen und zog Elidana aus ihrem Stuhl hoch. Dann nahm er sie in den Arm. Stocksteif ließ sie es geschehen, ohne die Umarmung zu erwidern, aber auch ohne den Versuch zu machen, sich ihr zu entziehen.

»Komm«, flüsterte er ihr ins Ohr. »Dort drüben ist es bequemer.«

Er zog sie mit sich zur Koje. Sie folgte ihm mit hölzernen Bewegungen, als sei sie eine Puppe ohne eigenen Willen. Er drückte sie auf das weiche Polster. Auch das ließ sie widerstandslos mit sich geschehen. Sie saß einfach stumm und mit herabhängenden Armen und zusammengepressten Beinen da und schaute ihn aus den großen Mandelaugen an. Mortenberg konnte nur schwer deuten, was in diesen Augen geschrieben stand: Mach weiter? Geh ja nicht zu weit? Verwirrung? Neugier? Angst? Begierde? Wieder sagte er sich, dass vermutlich von allem ein bisschen vorhanden war.

Er kniete vor ihr nieder, umfasste ihr Gesicht mit den Händen und küsste sie erst auf die Stirn, dann auf den Mund. Seine Küsse wurden geduldet, aber nicht erwidert.

Verdammt noch mal, fluchte er in sich hinein. *Was ist mit dir los? Das muss dir doch gefallen! Und wenn es dir nicht gefällt, dann lass es mich wissen! Ich kann keine Holzpuppe vögeln!*

Er rechnete jederzeit damit, dass sie aufsprang und ihn ohrfeigte, vielleicht nach ihrem Rapier griff. Oder den Mund öffnete, um ihm mit beißendem Spott mitzuteilen, dass sie die Possen jetzt leid war und er sich schon lächerlich genug gemacht hatte. Das alles mochte leicht möglich sein, wenn er einen Fehler machte, zu schnell zu weit ging. Ein untrüglicher Instinkt sagte ihm zugleich aber auch, dass sie – vielleicht nicht die ganze Elidana, sondern nur ein mehr oder weniger großer Teil von ihr – erregt darauf wartete, dass er aus der Rolle des zärtlichen Liebhabers schlüpfte und zur Sache kam.

Er empfand es als unbequem, vor ihr zu knien, aber wenigstens schonte der dicke Teppich seine Knie. Seine Hände glitten an Elidanas Hals und dann das raue Wams abwärts, streiften wie zufällig die kleinen Wölbungen des Wamses.

Verdammt! Gefällt es dir, oder gefällt es dir nicht? Sag etwas, tu etwas!

Er öffnete den oberen Knopf des Wamses, dann den zweiten. Er brach sich dabei fast die Fingernägel ab, so sperrig waren die Knopflöcher. Sie tat nichts. Mit großer Mühe öffnete er die weiteren Knöpfe. Immerhin schaute sie jetzt an sich herab, als könne sie nicht glauben, was er tat. Sonst unternahm sie nicht. Das Wams klaffte weit auseinander.

Immerhin eine neue Erfahrung. Ich habe noch niemals eine Frau ausgezogen, die ein so ekelhaft steifes Wams aus Segeltuch trug.

Das Hemd darunter war zwar ebenfalls aus Flachs, aber viel feiner gewebt und fühlte sich besser an. Er streichelte erneut ihr Gesicht und ihren Hals. Dann öffnete er den oberen Knopf des Hemdes. Täuschte er sich, oder atmete sie jetzt ein wenig schneller? Er öffnete den zweiten und sofort danach den dritten Knopf. Sie tat immer noch nichts. Es reichte ihm jetzt.

Entweder oder!

Er griff mit beiden Händen das leicht geöffnete Hemd, packte fest zu und riss es mit einem energischen Ruck auseinander, so dass die unteren Knöpfe absprangen und Stoff riss. Ihr Oberkörper war jetzt bis zum Nabel nackt. Hemd und Wams hingen nur noch über ihren Schultern. Sie atmete jetzt deutlich schneller, tat aber immer noch nichts.

Seine Hände glitten von ihrem Hals abwärts und streichelten die kleinen Kegelbrüste mit ihren großen Höfen, die wie hellbraune Zuckerhüte mit dunklen Hütchen aussahen, als seien die Spitzen in Raschtulswaller getaucht worden. Als er die Brustwarzen mit den Fingern umfasste und sanft rieb, hielt sie den Atem an. Das war alles. Oder doch nicht? Er spürte plötzlich, wie die Brustwarzen härter wurden. Langsam zog er die Hände zurück und sah ihr ins Gesicht. Immer noch die Mischung von allem in den Augen?

Anders als vorhin wandte sie den Blick ab.

»Bitte mach weiter«, sagte sie leise.

Er atmete tief durch. »Das will ich ja«, antwortete er mit sanfter Stimme. »Aber du musst mir ein wenig helfen. Komm, zieh dich aus.«

Als habe sie die ganze Zeit nur auf dieses eine Stichwort gewartet, ging plötzlich eine seltsame Verwandlung mit Elidana vor. Sie riss sich die Reste von Hemd und Wams vom Körper, schlüpfte in Windeseile aus den Stiefeln, den Socken und den Hosen und feuerte alles in die Ecke. Bevor der völlig verdutzte Mortenberg sich auch nur aus seiner knienden Position aufrichten konnte, stand sie schon splitternackt vor ihm. Sie warf sich in die Koje, legte sich auf die Seite und sah ihm zu, wie er sich weitaus langsamer seiner Kleidung entledigte. Völlig ungeniert musterten ihn die dunklen Augen, in denen jetzt nur noch Lust und Erwartung stand. Als er sich, jetzt ebenfalls nackt, ihr zuwandte, wanderte ihr Blick abwärts und verharrte an seinen Lenden. Die großen Augen schienen sich dabei noch ein wenig zu weiten.

Mortenberg kroch zu ihr in die Koje, wo Elidana ihn mit geöffneten Armen und weit gespreizten Beinen erwartete. Er nahm ihren Duft auf: Trollzacker, Salz, Hanf und Teer, eine herbe, aber nicht unangenehme Note, die er nicht ergründen konnte, ein wenig Schweiß, auch dieser nicht störend, ein ferner Hauch von Rosenöl.

»Fick mich!«, flüsterte sie ihm ins Ohr, als sie ihn so wild umarmte, dass ihm fast die Luft wegblieb.

Er merkte schnell, dass er mit seiner Einschätzung Recht behalten hatte. Niemand hatte sie in die Feinheiten der Lust eingeweiht, und wahrscheinlich interessierte sie sich auch nicht dafür. Sie stellte sich ungeschickt an und machte es ihm anfangs schwer, ihrem Wunsch nachzukommen. Ihre Wildheit und ihre plötzliche, hemmungslose Gier nach Befriedigung beeindruckten ihn jedoch. Sie forderte ihn hart und erschöpfend. Er fragte sich, wie lange sie sich bereits einem

Mann versagt hatte und ob es ohne den Trollzacker nicht auch dabei geblieben wäre.

Bei alledem hatte Mortenberg niemals sein Ziel aus dem Auge verloren, und dieses Ziel war nicht gewesen, Elidana Charazzar aus dem Geschlecht der Charazzar zu H'Rabaal in sein Bett zu bekommen, zumindest nicht vorrangig. Als er später neben ihr lag – als er sich eng an sie kuscheln wollte, hatte sie sich ihm verweigert –, hielt er den Zeitpunkt für gekommen, sie daran zu erinnern, dass sie ihm noch etwas schuldig war. Er räusperte sich und wollte zu reden beginnen, aber sie kam ihm zuvor.

»Es hat mir gefallen und Euch hoffentlich auch, Ritter«, sagte sie.

Mortenberg nahm zur Kenntnis, dass sie wieder die distanzierte Anrede benutzte und sich auch sonst in jeder Beziehung sehr nüchtern anhörte. »Aber wir sollten das Ganze schnell wieder vergessen. Erwartet nicht, dass ich fortan das Bett mit Euch teile.«

»Ich bedaure das, aber ich respektiere Eure Entscheidung«, antwortete er. In Wahrheit war er mehr als froh. Er hatte sich schon überlegt, wie er die Flammenrätin Alligator in Zukunft auf Distanz halten könnte.

Etwas sanfter fügte sie hinzu: »Es hat mit mir zu tun und nicht mit Euch, also macht Euch keine Gedanken, sondern nehmt es einfach hin.«

»So sei es, Flammenrätin.« Er benutze ganz bewusst ihren geheimen Titel, um das Gespräch in die gewünschte Richtung zu lenken.

Sie ging sofort darauf ein. »Ja ... Flammenrätin ...«, sagte sie sinnierend. »Das bin ich, und ich habe meine Pflichten nicht vergessen.«

Bei aller Nüchternheit schwang in ihrer Stimme noch ein Rest der Gemeinsamkeit nach, die sie miteinander geteilt hatten. Kein Rest von Lust oder gar zärtlichem Gefühl, aber immerhin eine gewisse Friedfertigkeit und Entspannung. Sie war noch nicht wieder die alte, harte, spöttische, giftige Elidana, obwohl Mortenberg nicht daran zweifelte, dass diese alte – und wohl die wahre – Elidana bald wieder die Oberhand gewinnen würde. Unwillkürlich fühlt er sich an Dom Lando erinnert – und doch wieder nicht. Dom Lando war in seinen Augen kopfkrank oder von einem Dämon besessen, während man das von Elidana bestimmt nicht sagen konnte. Sie war eher wie eine Raubkatze, die nur gelegentlich einen Partner in ihrer Nähe duldete.

Oder täusche ich mich? Versteckt sie einen zerbrechlichen Kern unter einem dicken Stachelpanzer? – Nein, es spricht eigentlich wenig dafür.

»Ihr habt mich über die Unternehmungen des Flammenbundes gegen Rhiana aufgeklärt«, fuhr sie fort. »Der Plan wurde von Euch entwickelt?«

»Im Wesentlichen ja«, bestätigte er. »Nach den Vorgaben von Atamur.«

»Ihr riskiert allerlei, wenn der Plan misslingt«, stellte sie fest.

»Nein«, widersprach er ohne Schärfe. »Ich habe alle Einzelheiten mit dem Dragor erörtert. Es gab andere Pläne von anderer Seite, die darauf abzielten, alle Flüchtlinge bis auf Rhiana und Maruna zu töten, aber diese Pläne wurden letztendlich verworfen oder nach ersten Misserfolgen zurückgezogen. Priorität hat für den Dragor im Moment die Machtfrage in Albernia. Alles andere ist zweitrangig, selbst das Erste Schwarze Auge auf den Zyklopeninseln.«

»Die Machtfrage in Albernia ... Beruht das Vorgehen in dieser Sache auch auf einem Plan von Euch?«

»Nein«, antwortete er wahrheitsgemäß. »Atamur selbst hat diesen Plan in allen Einzelheiten ausgearbeitet – in einigen Punkten entgegen meinem Rat, in den letzten Details auch ohne mein Wissen.«

Im Innern frohlockte Mortenberg. Wenn Elidana all diese Dinge nicht wusste, konnte Atamur sie nicht sehr tief ins Vertrauen gezogen haben. Aber der Dragor war ein Fuchs. Er konnte Flammenrätin Alligator trotzdem beauftragt haben, etwas gegen einen als zu mächtig empfundenen Flammenrat Salamander zu unternehmen.

Der Wissensdurst der Südländerin schien gestillt zu sein. »Also gut, Ritter«, sagte sie, »ich will jetzt meinen Teil unserer Vereinbarung einlösen. Mir wurde eine Sonderaufgabe zugewiesen, die nichts mit der Machtfrage in Albernia zu tun hat…« Sie machte eine kleine Pause. Wahrscheinlich klopfte die alte Elidana schon an der Tür, und der musste das Eingeständnis schwer fallen, mit einer zweitrangigen Mission beauftragt worden zu sein. »… möglicherweise jedoch mit dem Rhiana-Problem. Tatsächlich könnte ein Erfolg in dieser Sache das Rhiana-Problem zu einer beliebig zu lösenden Bagatelle machen. Es sind nämlich alte Dokumente aufgetaucht, die ein Schwarzes Auge in Havena vermuten lassen. Mehr noch, wir kennen den Ort, wo es versteckt sein muss. Es ist eine der Ruinen in der überfluteten Unterstadt. Man nennt ihn Nahemas Turm. Ihr werdet davon gehört haben.«

»Nahemas Turm?«, fragte er überrascht. »Er gilt als verhext und wird gemieden. Eine Dämonenbeschwörerin soll dort einst ihr Unwesen getrieben haben. Es wird sogar behauptet, ihr Skelett ginge noch immer dort um.«

»Richtig, so sagt man, aber die erwähnten Dokumente lassen vermuten, dass diese Geschichten erfunden wurden, um Neugierige vom Turm fernzuhalten. Wie auch immer, ich bin von der Ersten Flamme beauftragt worden, Euch zum einen in der Machtfrage um Albernia zu unterstützen, zum anderen das Schwarze Auge aus dem Turm zu holen.«

Wenn Elidana mir nichts verschweigt, war meine Sorge unbegründet! Laut sagte er: »Sobald die Machtfrage geklärt ist, stelle ich Euch Dom Lando und andere geeignete Leute für die Suche zur Verfügung. Dom Lando fürchtet sich nicht vor verhexten Türmen und nimmt es auch mit Dämonenbeschwörern, ihren Skeletten und selbst eventuell beschworenen Dämonen auf.«

Weil er selbst ein Dämon ist, fügte er in Gedanken hinzu.

Die Brabakerin nickte. »Ich weiß. Er ist der geeignete Mann dafür. Ich danke Euch für Eure Hilfe. Bisher war ich allein auf die von mir geführten Flammenbündler angewiesen. Jetzt wisst Ihr, warum ich ein Interesse daran haben muss, sie zuvor mit einem Blutopfer zu festigen und unerschrocken zu machen.«

Darauf ging er nicht ein. »Ihr sagtet, die Lösung Eurer Aufgabe könnte das Rhiana-Problem zur Bagatelle machen? Wie habt Ihr das gemeint?«

»Ich müsste Euch das nicht verraten, Ritter, weil es eigentlich nur Atamur etwas angeht«, meinte sie. »Aber Ihr sollt Euch nicht beklagen können, dass ich Euch etwas verschwiegen habe. Nach meiner Rückkehr aus dem Muhrsape habe ich die erwähnten alten Dokumente noch einmal studiert. Es gibt nicht nur in König Arlos' Botschaft einen Hinweis auf das *Erste* Schwarze Auge, sondern auch in den Dokumenten. Ich bin mir nicht sicher, denn die Dokumente sind oft orakelhaft verschlüsselt, aber es könnte sein, dass sich das Erste Schwarze Auge doch nicht auf den Zyklopeninseln, sondern in Nahemas Turm befindet.«

Das wäre keine gute Kunde für Rhiana und ihre Leute, dachte Mortenberg. *Sie leben nur noch, weil sie den Dragor zum Ersten Schwarze Auge führen können.*

Die Südländerin begann sich anzuziehen. »Ich muss heute noch zu meiner Gruppe. Können mich zwei Matrosen nach Havena bringen, sobald die Boote zurück sind?«

»Das lässt sich einrichten«, antwortete er. »Aber Ihr solltet baldmöglichst wieder an Bord sein. Ihr werdet auf dem Schiff benötigt. Wir wollen morgen früh die Anker lichten, um uns wieder an der Überwachung der Küste zu beteiligen.«

»Ich werde mich eilen.«

Er griff ebenfalls nach seinen Sachen. »Wir haben uns ausgetauscht, um zu verhindern, dass wir einander ins Gehege kommen, Elidana. Dabei haben wir festgestellt, dass jeder von uns eine Sonderaufgabe zu bewältigen hat. Wir können dem anderen Unterstützung anbieten, werden uns aber nicht auf eigene Faust einmischen. Richtig?«

»Absolut richtig«, bestätigte sie. Das Anziehen dauerte bei ihr etwas länger als das Ausziehen, aber sie knöpfte bereits das Wams über dem halb zerrissenen Hemd zu.

»Dann erlaubt mir als Letztes die Frage, wie Ihr in der Machtfrage um Albernia zu verfahren gedenkt.«

»Wie ich es gesagt habe«, antwortete sie. »Oder habt Ihr mir nicht zugehört, Ritter?« Da war er wieder, der spöttische Unterton in der Stimme. »Ich habe Anweisung, Euch zu unterstützen.«

»Ohne jede Eigenmächtigkeit?«

»Ohne jede Eigenmächtigkeit, Ritter«, bestätigte sie. Spöttisch fuhr sie fort: »Sagtest Ihr nicht selbst, es sei in allen Einzelheiten der Plan der Ersten Flamme? Und hat die Erste Flamme nicht Euch mit wichtigen Teilen der Umsetzung beauftragt? Wie könnte ich es dann wagen, eigenmächtig zu handeln?«

Wenn er nicht auch die in den Grundfesten erschütterte, verängstigte, wilde, ekstatische und letztlich wohl ehrliche Elidana erlebt hätte, wäre Mortenberg jetzt ins Grübeln geraten und hätte das Gegenteil dessen vermutet, was sie behauptete. So allerdings nahm er ihren Spott als das, was er wohl war – als Rückkehr zur Normalität. Trotzdem empfand er ein vages Bedauern darüber, dass er einen Weg finden musste, sie daran zu hindern, sich mit Atamur zu unterhalten. Einen endgültigen Weg.

Schade. Immerhin hatte er ihr mindestens zwei neue Erfahrungen zu verdanken: Wie schwierig es war, ein derbes Wams aus Segeltuch aufzuknöpfen, und wie schnell sich eine Frau ausziehen konnte, wenn sie es wirklich eilig hatte.

7 Die Falle

Havena, Mitte
Boron 914 BF

Die Insel hatte das Aussehen eines mit Kräutern belegten Zwiebacks, aus dem ein Riese ein großes Stück heraus gebissen hatte. Keine der Seiten war länger als hundert Schritt. Der Zwieback schien im Ofen zu viel Hitze bekommen zu haben, denn die Kanten waren tiefbraun, beinahe schwarz. Allein die zur offenen See gelegene Seite besaß einen schmutziggelben Rand aus angeschwemmtem Sand. Dort befand sich auch die halbkreisförmige Bucht, die bei Ebbe fast vollständig trocken fiel und ihren Grund aus Sand, Kieseln und Muschelschalen preisgab.

Die Thorwaler scheinen sich hier überraschend gut auszukennen, dachte Rhiana. *Die Insel liegt abseits von allem und ist vom Wasser aus gut einzusehen. Eine gute Wahl.*

Das dunkle Gestein war zum größten Teil mit Moos und Flechten bedeckt. Nur an einer Stelle in der Mitte ragten in einer Mulde ein paar kleine, verkrüppelte Bäume auf, die ihre Blätter bereits abgeworfen hatten. Sie boten keinen wirksamen Sichtschutz, und in der Mulde selbst konnten sich allenfalls zwei oder drei Menschen verstecken – wenn es drei sein sollten, mussten sie schon so schlank und zartgliedrig wie Finni sein.

Die Matrosen hatten die Prinzessin in der Bucht abgesetzt und waren dann mit einem einsilbigen Gruß davon gerudert. Etwas weiter draußen setzten sie kurzzeitig ihr Segel, strichen es dann aber wieder und legten sich erneut in die Riemen. Offenbar waren die Windverhältnisse zu ungünstig, um zügig zur *Wogenfee* zurückzukehren.

Die Prinzessin sah auf die See hinaus, bis das Boot im Dunst verschwunden war. Sie setzte sich in den Sand und wartete. Am Gürtel hing eine Geldkatze, die Mortenberg ihr ausgehändigt hatte. Sie war mit Kreutzern und Hellern gefüllt, um dick und stramm auszusehen. Es war ausgemacht, dass Rhiana den Schein wahren und bei der Frage nach dem verlangten Lösegeld – laut Mortenberg verlangten die Entführer für Finni und Rashid zusammen fünfzig Dukaten – auf die Geldkatze deuten sollte.

Hat Mortenberg eigentlich bedacht, dass die Unterhändler verlangen könnten, den Inhalt der Geldkatze zu sehen? Ist das eine Lücke in seinem Plan? Aber dann fiel ihr ein, dass die Entführer nicht in erster Linie das Geld, sondern sie wollten. Die Thorwaler würden zufrieden damit sein, dass sie mit gefüllter Geldkatze zu ihnen ins Boot stieg.

Müßig betrachtete sie das Strandgut, das sich in der Bucht angesammelt hatte: Seetang, Algen, salzverkrustetes Treibholz, zerfaserte Tauenden, der Kadaver einer Seemöwe und ein entwurzelter Busch. Hinzu kamen, halb vom Sand zugedeckt, die Reste eines kleinen Segelbootes: ein Stück des Kiels, ein paar Spanten, ein geborstenes Ruderblatt mit abgeknickter Pinne. Das Ganze sah aus wie ein großer, nach oben gerichteter Rechen, der mehr Lücken als Zinken aufwies.

Rhiana überdachte noch einmal den Plan und seine Risiken. Sie fragte sich, wie viele der Thorwaler hier aufkreuzen würden – bestimmt nur einige wenige. Sie war entschlossen, unter keinen Umständen ihr Schwert abzulegen. Sollte dies von ihr verlangt werden, würde sie sich weigern und auf ihre Ehre als Kriegerin pochen. Von Tjalmar, der aus Thorwal stammte, wusste sie, dass die Thorwaler auch den Feind ehrten und respektvoll behandelten, wenn er ihnen mutig und unerschrocken gegenübertrat.

Aber sind das noch Tjalmars Thorwaler? Gut, dass Tjalmar dies nicht mehr erleben musste. Er war stets ein aufrechter Recke, geradlinig, ungebeugt und unerschrocken, mit einem tief verwurzelten Empfinden für Recht und Ehre. Thorwaler, die sich auf die Ränkespiele des Südens einließen? Tjalmar hätte Swafnirs Zorn auf seine unwürdigen Landsleute herabgeflucht, nach seiner Streitaxt gegriffen, um die Frevler zu bestrafen, und sich anschließend vor Kummer betrunken, bis er besinnungslos umgefallen wäre. Aber offenbar haben sich die Zeiten gewandelt.

Irgendwo dort draußen mussten Mortenbergs Leute lauern. Rhiana konnte keines der Boote entdecken, und das war gut so. Wenn die Thorwaler mehr als das eine oder andere Fischerboot in der Nähe entdeckten, würden sie eine Falle wittern und verschwinden.

Endlich schälte sich ein dunkler Umriss aus dem Dunst. Die Prinzessin hörte leise Geräusche von Riemen, die in Wasser eintauchten. Ein zweiter Umriss wurde sichtbar.

Sie kommen mit zwei Booten. Hat Mortenberg sie falsch eingeschätzt? Bringen sie Finni und Rashid mit, um sie im Austausch gegen mich freizulassen?

Leise, kehlige Stimmen von Männern und Frauen drangen herüber. Dumpfes Gemurmel, aus dem sich nur wenige deutlicher akzentuierte Wörter herauslösten. Unterhielten sie sich in Thorwalsch? Was sie sagten, konnte die Prinzessin nicht verstehen. Tjalmar hatte seine Muttersprache in der Fremde nur noch selten benutzt, und Rhiana kannte von ihm nur wenige Wörter und ein paar Flüche.

Sie erhob sich und sah den Booten entgegen. Es waren hochbordige Schaluppen, die gerudert wurden, bemannt mit jeweils drei Thorwalern – zwei an den Riemen und einem, der im Heck das Ruder bediente. Wenn sich Finni und Rashid an Bord eines dieser Boote befanden, dann lagen sie wahrscheinlich als verschnürte Pakete in der Bilge.

Sie machen es Mortenbergs Leuten einfach, ihnen zu folgen. Schaluppen sind zu klobig, um sich schnell auf dem Wasser zu bewegen. Mortenberg hat bessere Boote.

Die hintere Schaluppe blieb zurück. Die Ruderer bremsten die Fahrt mit den Riemen ab. Der vordere Kahn hielt direkt auf Rhiana zu. Sand knirschte, als sich der stumpfe Bug ein kleines Stück den Strand hinaufschob. Die Insassen der Schaluppe sprangen ins Wasser und wateten an Land. Es waren Thorwaler mit langen blonden Zöpfen und swafnirgefälligen Hautbildern im Gesicht und auf den nackten Oberarmen, eine Frau und zwei Männer, alle um die Dreißig. Ihre Kleidung sah zusammengewürfelt, schäbig und nicht unbedingt thorwalisch aus. Nur die Frau trug ein Wams aus ungefärbter, grob gestrickter Wolle, das aus dem Norden stammen mochte. Die Kleidung der anderen, vielfach geflickt, hätte man auch in den Gassen der Arme-Leute-Viertel von Havena antreffen können. Alle drei hatten Schwerter in der Hand.

Die Frau und einer der Männer blieben nahe der Schaluppe am Strand zurück. Der andere Mann, langnasig, Gesicht und Arme vernarbt, grobknochig und ein wenig schwerfällig, bewegte sich auf Rhiana zu. Er trug einen struppigen Krautbart. Seine hellblauen Augen standen eng beieinander, sein Blick wirkte unstet und tückisch. Der Mann war Rhiana auf Anhieb unsympathisch.

»Hast du das Lösegeld?«, fragte er heiser. Er sprach Garethi mit thorwalschem Akzent.

Rhiana deutete auf die Geldkatze am Gürtel. »Wie es verlangt wurde. Wo sind meine Gefährten?«

Der Mann grinste, zeigte dabei zwei Zahnlücken und deutete zu der anderen Schaluppe. »Dort. Steig zu uns in das Boot. Den Austausch nehmen wir an einem Ort vor, wo ihr es leichter habt, nach Havena zu kommen.«

»Das klingt vernünftig«, sagte sie. »Aber wie kann ich sicher sein, dass Ihr zu Eurem Wort steht?«

»Thorwaler halten immer ihr Wort.«

Die Prinzessin wunderte sich über die Blässe seiner Haut. *Müsste sie nicht gebräunt und wettergegerbt aussehen? Wie lange hält sich der Mann schon in Albernia auf?* Ihr Blick fiel auf ein Hautbild auf dem Oberarm. Es sah frisch aus und zeigte, wenig kunstvoll ausgeführt, einen Wal. Darunter befand sich noch etwas, eine Tätowierung aus früheren Zeiten offenbar, die nur unvollständig abgedeckt wurde. Als der Mann ihren Blick bemerkte, versuchte er den Arm mit einer Körperdrehung aus ihrem Blickfeld zu nehmen. Aber die Prinzessin hatte bereits genug gesehen.

Die alte Tätowierung zeigte einen fliegenden, Feuer speienden Drachen. Sie kannte dieses Symbol.

Pyrdacor! Der Flammenbund!

Ihre Gedanken wirbelten wild durcheinander.

»Wer seid Ihr?«, fragte sie scharf und zog ihr Schwert. »Gewiss kein Gefolgsmann von Bjarnison! Oder duldet der oberste Hetman seit Neuestem Männer in seinen Schiffen, die sich dem Drachengott verschrieben haben?«

Der Mann lachte rau. »Was schert es dich, wem wir uns verschrieben haben? Du kommst jetzt mit uns, wenn du deine Leute lebend wiedersehen willst!«

Mortenberg hat mich belogen! Was immer er bezweckt, er benutzt mich als Figur in seinem Spiel. Aber ich lasse mich nicht benutzen! Ich muss die Sache selbst in die Hand nehmen. Finni und Rashid kann ich nur helfen, wenn ich Mortenbergs Pläne durchkreuze.

»Ich werde keinesfalls mit Euch kommen!«, rief sie.

»Meine Befehle sind andere«, knurrte der Mann, hob das Schwert und griff an.

Die Prinzessin parierte den Schlag mühelos. Ein weiterer Hieb. Eine weitere Parade. Sie beschränkte sich für den Moment auf reine Abwehr. Der Mann war viel langsamer als sie und kein guter Kämpfer. Rhiana zweifelte nicht daran, dass sie den Mann bezwingen konnte, aber sie versuchte Zeit zu gewinnen. Ihr war noch immer nicht klar, was sie eigentlich wollte, und der Gedanke an das Pfand, das diese Leute besaßen, lähmte sie.

»Helft mir!«, schrie der Mann seine beiden Kumpanen an, die dem Kampf zusahen. Offenbar waren sie der Meinung, Hilfe sei nicht nötig.

Widerwillig setzten sie sich in Bewegung.

»Warum sagst du ihr nich', dass die Elfin und der Südländer des Todes sind, wenn sie weiterhin Zicken macht?«, murrte die Frau. Auch sie sprach Garethi.

»Du hast es gehört!«, schrie der Anführer die Prinzessin an und senkte die Waffe. »Gib mir dein Schwert und komm mit, oder meine Leute schneiden deinen Freunden die Kehle durch.«

»Lass meine Freunde an Land kommen, dann können wir darüber reden«, forderte Rhiana.

Die Frau lachte. »Wie soll'n sie an Land kommen, wenn sie gar nich' hier sind?«

»Du verdammte Idiotin!«, fuhr der Anführer sie an. Im nächsten Moment stürzte er sich, das Schwert mit beiden Händen umklammernd und wie einen Spieß benutzend, auf Rhiana.

Die Prinzessin hatte sich von der Frau ablenken lassen, und der Mann legte die ganze Wucht seines massiven Körpers in den Stoß. Sie konnte diesen Stoß mit dem Schwert weder auffangen noch ablenken, und einen Schild besaß sie nicht. Aber Rhiana war schnell in ihren Reflexen, ihr Körper war geschmeidig und für den Kampf geschult. Aus dem Stand machte sie einen Satz zur Seite. Die Spitze des feindlichen Schwertes streifte ihr Wams in Höhe des Bauches, verletzte sie aber nicht. Der Mann brüllte vor Wut wild auf, riss das Schwert herum und wollte es mit aller Kraft seiner muskulösen Arme von unten hochziehen. Es war eine schmutzige und ehrlose Attacke, die darauf abzielte, Rhiana zwischen den Beinen zu treffen und ihren Unterleib aufzuschlitzen. Aber er kam nicht dazu. Rhianas Schwert sauste auf seinen Nacken hinab und trennte ihm den Kopf ab. Sein Körper sackte über dem unsauber geführten Schwert zusammen.

Ihr war keine andere Wahl geblieben. Dabei hatte sie den Mann eigentlich nur entwaffnen wollen, um ihn zu befragen, wohin man Finni und Rashid gebracht hatte.

Verdammt noch mal, ich habe ihn unterschätzt! Er war viel schneller, als ich dachte. Er hat sich absichtlich schwerfällig verhalten, um mich einzulullen.

Heftig atmend wandte sie sich den Kumpanen des Anführers zu, das blutige Schwert erhoben. Die beiden hatten dem Kampf tatenlos zugeschaut und machten auch jetzt keine Anstalten anzugreifen.

»Ich hab' keine Lust für die paar Silbertaler mit 'ner wild gewordenen Amazone zu kämpfen«, fluchte der Mann auf Garethi.

Die Frau wandte sich mit einem schiefen Lächeln an die Prinzessin. »Wir sollt'n Euch nur abholen. Vom Kämpfen war nich' die Rede. Dom Lando hat gesagt, Ihr würdet Euch nich' wehren.«

Dom Lando! Das ist der Beweis, dass die angeblichen Thorwaler in Wahrheit zum Flammenbund gehören oder zumindest in dessen Sold stehen. Was bezweckt Mortenberg mit alldem?

»Was hat Dom Lando sonst noch gesagt?«, fragte sie.

Niemand antwortete. Wie unabsichtlich bewegte sie das blutige Schwert in Richtung der beiden ein wenig hin und her. Das löste zumindest der Frau die Zunge.

»Ni ... nix«, beteuerte sie. »Mit uns einfach'n Leuten redet der sowieso nich'. Hab's nur gehört, als er dem da ...«, sie deutete mit dem Kopf auf den toten Anführer, »... gesagt hat, was er tun soll.«

»Wo hält man meine Freunde versteckt?« Rhiana musste an den brutalen Dom Lando denken und fügte hinzu: »Leben sie überhaupt noch?«

»Geseh'n hab' ich sie nich', aber sie leben.« Die Frau kratzte sich am Kopf. »Man hat sie irgendwo versteckt. Wir sollt'n Euch ja zu ihn'n bring'n. Aber den Kurs kannte von uns nur der da...« Erneut eine Kopfbewegung zum toten Anführer, dann zur anderen Schaluppe. »... und die Steuerfrau da drüb'n kennt ihn auch.«

Die Schaluppe schaukelte leicht auf den Wellen. Die Ruderer tauchten gelegentlich die Riemen ins Wasser und hielten dagegen, wenn die Schaluppe abdriften wollte. Obwohl sie und die Steuerfrau alles mit angesehen hatten, machten sie keine Anstalten einzugreifen.

Die Frau grinste wieder schief und zeigte nochmals auf den Toten. »Um den isses nich' schade, ehrlich, Swafnir weiß es. Ihr könnt immer noch mit uns kommen. Dom Lando reißt Euch schon nich'n Kopf ab, weil Ihr den da geköpft habt.«

Rhiana ging nicht darauf ein. »Warum tut Ihr so, als wäret Ihr Thorwaler?«

»Aber wir sind Thorwaler!«, protestierte der Mann. »Bloß eben nich' Bjarnisons Leute.«

»Thorwaler verehren nicht den Drachengott!«, hielt ihm die Prinzessin entgegen. Jetzt war sie es, die auf den Toten deutete. »Ich habe die Tätowierung gesehen.«

»Wir... wir sind nich' alle wie der«, stammelte die Frau. »Manche von uns hab'n die alten Sitten und Gebräuche noch nich' aufgegeben. Und Swafnir auch nich'. Na ja, die meisten sind verludert und hab'n sich angepasst. Viele ham auch nur jemanden inner Verwandtschaft, der aus Thorwal stammt, seh'n aber trotzdem halbwegs wie Thorwaler aus. Das hat gereicht, um bei Dom Lando innen Sold zu kommen.«

»Ich denke, ich habe genug gesehen«, sagte die Kaufherrin, nahm das Teleskop vom Auge und trat von der Reling des Ewers zurück. Sie gab dem Kapitän Anweisung, die Netze einzuholen und in den Hafen zurückzukehren.

»Was habe ich dir gesagt?«, triumphierte Menno, der unruhig herumtänzelte. »Sie paktiert mit den Thorwalern. Und die Thorwaler haben unseren Speicher angezündet. Meine Freunde haben sie dabei beobachtet. Es gibt eine ganze Rotte von ihnen. Mindestens fünfzig! Sie verstecken sich in der Unterstadt und wollen die ganze Stadt anzünden, wenn draußen die Seeschlacht begonnen hat.«

»Deine Freunde wissen reichlich viele Dinge, die andere Leute nicht wissen«, entgegnete die Patrusco.

»Jedenfalls sind sie dem Fürsten treu ergeben«, sagte der Junge patzig. »Und das ist diese Prinzessin nicht!«

»So scheint es«, meinte seine Mutter nachdenklich.

Sie musste zugeben, dass diese Thorwaler eine ernste Gefahr darstellten. Sie waren plündernd durch Orkendorf gezogen, hieß es. Offenbar handelte es sich um die Besatzung eines versprengten Schiffes aus Bjarnisons Flotte. Wie mochten sie unbemerkt nach Havena gekommen sein? Ob Rhianas Leute ihnen geholfen, sie vielleicht in ihrem Versteck aufgenommen hatten? Offensichtlich gab es ein Band zwischen ihnen und den Talaniern. So besehen leuchtete ein, dass die Thorwaler der Prinzessin gern zu Diensten standen, als diese sie – wütend über die Ablehnung – aufforderte, den Speicher anzuzünden. Aber warum nur den einen Speicher? Sie hätten die ganze Häuserzeile abfackeln können. Dafür konnte es nur einen Grund geben: Rhiana wollte ihr einen Denkzettel verpassen, ihr drohen, dass beim nächsten Mal mehr passierte, wenn ihre Leute nicht auf die Schiffe gehen dürften.

Aber nicht mit mir, Prinzessin! Ich lasse mich nicht erpressen! Dabei hatte ich anfangs einen so guten Eindruck von Euch. So kann man sich täuschen.

Der Ewer lag im Leeschatten der Insel mit gestrichenen Segeln, die Netze zum Fang ausgeworfen. Wie andere Fischerboote auch gehörte er der Kaufherrin, obwohl Fischfang ein eher unbedeutender Zweig ihrer kaufmännischen Unternehmungen war. Die Fänge wurden zum größten Teil getrocknet und als Stockfisch eingelagert. Damit versorgte sie die Besatzungen ihrer großen Handelsschiffe und verkaufte den Rest zu guten Preisen in Gareth und anderen Städten des Mittelreichs.

Heute allerdings diente der Auswurf der Netze in erster Linie zur Tarnung, um beim Beobachten der Insel keinen Verdacht zu erregen. Menno hatte sie dazu gebracht, mit ihm zusammen hinauszufahren. Er hatte sie beschworen, dies zu tun, um Rhiana als Anführerin der Brandstifter zu überführen. Seine falschen Freunde hatten angeblich durch Mittelsmänner von dem Treffen zwischen der Prinzessin und den Thorwalern erfahren, bei dem vermutlich neue Schurkereien ausgeheckt werden sollten. Die Patrusco hatte sich anfangs geweigert, ihre Zeit mit diesem Unsinn zu verplempern, und erst nachgegeben, als Menno versprach, sich von seinen Freunden abzuwenden, wenn an der Geschichte nichts dran war.

Leider hatte Menno Recht behalten.

»Wirst du dem Fürsten davon berichten?«, fragte Menno eifrig. »Du musst das tun! Er muss etwas gegen Rhiana unternehmen!«

»Sobald wir zurück sind, schreibe ich einen Brief und lasse ihn mit einem Boten zum Palast bringen«, versprach sie und fügte grimmig hinzu: »Und sei gewiss, mein Junge, er wird etwas unternehmen! Das ist Verrat! Verrat von Leuten, die schon anderweitig seine Gesetze missachtet haben und auf die Gnade Seiner Durchlaucht angewiesen sind.«

Menno schien hoch zufrieden mit der Auskunft zu sein, ging zum Vorderdeck und sah interessiert beim Einholen der Netze zu.

Die Patrusco war eine gerechte Frau, die nicht zu vorschnellen Handlungen neigte, die bittere Konsequenzen für Leib und Leben anderer haben könnten. Deshalb blieb sie während der gesamten Rückkehr in Gedanken versunken an Deck. Ganz gegen ihre sonstigen Gewohnheiten achtete sie nicht einmal darauf, ob der bescheidene Fang – der Ewer hatte weitgehend still liegen müssen statt wie sonst zu kreuzen – ordnungsgemäß verstaut wurde.

Was sie gesehen hatte, das hatte sie gesehen, und alles sprach gegen die Prinzessin. Und doch gab es Ungereimtheiten. Es war zu einem Streit mit den Thorwalern gekommen, bei dem einer der Männer Rhiana angegriffen und sie ihn in Notwehr enthauptet hatte. Worüber hatte sie mit ihm gestritten? Weil er ihre Befehle nicht befolgt hatte? Sie versuchte, so schwer ihr dies auch fiel, die Partei der Prinzessin zu nehmen. Konnte es sein, dass die Prinzessin wütend darüber war, dass die Thorwaler den Speicher angezündet hatte? Das würde für sie sprechen.

Aber nein, das konnte nicht sein. Diese gezielte Brandstiftung konnte nur von der Prinzessin selbst ausgegangen sein. Außerdem war es müßig, sich über die Gründe für den Streit den Kopf zu zerbrechen. Wichtigkeit hatte doch allein die Tatsache, dass Rhiana mit dem Feind im Bunde war. Mehr noch: Die Prinzessin besaß offenbar so viel Einfluss bei den Thorwalern, dass sie einen der ihren töten konnte, ohne von den anderen angegriffen zu werden.

Immer wieder gingen ihr die Bilder durch den Kopf, die ihr das Teleskop gezeigt hatte. Warum war die Prinzessin allein am Strand gewesen? Wo waren ihre Gefährten? Wo war ihr Boot? Hatten die Gefährten sie dort abgesetzt? Warum ließen sie zu, dass die Prinzessin sich allein mit diesen rauen Gesellen auseinandersetzen musste? Und die Thorwaler... Irgendetwas war merkwürdig mit ihnen. Ja, gewiss doch, es war diese abgerissene Kleidung, die nicht zu ihnen passen wollte. Thorwaler gehörten einem stolzen Volk an, das Felle und Wollsachen bevorzugte. Thorwaler liefen nicht in Lumpen herum, auch die Ärmsten unter ihnen nicht. Sie besaßen einen tief verwurzelten Gemeinsinn. Wer in einem Otta viel besaß, gab davon den Armen, die wenig besaßen. Das war thorwalsche Art, und die Kaufherrin hegte eine stille Bewunderung dafür. Allerdings hatte sie auch die andere, die räuberische Art der Thorwaler nur zu oft erfahren müssen. Übergriffe der Thorwaler hatten ihr bittere Verluste beschert, wobei sie den Verlust von Geld und Gut noch eher verschmerzen konnte als den Verlust an Leben. Viele treue Männer und Frauen an Bord ihrer Schiffe – Menschen, die ihr anempfohlen waren und für die sie sich verantwortlich fühlte – waren durch die Thorwaler zu Tode gekommen. Und welchen Grund hatte dieser Bjarnison nach vielen Jahren der Ruhe und verbesserten Beziehungen zu den Nachbarn, plötzlich wieder die Messer wetzen zu lassen und gegen Albernia zu ziehen?

Plötzlich fiel ihr ein, dass die ärmliche Kleidung wohl ganz einfach zu erklären war: Man hatte sie sich irgendwo besorgt, um bei nächtlichen Schandtaten, etwa Brandstiftung, weniger aufzufallen.

Aber in Orkendorf zeigen sie sich so, wie man sich thorwalsche Kämpfer vorstellt, stolz und nicht in Lumpen. Das soll einer verstehen …

Sie bat Hesinde um Erleuchtung. Noch einmal versuchte sie sich in den Kopf der Prinzessin hinein zu versetzen. Als sie im Kontor saß und um Hilfe bat, hatte die Kaufherrin gespürt, wie verzweifelt die junge Frau darüber war, dass sie ihrem Volk nicht zu helfen vermochte. Ging diese Verzweiflung so weit, dass sie ihre Hoffnungen nun auf die Thorwaler setzte? Vielleicht war das verständlich – aber verzeihlich war es auf keinen Fall.

Wie die Kaufherrin es auch drehte und wendete, welches

Maß an Schuld Rhiana auch auf sich geladen haben mochte: Die Prinzessin paktierte mit dem Feind. Die Kaufherrin sah es als ihre Pflicht an, dies dem Fürsten mitzuteilen.

Allmählich konnte sich die Prinzessin das Ganze zusammenreimen. Der Flammenbund hatte in Havena und vielleicht auch in Nostria und anderen Orten Leute zusammengesucht, die thorwalscher Herkunft waren oder zumindest so aussahen wie Thorwaler. Immer wieder hatten die Thorwaler in der Vergangenheit Raubzüge gegen Albernia unternommen, und der eine oder andere Thorwaler war in Albernia geblieben. Freiwillig oder gezwungenermaßen. Anfangs sicher geschmäht und verhasst, mit der Zeit aber geduldet. Rhiana musste an die Wirtin der *Drachenschänke* denken. Einige hatten sich hochgearbeitet, aber die meisten waren wohl darauf angewiesen, sich irgendwie durchzuschlagen. Auch unter ihnen gab es sicherlich ehrbare Leute, auch Leute, die den Glauben, die Traditionen und die Tugenden ihres Volkes hochhielten. Andere waren ›verludert‹, wie die Frau es genannt hatte, und bereit, für ein paar Silbertaler so gut wie alles zu tun.

Was bezweckt Mortenberg mit alledem?

»Wart Ihr dabei, als meine Freunde und ich niedergeschlagen wurden?«, fragte sie. Als niemand antwortete, hob sie das blutige Schwert wieder ein wenig an.

»J-jaa«, gab die Frau zu. »Aber ich schwöre, ich selbst hab' nich'...«

»Was habt Ihr sonst noch unternommen?«, wurde sie von Rhiana unterbrochen.

»Uns gezeigt.«

»Was soll das heißen?«

»Wir mussten in Orkendorf aufkreuzen, alle fünfzig, richtig in thorwalschen Kleidern und Waffen und so – wie bei dem Überfall auf Euch. Dom Lando hat sie uns bringen lassen. Ham uns mit Einheimischen geprügelt und zwei Kaschemmen zerlegt, sind dann über'n Bennaindamm abmarschiert und in Booten abgehau'n, bevor die Stadtgarde auftauchte.«

»Und was sollte das?«

Die Frau zuckte die Schultern. »Keine Ahnung.«

»Was sonst noch?«

»Nix.«

»Fünfzig Leute in festem Sold, um mich und meine Freunde niederzuschlagen und sich in Orkendorf zu prügeln?« Rhiana ließ das Schwert leicht kreisen. »Ich bin sicher, da gibt es noch mehr. Redet!«

»Wirk…wirklich nix«, stammelte die Frau. »Mehr war nich' – außer dass wir Euch hier abholen sollten. Danach kommt nur noch der Angriff, und wir krieg'n den Rest vom Sold und könn' geh'n.«

»Die Seeschlacht?«, fragte die Prinzessin verwundert. »Ihr sollt an der Seeschlacht teilnehmen? Auf welcher Seite?«

»Doch nich' die Seeschlacht«, antwortete die Frau. »Uns werd'n irgendwelche Leute mit Booten angreif'n. Wir tun so, als würd'n wir mit ihnen kämpf'n. Beide Seiten tun's aber nich' wirklich. Dann türmen wir.«

Wir sind wieder in Mortenbergs Plan! In diesem Punkt hat er also doch nicht gelogen. Wenn ich die Tätowierung nicht gesehen hätte, wäre alles nach seinen Wünschen gelaufen. Ich hätte glauben müssen, er habe mich und die Gefährten tatsächlich aus der Gewalt der Thorwaler befreit, und allen anderen hätte er diese Geschichte auch verkauft. Dem Fürsten zum Beispiel. Ihr wurde jetzt klar, warum die angeblichen Thorwaler sich ›zeigen‹ mussten: Damit dem Fürsten von der Stadtgarde berichtet wurde, dass sich fünfzig Thorwaler in der Stadt herumtreiben. Ruhm und Ehre für den ›edlen‹ Ritter, der diese Gefahr für Havena mit Leuten abwendet, die in seinem Sold stehen. Und niemand hätte erfahren, dass auch die vermeintlichen Feinde in seinem Sold gestanden hatten.

»Ich würde mir an Eurer Stelle nicht so sicher sein, dass die Angreifer nur Spaß machen«, sagte Rhiana düster. *Fünfzig Mitwisser, die plaudern könnten, laufen lassen? Das passt nicht zum Flammenbund. Man wird sie alle totschlagen und damit obendrein den restlichen Sold sparen. Wenn Mortenberg nicht auf die Idee kommt – Dom Lando ganz bestimmt!*

Die Frau hatte die Stirn in Falten gelegt und grübelte. Dass es anders laufen könnte, als man es ihr erzählt hatte, war für sie offensichtlich ein ganz neuer Gedanke. Aber dann schüttelte sie den Kopf. »Nein, nein, so was macht Dom Lando nich'. Schließlich is' er Admiral.«

Die Prinzessin lachte humorlos. »Dom Lando mag sich Admiral oder sonst was nennen – er ist ein übler Schlächter. Ihr dürft es mir glauben, denn ich spreche aus Erfahrung. Nehmt das Schlechteste von ihm an, dann seid Ihr gut beraten.«

Sie hatte genug gehört. »Geht jetzt. Aber die Schaluppe lasst Ihr hier.«

»Aber wie sollen wir …«, begann die Frau.

»Ihr habt noch die andere Schaluppe. Ihr könnt hinauswaten. Das Wasser ist hier nicht tief.«

»Sie werd'n uns bestrafen«, sagte der Mann.

»Erzählt ihnen, dass Ihr vergeblich versucht habt, mich zu überreden, mit Euch zu kommen, und ich Euch dann ins Meer gejagt habe. Und genau das werde ich nämlich tun.« Grimmig fügte Rhiana hinzu. »Da könnt Ihr schon mal für die Posse üben, die Ihr später aufführen wollt.« Sie zog das Schwert wieder aus der Scheide und hob es über den Kopf. »Na los, rennt um Euer Leben, damit es echt aussieht. Und seid froh, dass ich wirklich nicht vorhabe, Euch zu töten – es sei denn, Ihr zwingt mich dazu!«

Die beiden schienen froh zu sein, dass ihnen die Entscheidung abgenommen wurde, und rannten los. Die Prinzessin folgte ihnen mit grimmiger Miene, fuchtelte mit dem Schwert herum und stieß dabei wilde Drohungen aus. Sie achtete darauf, ihnen einen Vorsprung zu lassen.

Das Wasser spritzte auf, als die Flüchtlinge hineinliefen und so schnell wie möglich hinauswateten. Auf der anderen Schaluppe war man aufmerksam geworden, rief den beiden etwas zu und ruderte näher heran. Die beiden standen auf der Sandbank vor der Insel mal gerade bis zu den Hüften im Wasser, als sie an Bord gezogen wurden.

Eine Weile dümpelte die Schaluppe noch auf den Wellen. Offenbar überlegte die Steuerfrau, die das Kommando führte, ob sie nicht zu fünft versuchen sollten, Rhiana zu überwältigen. Aber diesen ›Thorwalern‹ schien der Sinn wohl eher nach Prügeleien als einem echten Kampf zu stehen. Dass Rhiana einem der ihren den Kopf abgeschlagen hatte, nun am Strand stand und ihnen ein über das andere Mal drohend das Schwert entgegenreckte, trug zweifellos wenig dazu bei, ihre Kampfeslaune zu heben. Am Ende ruderten sie davon, und die Schaluppe verschwand im Dunst.

Die Prinzessin seufzte. Wenn es noch eines Beweises bedurft hatte, dass dies keine ehrenhaften Thorwaler waren, dann war er durch die unwürdige Flucht erbracht worden. Sie reinigte ihr Schwert im Wasser und steckte es in die Scheide.

Neel hätte sie nicht entkommen lassen. Aber ich bin nicht Neel. Für mich sind das arme Wichte, die vom Feind nur ausgenutzt werden und möglicherweise bald selbst über die Klinge springen müssen.

In sich versunken, die Schultern nach vorn gezogen, stand sie noch eine Weile still am Strand. Das Bild, wie der Kopf des Mannes in den Sand gerollt war, plagte sie und ließ sie erschaudern. Dann dachte sie an Finni und Rashid. Sie würde es sich niemals verzeihen, wenn die beiden durch ihr Handeln zu Tode kämen.

Endlich straffte sie sich und ging zu der Schaluppe. Es

würde nicht einfach sein, sie allein zu bedienen, aber es war zu schaffen. Der Wind stand günstig, und die auflaufende Flut würde ihr helfen. Außerdem hatte sie es nicht allzu weit.

Aife Patrusco legte die Feder aus der Hand, streute feinen Löschsand auf das Pergament und wartete einen Moment. Dann nahm sie die Messingschiffchen, die ihr als Briefbeschwerer gedient hatten, von dem Pergament, hielt es schräg, damit der Sand auf den Fußboden rieseln konnte, und rollte es zusammen. Über einer Kerzenflamme erhitzte sie das Ende einer roten Siegellackstange, bestrich damit die Mitte der Nahtstelle und drückte das Siegel der Patruscos in den Lack. Der Fürst kannte dieses Siegel, das ein Schiff darstellte, dessen einziger Mast und einziges Segel ein mit Tauwerk verziertes P darstellten. Als der Lack hart geworden war, rief sie Meister Chennard und trug ihm auf, das Dokument von einem Boten sofort zum Palast bringen zu lassen. »Der Bote soll verlangen, es Seiner Durchlaucht oder aber seiner Ersten Schreiberin persönlich zu übergeben, und die Dringlichkeit betonen. Keineswegs darf es in andere Hände gelangen.«

»Und wenn weder Seine Durchlaucht noch die Erste Schreiberin zu erreichen sind?«, fragte Chennard.

Die Kaufherrin überlegte. Die verwirrenden und bestürzenden Ereignisse der letzten Tage hatten sie misstrauisch gegenüber allem und jedem gemacht. »Dann soll er so lange warten, bis er zu einem von beiden vorgelassen wird«, entschied sie.

»Ich werde es ausrichten, Kaufherrin.« Chennard schlurfte mit dem Pergament davon.

Wenigstens auf ihn kann ich mich verlassen.

Als Chennard das Kontor verlassen hatte, um in einem der benachbarten Speicherhäuser nach einem zuverlässigen Boten zu suchen, füllte sie heißen Tee in einen Becher und fügte einen guten Schuss Bornländer Met hinzu. Den konnte sie jetzt gebrauchen.

Die Tür wurde aufgestoßen. Im Glauben, Chennard sei überraschend schnell zurückgekehrt, wandte sie sich um und erstarrte. Vor ihr stand die Prinzessin und zog die Tür ins Schloss.

»Wie könnt Ihr es wagen!«, rief die Kaufherrin zornig. »Wenn Ihr nicht auf der Stelle mein Haus verlasst, schreie ich meine Leute zusammen. Sie werden Euch teeren und federn, wenn ich Ihnen erzähle, was ich über Euch weiß!«

»Bitte...«, sagte Rhiana mit leiser Stimme. »Schenkt mir nur einen Augenblick Gehör, dann werde ich Euer Haus sofort wieder verlassen und Euch niemals mehr behelligen.«

»Ihr seid eine elende Verräterin! Ich dulde keine Verräter in meinem Haus! Geht, oder Ihr werdet es bitter bereuen!«

»Ich weiß nicht, wie Ihr dazu kommt, mich des Verrats zu bezichtigen«, sagte die Prinzessin mit mühsam beherrschter Stimme. »Aber *Ihr* werdet es bitter bereuen, wenn Ihr mich nicht anhört. Das Leben Eures Sohnes ist bedroht – und zwar in höchstem Maße bedroht! Er wird sterben, wenn Ihr Euch weigert, mir zuzuhören!«

Der Kaufherrin stockte der Atem. Sie war leichenblass geworden. »Ihr habt meinen Sohn entführt und droht mir, ihn zu ermorden?«, sagte sie mit vor Entsetzen belegter, fast heiserer Stimme. »Kennt Euer schändliches Tun denn überhaupt keine Grenzen? Seid Ihr mit dem Namenlosen im Bunde?« Sie spuckte aus. »Ich verachte Euch von ganzem Herzen! Ich wünsche Euch die Blaue Keuche und Zorgan-Pocken an den Hals!«

Jetzt war auch Rhiana blass geworden. Am liebsten hätte sie kehrtgemacht und die Patrusco ihrem Wüten überlassen, aber es ging um das Leben des Jungen. Dem gegenüber musste sie ihre eigenen Empfindungen zurückstellen. »Bei den Zwölfgöttern, *hört mir zu, verdammt noch mal!*«, schrie sie die Kaufherrin an. »Ich habe Euren Sohn nicht entführt, und es liegt mir fern, ihm ein Haar zu krümmen! Aber seine falschen Freunde vom Flammenbund werden ihn wie ein Tier schlachten, wenn wir nichts dagegen unternehmen!«

Die Patrusco schluckte schwer und rang mit sich. Schließlich ging sie mit steifen Schritten in ihr Privatkontor und kehrte mit einem Halbstundenglas zurück, wie es auf Schiffen benutzt wurde. Sie dreht es um und stellte es auf das Schreibpult von Meister Chennard zwischen die Tintenfässer am oberen Rand. Sie nahm nicht Platz und bot auch Rhiana keine Sitzgelegenheit an. Mit dem rechten Zeigefinger zeigte sie auf das Glas. »Wenn das letzte Sandkörnchen unten liegt, seid Ihr verschwunden, oder ich mache wahr, was ich Euch angekündigt habe. Redet.«

Das war mehr, als Rhiana erwartet hatte. Mit knappen Worten erzählte sie, wie Finni, Rashid und ihr nach dem Brand Menno begegnet war und sein rußverschmiertes Gesicht ihren Verdacht geweckt hatte. Sie berichtete, wie sie Menno zur Wracksinsel gefolgt waren und was sie dort in Erfahrung gebracht hatten. Auf die Schilderung der Flucht und des Überfalls durch die falschen Thorwaler verzichtete sie. Im Moment ging es allein um den Jungen.

Die Kaufherrin hörte mit versteinerter Miene zu, ohne sie ein einziges Mal zu unterbrechen. Nur einmal, als Meister Chennard eintrat, rührte sie sich. »Bitte lasst uns allein, aber sammelt alle kräftigen Leute um Euch, die ihr auftreiben könnt, und stellt Euch mit ihnen vor die Tür. Wenn sie …«, die Patrusco zeigte auf Rhiana, »… allein vor die Tür tritt, ergreift Ihr sie und wartet auf meine Weisungen.«

Der ergraute Meister, den außer roten Zahlen in seinem Kontorbuch nur wenig erschüttern konnte, zeigte keinerlei Überraschung und sagte nur: »Ich lasse die Schauerleute ihre Stauhaken und Leinen mitbringen.«

Ab und an hatte die Prinzessin auf das Glas geschaut, aber

es war noch nicht einmal zur Hälfte durchgelaufen, als sie ihren Bericht abschloss. »Versteht Ihr, Kaufherrin? Die falschen Freunde – Ihr selbst habt sie in meiner Gegenwart so genannt – gehören dem Flammenbund an. Es sind Kultisten, die den Drachengott Pyrdacor anbeten und ihn in die Welt zurückholen wollen. Sie schrecken vor nichts zurück.«

Die Kaufherrin nickte grimmig. »Genauso wenig wie Ihr. Glaubt Ihr im Ernst, ich würde Euch diese hanebüchene Geschichte abkaufen? Es ist doch gar zu durchsichtig, was Ihr damit bezweckt. Ihr wollt Euch reinwaschen und die Schuld an dem Brand meinem Sohn in die Schuhe schieben. Denkt Ihr denn im Ernst, auf diese Weise an Eure Schiffe zu gelangen? Für wie dumm haltet Ihr mich eigentlich?«

»Ihr habt immer noch nicht verstanden!«, sagte Rhiana verzweifelt. »Sie gaukeln Menno vor, ihn in ihre Gemeinschaft aufnehmen zu wollen, und werden ihn im Verlauf des Rituals töten! Es kann jederzeit geschehen! Vielleicht noch heute! Wo ist Menno? Lasst mich mit ihm reden. Wenn ich ihm die Wahrheit auf den Kopf zusage, wird er nicht die Stirn haben, alles abzuleugnen.«

»Er ist im Moment nicht da«, erwiderte die Patrusco, »und ich habe auch nicht die Absicht, ihn durch Euch und Eure dreisten Anwürfe einschüchtern zu lassen.« Sie fasste die Prinzessin scharf ins Auge. »Und nun will ich Euch einmal etwas sagen! Meinem Jungen, den Ihr bezichtigt habt, ein Brandstifter und ein Drachengottanbeter zu sein, habe ich es zu verdanken, dass ich über Euch mehr weiß, als Ihr Euch nur vorstellen könnt. Nicht durch Hörensagen, sondern durch das Zeugnis meiner eigenen Augen. Euer Intrigenspiel ist aus, Prinzessin! Ihr seid überführt, mit den Feinden Albernias gemeinsame Sache zu machen!«

Rhianas Augen weiteten sich. »Wie war das? Was unterstellt Ihr mir da? Habt Ihr den Verstand verloren? Wovon redet Ihr überhaupt?«

»Ich rede von den Thorwalern!«, herrschte die Kaufherrin sie an. »Ihr habt Euch mit Bjarnison verbündet!«

»Das ist ja wohl der größte Unfug, den ich...«, stieß Rhiana erregt hervor, aber die Patrusco brüllte sie nieder.

»Jetzt rede ich, und Ihr hört gefälligst zu! Was hat er Euch und Eurem Volk versprochen? Die Schiffe, die ich Euch zu Recht verweigert habe? Ja, nicht wahr, es sind die Schiffe, die Euch zur Verräterin gemacht haben! Aber Ihr scheint Euch Eurer Sache nicht sicher zu sein, wie? Er könnte ja die Schlacht um Havena verlieren, nicht wahr? Deshalb tanzt Ihr auf zwei Hochzeiten. Jene Thorwaler, die schon in Havena eingedrungen sind, haben in Eurem Auftrag meinen Speicher angezündet. Ihr wolltet mich damit einschüchtern und gefügig machen. Und jetzt kommt Ihr auch noch daher und versucht einen Keil zwischen mich und meinen Sohn zu treiben. Kennt Ihr mich so wenig, dass Ihr glaubt, damit Erfolg haben zu können? Ich hätte Euch für klüger gehalten! Selbst wenn ich nicht wüsste, dass Ihr eine Verräterin seid, hätte ich Euch ohne Einwilligung des Fürsten niemals nachgegeben. Und wenn Ihr geglaubt habt, mich einschüchtern oder zerbrechen zu können, um dann wie Wachs in Euren Händen zu sein, dann habt Ihr Euch getäuscht. Selbst in meiner größten Verzweiflung würde ich niemals zur Verräterin werden. Ganz im Gegensatz zu Euch. Ihr müsst wahrhaftig geglaubt haben, ich sei... wie Ihr!«

Die Prinzessin kämpfte mit den Tränen, die ihr ob der ungeheuerlichen Anschuldigungen aus Zorn, Bitterkeit und Verzweiflung in die Augen schießen wollten. Sie versuchte alle Beleidigungen und Anwürfe hinunterzuschlucken und sich zu sammeln. Es hatte keinen Sinn, der Kaufherrin mit der gleichen Schärfe zu antworten oder sich zu rechtfertigen. Ihren inneren Aufruhr unterdrückend, sagte sie mit leiser, beherrschter Stimme und schmalem Mund: »Ich bin mir keiner Schuld bewusst, aber manchmal lädt man Schuld auf sich, ohne es zu wissen. Sagt mir bitte, was mich belastet. Ihr spracht vorhin von dem Zeugnis Eurer eigenen Augen.«

Die Patrusco war sichtlich überrascht von der Art, wie Rhiana ihrem Ausbruch begegnete. Wesentlich ruhiger, aber mit umso mehr Verachtung in der Stimme gab sie zur Antwort: »Ich habe von Bord meines Ewers mit dem Teleskop beobachten können, wie Ihr Euch auf der Insel Malfar mit Thorwalern getroffen habt. Wollt Ihr es etwa leugnen?«

Rhiana spürte Schwindel in sich aufsteigen. »Ihr... Ihr werft mir all dies vor, weil Ihr mich mit Thorwalern gesehen habt? Ohne zu wissen, weshalb ich mich mit ihnen getroffen habe? Hattet Ihr etwa den Eindruck, es seien meine Freunde? Habt Ihr nicht gesehen, dass mich einer angegriffen hat und ich ihn töten musste?«

»Doch, das habe ich gesehen, und es spricht nicht für, sondern gegen Euch. Ihr müsst für die Thorwaler sehr wertvoll sein, wenn Ihr Euch das erlauben könnt.«

»Und Ihr müsst wahrhaft verblendet sein, wenn Ihr alles und jedes gegen mich auslegt!«, konterte Rhiana, nahm die Schärfe aber sofort zurück, als sie fortfuhr: »Ihr verdankt Menno diese Beobachtung? Woher wusste er, dass ich mich an diesem Ort und zu dieser Stunde mit den Thorwalern treffen würde?«

Erstmals schlich sich eine Spur von Unsicherheit in die Stimme der Kaufherrin. »Von seinen Freunden.«

»Also vom Flammenbund!«

»Das sagt Ihr.«

»Ihr kennt Mennos Freunde persönlich?«

»Nein, aber das ist auch unerheblich. Ihr wollt nur ablenken. Wichtig ist doch einzig und allein, dass Ihr Euch auf einer abgelegenen Insel mit den Feinden Albernias getroffen habt.«

Rhiana schaute auf die Sanduhr. Der Sand war längst hindurch gelaufen. Die Patrusco hatte den Blick bemerkt. Rhiana deutete mit dem Kopf zum Glas. »Gebt mir noch einen Augenblick, damit ich erläutern kann, wie ich zusammen mit den Thorwalern Aventurien erobern werde«, sagte sie sarkastisch, wobei dieser Sarkasmus aus purer Verzweiflung gespeist wurde. »Das muss Euch und den Fürsten doch interessieren.«

Offenbar hatte sie den richtigen Ton getroffen, denn die Kaufherrin nickte nur müde. Sie wirkte erschöpft.

»Ich war vorhin der irrigen Meinung, Euch würde nur interessieren, dass Euer Sohn in Gefahr ist«, begann die Prinzessin. »Hört also die ganze Geschichte und verurteilt mich, wenn Ihr mir nicht glaubt. Ich fasse mich kurz, um Euch nicht zu langweilen und die Angelegenheit nicht noch undurchsichtiger zu machen. Nachdem Menno die Wrackinsel …«

»Es muss sich um Loando handeln«, unterbrach die Kaufherrin. Ihre Stimme klang so müde, wie die Frau insgesamt wirkte. »Sie gilt als verrufen wie so vieles in der Unterstadt und darum herum. Ich kenne niemanden, der Loando jemals betreten hat, aber es gibt alte und sehr merkwürdige Geschichten über die dort liegenden Wracks.«

»Nachdem Menno Loando verlassen hatte«, korrigierte sich die Prinzessin, »wurden wir durch unglückliche Umstände entdeckt. Zwar konnten wir fliehen, aber bevor wir unser Boot erreichten, wurden wir von Thorwalern angegriffen und niedergeschlagen. Glaubt es, oder glaubt es nicht. Die Thorwaler haben meine Gefährten verschleppt, während ich durch Umstände, deren Schilderung Euch im Moment nur verwirren würde, freikam. Mir wurde … zugetragen, ich könnte meine Gefährten auslösen, wenn ich bereit wäre, mit den Thorwalern zu verhandeln und unter Umständen mich selbst im Austausch anzubieten. Tatsächlich hat man mir jedoch übel mitgespielt und wollte mich für eine groß angelegte Intrige benutzen, hinter der eben jener Flammenbund steht, der Menno töten will. Um es kurz zu machen: Als ich auf Malfar mit den Thorwalern zusammentraf, hoffte ich, irgendwie meine Gefährten befreien zu können, ob mit oder ohne fremde Hilfe. Aber dann sah ich auf dem Arm des Mannes, den ich wenig später töten musste, eine Tätowierung, die den Drachengott Pyrdacor darstellte. In diesem Moment erkannte ich, dass man mir eine Falle gestellt hatte und diese angeblichen Thorwaler, mit denen ich es zu tun hatte, nicht zu Bjarnison gehören, sondern in Albernia sesshaft sind und im Sold des Flammenbundes stehen.« Jetzt fühlte sich auch Rhiana so müde und ausgebrannt, dass sie es leid war, weitere Erklärungen abzugeben. Sollte die Patrusco mit dem Bericht doch anfangen, was sie wollte. Rhiana selbst empfand die Geschichte in der kurzen Zusammenfassung und erst recht in allen von ihr erlebten Einzelheiten plötzlich als so phantastisch, dass niemand sie glauben konnte, der alle fünf Sinne beieinander hatte, selbst dann nicht, wenn er guten Willens war. Bitter fügte sie hinzu: »Mehr habe ich nicht zu sagen. Erspart mir bitte jedes Lob für die Mühe, die ich mir mit meinen Lügen gegeben habe, sondern lasst mich einfach gehen. Die Zwölfgötter mögen Euch und Eure Familie schützen.«

Sie wandte sich brüsk ab und ging zur Tür. Sie wusste, was sie draußen erwarten würde, aber es war ihr egal. *Ich habe alles falsch gemacht. Finni und Rashid sind verloren. Mein Volk ist verloren. Ich selbst bin es wohl auch. Wir alle sind gefangen in Mortenbergs Intrigengeflecht.* Es bereitete ihr eine morbide Genugtuung, dass der Ritter dennoch um die Früchte seiner Arbeit betrogen sein würde, wenn die dort draußen sie packten und als Verräterin kurzerhand an der Großrah eines der Schiffe aufhängen würden, mit denen Rhiana ihr Volk hatte in Sicherheit bringen wollen.

»Nein, bitte, wartet noch…«, erklang hinter ihr die Stimme der Kaufherrin.

In diesem Moment öffnete sich die Tür. Im Eingang standen weder Meister Chennard noch grimmige Schauerleute mit Haken und Leinen.

Es war Finni, die ihr schluchzend um den Hals fiel.

8 Das Ritual

Havena, Mitte
Boron 914 BF

Rhiana presste die Freundin an sich und ließ ihren Tränen freien Lauf. Eine Weile hielten sich die beiden Frauen einfach nur fest und weinten. Für die Prinzessin entlud sich alles in diesen Tränen: die Erleichterung, dass Finni lebte, die überschwängliche Freude, sie im Arm zu halten, aber auch die Verzweiflung und Bitterkeit, die sie zuvor gespürt hatte, die Müdigkeit und Erschöpfung, das Gefühl der Niederlage angesichts des Triumphes des Feindes.

Finni lebte! Alles sah plötzlich ganz anders aus. Es gab doch noch Hoffnung!

»Wie hast du dich befreien können?«, fragte die Prinzessin, als sich die beiden Frauen voneinander gelöst hatten. »Wo ist Rashid?«

Ein Schatten glitt über Finnis Gesicht, während sie sich mit dem Handrücken die Tränen von den Wangen wischte. »Rashid ist…«, begann sie stockend.

»Er ist doch nicht etwa tot?«, fragte Rhiana erschrocken.

Die Halbelfe schüttelte heftig den Kopf, aber es schien ihr schwer zu fallen, darüber zu sprechen.

»Du bist allein entkommen, und Rashid ist weiterhin in der Gewalt des Feindes?«, bohrte die Prinzessin weiter.

»N-nein, es ist anders«, antwortete Finni zögernd. »Ich…« Sie brach ab.

»Schon gut, Finni«, sagte Rhiana und strich ihr sanft über

das kurze dunkle Haar. »Wenn du jetzt nicht darüber reden magst, dann eben später.«

»Die Thorwaler sind gar keine echten Thorwaler!«, platzte die Halbelfe heraus. »Jedenfalls keine Leute von Bjarnison. Sie tun nur so. Einige von denen beherrschen nicht eine einzige Silbe Thorwalsch.«

»Ja, Finni, das weiß ich inzwischen auch. Mehr noch: Sie stehen im Sold des Flammenbundes. Das Ganze ist Teil einer fein gesponnenen Intrige. Aber nun erzähl erst einmal, wie es euch ergangen ist und wie ihr euch befreit habt.«

»Da gibt es nicht viel zu erzählen«, sagte Finni. »Als ich wieder zur Besinnung kam, befand ich im Kabelgatt eines Schiffes, die Hände und Füße gefesselt. Rashid lag neben mir, ebenfalls gefesselt. Er war schon vorher wach geworden. ›Kleiner Dschinn, wir brauchen jetzt deine Zauberkräfte‹, war das Erste, was er sagte. Aber mir tat einfach nur alles weh, vor allem der Kopf.«

Rhiana nickte. »Das ging mir genauso. Aber wenigstens war ich nicht gefesselt.«

»Wo warst du, Rhiana?«, wollte Finni wissen. »Auf einem anderen Schiff? Wir haben nach dir gerufen, weil wir dachten, sie hätten dich irgendwo nebenan abgeladen. Und dann haben wir uns große Sorgen gemacht, dass sie dir Gewalt angetan oder dich sogar getötet haben könnten.«

»Ja, ich war auf einem anderen Schiff, und mir wurde keine Gewalt angetan. Überhaupt ging es mir bestimmt viel besser als euch. Aber ich will jetzt nicht von mir reden. Ist es dir später gelungen, die Fesseln mit deiner Magie zu lösen?« Unwillkürlich musste Rhiana an die erste Begegnung mit der Halbelfe denken. Damals hatte Finni Magie bemüht, um sie und Neel davon abzuhalten, sich gegenseitig die Köpfe einzuschlagen. Aber Finni war keine ausgebildete Magierin, und ihre Herkunft hatte ein Übriges getan, ihre magischen Fähigkeiten zu begrenzen. Tatsächlich kamen sich das magische

Talent, das sie vom Vater geerbt hatte, und die in ihrer Jugend aufgenommenen Ansätze elfischer Magie fortwährend ins Gehege, und ihr Interesse für die Schelmenmagie der Kobolde machte das Durcheinander komplett. Manchmal gelang ihre Magie, aber meistens kam etwas Krauses dabei heraus. Um Neel und Rhiana voneinander zu trennen, hatte sie Fesselmagie angewandt und damit auch Erfolg gehabt. Zumindest in der Hauptsache. Dass sie sich unbeabsichtigt auch selbst fesselte und dann nicht mehr befreien konnte, hatte allerdings nicht in ihrer Absicht gelegen.

»Am Ende ja, aber es war eine schwere Geburt«, gestand Finni ein. »Mit den Kopfschmerzen ging sowieso nichts, dann war ein Versuch erfolglos, und später hat mich Rashid dauernd gestört.«

»Du hättest ihn zurechtweisen sollen.«

»Er hat es ja nur gut gemeint, aber du weißt doch, wie er ist: ›Kleiner Dschinn, hast du schon angefangen?‹ oder ›Kleiner Dschinn, kann ich dir irgendwie helfen?‹ oder ›Was brauchen wir Magie, wenn Rastullah bei uns ist?‹ Und als ich es einmal fast geschafft hätte, kam plötzlich ›Sei nicht traurig, kleiner Dschinn, beim nächsten Mal klappt es bestimmt.‹«

»Wie haben sie euch behandelt?«, fragte die Prinzessin.

»Überhaupt nicht«, erwiderte Finni. »Sie haben sich einfach nicht um uns gekümmert. Nur einmal kam ein Kerl herein und sagte, sie würden dich bald zu uns bringen. Da wussten wir wenigstens, dass du noch lebst.«

»Man hat euch nichts zu essen und zu trinken gegeben?«, empörte sich Rhiana, die sich schuldig fühlte, weil sie derweil auf der *Wogenfee* ein üppiges Frühstück genossen hatte.

»Nicht einmal eine Brotkante. Aber im Gatt stand eine Pütz Wasser.«

»Und wie habt ihr herausgefunden, dass die Entführer nicht zu Bjarnison gehörten?«, fragte Rhiana.

»Das Einzige, was bei denen an echte Thorwaler erinnerte,

war ihr Saufen und lautes Gröhlen. Die meisten haben sich in Garethi unterhalten. Sie haben auf Bjarnison geschimpft, von schmutzigen kleinen Geschäften geredet, mit denen sie sich sonst über Wasser halten, und vom Sold, der ihnen demnächst ausgezahlt würde. Irgendwann wurden dann Boote klargemacht, und es hieß, man würde sich absetzen, sobald die ›anderen‹ das Schiff enterten. Wer die ›anderen‹ waren, weiß ich nicht, aber Angst hatten sie vor denen nicht, was uns sehr gewundert hat.« Finni schüttelte den Kopf. »Die ›anderen‹ kamen dann tatsächlich und haben ein Gemetzel veranstaltet. Fast im allerletzten Moment, als die neuen Herren das Schiff auf der Suche nach Überlebenden – oder nach uns – durchstreiften, konnte ich unsere Fesseln lösen. Wir fanden sogar unsere Waffen, die man fein säuberlich auf einem aufgeschossenen Tauwerkstapel ausgebreitet hatte. Wir haben uns versteckt und, als alles ruhig war, unbemerkt mit einem der Boote davongemacht. Einen Reim kann ich mir auf das Ganze nicht machen.«

»Aber ich«, sagte Rhiana. »Dass es zu einem Gemetzel kommen würde, habe ich befürchtet. Die Thorwaler wurden vom Flammenbund bezahlt – und die Enterer auch. Die Thorwaler hatten ihre Schuldigkeit getan und sollten zum Schweigen gebracht werden. Wenn ich dir sage, dass Dom Lando etwas damit zu tun hatte, wird dich das nicht überraschen.«

»Dom Lando ... « Die Pupillen der Halbelfe verengten sich. »Das erklärt alles.«

»Erstaunlich finde ich nur, dass Mortenberg ... «

»Der also auch!«, stellte Finni grimmig fest.

»... dafür seine Seeleute eingesetzt hat«, beendete die Prinzessin den Satz.

»Aber nein«, widersprach Finni. »Die Leute, die das Schiff geentert haben, waren Landratten, gut gerüstete Söldner, keine Seeleute.«

Rhiana schüttelte verwundert den Kopf. »Aber Mortenberg hat Seeleute in Booten losgeschickt.«

»Uns sind eine Menge Boote begegnet«, erklärte Finni. »Aber da war schon alles vorbei.«

»Dann ist Dom Lando Mortenberg zuvorgekommen«, stellte Rhiana fest.

Ja, das würde passen. Man kann viel gegen Mortenberg sagen, aber ein Massenmörder ist er nicht. Zumindest dann nicht, wenn ihm zur Verwirklichung seiner Ziele andere Mittel zur Verfügung stehen.

»Ach Finni, ich habe dir so viel zu erzählen.« Rhiana seufzte. »Aber das kann warten. Es muss sogar warten. Wir haben andere Probleme. Magst du jetzt über Rashid reden?«

Die Halbelfe nickte. »Rashid hatte wieder einen Anfall, als wir beide noch gefesselt waren. Einen viel schlimmeren und längeren als die beiden zuvor. Aber wegen der Fesseln konnte er ja nichts anrichten.« Finni schluckte. »Doch als wir frei waren und Kurs auf Havena nahmen, wir waren schon zwischen den Ruinen der Unterstadt, da...« Ihr drohte die Stimme zu versagen, aber sie redet tapfer weiter, »... da hatte er wieder einen Anfall, noch schlimmer als der zuvor. Er schrie und tobte, redete mit diesem Weib, das in seinem Kopf herumgeisterte, sabberte und bettelte, unterwürfig wie ein Hündchen, dem man einen Knochen hinhält. Er hat dauernd von Nahemas Turm geredet und dass er sich beeilen werde.« Sie ballte hilflos die Fäuste und sagte etwas in der Elfensprache, das die Prinzessin nicht verstehen konnte. Es klang traurig. »Rhiana, ich konnte ihn einfach nicht halten! Er hat um sich geschlagen, mich weggeschubst und ist dann über Bord gesprungen. Erst dachte ich, das kalte Wasser würde ihn zu sich bringen. Aber dem war nicht so. Er ist wie ein Besessener los geschwommen, so dass ich Mühe hatte, ihm mit dem Boot zu folgen. Sein Ziel war ein Turm, der dort aus dem Wasser ragt. Er war plötzlich darin verschwunden. Ich hoffte immer noch, er würde den Bann abschütteln und zurückkehren, und habe eine Stunde oder länger auf ihn gewartet. Doch er kam nicht zurück, und allein traute ich mich nicht in den Turm. Ich spürte, dass etwas in ihm haust, das mit Magie zu tun hat. Dämonenmagie … oder etwas anderes. Dann bin zum Hafen gerudert und habe dich gesucht. Ich habe die Leute nach dir gefragt und … Weißt du eigentlich, dass dort draußen zwei Dutzend Leute stehen und dir ans Leder wollen …?«

Sie warf sich wieder in Rhianas Arme. »Ach, ich bin so froh, dass ich dich wiederhabe. Aber wir müssen Rashid aus dem Turm holen, bevor … «

»Ja, Finni«, sagte die Prinzessin leise, streichelte die Freundin und löste sich dann sanft aus der Umklammerung. »Wir werden uns um Rashid kümmern. Aber im Moment muss er allein klarkommen. Er ist zäh, und sein Rastullah wird ihn nicht im Stich lassen.«

Die Kaufherrin Patrusco hatte die ganze Zeit geschwiegen und einfach nur zugehört. Jetzt räusperte sie sich. »Prinzessin Rhiana«, sagte sie tonlos. »Ich habe Euch schweres Unrecht zugefügt und kann nicht erwarten, dass Ihr mir verzeiht. Aber bitte nehmt meine Entschuldigung an. Glaubt mir, ich schäme mich zutiefst und werde versuchen, das Unrecht wieder gut zu machen.«

Überrascht wandte sich die Prinzessin um. »Ihr glaubt mir also endlich?«

»Eure Erzählung vorhin hat mich nachdenklich gemacht, aber nicht wirklich überzeugt«, gab die Kaufherrin ehrlich zu. »Doch Eure Freundin hier hat Euch bestätigt, und ich lasse mir eher ein Bein abhacken als zu glauben, dass dies zwischen Euch beiden abgesprochen war. Ich bitte Euch nochmals, meine Entschuldigung anzunehmen.« Sie streckte Rhiana die Hand entgegen.

Die Prinzessin nahm die Hand und drückte sie fest. »Aber Eure Entschuldigung nehme ich nicht an, weil es ihrer nicht bedarf. Nach dem, was Euch gesagt wurde und was Ihr gesehen habt, konntet Ihr gar nicht anders, als mich für schuldig zu halten und zu schmähen. Ich hätte wohl genauso gehandelt. Und wisst Ihr, was mir durch den Kopf gegangen ist, als ich Euch von alldem berichtet hatte? Dass ich mir selbst nicht glauben würde, wenn ich dies alles nicht erlebt hätte.«

»Ich danke Euch, Prinzessin«, antwortete die Kaufherrin und neigte leicht den Kopf. »Aber es bleibt dabei, dass ich tief in Eurer Schuld stehe. Als Erstes werde ich mit Fürst Emerthon reden und ihm erklären, dass Ihr keine Verräterin seid, wie ich es in dem Brief an ihn geschrieben habe…«

»Ein Brief an den Fürsten?«, fragte Rhiana verstört.

»Leider«, bestätigte die Patrusco. »Ich hatte es Menno versprochen und… Ihr Zwölfe, jetzt ahne ich, warum er mich dazu gedrängt hat!«

»Menno!«, rief die Prinzessin. »Ihr sagtet, er sei nicht da. Wo ist er?«

Die Kaufherrin atmete schwer. »Ich fürchte, bei seinen falschen Freunden… vom Flammenbund.«

»Das sagt Ihr mir erst jetzt? Ich hatte gehofft, ihn mit Eurer Hilfe von Loando fernhalten zu können!« Rhiana begann ruhelos auf und ab zu gehen. »Wir müssen sofort etwas unternehmen!« Sie wandte sich an die Halbelfe. »Finni, der Junge hat seine Mutter dazu gebracht, aus der Ferne ein Treffen zwischen mir und den Flammenbund-Thorwalern zu beobachten. Erinnerst du dich, dass Elidana von einer zweiten Aufgabe gesprochen hat, nach deren Lösung er in den Bund aufgenommen werde?«

Finni nickte.

»Das war die zweite Aufgabe! Und er hat sie gelöst. Wenn er jetzt wirklich bei den Kultisten auf der Wrackinsel ist, kann das nur bedeuten, dass sie ihn zu dem Ritual geladen haben, bei dem er sterben wird!«

Das Gesicht der Kaufherrin war aschfahl. »Was kann ich tun, um meinen Jungen noch zu retten?«

»Geht in einen Tempel und betet zu den Göttern!«, sagte Rhiana. Als sie das verletzte Gesicht der Patrusco sah, fügte sie hinzu: »O bitte, versteht mich nicht falsch. Ich wollte damit nur sagen, dass Ihr selbst wenig mehr tun könnt, als den Beistand der Götter zu erflehen. Finni und ich werden versuchen, den Jungen zu retten. Wir brechen sofort auf.« Sie wandte sich an die Freundin. »Finni, was hast du für ein Boot?«

»Eine Jolle.«

»Wo liegt sie?«

»Unten am Kai.«

»Dann los!« Rhiana wandte sich der Tür zu.

»Ihr könnt es nicht allein mit den Kultisten aufnehmen!«, rief die Kaufherrin. »Ich gebe Euch alle meine Leute mit und bitte den Fürsten um Soldaten seiner Leibgarde!«

»Die Soldaten werden zu spät kommen, und Eure Leute sind keine Krieger«, erwiderte Rhiana. »Aber seid unbesorgt, wir werden nicht allein sein. Unter meinen Leuten sind fähige Krieger. Wir werden unterwegs ...« Sie überlegte es sich anders. »Finni, ich werde deine Jolle nehmen und allein zur Wrackinsel rudern.«

Als Finni protestieren wollte, winkte die Prinzessin ab. »Jemand muss so schnell wie möglich da sein, um notfalls auch allein etwas zu unternehmen. Und sei es, dass ich mich vom Boden abseile, mir Elisana Charazzar schnappe und ihr das Messer an die Kehle setze. Du, Finni, holst Neel, die Montas-Zwillinge und Ayka zu Hilfe. Nicht mehr – eine Streitmacht hilft uns in dem Labyrinth wenig. Nimm meine Schaluppe, die liegt am Bennaindamm. Oder besser noch ...« Sie wandte sich an die Kaufherrin. »Ihr könnt doch etwas tun, wenn Ihr ein kleines, schnelles Schiff segelbereit habt.«

»Mein Ewer kann sofort auslaufen«, erklärte die Partrusco. »Die Besatzung ist an Bord und sehr zuverlässig.«

»Ausgezeichnet«, sagte die Prinzessin.

»Aber das Versteck…«, wandte die Halbelfe ein.

»Die Kaufherrin ist jetzt unsere Verbündete«, erklärte Rhiana. »Wir können ihr und ihren Leuten vertrauen.« Sie warf der Patrusco einen Blick zu. »Es ist doch so, oder?«

Die Kaufherrin sah ihr fest in die Augen. »Bei den Zwölfen und bei der Ehre meiner Familie – es ist so!« Sie schob sich an Rhiana und Finni vorbei und öffnete die Tür. Sofort wurde sie von ihren Leuten umringt. Es waren mindestens dreißig, Männer und Frauen, die meisten jung und kräftig, und alle mit entschlossenen Mienen, die Haken und Stricke einsatzbereit.

»Es hat sich alles aufgeklärt«, sagte die Patrusco. »Ich habe mich geirrt. Ich wünsche, dass Ihr der Prinzessin und ihrer Freundin mit Respekt begegnet und ihren Anweisungen Folge leistet, als seien es meine eigenen. Und es wird zu niemandem Fremdem darüber geredet! Und nun geht wieder an die Arbeit.«

Die Schauerleute, Packer und Stauer, Zuschneider, Böttcher und Salzer verteilten sich auf die Speicherhäuser und Kais. Rhiana eilte zu Finnis Jolle, während die Kaufherrin die Halbelfe zum Ewer begleitete, um der Besatzung den Befehl zum Auslaufen zu erteilen.

Der Ritter war außer sich. »Ihr habt Euch über meine Befehle hinweggesetzt!«, schrie er Dom Lando an. »Ihr hattet Anweisung, Eure Söldner nur im Notfall einzusetzen!«

»Es war ein Notfall«, verteidigte sich der Admiral. »Als ich hörte, dass die Prinzessin uns nicht in die Falle gegangen war, musste ich handeln. Es bestand die Gefahr, dass sie versuchen würde, ihre Gefährten auf eigene Faust zu befreien. Und die Thorwaler waren zu lasch, um sie aufzuhalten.«

»Die Thorwaler waren wenigstens in der Lage, Rhianas Gefährten zu bewachen, wohingegen Eure Söldner sie entkommen ließen!«, sagte Mortenberg mit schneidendem Ton.

»Sie waren bereits fort, als meine Leute an Bord kamen«, behauptete Dom Lando.

»Das sagt Ihr!«

»Es fehlte ein Boot!«

»Wann habt Ihr die Boote zählen lassen?«, fragte der Ritter.

»Sofort, nachdem das Schiff in unserer Hand war«, log Dom Lando.

»Ich hatte meine Gründe, die Thorwaler gerecht zu entlohnen und gehen zu lassen!«, sagte Mortenberg scharf.

»Ihr wolltet mit dem Scheingefecht die Prinzessin einlullen.« Dom Lando grinste. »Das Herzchen sollte nicht mit ansehen müssen, dass wir nicht viel Federlesens machen.«

»Das ›Herzchen‹ kennt Euch und Eure Methoden sehr gut, Dom Lando. Aus diesem Grund solltet Ihr und Euer Haufen im Hintergrund bleiben. Sie hätte, wie abgesprochen, einen scheinbar ehrlichen Kampf gesehen, bei dem *meine* Leute sie und ihre Gefährten befreiten. *Das* war der Plan.«

»Nur hat er leider nicht geklappt.« Dom Lando zuckte die Schultern. »Damit gab es keinen Grund mehr, die Thorwaler zu schonen. Glaubt mir, es ist besser so. Jetzt kann keiner von ihnen mehr quatschen.«

»Ihr solltet Euch auf das Handwerk beschränken, das Ihr beherrscht«, meinte Mortenberg süffisant. »Denken steht Euch nicht und bekommt Euch noch weniger. Aber wenn Ihr Euch trotzdem darin schulen wollt, dann will ich Euch auf die Sprünge helfen. Die Thorwaler sollten nicht nur deshalb geschont werden, weil ich das Vertrauen der Prinzessin erringen wollte. Denkt weiter, Dom Lando, so schwer es Euch auch fallen mag. Hatten die getöteten Thorwaler etwa keine Familien und Freunde? Wir hätten sie für uns gewinnen können. Jetzt werden sie überall herumerzählen, dass der Flammenbund falsche Versprechungen macht und man in seinem Dienst zu Tode kommt. Mehr noch: Wenn Eure Söldner sich damit brüsten, wie sie mit den Thorwalern verfahren sind, und herauskommt, dass sie ebenfalls im Dienste des Bundes stehen, wird man uns dort hassen, wo wir Verbündete und Handlanger suchen – bei den Armen. Wenn wir wieder Leute anwerben wollen, wird man die Werber mit Knüppeln und Mistforken durch die Gassen jagen!«

Elidana Charazzar mischte sich in das Gespräch ein. »Dom Lando hat ohne Frage einen schweren Fehler begangen, aber vielleicht hättet Ihr ihn vorher darauf hinweisen sollen, dass es nicht allein um Rhiana, sondern auch um unser Ansehen in der Bevölkerung geht. Mir ist das übrigens auch neu, Ritter Mortenberg. War es nicht bisher unsere Strategie, nur im Geheimen zu wirken und sogar den Namen des Flammenbundes geheim zu halten?«

»Das gilt auch weiterhin für den Rest von Aventurien, um die Mächtigen nicht aufmerksam zu machen. Aber was Albernia angeht, hat sich die Lage geändert«, knurrte Mortenberg. »Fragt den Dragor. Es sind nicht meine, sondern seine Anweisungen. Es bleibt aber dabei, dass wir auch in Albernia in kleinen, geheimen Zirkeln tätig sind, aber der Name des Bundes soll in der Bevölkerung bekannt gemacht werden und für Gerechtigkeit stehen.«

»Gerechtigkeit?«, meinte Elidana spöttisch. »Gegenüber dem Pöbel? Am Ende sogar Beteiligung an der Macht?«

»Wagt Ihr, die Entscheidungen des Dragor in Frage zu stellen?«

»Natürlich nicht.«

»Dann schweigt. Im Übrigen war nicht die Rede davon, Gerechtigkeit *auszuüben* und schon gar nicht, Macht abzugeben. Es geht allein darum, den *Anschein* von Gerechtigkeit zu erwecken.«

»Dann solltet Ihr Dom Lando Gelegenheit geben, seinen Fehler wieder wettzumachen«, meinte die Südländerin. »Soll er doch den Verwandten der Toten den versprochenen Sold auszahlen. Das wird die Laune heben.«

»Eine gute Idee«, lobte der Ritter und wandte sich an den Admiral. »Ihr habt es gehört. Schickt Leute mit Geld und Gaben in die Viertel, wo Ihr die Thorwaler angeworben habt, und forscht nach den Verwandten.«

»Meine Leute als Wohltäter, die plärrende Blagen mit Naschwerk verwöhnen?«, murrte Dom Lando.

»Jaaa«, sagte Mortenberg gedehnt. »Aber sie sollen vorher das Blut von den Messern wischen. Ihr selbst müsst übrigens nicht mitgehen. Die Mütter würden Euch sowieso nicht ins Haus lassen oder erst mal sehen wollen, ob Ihr unter dem Naschwerk nicht einen Dolch verborgen haltet.«

Dom Lando schien das für ein Kompliment zuhalten, denn er grinste.

»Ihr seid mir noch die Erklärung schuldig, wodurch die Prinzessin misstrauisch geworden ist«, erinnerte Mortenberg.

»Ich habe keine Ahnung, was in sie gefahren ist«, behauptete der Admiral. »Vielleicht gefielen ihr die Gesichter der Thorwaler nicht.«

Mortenberg lachte scheinbar herzhaft, aber im nächsten Moment lag der Säbel in seiner Hand. »Ich warne Euch, Dom Lando. Ich habe bisher Nachsicht mit Euch geübt, aber treibt Euer Spiel nicht zu weit. Ihr habt Euch die Leute vorgenommen, die Rhiana abholen sollten, bevor sie über die Klinge springen mussten. Es ist doch so, oder? Ich kenne Euch! Also heraus mit dem Grund!«

»Ich konnte nur noch mit zweien reden«, gab Dom Lando zu. »Den dritten hat die Prinzessin getötet. Der Kerl war so blöd, seine Flammenbund-Tätowierung nicht vernünftig abzudecken. Ein Hemd hätte genügt, aber der Dummkopf wollte seine Armmuskeln zeigen.«

»Was höre ich da?« Auf Mortenbergs Stirn schwoll eine

Ader vor Zorn an. »Ihr schickt als Unterhändler einen Thorwaler, der zum Flammenbund gehörte und dies obendrein mit einer Tätowierung kundtat? Was habt Ihr Euch dabei gedacht?«

»Er war der Zuverlässigste von allen«, verteidigte sich der Admiral.

Mortenberg verzichtete auf eine Antwort. *Was helfen die besten Pläne, wenn sie durch Unfähigkeit verpfuscht werden?*, dachte er. *Aber im Grunde ist es wohl mein Fehler. Ich war in der Vergangenheit gut beraten, Dom Lando dort einzusetzen, wo nicht ziseliert, sondern gehobelt werden musste.*

Die Brabakerin, die ihren geplanten Landgang verschoben hatte, als Dom Lando eintraf, nahm überraschend scharf für Mortenberg Partei. »Schon der zweite Fehler, Admiral, und dieser ist unverzeihlicher als der erste! Wenn Ihr mein Untergebener wäret, würde ich Euch das nicht durchgehen lassen, egal welche Verdienste Ihr Euch anderweitig erworben habt.« Elidana hasste Unfähigkeit. Gleichzeitig überlegte sie, ob sie nicht selbst gegen Dom Lando vorgehen sollte. *Die Erste Flamme schätzt ein energisches Durchgreifen gegen Versager in den eigenen Reihen. Ich könnte dadurch bei Atamur an Ansehen gewinnen. Und Mortenbergs Position würde geschwächt. Er müsste der Ersten Flamme Rechenschaft ablegen, warum er nicht selbst gehandelt hat.*

»Ich bin aber nicht Euer Untergebener«, antwortete Dom Lando ungerührt. Er wusste, dass die Südländerin eine Abgesandte des Dragor war, aber das war Zaraldus auch gewesen. Der Admiral kannte den Aufbau des Flammenbundes zur Genüge. Nur der Flammenrat mit Atamur an der Spitze übte absolute Macht aus. Abgesandte mochten ihm vor die Nase gesetzt werden – das war bei Zaraldus der Fall gewesen –, aber Dom Lando wusste, dass sie keine echte Befehlsgewalt über ihn hatten. Wäre ihm bekannt gewesen, dass Elidana wie Mortenberg dem Flammenrat angehörte, hätte er sich diese Antwort allerdings wohl kaum erlaubt.

Elidana hatte nicht die Absicht, ihn aufzuklären, sondern erwiderte nur spöttisch: »Welch ein Glück für beide Seiten.«

Es wurde Zeit, sich nach Loando zu begeben. Man würde schon ungeduldig auf sie warten. Sie nickte den beiden Männern zu, begab sich in ihre Kammer, nahm von ihren Waffen den prunkvollsten Dolch und legte ihn zu der schwarzen Kutte in ihre Tasche. Dann begab sie sich an Deck, suchte zwei Matrosen aus und ließ sie eines der Boote anholen.

Rhiana erreichte Loando am späten Nachmittag. Sorgsam hielt sie schon aus der Ferne Ausschau, ob die Insel inzwischen besser bewacht wurde, aber sie konnte keine Wachtposten entdecken. Die Erinnerung an die Thorwaler, denen es gelungen war, sich im niedrigen Buschwerk zu verstecken, machte sie doppelt vorsichtig. Allerdings war es gestern bereits dunkel gewesen, als der Überfall erfolgte, und Rhiana bezweifelte, dass er bei Tageslicht gelungen wäre. Und Wachtposten, die sich im Dickicht versteckten, statt auf die See hinauszusehen, würden wohl kaum diesen Namen verdient haben.

Sie ging an der gleichen Stelle an Land wie beim letzten Mal. Kaum hatte sie das ufernahe Gebüsch erreicht, als auch schon ein felliges Ungetüm auf sie zugeschossen kam, winselnd an ihr hochsprang und sie abschleckte.

»Eisfell, alter Junge!«, sagte die Prinzessin leise und streichelte den Wolfshund. Sie schämte sich, dass sie nicht mehr an ihn gedacht hatte. Zu viel war in den letzten Stunden passiert. »Du wirst Hunger haben«, meinte sie schuldbewusst, »aber ich habe leider nichts für dich dabei. Du musst dich noch ein wenig gedulden.«

Sie fühlte nach seinem Geist und versuchte zu ergründen, ob er ihr eine Warnung mitteilen wollte, aber da war nur aufrichtige Freude, und sie erkannte ihr eigenes Abbild in den hellsten und freundlichsten Farben. Sie versuchte ihm ihre eigene Freude darüber mitzuteilen, dass er wohlauf war. Dann schickte sie ihm ein ähnliches Bild wie am Vortag. Sie spürte Eisfells Enttäuschung, aber er fügte sich und kehrte in sein Versteck im Dickicht zurück.

Die Prinzessin blieb wachsam, bewegte sich aber in der gebotenen Eile voran. Da Eisfell sie nicht gewarnt hatte, durfte sie davon ausgehen, dass sich außerhalb der Wrackburg niemand herumtrieb. Immerhin bestand jedoch die Möglichkeit, dass Elidana Wachposten angewiesen hatte, von den höchsten Stellen der Burg aus das Umland im Auge zu behalten. Die würde Eisfell vielleicht gewittert, aber nicht als Gefahr angesehen haben. Aber sie konnte niemanden entdecken, auch nicht auf den obersten Treppen und Plattformen.

Elidana wird nicht erwarten, dass ich zurückkehre. Tatsächlich muss sie glauben, ich sei mit den Thorwalern beschäftigt oder längst wieder unter Mortenbergs Aufsicht. Und selbst wenn sie vom Scheitern des Plans weiß, wird sie mich hier nicht erwarten, sondern erwarten, dass ich mit mir selbst genug zu tun habe.

Rhiana war mulmig zumute, als sie Mennos Boot entdeckte. Sie erkannte es am aufwendig verzierten Heckspiegel, der ihr schon gestern flüchtig aufgefallen war. Heckspiegel nach Art der großen Handelsschiffe waren bei Booten selten anzutreffen. Die Patrusco allerdings legte Wert auf schöne Schiffe, und das galt sogar für die kleinsten Fahrzeuge ihrer Handelsflotte.

Hoffentlich komme ich nicht zu spät!

Einen Moment lang überlegte sie, ob sie den gleichen Weg nehmen sollte, den sie gestern gemeinsam mit den Gefährten gewählt hatte. Sie entschied sich dagegen. Der Weg, der ohne Deckung im Freien zurückgelegt werden musste, war einfach zu lang. Die Kultisten mochten es nicht für nötig halten, ihre

Wrackburg als Ganzes zu bewachen – was für sich allein sträflich leichtsinnig genug war. Aber irgendwo – vielleicht auf dem Gang zum Versammlungsraum, vielleicht auf dem Boden – *musste* es Wachen geben, wenn die Kultisten irgendetwas aus den gestrigen Vorfällen gelernt hatten. Die Prinzessin ärgerte sich, dass sie mit Finni keine Strategie für das gemeinsame Vorgehen besprochen hatte. Aber es war alles so schnell gegangen.

So viel Zeit hätte sein müssen. Sei ehrlich, du hast einfach nicht daran gedacht!

Als sie das Tau sah, das aus dem Heckfenster des am Strand aufliegenden Wracks herabhing – die Kultisten hatten offenbar nicht daran gedacht, es wieder einzuholen –, entschloss sie sich spontan, auf genau dem Weg in die Wrackburg einzudringen, den sie als Fluchtweg mit Erfolg genutzt hatten. Ihr fehlte auch einfach die Zeit, in Ruhe nach einer anderen Möglichkeit zu suchen!

Und wenn sie das Tau absichtlich so einladend haben hängen lassen? Wenn oben jemand ist, zum Beispiel ein Bogenschütze, biete ich ihm beim Hochklettern ein bequemes Ziel!

Sie fackelte nicht lange und kletterte nach oben. Sollte in einem der Fenster oder auf dem Achterdeck jemand auftauchen, würde ihr schon etwas einfallen.

Alles blieb ruhig, niemand zeigte sich. Monoton pfiff der Wind, der aufgefrischt hatte, durch Reste der kristallisierten Takelage und zerrte rumpelnd an losen Brettern und Bohlen des später hinzugefügten Labyrinths. Die leisen Geräusche, die Rhiana verursachte, wurden davon verschluckt: Das Ächzen des durch ihr Gewicht beanspruchten Hanfseils, das Schaben ihrer Stiefel beim Hinaufklettern und das leise Klirren der Schwertscheide, wenn diese mit dem Heckspiegel in Berührung kam.

Die Prinzessin kletterte über den Fenstersims und befand sich im Innern des Wracks. Nichts hatte sich seit gestern verändert. Während sie sich durch das Wrack voranarbeitete, beschäftigte sie sich geistig schon mit dem Weg, den sie im Freien zurücklegen musste.

Die Kultisten mögen sorglos sein, aber der Baumeister des Labyrinths war es nicht. Er hat den zentralen Raum in der Wrackburg so angelegt, dass er gut abgesichert ist. Wie komme ich ungesehen an den Raum heran?

Das Bild der Konstruktion stand ihr vor Augen. *Es führt nur der eine Tunnel zum Versammlungsraum, und der ist bestimmt bewacht. Bleiben die Luftschächte über dem Boden. Vielleicht ist nach den gestrigen Erfahrungen auch dieser Zugang bewacht. Oder verrammelt. Und selbst wenn nicht: Es sind vier Schritt oder mehr bis zum Fußboden des Versammlungsraums. Die muss ich blitzschnell überwinden, wenn ich den Überraschungsvorteil nutzen will – und das überraschende Erscheinen inmitten der Versammlung ist der einzige Vorteil, den ich habe. Springen? Vier Schritt sind dafür zu viel. An einem Seil herabklettern? Dauert zu lange. Damit bleibt nur die Möglichkeit, sich an einem Seil nach unten zu schwingen.*

Das traute sie sich zu. Tjalmar und Neel hatten sie in der *Zuflucht* oft genug den Sprung am Seil von den Palisaden oder den Wachtürmen üben lassen. Sie war selten ohne blaue Flecken, Blutergüsse oder Verstauchungen davongekommen, weil *immer* irgendetwas Hartes im Wege war, und hatte die Übung deshalb gehasst. Inzwischen wusste sie jedoch, dass es im Ernstfall nützlich war, auf solche Erfahrungen zurückgreifen zu können.

Als sie den Ausstieg ins Freie passierte und die Plattform mit den Luftschächten vor sich sah, bekamen ihre Pläne jedoch einen herben Dämpfer.

Die Plattform wurde bewacht! Zwei Kuttenträger hielten sich in der Mitte, direkt neben den Luftschächten, auf. Sie hatten sich hingesetzt, unterhielten sich leise und wirkten nicht sonderlich wachsam. Aber beide waren bewaffnet. Der eine hielt einen Spieß, der andere eine Hellebarde in den Händen, beide Waffen am Boden aufgestützt und hochgereckt. Ab und an ließen die Wachen ihre Blicke über das Labyrinth schweifen.

Rhiana beglückwünschte sich, dass sie nicht den Weg über die Treppe genommen hatte. Die Wachen hätten sie unweigerlich entdeckt und ihre Kumpane alarmiert. Doch das Problem blieb bestehen: Sie konnte nicht unbemerkt an die Wachen herankommen.

Rhiana wünschte sich, Finni mit ihrem Bogen bei sich zu haben. Die Halbelfe war treffsicher und schnell. Es hätte die Aussicht bestanden, die Kuttenträger durch zwei schnell hintereinander abgeschossene Pfeile außer Gefecht zu setzen.

Wie lange wird es dauern, bis Finni mit den Talaniern hier ist? Die Montas-Zwillinge und auch Ayka können gut mit Pfeil und Bogen umgehen. Auch mit Armbrüsten. Wird einer von ihnen auf die Idee kommen, eine Armbrust mitzunehmen? Ich hätte an Mooker denken sollen. Er ist unser bester Armbrustschütze.

Wie viel Zeit blieb ihr? So sehr die Wachen ihre Pläne zunichte gemacht hatten, bot ihre Anwesenheit in gewisser Weise auch Anlass zur Hoffnung – vor allem die Tatsache, dass sie so seelenruhig dort hockten und miteinander plauderten. Wenn Rhiana zu spät gekommen und das grausame Ritual bereits beendet war, bedurfte es der Wachen nicht mehr. Fand es aber gerade jetzt dort unten statt, würden die Wachen wahrscheinlich begierig sein, durch die Luftschächte zu spähen, um möglichst viel von dem blutigen Geschehen mitzubekommen.

Die Prinzessin entspannte sich ein wenig. Gleichzeitig nagte an ihr die schreckliche Vorstellung, dass diese Wachen sich damit abgefunden hatten, an dem Ritual nicht teilnehmen zu dürfen, oder so abgestumpft waren, dass die Abschlachtung des Jungen sie nicht einmal interessierte.

Finni, Neel, Ayka, Susmin, Vilko – wo bleibt ihr? Der Umweg zum Versteck ist doch nicht so groß. Und ihr habt einen schnellen Ewer mit einer geschulten Besatzung zur Verfügung!

Aber Rhiana wusste, dass sie ungerecht war. Es würde Zeit gekostet haben, die Gefährten zu suchen und zu rüsten. Die Talanier hausten auf verschiedenen Speicherböden, die aus dem Wasser ragten. Einige mochten auf Booten unterwegs sein, um Fische zu fangen, oder kletterten auf den Dächern herum, um das aufgefangene Regenwasser abzuschöpfen oder Löcher abzudichten. Schamhaft gestand sich die Prinzessin ein, dass sie nicht einmal wusste, wie ihr weitgehend zum Müßiggang verurteiltes Volk sich die Zeit vertrieb. Sie wusste nur, dass die Stimmung schlecht war und aus der schlechten Laune heraus viel miteinander gestritten wurde. Die alten Klans schotteten sich wieder stärker ab, und neue Klans hatten sich gebildet. Man zankte sich um die trockensten Schlafplätze. Und es gab inmitten all der Nässe und des allgegenwärtigen Schimmels viele Kranke. Einige waren schon gestorben. Das alles hatte Maruna ihr mit sorgenvoller Miene erzählt, und deshalb kämpfte die Prinzessin so verzweifelt um Schiffe. Wenn nicht bald etwas passierte, waren die talanischen Flüchtlinge verloren. Es griff Rhiana ans Herz, dass dieses Volk, das sie als ihre große Familie begriff, so litt. Diese Leute hatten so viel Schlimmes erfahren müssen und doch den Mut und die Hoffnung niemals aufgegeben.

Wir wären besser alle beim Angriff des Flammenbundes auf die Zuflucht *umgekommen, als unseren Stolz im feuchten Havena zu verlieren!*

Rhiana kämpfte gegen die trüben, unwillkommenen Gedanken an. Gab es nicht doch eine Hoffnung, die Wachen zu überwinden? Sie musste sie irgendwie ablenken, sie dazu bringen, sich zu trennen. Wenn sie irgendetwas dort drüben auf den Bohlenring warf, würde das Geräusch vielleicht eine der Wachen in ihre Nähe locken…

Sie sah sich nach einem geeigneten Gegenstand um, als sie plötzlich ein Geräusch vernahm, das in dem alten Schiffsrumpf widerhallte. Es klang, als hätte draußen ein Boot angedockt.

Endlich!, frohlockte die Prinzessin, und ihr Herz tat einen freudigen Sprung. *Das sind die Gefährten!*

Dann fiel ihr ein, dass sie mit dem Ewer kamen. Das Schiff war viel zu groß, um die Einfahrt zum Binnensee passieren zu können.

Der Ewer liegt draußen vor Anker. Die Gefährten sind in das Beiboot umgestiegen.

Am Bootsanleger waren jetzt weitere Geräusche zu hören. Klackende Lederstiefel, die auf den Bohlen herumtrampelten, laute Schritte auf der Treppe.

Seid ihr denn von allen guten Geistern verlassen? Finni, das kannst du doch nicht zulassen!

Die Schritte hielten inne. Dann erklang eine Stimme, laut und energisch und mit einem südländischen Akzent, der Rhiana durch und durch ging.

»Ihr wartet hier auf mich, und wenn es Stunden dauert! Und Ihr bleibt im Boot, was immer ihr seht oder hört! Verstanden?«

Das war ohne jeden Zweifel Elidana!

Wenn sie eine Antwort erhielt, dann war diese nur gemurmelt und nicht zu verstehen. Im nächsten Moment bewegten sich die Schritte wieder die Treppe hinauf. Die Geräusche näherten sich. Die Wachen waren aufmerksam geworden, standen hastig auf, ordneten die Kutten und bauten sich mit nach vorn gereckten Waffen auf.

»Na, immerhin zwei von euch, und jeder hat brav ein

Stöckchen in der Hand«, spottete die Brabakerin. »Warum steht niemand am Anleger?«

»Tuadh hielt es nicht für nötig«, sagte eine weibliche Stimme, die der Wache mit dem Spieß gehörte.

»Ach, Tuadh hielt es nicht für nötig«, meinte Elidana mit ätzender Ironie. »Na so was aber auch.« Dann änderte sie den Tonfall und fragte barsch: »Ist der Junge da?«

»Schon seit Stunden«, antwortete der Hellebardenträger, der eine tiefe männliche Stimme besaß. »Man hat ihn für die Zeremonie vorbereitet. Wir haben nur noch auf Euch gewartet, edle Abgesandte des Dragor.«

»Das ist aber nett von euch«, höhnte Elidana, streifte sich die Kutte über, die sie bisher in der Hand gehalten hatte, und schlug die Kapuze hoch. Vielleicht wurde ihr mit dieser Handlung bewusst, dass diese Leute von ihr keinen Spott, sondern religiöse Inbrunst erwarteten. Mit falschem Pathos fügte sie hinzu: »Ich wurde leider aufgehalten. Unserem Herrn Pyrdacor zu dienen heißt für seine obersten Diener oft, die Nacht zum Tage zu machen und an tausend Orten für die Rückkehr des Herrn zu wirken.«

Die beiden Wachen verneigten sich. Das war es offenbar, was sie hören wollten. »Edle Abgesandte, dürfen wir ...«, bat die Frau.

»Ich bin untröstlich, Schwester, aber du und der Bruder seid auserwählt, unserem Drachengott einen noch größeren Dienst zu erweisen als die Brüder und Schwestern dort unten«, erklärte Elidana weihevoll. »Ihr habt die besondere Ehre, die Zeremonie vor Störungen zu bewahren. Erweist ihr euch dieses Vertrauens würdig, werdet ihr beim nächsten Mal eines der Messer führen dürfen.«

Sie wandte sich ab und war wenig später in dem Tunnel verschwanden, der zum Versammlungsraum führte.

»Dieses mordgierige Luder!«, sagte eine leise Stimme neben Rhiana. »Aber der Auftritt war beeindruckend.«

Rhianas Herz setzte einen Schlag lang aus. »Finni?«, wisperte sie ungläubig und zugleich überglücklich. »Ich habe dich nicht herankommen hören!«

»Mich auch nicht«, sagte eine etwas rauere, aber ebenfalls stark gedämpfte Stimme hinter der Halbelfe. »Und ich bin nur halb so gut im Anschleichen wie die Kleine. Ihr lasst nach, Prinzessin. Habe ich Euch nicht immer wieder eingeschärft, Euch niemals ablenken zu lassen?«

»Neel!«, freute sich Rhiana unbändig.

Die grauhaarige, asketische Amazone mit den Gesichttätowierungen und der Augenklappe bewegte sich ein kleines Stück voran, griff nach Rhianas Hand und drückte sie freundschaftlich. »Wenn es nach mir gegangen wäre, hätte ich an Ort und Stelle dafür gesorgt, dass die Kutte ihre Kapuze verloren hätte.«

Jetzt hörte Rhiana hinter sich weitere, sehr leise Geräusche. Susmin und Vilko robbten heran und entboten einen geflüsterten Gruß. Schließlich folgte noch ein Mann, den die Prinzessin im ersten Moment nicht erkannte. »Mooker!«, wisperte sie überrascht. »Ihr ahnt gar nicht, wie ich Euch mit Eurer Armbrust herbeigesehnt habe!«

»Ayka wollten wir dies nicht zumuten, obwohl sie unbedingt mitwollte«, erklärte Susmin. »Sie ist hochschwanger.«

»Oh, das hatte ich vergessen«, gab Rhiana betroffen zurück. Dann fragte sie: »Wie seid ihr hierher gekommen?«

»Auf dem gleichen Weg wie du«, flüsterte Finni. »Ich dachte mir, dass du diesen Weg wählen würdest. Wir haben den Lärm genutzt, den die Brabakerin gemacht hat. Es war ganz einfach.«

»Hat sie euch nicht gesehen?«

»Um ein Haar hätten wir sie mit dem Ewer über den Haufen gesegelt. Dann sind wir ihr gefolgt und haben uns im Dickicht versteckt, bis sie oben auf der Treppe außer Sicht war.«

Rhiana genoss es, von Freunden und Kampfgefährten umgeben zu sein. Erinnerungen an die Schlacht um die *Zuflucht* wurden in ihr wach. Ihr Mut und ihre Hoffnung flogen hoch empor wie bunte Vögel im Licht der Sonne. Sie wusste, wie schwer es sein würde, Menno lebend dort rauszuholen. Aber wenn es jemand schaffen konnte, dann diese tapfere Schar!

»Wir müssen uns eilen, sonst ist es zu spät«, wisperte sie.

»Habt Ihr schon einen Plan?«, fragte Neel.

Rhiana nickte. »Finni und Mooker – ihr seid zuerst dran. Seht ihr die Wachen? Sie müssen verschwinden, ohne Gelegenheit zu haben, ihre Leute zu warmen.«

Bevor sie noch ausgesprochen hatte, lag bereits ein Pfeil auf Finnis Bogen. Rhiana machte Platz, damit Mooker seine Waffe auf dem Schanzkleid abstützen konnte. Seine Armbrust war gespannt, und er legte einen Bolzen ein.

»Übernimm du die Hellebardenkutte«, flüsterte Finni und zog die Sehne des Bogens durch.

Sie wartete einen kleinen Moment, bis sie sah, dass Mooker die Armbrust ausgerichtet hatte. »Jetzt!«

Fast gleichzeitig lösten sich der Pfeil und der Bolzen. Mooker hatte auf die Brust des Mannes mit der Hellebarde gezielt. Offenbar hatte er das Herz getroffen, denn der Mann sackte auf der Stelle zu Boden und rührte sich nicht mehr. Finnis Pfeil drang der Frau, die den Spieß trug, knapp unter dem Gesicht in die Kapuze. Sie griff sich an den Hals, zerrte verzweifelt an dem darin steckenden Pfeil und stieß gurgelnde Geräusche aus. Finni hatte bereits einen zweiten Pfeil auf der Sehne. Da die Frau ihr inzwischen den Rücken zuwandte, zielte die Halbelfe auf den Nacken. Auch dieser Pfeil traf und erlöste die Kultistin von ihren Qualen.

»Bei Rondra, das war gutes Handwerk«, lobte Neel.

»Finni, du weißt, wie man auf den Dachboden gelangt«, sagte Rhiana hastig. »Mooker, Ihr geht mit. Wartet beide, was sich unten tut, und helft uns dann mit Euren Waffen. Schießt nicht wahllos. Achtet darauf, dass dem Jungen keiner zu nahe kommt, und legt auf Angreifer an, die uns bedrohen. Neel, Susmin und Vilko – Ihr kommt mit mir. Wir werden uns den Weg freikämpfen müssen. Es wird hart, aber es muss gelingen. Und schont den Jungen auch dann, wenn er uns angreifen sollte. Finni wird Euch gesagt haben, dass er glaubt, die Kultisten seien seine Freunde.«

Die Freunde setzten sich in Bewegung. Finni rannte flink wie ein Reh und dabei lautlos wie eine Katze über den Bohlensteg zur Plattform, Mooker folgte ihr leicht hinkend, aber durchaus gewandt. Die beiden räumten den Körper der Frau zur Seite, der den Luftschacht blockierte.

Die anderen hatten inzwischen den Einstieg zum Tunnel erreicht. Rhiana schaute noch kurz zur Plattform, bevor sie hinab stieg. Finni kletterte bereits in den Schacht. Rhiana erinnerte sich an die Steigeisen. Es würde trotzdem heikel werden. Dass die unten Versammelten etwas hören würden, glaubte sie bei Finnis Geschicklichkeit nicht. Obendrein drang aus dem Tunnel der monotone Singsang, der die Versammlung auch gestern begleitet hatte. Aber Finnis Körper musste unweigerlich einen Schatten werfen. Rhiana hoffte, dass die Kultisten zu abgelenkt sein würden, um darauf zu achten. Und sie erinnerte sich daran, dass die Gesichter von den Kapuzen verhüllt sein würden und nach unten schauten. Aber galt das auch für Menno? Und für Elidana?

So leise wie möglich schlich die Schar durch den Tunnel. Der Singsang wurde immer lauter. Rhiana erreichte den Quergang, der links zum Saal, rechts zum Boden führte. Sie hoffte, dass Finni und Mooker inzwischen dort oben kauerten und durch die Luke spähten. Dass der Singsang nicht abriss, war ein gutes Zeichen. Die Kultisten schienen nichts von den Vorgängen um sie herum bemerkt zu haben.

Die Prinzessin führte die Gefährten nach links. Immer lauter wurden die Stimmen, aber es war immer noch der gemurmelte monotone Singsang, der auch gestern die Zeremonie eingeleitet hatte. Einzelne Wörter oder gar Sätze waren nicht zu verstehen. Rhiana bezweifelte, dass es sich um Garethi handelte. Zu kehlig und fremdartig klang das Ganze. Entweder war es nur Lautmalerei, oder die Worte waren einer fremden, ihr nicht bekannten Sprache entlehnt.

Jeden Moment rechnete sie damit, dass ihnen Wachen den Weg versperrten und es zum Kampf kommen musste. Was würde Elidana tun, wenn sie Kampfeslärm im Gang hörte? Würde sie das Ritual abbrechen? Vielleicht. Zumindest wohl dann, wenn sie davon ausging, dass die Kultisten die Eindringlinge überwinden würden. Aber ihre spöttischen Worte vorhin hatten deutlich gemacht, dass sie ihren Leuten nicht allzu viel zutraute. Rhiana war in Sorge, dass die Brabakerin selbst mitten in einem Kampf ihr Vorhaben zu Ende bringen und Menno erstechen könnte. Sie hatte Elidana als eine Frau kennen gelernt, die rücksichtslos ihre Pläne durchführte, und wenn sie dafür mit dem Kopf durch die Wand gehen musste. Die Frage war, was ihr wichtiger erschien: Der Tod des Jungen als Abschluss eines schauerlichen, ausführlich zelebrierten Rituals oder der Tod des Jungen an sich, um Blut über ihre Kultistengemeinde zu bringen. Rhiana traute Elidana sogar zu, dass sie Menno einzig und allein deshalb töten würde, um dem Gegner nicht den Triumph zu erlauben, ihn gerettet zu haben.

Vor der Prinzessin tauchte im trüben Licht der Öllampen das Ende des Ganges auf. Keine Wachen! Aber wo war der Zugang zum Versammlungsraum? Die Stimmen waren noch lauter zu hören. Sie mussten sich unmittelbar vor dem Saal befinden. Oder war dies ein Blindgang, womöglich eine tödliche Falle für Besucher, die sich hier nicht auskannten? Würde ein verborgener Mechanismus eine Falltür öffnen, sobald die Dielen am Ende des Ganges belastet wurden? Tjalmar hatte ihr von einer solchen Falle erzählt, die sich im Verlies einer Burg befand und in der er um ein Haar umgekommen wäre. Nur ein verzweifelter Sprung bewahrte ihn damals davor, am Boden der Falle von angespitzten Holzpfählen aufgespießt zu werden.

Hatten sie den wirklichen, gut getarnten Zugang am Ende längst passiert, ohne ihn zu bemerken? Rhiana traute dem Baumeister des Labyrinths alles zu.

Sie blieb stehen und teilte den anderen ihre Bedenken mit.

Neel nickte. »Kette bilden«, flüsterte sie. Sie schob sich an Rhiana vorbei und ließ sich auf dem Boden des Ganges nieder. Rhiana tat es ihr gleich, die Zwillinge folgten. Neel und die Prinzessin verschränken ihre rechten Hände am Handgelenk. Neel wartete, bis die Prinzessin mit der Linken Vilkos Hand ergriffen und dieser sich mit seiner Schwester verschränkt hatte.

»Vorwärts!«, sagte Neel.

Die Kette mit ihr an der Spitze setzte sich ruckelnd in Bewegung. Ohne zu zögern robbte die Amazone dem Ende des Ganges entgegen. Sie zog so kraftvoll an Rhianas Arm, dass es ihr wahrscheinlich auch gelungen wäre, die drei restlichen Glieder der Kette mit sich zu schleifen, wenn diese sich dagegengestemmt hätten.

Nichts passierte. Neel berührte die Stirnwand des Ganges, wo eine letzte Öllampe flackerte und rußte. Es roch nach qualmendem Fischtran. Der Boden hatte sich nicht ins Bodenlose geöffnet. Neel erhob sich, und die Kette löste sich auf.

Die vier schauten sich um, betasteten die Wände. Rhiana wurde fast übel bei dem Gedanken, dass einer von ihnen jetzt versehentlich doch noch eine Falltür auslösen könnte. Sie selbst untersuchte die rechte Gangwand. Von dorther kamen die Stimmen. Aber die Wand war makellos verfugt. Keine Spur von einer Geheimtür.

Susmin hatte sich wieder hingekniet und tastete den Boden ab. »Moment mal, das hier fühlt sich merkwürdig an und könnte …«

Bevor sie den Satz zu Ende sprechen konnte, öffnete sich direkt vor Rhiana ein Spalt. Nur ein leises Klicken war zu hören gewesen. Also doch eine Geheimtür! Drei Seiten der Tür schlossen perfekt mit der Ecke, dem Fußboden und der Decke des Ganges ab, wobei die nicht sichtbaren Angeln sich in der Ecke befinden mussten. Die vierte Seite bildete eine gezackte Linie, die mit den versetzten Stößen der an der Wand miteinander verfugten Bretter übereinstimmte. Kein Wunder, dass ihnen beim Betasten der Wand nichts aufgefallen war.

Neel ließ einen zufriedenen Kehllaut hören.

Rhiana drückte die Tür vorsichtig auf. Vor ihr lag eine Nische, gerade groß genug, um das Öffnen der Tür zu erlauben. Am Ende der Nische befand sich eine weitere, diesmal prachtvoll geschnitzte und verzierte Tür. Die Prinzessin prallte zurück, als sie erkannte, dass diese Tür wie ein Drachenkopf mit großen, bösen, rot funkelnden Augen geformt und ausgestaltet war. Dann erkannte sie, dass die Augen handtellergroße Glasscheiben waren und das rote Licht aus dem Versammlungsraum kam. Die Stimmen waren noch lauter geworden, der Singsang steigerte sich zu einem Crescendo und riss plötzlich ab.

Rhianas Pulsschlag hatte sich erhöht, ihre Brust hob und senkte sich im Takt ihrer beschleunigten Atmung. Sie schlich zu der Tür und lugte durch das rechte der Drachenaugen. Neben ihr schob sich Neel heran und starrte mit dem gesunden rechten Auge durch das andere kleine Fenster.

Die beiden Frauen schauten auf eine gespenstische Szenerie. Mindestens zwanzig Kultisten in schwarzen Kutten, die Gesichter von den Kapuzen verdeckt, knieten im Halbkreis um eine etwa einen halben Schritt durchmessende Kupferschale, die auf einer gut anderthalb Schritt hohen Säule ruhte. In der Schale brannte ein Feuer, das in einem blutigen Rot gloste. Hinter der Schale stand einer der Kultisten und warf gerade eine Handvoll Pulver in die Flammen. Im ersten

Moment dachte die Prinzessin, dies müsse Elidana sein, aber sie verwarf den Gedanken. Die Südländerin war viel schlanker als diese vierschrötige Gestalt. Die Flammen knisterten und schossen empor, waberten in noch tieferem Rot. Rhiana stellte fest, dass das Feuer in der Schale die einzige Lichtquelle im Raum darstellte. Offenbar hatten die Kultisten die Lichtschächte verhängt. Am Fuß der Säule befand sich eine kleinere, sorgsam polierte Kupferschale, die offensichtlich leer war.

Die Prinzessin suchte die Runde ab, konnte aber weder Menno noch Elidana entdecken. Ein erwartungsvolles Schweigen hatte sich über die Runde gelegt. Dann ertönte ein dumpfer Gong. Er wurde dreizehn Mal geschlagen.

Beim dreizehnten Schlag schoben sich aus dem dunklen Hintergrund des Saals hinter dem Feuer zwei Gestalten hervor, bewegten sich gemessenen Schrittes voran und traten vor die Versammelten. Menno erkannte Rhiana sofort. Er trug als Einziger in der Runde eine weiße Kutte, deren Kapuze obendrein zurückgeschlagen war. Das Gesicht des Jungen spiegelte Erregung, aber keine Angst.

Die andere Gestalt in der schwarzen Kutte konnte nur Elidana sein. Sie verharrte einen Moment stumm neben dem Jungen. Dann hob sie beide Arme empor und rezitierte mit ihrer etwas rau klingenden Stimme mit dem unverkennbaren südländischen Akzent:

»Aus Flammen geboren,
Pyrdacor verschworen,
Sind wir erkoren,
Die Herrschaft des Drachen
Steht vor den Toren.«

Die Versammelten wiederholten den Vers inbrünstig. Dann kehrte wieder Ruhe ein.

Neel stupste Rhiana an und deutete auf ihren Säbel.

»Noch nicht«, wisperte Rhiana.

Menno stand zu eng bei der Südländerin. Wenn sie gemeinsam mit Neel, Susmin und Vilko in den Saal stürmte, mussten sie zunächst das Halbrund der Kuttenträger durchbrechen und würden dadurch aufgehalten. Das mochte Elidana Zeit geben, den Jungen abzustechen. Rhiana war sicher, dass Menno im Moment noch keine Gefahr drohte, solange das Ritual nicht gestört wurde. Sie hoffte, dass sich die Südländerin irgendwann dem Feuer zuwenden und damit sowohl den Kultisten als auch ihr und den Gefährten den Rücken zukehren würde. Das wäre der Moment, um einzugreifen. Dann mochte es gelingen, den Jungen zu erreichen und zur Seite zu stoßen, bevor Elidana etwas unternehmen konnte.

»Bei Rondra«, murmelte die Amazone, und es hörte sich wie ein leises Knurren an. »Warum schießen die beiden dort oben der Drachenhure nicht die dreckige Zunge aus dem Maul?«

»Ungünstiger Schusswinkel«, flüsterte die Prinzessin. Sie hatte gestern selbst dort oben gelegen. Kuttenträger aus dem Halbrund waren gut zu treffen, nicht aber Personen, die in der Mitte des Raumes standen. Und Fehlschüsse durften Finni und Mooker nicht riskieren.

Wie Rhiana vermutet hatte, schürte Elidana die Inbrunst und die blutgierige Erwartung der Kultisten, indem sie ein weiteres Mal den Drachengott beschwor.

»Aus Flammen geboren,
Pyrdacor verschworen,
Sind wir erkoren,
Die Herrschaft des Drachen
Steht vor den Toren.«

Die Antwort der Kultisten kam noch eruptiver als beim ersten Mal und steigerte sich bei der letzten Zeile zu höchster Erregung.

Dreh dich endlich um!, flehte die Prinzessin, aber die Südländerin tat ihr diesen Gefallen nicht. Erneut hob sie die Arme, aber dieses Mal wiederholte sie die Litanei nicht. Sie schloss die Arme und berührte Menno an den Schultern.

»Dieser Junge«, sagte sie, »hat den Wunsch geäußert, sich dem allmächtigen Drachengott mit allem, was er besitzt, zu unterwerfen. Wer unter euch Brüdern und Schwestern diesem Wunsch widersprechen möchte, der trete jetzt vor.«

Sie wartete einen Moment. Niemand rührte sich.

»Dann soll ihm sein Wunsch erfüllt werden!«, verkündete die Südländerin salbungsvoll.

Sie vollführte eine kaum sichtbare Handbewegung. Sofort erhoben sich aus der Mitte des Halbkreises zwei Kultisten und flankierten Menno.

Bei den Zwölfgöttern, damit habe ich nicht gerechnet! Das macht alles noch schwerer.

Offensichtlich näherte sich das Ritual jetzt seinem blutigen Höhepunkt. Rhiana wusste, dass ihnen nicht mehr viel Zeit blieb zu handeln. Fieberhaft folgte sie dem Geschehen und wartete auf die richtige Gelegenheit zum Eingreifen. Die Angst, am Ende vielleicht zu lange gewartet und damit den Tod des Jungen verschuldet zu haben, würgte sie.

Elidanas Helfer griffen nach der weißen Kutte des Jungen, zogen sie auseinander und ließen sie zu Boden gleiten. Darunter war der Junge nackt.

Rhiana konnte sehen, dass er zitterte, was wohl weniger auf die Kälte als auf die Erregung zurückzuführen war. Elidana stand regungslos da und sah Menno an. Eine weitere Handbewegung, und die Helfer packten den Jungen an den Armen. Zum ersten Mal glaubte Rhiana Verwirrung, wenn nicht Angst in Mennos Blick zu erkennen. Möglicherweise verlief das Ritual jetzt zum ersten Mal anders, als dies mit ihm abgesprochen worden war.

Der Kuttenträger, der bisher das Feuer bedient hatte, trat vor, nahm die kleinere Kupferschale und stellte sie zwischen Menno und Elidana ab.

Das ist die Opferschale!, durchfuhr es die Prinzessin. *Wenn wir jetzt nicht handeln, dann…*

Die Südländerin wandte sich zur Seite und damit der Tür zu. Ihre rechte Hand tauchte aus der Kutte auf – und in der Hand lag plötzlich ein Dolch, der in dem roten Licht wie eine Feuerzunge zu glühen schien.

»Jetzt!«, rief Rhiana und zog das Schwert.

Neel drückte den riesigen Türdrücker aus Bronze, den sie die ganze Zeit umklammert gehalten hatte, mit aller Gewalt herunter, stieß die Tür weit auf und stürzte sich in den Saal. In der Linken, ihrer Kampfhand, schwang sie den Säbel. »Für Rondra!«, brüllte sie. »Schwert für Gerechtigkeit!«

Fast gleichauf mit der Amazone passierte die Prinzessin die Tür. »Menno!«, schrie sie. »Die wollen dich töten! Lauf weg!«

Hinter Neel und Rhiana drängten sich die Montas-Zwillinge in den Raum. Beide trugen Säbel und Schilde.

Elidana war für einen Moment erstarrt, als Rhiana das Kommando zum Angriff gab. Aber jetzt wandte sie sich mit dem Dolch in der Hand dem Jungen zu. Menno schien den Ernst der Lage erkannt zu haben und versuchte sich verzweifelt dem Griff der beiden Kultisten zu entziehen, aber die hielten ihn eisenhart umklammert. Mennos Augen weiteten sich, als er den Dolch sah. Elidana hob den Dolch hoch in die Luft, bereit, ihn in den Körper des Jungen zu stoßen.

»Neiiiiin!«, schrie Menno mit überschnappender Stimme und trat nach seinen Bewachern. Befreien konnte er sich damit nicht, aber die Kultisten konnten den Jungen nicht ruhig genug halten, um Elidanas Dolch ein sicheres Ziel zu bieten.

Die meisten der Kultisten im Halbrund waren aufgesprungen und schrieen durcheinander. Viele von ihnen zogen Waffen, die sie unter den Kutten verborgen gehalten hatten. Messer und Dolche kamen zum Vorschein, aber auch einige Entermesser, Säbel und Schwerter.

Neel räumte bereits auf und schlug eine Bresche in das Halbrund. Gleich drei der Kultisten stürzten sich auf sie. Die Amazone erschlug den Ersten sofort mit ihrem Säbel und trat dem Zweiten das Messer aus der Hand. Dem Dritten hieb sie den ein Entermesser führenden Arm ab.

Die Montas-Zwillinge versuchten auf der rechten Seite zu Elidana vorzudringen, aber mehrere Kultisten stellten sich ihnen entgegen und beschäftigten sie.

Rhiana hatte nur ein Ziel: Den Jungen aus der Gefahrenzone zu bringen. Einen Kultisten, der sich ihr in den Weg stellte, rannte sie einfach um, bevor er seinen Dolch auch nur anheben konnte. Aber so schnell sie auch voranstürmte: Wenn sich Menno nicht befreien konnte und Elidana nicht von ihrem Vorhaben abließ, würde sie zu spät kommen.

Aus der Bodenluke regneten kurz hintereinander drei Pfeile und ein Armbrustbolzen herab, und alle galten Elidana und den beiden Kultisten, die Menno festhielten. Aber alle gingen fehl. Der Schusswinkel war nach wie vor ungünstig, die Gruppe mit dem zerrenden und zappelnden Jungen gab ein unstetes Ziel ab, und sowohl Finni als auch Mooker durften nicht in die Mitte der Gruppe zielen, weil sonst Menno getroffen werden konnte.

Einer der Kultisten hatte die Kutte abgeworfen, um beim Kampf nicht behindert zu sein. Zum Vorschein kam ein wild die Augen rollender Ork, ein Söldner offenbar, mit ledernem Brustpanzer, einem Waffengurt mit allerlei Messern sowie einer Streitaxt bestens gerüstet. Der Schwarzpelz griff in wilder Wut Neel an, und ohne Schild hatte sie allergrößte Mühe, sich seinen Axthieben zu entziehen und gleichzeitig auszuteilen. Der Ork schien zudem ein erfahrener Kämpfer zu sein und blockte jeden Säbelhieb der Amazone mit seiner Streitaxt ab.

Rhiana lief auf die Südländerin zu, aber die Distanz zwischen ihr und Elidana betrug noch mindestens sieben Schritt, und der stämmige Kultist, der das Feuer bedient hatte, stellte sich ihr mit einem Spieß in den Weg. Im gleichen Moment packte Elidana Menno an den Haaren und hob die Rechte zum tödlichen Stoß.

In wilder Verzweiflung hieb die Prinzessin dem Kultisten das Schwert in das Kreuz, und er sank zu Boden. Gleichzeitig schrie sie: »Elidana Charazzar! Kannst du nur wehrlose Kinder schlachten, oder kannst du auch kämpfen?«

Die Südländerin ließ die Haare des Jungen los und wandte sich Rhiana zu. Ihre dunklen Mandelaugen sprühten vor Wut und Hass. Sie ließ den Dolch fallen, warf die Kutte ab und zog ihr Rapier. »Es wird mir ein Vergnügen sein, dich zu töten, Rhiana!«, sagte sie mit schneidender Stimme. »Ein größeres noch, als diesen Jungen seinem Gott zu opfern. Ich hätte dich schon an Bord des Schiffes getötet, wenn ich nicht daran gehindert worden wäre. Aber hier gibt es keinen Ritter Mortenberg, der dich beschützen kann!«

Einer der Kultisten, die Menno festhielten, griff sich an den Bauch und sackte dann zusammen. Offenbar hatte Mooker seine Armbrust wieder gespannt und diesmal den Bolzen ins Ziel gebracht. Der Junge nutzte die Chance, trat dem anderen Kultisten gegen das Schienbein, riss sich los und flüchtete.

Elidana griff mit dem Rapier an. Im letzten Moment riss Rhiana das Schwert hoch und parierte den Schlag. Die Südländerin unternahm einen Scheinangriff, unterlief Rhianas Schwerthieb, drehte sich blitzschnell zur Seite und stieß zu. Die Prinzessin konnte sich nur dadurch retten, dass sie sich zu Boden warf. Bevor Elidana die Situation nutzen konnte, rollte sie ab und stand wieder auf den Füßen. Wieder griff die Südländerin an. Die Prinzessin konnte abblocken, aber Elidana war unglaublich schnell mit der leichten Waffe. Und so kraftvoll und geschickt Rhiana auch das Schwert zu führen verstand: Wenn sie nicht sehr bald die größere Durchschlagskraft ihrer Waffe nutzen konnte, würde sie gegen diese leichfüßige Gegnerin nicht bestehen können.

»Rhiana, fang auf!«, rief plötzlich Susmin Turibai Montas, und im nächsten Moment segelte ein Schild durch die Luft. Geistesgegenwärtig fing die Prinzessin den Schild auf.

»Danke, Turibai!«, rief sie.

»Gern geschehen, Shastra«, kam die Antwort.

Die Montas-Zwillinge wurden immer noch von Kultisten angegriffen, schienen aber wenig Mühe zu haben, die Angreifer auf Distanz zu halten. Aus dem Augenwinkel heraus sah die Prinzessin, dass dem Ork-Söldner ein Pfeil aus dem Oberschenkel ragte und seine Bewegungen hemmte. Offenbar hatte auch Finni einen Treffer gelandet. Neel nutzte die Schwächung des Gegners, indem sie mal vor und mal zurück sprang und den Ork immer wieder zwang, sein verletztes Bein zu belasten. Im richtigen Moment schlug sie mit dem Säbel zu und streckte den Feind nieder. »Brauchst du Hilfe?«, rief sie Rhiana zu, bevor sie sich einem weiteren Kultisten zuwandte.

»Das stehe ich alleine durch«, gab Rhiana zur Antwort.

Mit dem Schild in der Linken sah die Sache gleich ganz anders aus. Rhiana bewegte das Schwert hin und her und suchte nach einer Gelegenheit, die tänzelnde Südländerin auf dem falschen Fuß zu erwischen, während sie alle Vorstöße Elidanas mit dem Schild abwehrte.

Die Brabakerin schien nervös zu werden, als all die Finten, die ihre Fechtlehrer ihr beigebracht hatten, bei Rhiana nicht fruchteten. Ihr war auch nicht verborgen geblieben, dass etwa die Hälfte der Kultisten bereits gefallen oder zu schwer verletzt waren, um noch in den Kampf eingreifen zu können. Und der Rest befand sich auf der Flucht. Sie musste sich ihre Niederlage eingestehen und nutzte die letzte Chance, nicht ihr eigenes Leben zu verlieren oder gefangen genommen zu werden. »Mein Respekt, Prinzessin«, knurrte sie. »Aber beim nächsten Mal wirst du ganz gewiss sterben.«

Sie unternahm einen letzten Scheinangriff, brach ihn ab und rannte mit den letzten Kultisten zum Ausgang, bevor es den Montas-Zwillingen gelingen konnte, ihr den Weg zu versperren. Vilko wollte sie verfolgen, aber Rhiana rief ihn zurück. »Lass sie laufen, Vilko. Dass sie Mortenberg ihre Niederlage eingestehen muss, bedeutet mir mehr als ihr Tod. Und unser Ziel haben wir ja erreicht: Menno lebt.«

Sie schaute sich nach ihm um und rief ihn. Nach einer Weile kam er aus einer Ecke hervor gekrochen, noch immer nackt, die Blöße mit einer Hand bedeckend, den Blick verlegen zu Boden gerichtet. »Es tut mir alles so Leid«, sagte er kaum hörbar. Er zeigte mit der freien Hand zu einer Stelle hinter dem Feuer. »Darf ich jetzt meine Kleider ... «

»Ja, Menno«, sagte Rhiana, »zieh dir etwas über. Und dann komm mit uns. Deine Mutter ist ganz krank vor Angst um dich.«

9 Die Trommel

Havena, Mitte Boron 914 BF

Kaufherrin Aife Patrusco war keine Frau, die große Worte machte. Sie weinte auch nicht vor Glück. Als Rhiana ihr den schon verloren geglaubten Sohn in das Kontor brachte, schloss sie ihn nur in die Arme, hielt ihn eine Weile ganz fest und schickte ihn dann nach Hause.

Anschließend nahm sie Rhianas Hand, schaute ihr lange in die Augen und sagte: »Ich werde Euch das niemals vergessen, Prinzessin!« Sie schaute in die Runde. »Und Euch auch nicht.« Zu Rhiana gewandt, fuhr sie fort: »Ihr bekommt Eure Schiffe, auch ohne Einwilligung des Fürsten. Falls jemand Einwände erhebt, bitte ich den Hauptmann der Stadtgarde um Beistand. Er ist ein guter Freund. Sagt Euren Leuten Bescheid. Sie sollen sich eilen, aber ich werde die Schiffe auf jeden Fall erst auslaufen lassen, wenn alle an Bord sind.«

Auch die Gefährten waren keine Freunde großer Worte, aber Susmin Turibai Montas konnte einen Jubelschrei nicht unterdrücken, und Rhiana wandte sich ab, weil ihr die Tränen über die Wangen liefen.

Als sie sich wieder einigermaßen gefasst hatte, sah sie der Reihe nach Neel, die Montas-Zwillinge und Mooker an. »Es war schön, dass ich Euch wieder einmal an meiner Seite hatte, und ich danke Euch allen von ganzem Herzen. Aber nun geht und teilt Maruna die freudige Botschaft mit.«

»Bei Rondra, ich würde lieber an Eurer Seite bleiben«, brummte Neel. »Ihr habt der Drachenhure eine schwere Niederlage zugefügt. Wer weiß, was sie sich einfallen lässt, um sich zu rächen.«

Rhiana schüttelte den Kopf. »Bitte, Neel. Die dort draußen brauchen Euch dringender. Wenn der Flammenbund erfährt, das uns Schiffe zur Verfügung stehen, müssen wir mit allem rechnen. Sie werden es dann weniger auf mich als auf die Talanier abgesehen haben.«

Neel nickte griesgrämig.

»Bei der Abholung Eurer Leute könnt Ihr auf den Ewer und weitere kleine Schiffe zurückgreifen«, bot die Patrusco an.

»Danke, Kaufherrin, das ist eine große Erleichterung«, antwortete die Prinzessin. »Danke für alles!«

Als die Talanier und Neel – die ja nicht aus Talania stammte, sondern sich erst später den Flüchtlingen angeschlossen hatte – das Kontor verlassen hatten, war es draußen bereits dunkel. »Ihr werdet hungrig und durstig sein«, meinte die Patrusco. »Und Ihr braucht sicher auch ein Nachtquartier. Erlaubt mir bitte, Euch in meinem Haus zu bewirten und Euch eine Kammer für die Nacht anzubieten.« Sie zeigte auf Eisfell, der zu Rhianas Füßen lag. »Euer prächtiger Hund bekommt auch sein Teil. Und ich denke, er wird sich mit meinen Hunden vertragen.« Dann zog sie die Achseln hoch. »Ihr müsst allerdings wissen, dass ich mit meinen Kindern ein eher bescheidenes Leben führe und Euch keinen Luxus bieten kann. Mit unserem Wohlstand zu protzen, war niemals die Art unserer Familie.« Ein kleines Lächeln stahl sich auf ihre Züge. »Von den Schiffen vielleicht einmal abgesehen. Hier sparen wir nicht. Es ist Efferd gefällig, die Meere mit guten und schönen Schiffen zu befahren, und unseren Leuten kommt dies auch zugute.«

»Unser eigenen Ansprüche sind gering«, versicherte die Prinzessin. »Ein frisches Fladenbrot und eine Strohschütte in einem Eurer Speicher wären uns Luxus genug und weitaus mehr, als wir in den vergangenen Wochen für gewöhnlich hatten.«

»Nun«, meinte die Kaufherrin lächelnd, »ein wenig schmackhafter und bequemer ist es denn doch, was ich Euch zu bieten habe. Es gibt Grünkohl mit reichlich Grützwurst und Bauchspeck – zum zweiten Mal aufgewärmt, dann ist er am besten –, dazu Ferdoker und Bornländer Met, Tee natürlich auch. Und die Betten haben erst vor zwei Wochen frische Strohsäcke bekommen.«

Die Prinzessin lächelte ebenfalls. »Dann nehmen wir die Einladung gerne an.«

Finni druckste herum. »Rhiana, wir müssen uns doch um Rashid kümmern…«

Rashid. Ich habe nicht ein einziges Mal in den vergangenen Stunden an ihn gedacht! Verzeih mir, Sohn der Wüste, aber ich hatte so viel zu tun, und mein Kopf ist so voll…

»Wir können heute Nacht nicht mehr zu Nahemas Turm hinausfahren, Finni. Es ist zu dunkel. Unbekannte Gefahren lauern dort. Und müde, wie wir sind, wären wir ihm bestimmt keine große Hilfe. Gleich morgen früh werden wir uns auf den Weg machen.«

Wir würden Fehler machen, vielleicht tödliche Fehler. Tödlich für ihn und tödlich für uns.

Rhiana hatte nicht vergessen, dass sie vor der Fahrt zur Wrackinsel Loando und in der Wrackburg selbst einige Fehler begangen hatte, die ihr sonst nicht unterliefen und die leicht hätten ins Auge gehen können. Sie hatte ihr Vorgehen nicht mit Finni abgestimmt. Sie war unzureichend ausgerüstet zur Insel gefahren: Nicht einmal ein Seil hatte sie dabeigehabt, nicht Pfeil und Bogen, auch keinen Schild. Sie hatte sich so sehr ablenken lassen, dass sich die Gefährten unbemerkt heranschleichen konnten. Einem Feind wäre das auch geglückt. Am meisten warf sie sich jedoch vor, dass sie so lange gezögert hatte, die Versammlung der Kultisten zu sprengen. Es hätte ihr klar sein müssen, dass die Brabakerin Hilfskräfte bemühen würde, um den Jungen an der Flucht zu hindern. Gewiss, es war am Ende gut ausgegangen – aber wenn Elidana sie nicht als Gegnerin angenommen hätte, wäre Menno jetzt tot. Es war nicht wirklich ihr Verdienst, dass er lebte.

Ich muss mich ausruhen, meine Gedanken ordnen, zu mir selbst kommen.

Die Halbelfe war nicht glücklich über Rhianas Entscheidung, sah aber schließlich ein, dass es vernünftig war, bis morgen zu warten.

Die Kaufherrin nötigte Meister Chennard, für heute das Kontorbuch zuzuschlagen und sich um seine Familie zu kümmern. Dann schloss sie die Tür des Kontors ab und führte Rhiana und Finni die Häuserzeile entlang. »Es ist nicht weit«, versicherte sie. »Die nächste Gasse hinauf und dann durch einen Torweg. Unsere Köchin kann zaubern. Sollte der Kohl nicht für alle reichen, wird sie aus Eiern und Sikrami aus dem Lieblichen Feld etwas Schmackhaftes und Herzhaftes zubereiten. Ihr werdet sehen.«

Am Hafen brannten noch Lichter, aber in der Gasse und im Torweg war es dunkel. Nur am Ende des Torwegs war eine Laterne aufgehängt, deren Licht unstet flackerte.

»Geht Ihr diesen Weg im Dunkeln sonst allein?«, fragte Rhiana.

»Oh, da müsst Ihr Euch keine Sorgen machen«, erwiderte die Patrusco. »Ich bin von Kindesbeinen im Hafen zu Hause. Jeder Stein ist mir vertraut – und jeder Einzelne, der in diesen Häusern wohnt. Mir passiert hier nichts. Sollte sich doch einmal ein Spitzbube herumtreiben, weiß ich mich schon zu wehren. Und ein Schrei würde genügen, und Dutzende würden aus den Häusern stürzen. Ich weiß nicht warum, aber die Leute hier am Hafen mögen mich, obwohl sie doch um so vieles ärmer sind als meine Familie und ich. Es ist wohl die Art, wie ich mich kleide und wie ich mich gebe. Ich habe wohl gefüllte Speicherhäuser und viele Schiffe, aber das verdanke ich den Zwölfgöttern. Mein Anteil daran ist gering, und was die Leute hier angeht, so fühle ich mich als ihnen zugehörig. Es vergeht kaum ein Tag, an dem ich Menno und Setana nicht ermahne, genauso zu denken und zu fühlen.«

Sie ist eine bemerkenswerte Frau, dachte die Prinzessin. *Die Leute hier mögen sie, weil sie unverfälscht und ehrlich ist und sich nicht über sie erhebt.* Sie dachte an die Schauerleute, die sie hatten aufknöpfen wollen, als sie ihre Herrin bedroht glaubten. *Und diejenigen, die bei ihr im Brot stehen, wissen ihre raue Art ebenso zu schätzen wie ihre Fürsorge. Ich glaube, sie verehren sie. Ich kann viel von ihr lernen. Sie ist so etwas wie der Gegenstück zu Maruna. Sie ist genauso fürsorglich und wird von den Talaniern genauso verehrt. Aber Maruna ist spröde, unnahbar, in sich gekehrt, eine weise Druidin eben. Die Patrusco dagegen ist offen, nahbar und... handfest.*

Sie erreichten das zweistöckige Giebelhaus, das sich kaum von den Häusern der Umgebung abhob. Die Kaufherrin sperrte die Tür auf und ließ sie in die Wohnstube eintreten, die mit Sitzmöbeln, einem wuchtigen Tisch, zwei Kommoden, einem Schrank und einem Wandteppich, der ein Schiff unter vollen Segeln zeigte, behaglich eingerichtet war. Das Feuer im Kamin verbreitete wohlige Wärme, über den Flammen hing ein leise schnurrender Teekessel, weiter oben im Rauchschacht waren ein paar Würste und ein halber Schinken zu erkennen. Es roch nach dem Tee, den Würsten und dem Schinken, dem knisternden Kiefernholz im Kamin, den sechs Wachskerzen, die im schmiedeeisernen Deckenleuchter brannten, und den Sägespänen, mit denen der Fußboden abgestreut war. Eisfell schielte gierig nach den Würsten und dem Schinken.

Die Patrusco nötigte ihre Gäste, es sich auf der am dicksten gepolsterten Sitzbank in der Nähe des Kamins bequem zu machen, und ging dann hinaus, um sich um die Köchin und die Kinder zu kümmern.

Wenig später kamen die Köchin und ein Dienstjunge, rückten den schweren Tisch zu ihnen an den Kamin, brachten Becher, Bestecke, Schüsseln – auch eine für Eisfell – und sodann einen riesigen Topf mit dampfenden Kohl, den sie vor ihnen abstellten. »Die Kaufherrin bittet Euch, schon mit dem Essen anzufangen und ja nichts übrig zu lassen«, sagte die füllige Köchin. »Wenn ich dies bemerken darf, so ist dies auch mein Wunsch, denn es ist noch ein zweiter Topf voll Kohl vorhanden. Mein kleiner Zeh hat heute früh gejuckt, und ich hielt es für eine gute Eingebung, noch einmal Kohl zu kochen.« Sie zwinkerte ihnen zu. »Dieser aber ist der bessere, nämlich der aufgewärmte, und ich habe noch eine halbe Sikrami hinein geschnitten. Bier und Met wird der Junge gleich bringen.«

Rhiana und Finni knurrte bereits der Magen, und sie ließen sich nicht lange bitten. Sie füllten sich die Schüsseln mit vor Fett glänzendem Grünkohl und vergaßen auch die Wurst- und Fleischeinlagen nicht. Eisfell bekam eine genauso große Portion von allem und stürzte sich sofort darauf. Er sah nur einmal auf, um leise zu knurren, als drei Hirtenhunde den Kopf in die Tür steckten und die Nasen schnuppernd hochreckten. Aber der Junge, der gerade gefüllte Bierkrüge brachte, scheuchte sie sogleich hinaus. Wenig später brachte er noch den angekündigten Met und kleine Zinnbecher.

Rhiana und Finni hatten bereits ihren Hunger gestillt und die Beine in Richtung Kamin ausgestreckt, als die Kaufherrin endlich zurückkehrte, ihre beiden Kinder im Gefolge. Menno sah blass aus, die Augen waren gerötet, und er senkte den Blick.

»Entschuldigt, dass wir erst jetzt kommen«, sagte sie, »aber ich habe mich länger mit meinem Sohn unterhalten.« Sie zeigte auf das Mädchen, das etwa vierzehn Jahre alt sein mochte und auf den ersten Blick wenig mit der Mutter und dem Bruder gemein hatte. Sie wirkte zierlich, fast zerbrechlich, hatte scheue grüne Augen und fast hüftlange rote Haare. »Das ist Setana. Ich glaube, ich erwähnte sie schon mal in Eurer Gegenwart. Sie kommt nach ihrem Vater, der leider nicht mehr unter uns weilt.«

Setana murmelte einen den Göttern gefälligen Gruß.

»Holt Euch Schemel und setzt Euch zu unseren Gästen, Kinder«, ordnete die Patrusco an. Sie selbst nahm neben Rhiana auf der Sitzbank Platz an.

Die Köchin brachte den zweiten Topf mit Kohl, der Dienstjunge heißen Tee für die Kaufherrin und ihre Kinder. Die Patrusco aß mit gutem Appetit von dem Kohl und forderte die Gäste auf, ebenfalls noch einmal zuzulangen.

»Travia hat ihre helle Freude an Euch«, meinte die Prinzessin. »Aber noch eine Schüssel voll, und ich platze.«

Auch Finni war satt und bedankte sich artig. Setana und Menno bedienten sich, aber der Junge brachte kaum etwas über die Lippen und ließ am Ende die Hälfte stehen.

Eine Weile wurde nicht geredet.

Die Kaufherrin rülpste und schob ihre leere Kumme zur Tischmitte. Sie sah Menno an. »Hatten wir nicht etwas vereinbart?«

Der Junge löste den Blick nicht von der Tischkante. »Meine Mutter hat gesagt, ich muss mich entschuldigen«, sagte er in einer Mischung aus Verlegenheit und Trotz.

»So machte man das nicht!«, rügte ihn die Patrusco. »Na los, Menno, ich verlange Dankbarkeit und Respekt! Diese beiden Frauen haben ihr eigenes Leben in die Waagschale geworfen, um dich zu retten! Dabei hatten sie allen Grund, dich zu hassen, nach dem, was du ihnen angetan hast!«

Die Prinzessin konnte sich gut erinnern, wie verstockt sie selbst manchmal gewesen war, als sie sich in Mennos Alter befand. »Quält ihn nicht«, forderte sie die Kaufherrin auf.

»Die Götter haben deine Entschuldigung gehört, und wir auch. Es ist gut so. Wir tragen dir nichts nach.«

Menno würgte und platzte plötzlich heraus: »Es tut mir alles schrecklich Leid, und ich schäme mich so!« Er sprang auf und lief weinend hinaus.

Mit grimmigem Gesicht stand die Kaufherrin auf. »Ich werde ihn zurückholen, und wenn ich ihn in die Stube schleifen muss! Ihr werdet Fragen an ihn haben.«

»Lasst ihn, und setzt Euch wieder – bitte.« Die Prinzessin zuckte die Achseln. »Die wenigen Fragen, die ich habe, könnt Ihr mir wahrscheinlich genauso gut beantworten.« Sie wartete, bis die Patrusco wieder Platz genommen hatte. »Was er getan hat, ist geschehen, und wir wollen nicht mehr darüber reden. Ich habe den Eindruck, dass er ein guter Junge ist, nur vielleicht etwas schwierig. Aber das sind die meisten in seinem Alter. Das wird sich geben. Mich interessiert allein, wie es dazu gekommen ist, dass er in die Fänge der Kultisten geriet.« Flüchtig streifte ihr Blick Setana. Ihr Gesicht hatte sich gerötet, als sei nicht von Menno, sondern von ihr die Rede. Sie musste ihren Bruder sehr lieben.

»Das frage ich mich auch.« Die Kaufherrin seufzte. »Ich habe meine Kinder in Ehrfurcht vor den Zwölfgöttern erzogen, und Menno neigte Efferd zu, wie er sich überhaupt vom Meer angezogen fühlt. Niemals hätte ich gedacht, dass er Efferd leugnen könnte, um sich einem Drachengott zu verschreiben, der von den Zwölfen für seine Frevel zur Rechenschaft gezogen wurde.«

Setana rutschte unruhig auf dem Schemel hin und her. Rhiana fragte sich, ob ihr Bruder ihr von Pyrdacor erzählt hatte. Vielleicht warf sie sich insgeheim vor, dass es ihre Pflicht gewesen wäre, mit ihrer Mutter darüber zu reden. Flüchtig überlegte die Prinzessin, ob sie nicht einfach Setana danach fragen sollte. Aber sie verwarf den Gedanken. Dem Mädchen war nichts vorzuwerfen, selbst wenn sie aus Liebe zum Bruder geschwiegen hatte. Einem Gast stand es nicht zu, die Kinder der Gastgeberin ins Verhör zu nehmen. Und Rhiana wollte dies auch gar nicht.

Nach einer kleinen Pause fuhr die Kaufherrin fort: »Dass es sich bei Mennos Freunden um Kultisten handelte, konnte ich allerdings nicht ahnen. Menno hat oft den Schreibunterricht geschwänzt oder für mich Botengänge unternommen, die viel länger dauerten, als ich es mir vorgestellt hatte. Damit fing es an. Zur Rede gestellt, sagte er, dass er so gern auf dem Wasser unterwegs sei und darüber die Zeit vergesse, und das stimmte auch. Vielleicht hätte ich ihn härter an die Kandare nehmen müssen, aber da er sich im Speicher und am Kai immer anstellig zeigte und den richtigen Geist mitbrachte, um meine Nachfolge im Handelshaus anzutreten, ließ ich ihm manches durchgehen. Ich sagte mir, ein bisschen Abenteuerlust stünde einem zukünftigen Kaufherren gut an, und als er von den Wracks auf Loando erzählte, ermahnte ich ihn nur, er möge es an der nötigen Vorsicht nicht fehlen lassen und sich dort nicht alleine herumtreiben. Damals, und das war vor einigen Monden, war zum ersten Mal von neuen Freunden die Rede. Menno sagte, von den Wracks gehe keine Gefahr aus. Er treffe dort mit anderen Jungen und Mädchen seines Alters zusammen, und gemeinsam würden sie all die Wunder der alten Schiffe erforschen. Er fügte hinzu, die Angst der alten Leute vor der Insel sei genauso unbegründet wie die Angst vor den Ungeheuern der Unterstadt, und im Übrigen sei man ja stets zurück, bevor die Praiosscheibe im Meer versinke. Manchmal brachte er Gegenstände von den Wracks mit und zeigte sie uns stolz. Erst allmählich gestand er ein, dass die neuen Freunde älter waren als er selbst, aber er wollte sie mir nicht vorstellen. Erst in jüngster Zeit begann ich mir Sorgen zu machen, weil das Verhalten des Jungen sich änderte und klar wurde, dass er unter dem Einfluss dieser Leute stand. Ich drohte damit, mir die Insel und seine

Freunde selbst anzusehen. Doch er nahm mir den Wind aus den Segeln, indem er erklärte, seine Freunde und er hätten die Wracks längst erforscht. Sie seien langweilig geworden, und man treffe sich nun an anderen Orten. Ich glaubte ihm das, leider.«

»Die Kultisten werden ihm verboten haben, weiterhin von der Insel zu erzählen«, warf Finni ein.

»Genau das hat er mir vorhin gestanden«, bestätigte die Patrusco. »Ich kenne jetzt die ganze Geschichte. Menno hat Loando und die Wrackburg entdeckt und fand alles sehr aufregend. Eines Tages stieß er auf die Kultisten. Sie trugen keine schwarzen Kutten und waren freundlich zu ihm, gaben sich als harmlose Leute aus. Erst allmählich deuteten sie an, über geheimes Wissen zu verfügen, an dem sie ihn unter Umständen beteiligen wollten. Sie nutzten seine Abenteuerlust aus und offenbarten Schritt um Schritt mehr von ihrem Kult, verstrickten ihn darin.«

»Warum haben sie sich all diese Mühe gegeben, wenn sie ihn doch töten wollten?«, wunderte sich Finni.

»Ich glaube nicht, dass sie das anfangs vorhatten«, antwortete die Prinzessin anstelle der Kaufherrin. »Der Flammenbund sucht fortwährend nach neuen Mitgliedern. Menno wird stolz erzählt haben, dass er ein Patrusco ist – wenn nicht unter den Kultisten welche waren, die das ohnehin wussten, weil sie ihn kannten. Der Sohn und wahrscheinliche Nachfolger einer angesehenen Kaufherrin könnte für den Bund äußerst nützlich sein. Mortenberg zum Beispiel, wenn er denn davon gewusst hat, würde niemals auf die Idee gekommen sein, Menno zu opfern. Wahrscheinlich haben sie ihn umgarnt, um ihn für sich zu gewinnen. Aber dann kam Elidana. Sie hat die Kultisten angestachelt, Pyrdacor ein Blutopfer darzubringen.«

»Aber warum Menno?«, fragte Finni. »Warum haben sie nicht, so schlimm es auch klingen mag, irgendein Waisenkind entführt, nach dem kein Hahn krähen würde?«

Rhiana zuckte die Schultern. »Wahrscheinlich war für Elidana der Kitzel größer, wenn das Opfer bis zum letzten Moment glauben musste, es werde nicht getötet, sondern in die Gemeinschaft aufgenommen. Es kann aber auch sein, dass sie Menno nicht traute oder kein halbes Kind in ihre Gruppe aufnehmen wollte...« Sie verstummte, als Menno in die Stube zurückkehrte. Er hielt einen Gegenstand im Arm und stellte ihn vor Rhiana ab.

»Ich möchte Euch dies schenken«, sagte er leise. »Es ist das Kostbarste, was ich besitze, und Ihr müsst es nehmen, wenn Ihr mir wirklich verziehen habt.«

Rhiana betrachtete den Gegenstand. Es handelte sich um eine uralte Trommel. Sie musste aus einem der Wracks stammen, denn sie war von Kristallen überzogen. Unter den Kristallen blinkte der Messingkessel, als sei er gerade erst frisch poliert worden, und die Kristalle hatten auch das Trommelfell tadellos erhalten. Rhiana nahm an, dass Menno sie aus der Triere geborgen hatte. Einst mochte sie dazu gedient haben, den Ruderskłaven den Takt anzugeben.

Finni musterte die Trommel mit einem merkwürdigen Blick, sagte aber nichts.

»Sie ist wunderschön«, meinte die Prinzessin. Da sie dem Jungen offenbar viel bedeutete, hätte sie das Geschenk am liebsten zurückgewiesen. Aber das konnte sie nicht tun, wenn sie Menno nicht vor den Kopf stoßen wollte. Für ihn war es wichtig, auf etwas Wertvolles zu verzichten, um ihr wieder in die Augen sehen zu können. »Ich bin stolz darauf, dass du sie mir zum Geschenk machst.«

Der Junge strahlte, verbeugte sich und verließ den Raum wieder.

Seine Mutter schmunzelte. »Wenn er will, kann er auch nett sein.« Dann runzelte sie die Stirn. »Ihr glaubt doch hoffentlich nicht, ich hätte ihm dies aufgetragen? Das ist nicht der Fall. Ich bin selbst überrascht, dass er sich davon getrennt hat.«

»Ich habe keinen Moment daran gezweifelt, dass es sein eigener Entschluss war«, wehrte Rhiana ab und fügte lächelnd hinzu: »Trommeln sind für Jungen kostbar, nicht für Mütter.«

»Glaubt mir, es steckt wirklich ein guter Kern in ihm«, meinte die Patrusco. »Und den werden die Götter schon wieder freilegen. Jedenfalls bin ich froh, dass er sich von seiner besseren Seite gezeigt hat. Am Ende hättet Ihr Euch sonst noch fragen müssen, ob es die Mühe wert war, sein Leben zu retten.«

»Es ist jeder Mühe wert, ein Leben zu retten«, erwiderte die Prinzessin.

Später am Abend und nach einigen weiteren Krügen Ferdoker zogen sich Rhiana und Finni zurück. Ein Dienstmädchen hatte ihnen auf Geheiß der Kaufherrin eine Kammer im ersten Stock hergerichtet.

»Was ist mit dir, Finni?«, fragte die Prinzessin und stellte das Geschenk vorsichtig auf dem Tisch ab. »Du hast dich kaum am Gespräch beteiligt und immer wieder die Trommel angeschaut. Stimmt damit etwas nicht?«

»Ich weiß nicht …«, begann die Halbelfe zögernd. »Das ist nicht einfach nur eine Trommel, sondern … mehr. Ich spüre Magie … Aber nicht Magie der üblichen Art …«

»Ist es bedrohlich?«, wollte Rhiana wissen.

Finni schüttelte den Kopf. »Nicht bedrohlich und nicht feindselig, sondern … anders.«

»Das klingt ja so, als würdest du die Trommel für eine Art Wesen halten.«

»Nicht die Trommel selbst, Rhiana. Aber in ihr … wohnt etwas.«

Die Prinzessin versuchte, ein leises Kichern zu unterdrücken, was ihr aber nicht ganz gelang. »Entschuldige bitte, Finni, ich lache nicht über dich. Ich musste nur gerade daran denken, dass Rashid…« Ein Schatten huschte über ihr Gesicht. »…dich immer ›kleiner Dschinn‹ nennt. Ist es so was? Eine Art Dschinn?«

»Ja!« Finni wirkte plötzlich sehr lebhaft und schlug sich mit der Hand vor die Stirn. »Dass ich nicht selbst darauf gekommen bin! Ein Dschinn.« Sogleich berichtigte sie sich. »Kein Dschinn. Aber ein magisches Wesen. Ein…ein Kobold! Ja, das ist es. Ich spüre Koboldmagie. Du weißt, mein Vater wurde als Kind von Kobolden entführt und verstand sich auf Koboldmagie. Ein bisschen davon hat er mir beigebracht. Aber es ist sehr schwierig, Koboldmagie anzuwenden, jedenfalls für mich. Sie denken und fühlen ganz anders als Menschen, auch anders als Elfen. Ihre Magie ist sehr seltsam. Sie sind eben…nun, eben Kobolde.«

»Du meinst wirklich, in der Trommel steckt ein Kobold?«, fragte die Prinzessin. »Warum kommt er dann nicht heraus?«

»Er kann nicht. Sie kann nicht – ich glaube, es ist ein weibliches Wesen. Ich glaube, sie ist in der Trommel gefangen.« Die Halbelfe sah die Freundin mit ihren wunderschönen großen Augen an. »O bitte, Rhiana, wir müssen sie befreien!«

Die Prinzessin schaute unschlüssig drein. »Ist das nicht gefährlich?«

»Aber nein«, versicherte Finni. »Kobolde sind nicht bösartig. Natürlich spielen sie anderen gern Streiche, die sie selbst lustig finden, ihre Opfer aber weniger. Doch die dort in der Trommel hat keinen Grund, uns einen Streich zu spielen.«

Rhiana sah die Trommel an. »Menno wird sehr enttäuscht sein, wenn wir sie zerstören.«

»Aber das müssen wir nicht«, sagte Finni eifrig. »Ein kleines Loch im Trommelfell würde genügen. Wir können es später wieder ausbessern.«

Die Prinzessin nickte. »Na schön, versuchen wir es.«

Sie nahm den Dolch aus ihrem Gürtel und kratzte vorsichtig an der Kristallschicht über dem Trommelfell. Ein paar Kristalle lösten sich und rieselten auf die Tischplatte. Sie kratzte und schabte weiter. Es war eine mühselige Arbeit. Sie verstand jetzt, warum der Baumeister der Wrackburg nur wenige Tunnel durch die Schanzkleider der Schiffe getrieben und lieber den Raum über und zwischen den Wracks genutzt hatte.

Allmählich entstand ein kleines Loch, und schließlich erreichte die Spitze des Dolches das Trommelfell. Rhiana befreite ein daumengroßes Stück des Leders von allen Kristallen. Sie zögerte einen kleinen Moment, aber dann stieß sie kurz entschlossen den Dolch durch das Leder. Die kristallisierten Menschen an Bord der Wracks waren wie Holzkohle auseinander gebrochen, als sie auf dem Boden aufschlugen. Es hätte sie deshalb nicht überrascht, wenn das gesamte Trommelfell zerborsten und in sich zusammengesackt wäre. Aber das passierte nicht. Es gab nur ein dumpfes Geräusch, als würde mürber Stoff reißen. An der Stelle, wo sie den Dolch hineingetrieben hatte, war ein Dreiangel entstanden. Der Rest des Trommelfells blieb intakt.

Weiter passierte nichts.

»Wie groß sind Kobolde?«, fragte Rhiana. »Muss ich das Loch vergrößern?«

»Es gibt unterschiedliche Arten von Kobolden«, erklärte Finni. »Die größten sind zwei oder drei Spann groß, glaube ich. Sie sind es auch, die ab und zu Säuglinge entführen und sie wieder freilassen, wenn sie ihnen über den Kopf zu wachsen beginnen. Aber es gibt auch sehr kleine Arten, richtige Winzlinge. Diese Koboldfrau hier muss sehr klein sein. Du solltest die Trommel vorsichtig drehen, damit das Loch nach unten zeigt. Vielleicht kann sie dann herausklettern. Vergrößern kannst du das Loch immer noch, falls es sich als zu klein erweisen sollte.«

Rhiana folgte dem Rat, und plötzlich war ein schabendes

Geräusch zu hören. Im nächsten Moment plumpste ein auf dem Hosenboden rutschendes kleines Wesen aus dem Loch, prallte auf der Tischplatte auf und rieb sich den Hintern.

»*Axai mox aikob muxum!*», sagte die etwa fünf Finger große Gestalt, und es klang wie ein Fluch. »*Raddox fuzzelit na taxxo mabek ruxxo vakantox fulmix anotax awelit! Tox makkat nasidix na skim ux makix!*«

Gebannt schauten die Freundinnen auf den Winzling hinab. Wie Finni vermutet hatte, handelte es sich um eine Frau. Sie schien schon sehr alt zu, besaß ein faltiges, graues Gesicht und langes, strähniges Haar. Sie trug eine Bundhose und ein Wams aus dunkelrot eingefärbter Wolle, dazu eine ebenfalls rote Strickmütze und Schaftstiefel, die reichlich groß an der kleinen Frau wirkten. Sie musste im Verhältnis zu ihrer Körpergröße ausgesprochen große Füße besitzen. In der Hand hielt sie eine langstielige, gebogene Pfeife, die sie sich in den Mundwinkel hängte, als sie zu Ende gesprochen hatte. Sie saugte daran, obwohl die Pfeife nicht brannte.

»Kannst du sie verstehen?«, fragte Rhiana.

»Sie spricht einen Dialekt, den ich nur selten gehört habe«, erklärte Finni. »Aber ich kriege das hin... Sie sagt... Moment, *mux* ist Hintern, *muxum* muss eine Steigerung sein. Also... sie sagt, der Arsch tut ihr weh, weil du so ungeschickt warst... Und außerdem meint sie, es würde auch langsam Zeit... irgendwas mit ein paar hundert Jahren... und sie sei mit den Jahren doch ein bisschen ungeduldig geworden.«

Die kleine Frau nahm die Pfeife wieder in die Hand und plapperte wie ein Wasserfall los.

»Was...«, begann Rhiana.

»Später!«, bat Finni und hörte der kleinen Frau zu.

Es dauerte eine Weile, bis diese mit dem Reden aufhörte, die Pfeife einhängte, die Arme vor der Brust verschränkte und die beiden sehr viel größeren Frauen anschaute. Sie lächelte, und dieses Lächeln wirkte in der Tat koboldhaft.

»Ich habe nicht alles verstanden«, gestand die Halbelfe, »aber zumindest doch das Wichtigste. Sie heißt Raxilei und ist eine Klabauterfrau. Sie war auf der Triere zu Hause, die heute Teil der Wracksinsel ist, und da sie nun mal aus der Familie der Kobolde stammt, hat sie gern täuschend echt die Trommel nachgemacht und sowohl die Trommler als auch die Ruderklaven damit verwirrt. Damit hatten sich alle abgefunden – bis der alte Kapitän abgelöst und durch einen anderen ersetzt wurde, der keinen Spaß verstand und außerdem grausam war. Er ließ Raxilei einfangen und sperrte sie in die Trommel, und der Schiffsmagier belegte die Klabauterfrau mit einem Zauberspruch, der sie daran hinderte, aus der Trommel auszubrechen. Dort ist sie taub geworden und hat fast den Verstand verloren. Du kannst dir vorstellen, wie froh sie war, als die Triere vor Havena versank und die Torturen aufhörten. Aber sie war weiterhin in der Trommel gefangen.«

»Schade, dass wir sie nicht nach der Triere und den alten Zeiten befragen können«, bedauerte Rhiana.

Die Klabauterfrau begann wieder zu reden, aber dieses Mal dauerte es nicht so lange wie vorhin. Sie verschränkte wieder die Arme vor der Brust und schaute listig drein.

»Sie sagt, sie sei uns beiden zu Dank verpflichtet«, übersetzte Finni. »Wir sollen ihr einen Wunsch nennen, den sie erfüllt, wenn es in ihrer Macht steht. Aber wir dürfen nicht lange überlegen.«

»Ich denke, sie kann uns nicht hören?«, sagte Rhiana verblüfft.

Finni seufzte. »Ich fürchte, das ist typischer Koboldhumor.«

Die Klabauterfrau redete erneut, griente schließlich und tippte sich an die Mütze. Dann kletterte sie wieselflink am Fenstervorhang hinauf, entdeckte einen ausreichend großen Spalt zwischen dem Fensterrahmen und dem Pergament, das den Rahmen ausfüllte, und verschwand.

»Da sie nicht gehört habe, dass wir einen Wunsch geäußert hätten«, übersetzte Finni die letzte Ansprache, »müsse sie davon ausgehen, dass wir wunschlos glücklich seien. Koboldhumor, wie ich schon sagte. Sie werde sich nun ein neues Schiff suchen, das sich auf den Meeren bewege. Aber dann hat sie noch erzählt, dass der Name Roxilei in Kobold- und Klabauterkreisen einen guten Klang habe. Zudem sei ihr einige Macht über die Bewohner der Meere verliehen. Kurzum, sie stellt uns Hilfe für den Fall in Aussicht, dass wir deren bedürfen. Leider hat sie offen gelassen, wie wir sie erreichen können, aber zumindest angedeutet, dass sie uns im Auge behalten wird, wenn wir auf dem Wasser unterwegs sind.«

Die beiden Frauen unterhielten sich noch eine Weile über die Klabauterfrau. Sie waren beide der Meinung, dass Versprechungen von Kobolden nur schwer Glauben zu schenken sei. Aber beide waren froh, dass die kleine Klabauterfrau, die so grausam gequält worden war, ihre Freiheit zurückerlangt hatte.

Mortenberg hatte sich den Bericht der Brabakerin mit unbewegter Miene angehört, ohne sie ein einziges Mal zu unterbrechen. Als sie geendet hatte, schwieg er noch immer.

»Sagt etwas dazu!«, forderte ihn Elidana ungeduldig auf.

»Eure Gruppe existiert nicht mehr, der Flammenbund ist geschwächt«, sagte Mortenberg lakonisch. »Und das zu einem Zeitpunkt, wo jede Hand gebraucht wird. Der Dragor wird es nicht gerne hören.«

»Es war nicht meine Schuld!«, verteidigte sie sich. »Diese Rhiana …«

»Ich habe Euch davor gewarnt, den Jungen zu opfern«, fiel der Ritter ihr ins Wort. »Zweifellos werdet Ihr Euch daran erinnern.« Wie im Plauderton fuhr er fort: »Wisst Ihr, Elidana, Eure Leidenschaft, nackte kleine Jungen zu erstechen, wird wirklich nicht von jedermann geteilt. Tatsächlich gibt es viele, die dies für eine ausgesprochen schlechte Angewohnheit halten. Nicht nur Rhiana. Euer ganz besonderes Pech bestand allerdings darin, dass die Prinzessin nicht nur selbst ein Schwert zu führen versteht, sondern auch Freunde hat, die mit Waffen umgehen können.«

Die Südländerin sah ihn wütend an. »Ich habe keine Leidenschaft für nackte kleine Jungen, und auch die nackten großen Jungen können mir gestohlen bleiben!«

»Das habe ich anders in Erinnerung«, meinte Mortenberg.

»Gehört Ihr zu denen, die in Erinnerungen schwelgen und sich dabei am Ende einen abwichsen?«, fragte sie spöttisch. »Dann besinnt Euch eines Besseren. Leute, die in der Vergangenheit leben, sind weder der Gegenwart noch der Zukunft gewachsen!«

»Zitiert Ihr einen Brabaker Philosophen, den ich kennen sollte, oder schmiedet Ihr auf eigenem Amboss Weisheiten fürs Leben?«, zahlte er es ihr mit gleicher Münze heim.

Einen Moment lang war sie verblüfft und schwieg. Als sie endlich antwortete, verzichtete sie auf Hohn und Spott. »Obwohl Ihr ein bisschen mehr von mir kennen gelernt habt als andere, kennt Ihr mich noch lange nicht. Ich bin nicht so blutgierig, wie Ihr glaubt, und es macht mir auch keinen *Spaß*, jemanden umzubringen. Ich glaubte, es Euch bereits erklärt zu haben: Ein Blutopfer sollte die Gemeinschaft festigen und stählen, um dem Flammenbund als verlässliches Werkzeug zur Verfügung zu stehen.«

»Nach Eurer eigenen Schilderung wolltet Ihr den Jungen auch dann noch töten, als dieses Ziel nicht mehr zu erreichen war«, widersprach Mortenberg.

»Ich führe zu Ende, was ich beginne«, erwiderte sie ärgerlich.

»Noch ein Spruch für die Nachwelt?«, fragte er ironisch. »Ihr verrennt Euch in Widersprüchen, Elidana. Ihr wolltet den Jungen töten, Ihr wolltet Rhiana töten. Beides habt Ihr nicht geschafft. Was also unter dem, was Ihr begonnen habt, wurde von Euch denn zu Ende gebracht?«

»Es ist noch nicht aller Tage Abend«, sagte sie finster.

»Ihr lasst wohl keine Gelegenheit aus, Euch mit Sprüchen in die Annalen der Geschichte einzutragen?« Mortenberg fasste sie scharf ins Auge. »Seid froh, dass Euch in der einen wie in der anderen Sache kein Erfolg beschieden war. Den jungen Patrusco töten zu wollen, war von Anfang an ein Fehler. Nachdem Rhiana die Kaufherrin für sich eingenommen hatte, war es sogar ein Fehler, der uns alle in Gefahr gebracht hätte. Es wird ohnehin schwierig genug sein, die Patrusco vom Fürsten fern zu halten. Wäre ihr Sohn gestorben, hätte niemand sie aufhalten können.«

»Niemand? Die Patrusco besitzt auch nur ein Leben.«

»Ihr könnt nicht jeden umbringen, der nicht nach Eurer Pfeife tanzt! Und lenkt gefälligst nicht ab. Ich war noch nicht fertig. Euch war verboten, Rhiana nach dem Leben zu trachten! Ich habe Euch die Pläne des Dragor erläutert. Noch einmal und zum letzten Mal, Elidana: Wenn Rhiana durch Eure Schuld zu Tode kommt, bevor sie uns den Weg zum Ersten Schwarzen Auge gewiesen hat, wird Atamur Euch vernichten. Dann werdet *Ihr* der junge Patrusco sein, gegen den ein Dolch erhoben wird. Und glaubt mir: Der Dragor trifft immer!«

»Wenn das Erste Schwarze Auge in Nahemas Turm ruht, ist Rhianas Leben keinen Pfifferling mehr wert«, erwiderte Elidana trotzig.

»Wenn Mäuse Katzen fangen, müssen wir um den Käse bangen«, sagte er und fügte genüsslich hinzu: »Leute, die zu viel in die Zukunft schauen, sind der Gegenwart nicht gewachsen. Womit ich, möglicherweise nicht ganz korrekt, das Zitat einer nicht ganz unbekannten Philosophin aus Brabak wiedergebe.«

Dass Mortenberg sie mit ihren eigenen Waffen aus dem Felde schlug, zermürbte die Südländerin. Sie überdachte die eigene Lage. Widerwillig gestand sie ein, dass Mortenberg im Grunde wohl Recht hatte: Sie hatte den Erfolg in dem ihr zugewiesenen Bereich vorantreiben wollen und dabei die großen Zusammenhänge zu wenig im Auge behalten. »Ich habe mein Bestes getan, meinen Aufgaben gerecht zu werden, und dabei vielleicht Fehler gemacht«, sagte sie, und man sah ihr an, wie schwer ihr dieses Eingeständnis fiel. Sie ging auch sofort wieder in den Gegenangriff über. »Aber vergesst bitte nicht, dass mein Misserfolg wesentlich durch einen Eurer Leute verursacht wurde. Dom Lando hat es zu verantworten, dass Rhiana die Gelegenheit bekam, die Patrusco auf ihre Seite zu ziehen und nach Loando zurückzukehren.«

Mortenberg hatte längst darauf gewartet, dass die Brabakerin ihr Scheitern auf Dom Lando schob. Und die Verlagerung der Schuld war ihm durchaus nicht unwillkommen. Flammenrat Alligator hatte versagt, da gab es keinen Zweifel. Wenn es Elidana nicht gelang, das Schwarze Auge, das sich angeblich in Nahemas Turm befand, zu bergen, würde sie vor Atamurs Augen keine Gnade finden. Und Mortenberg kannte zumindest einen der Kandidaten für ihre Nachfolge.

Dom Lando wird immer dreister und unberechenbarer, aber Atamur schätzt die schnörkellose Art, wie er Probleme angeht. Wenn ich nichts unternehme, wird er früher oder später in den Flammenrat berufen. Aber es könnte gefährlich sein, etwas gegen Dom Lando zu unternehmen. Wenn es auf mich zurückfiele, müsste ich mich vor dem Dragor rechtfertigen... Doch Dom Lando, ausgestattet mit der Macht eines Flammenrats, wäre eine Katastrophe für Aventurien – und für mich. Dann lieber Elidana und sonst jemand. Allerdings gibt es da noch ein kleines Problem. Ohne es zu wissen, hat sie mich in der Hand. Ohne es zu wissen, kann sie mich ans

Messer liefern. Aber das Problem kann man lösen – und das Problem mit Dom Lando vielleicht auch …

Mortenberg versuchte den Eindruck zu erwecken, von der Wendung des Gesprächs überrascht und betroffen zu sein. Er räusperte sich. »Ich muss leider zugestehen, dass Ihr möglicherweise nicht ganz Unrecht habt. Dom Lando hat seine Verdienste, aber in letzter Zeit häufen sich die Fehler und Versäumnisse. Man sollte … « Er brach ab.

»Man sollte … «, nahm Elidana den Faden auf. »Was meint Ihr damit?«

»Das, was Ihr denkt«, sagte Mortenberg knapp. »Ich denke, es könnte für uns beide von Vorteil sein.«

»Ich habe verstanden und handle nach Ermessen«, antwortete Elidana genauso knapp, um sich dann aber noch einmal rückzuversichern: »Es würde Euch nicht schmerzen, einen manchmal auch fähigen Untergebenen zu verlieren?«

Mortenberg lächelte. »Untergebene sind ersetzbar, fähige Köpfe weniger. Ihr seid stur, Elidana Charazzar, und Ihr macht Fehler. Aber Ihr seid ein fähiger Kopf, obendrein eine Flammenrätin. Bei allem, was ich an Euch kritisiere, sehe ich in Euch eine Ebenbürtige und … Verbündete.«

Elidana war überrascht, dass Mortenberg Dom Lando so einfach aufgab. Aber dann erkannte sie, dass Mortenberg schlauer war, als sie vermutet hatte. Er hatte erkannt, dass Dom Lando zu selbstherrlich geworden war und sich obendrein gut als Sündenbock eignete. Die Drecksarbeit allerdings überließ er lieber ihr. Wenn sie scheiterte, stand er makellos da.

Aber so einfach läuft das nicht, dachte sie, *wenn ich Erfolg habe – und ich werde Erfolg haben! –, will ich auch meinen Anteil. Und dieser Anteil heißt Macht. Du wirst mir ein Stück deiner Macht abtreten, oder ich schwärze dich bei Atamur an. Den wird es nicht interessieren, wer die Fehler begeht, sondern wer dafür letztendlich verantwortlich ist. Und das bist du!*

»Ihr habt eine bemerkenswerte Beobachtungsgabe«, sagte sie, jetzt wieder ganz in Ihrem Element, und wandte sich zum Gehen.

Er hob die Hand. »Wartet. Ich habe noch Neuigkeiten für Euch. Die Thorwaler wurden gesichtet. Wir laufen morgen früh aus.«

»Werden wir uns am Kampf beteiligen?«

»Nein. Wir begleiten die Flotte in sicherer Entfernung. Tatsächlich stehen wir unter dem Geleitschutz von drei Kriegsschiffen und werden von ihnen abgeschirmt.«

Elidana war erstaunt. »Wie das?«

»Ich konnte den Fürsten überreden, der Schlacht beizuwohnen, und zwar auf einem sicheren, schnellen Schiff, das notfalls jedem Drachenschiff davon segelt: Der *Wogenfee.*«

Die Augen der Südländerin weiteten sich. »Emerthon begibt sich auf *Euer* Schiff? Würde es ihm nicht besser anstehen, die Schlacht auf dem Flaggschiff zu verfolgen? Wird das nicht sogar von ihm erwartet?«

Mortenberg lächelte. »Das Flaggschiff wird von einem gewissen Admiral Dom Lando kommandiert, dessen Ehrgeiz darin besteht, im Verlauf der Schlacht höchstpersönlich ein paar Thorwalern den Schädel zu spalten. Der Fürst weiß, dass er dort nicht gut aufgehoben wäre. Außerdem hasst er Dom Lando. Und ob jemand von ihm dieses oder jenes erwartet, interessiert ihn nicht. Schließlich ist er – noch – der Herrscher von Albernia und niemandem Rechenschaft schuldig.«

»Erstaunlich ist es trotzdem, dass er sich Euch gewissermaßen ausliefert.«

»Das tut er durchaus nicht«, widersprach der Ritter. »Unterschätzt Emerthon nicht. Er ist ein kluger und umsichtiger Mann. So einfach lässt er sich keine Falle stellen. Er hat nur unter der Bedingung zugestimmt, dass die Mannschaft der *Wogenfee* fast komplett gegen Leute seines Vertrauens ausgetauscht wird. Nur ich selbst, die Kapitänin und die beiden

Steuerleute – also auch Ihr – bleiben an Bord. Obendrein wird der Fürst zu seinem Schutz zwölf Leibgardisten mitbringen.«

»Dem habt Ihr zugestimmt?«

»Mir blieb nichts anderes übrig.«

»Dann sehe ich keinerlei Vorteil.«

»Keinerlei Vorteil? Wir beide sind an Bord, in nächster Nähe des Fürsten. Ist das nicht Vorteil genug?« Mortenberg lächelte. »Und sollte Euch das nicht genügen, so vermag ich Euch zu beruhigen: Unter den Leuten des Fürsten sind einige, die in unserem Sold stehen.«

»Das hört sich schon besser an«, meinte die Südländerin. »Wirkt sich die neue Lage auf das Attentat aus?«

»Nein«, antwortete er. »Die gesamte Planung des Attentats liegt in der Hand des Dragor. Ich kenne die Einzelheiten nicht, und ich würde mich auch hüten, mich einzumischen.« Natürlich erzählte er Elidana nicht, dass er einiges mehr wusste und sich vielleicht doch einmischen würde.

»Habt Ihr Weisungen für mich?«, wollte sie wissen.

»Im Moment nur die eine, Euch ebenso wie der Käpitänin und dem Zweiten Steuermann mittschiffs ein neues Quartier zu suchen. Ich selbst werde in Euren Raum umziehen. Ansonsten bleibt das Achterdeck dem Fürsten und seinen Leuten vorbehalten.«

»Dem derzeitigen Fürsten«, stellte Elidana richtig und fuhr fort: »Ich habe nichts gegen eine Hängematte einzuwenden. Sonst noch etwas?«

»Nein.«

Sie wandte sich zum Gehen.

»Ach, Elidana…«, sagte Mortenberg, als sie schon die Türklinke in der Hand hatte.

»Ja?«

»Ich muss Euch ein Geständnis machen: Ich habe Euch kürzlich angelogen.« Es klang eher beiläufig.

»Ich höre.« Die Südländerin wartete. Tausend Gedanken schossen ihr durch den Kopf. Hatte ihr Mortenberg eine Falle gestellt, in die sie hineingetappt war? Hatte er sich plötzlich entschlossen, doch an Dom Lando festzuhalten?

»Es ist nur eine Kleinigkeit, nicht weiter wichtig«, meinte Mortenberg. »Aber es liegt mir daran, unser neues Verhältnis zueinander von allem zu befreien, was es aus der Vergangenheit heraus belasten könnte.«

»Ich höre weiterhin«, sagte Elidana.

»Ihr werdet Euch vielleicht erinnern, dass ich Euch auf den Kopf zusagte, dass Ihr die Flammenrätin Alligator seid. Ich berief mich dabei auf den Dragor. Tatsächlich jedoch riet ich ins Blaue hinein.«

»Ihr habt es gewagt, den Dragor…«, brauste Elidana auf.

»Ihr habt keinen Anlass, Euch aufzuregen, Elidana Charazzar«, unterbrach Mortenberg sie scharf. »Ich wollte Eure Standhaftigkeit prüfen, und leider habt Ihr versagt, meine Vermutung bestätigt und mir Gespräche angeboten. Aber seid unbesorgt, das bleibt unter uns. Letztendlich habt Ihr ja im Interesse des Bundes gehandelt, und inzwischen haben wir uns auf eine gedeihliche Zusammenarbeit verständigt. Ich werde dem Dragor nichts davon berichten.«

Und du kannst mir jetzt nichts mehr ans Zeug flicken, dachte Mortenberg. Er hatte das angenehme Gefühl, alle Fäden in der Hand zu halten – oder doch die meisten. Einige wenige hatten sich gelöst – der Rhiana-Faden zum Beispiel –, aber diese Fäden würde er früher oder später wieder auffangen.

Rhiana hatte sich gewaschen, die Haare gebürstet und einen Moment überlegt, das frische Nachthemd aus Linnen anzuziehen, das für sie im Alkoven bereit gelegt worden war. Aber dann sah sie die weichen Kamelhaardecken und entschied sich, dass ein Nachthemd nur stören würde. Wohlig streckte sie alle viere von sich, genoss das Gefühl der weichen Wolle auf der Haut, spürte, wie ihr ganzer Körper sich erwärmte, und rief sich noch einmal die Ereignisse des Tages vor Augen. Es war ein harter Tag gewesen, aber auch ein sehr erfolgreicher Tag. Sie hatte dem Flammenbund zwei Niederlagen zugefügt, und das stimmte sie froh. Am schönsten war jedoch, dass die Kaufherrin Patrusco jetzt auf ihrer Seite stand und der Traum der Talanier in Erfüllung zu gehen schien.

Sie fragte sich, wie Mortenberg die Nachricht aufgenommen hatte, dass sie ihm nicht ins Netz gegangen war. Würde er sich etwas anderes überlegen, um sie für sich zu gewinnen? Oder würde er den sanften Weg aufgeben und seinem Spießgesellen Dom Lando das Feld überlassen? Oder Elidana, die gewiss nichts unversucht lassen würde, sich an ihr für die Niederlage zu rächen? In jedem Fall hoffte die Prinzessin, dass der Feind keine Mittel und Wege finden würde, die Abreise der Talanier zu verhindern.

Rhiana dachte an Rashid. Irgendetwas hatte nach ihm gegriffen und ihn in Nahemas Turm gelockt. Es gab so viele merkwürdige Dinge und Kreaturen in Aventurien, von den höheren und tieferen Welten ganz zu schweigen, in denen die Götter, aber auch die Dämonen zu Hause waren. Was immer ihn zu sich gelockt hatte: Rhiana hoffte inbrünstig, dass es nicht ein magisches Wesen war, das Beute anlockte, um sie zu verspeisen. *Warum hat nur Rashid diesen Ruf vernommen? Warum nicht auch Finni oder ich? Was unterscheidet uns von Rashid? Dass er ein Mann ist und wir Frauen sind? Ist es das?*

Im Alkoven auf der gegenüberliegenden Seite des Raumes schien Finni bereits zu schlafen. Oder doch nicht? Das Stroh raschelte, als die Halbelfe sich herumwälzte. Ob sie auch an Rashid denken musste?

Dann hörte Rhiana, wie nackte Fußsohlen flink über Holzdielen huschten. Eine der Dielen knarrte. »Finni?«, fragte sie leise.

Im nächsten Moment kroch die Halbelfe zu ihr unter die Decken. Sie war genauso nackt wie Rhiana und schmiegte sich sanft an sie. Ihre Haut war samtweich und warm. Sie roch nach herben Kräutern.

»Finni?«, fragte Rhiana noch einmal, halb erstaunt und halb erwartungsvoll.

Die Halbelfin legte ihr einen Finger auf die Lippen und hauchte ihr ins Ohr: »Pschscht. Lass es einfach nur geschehen, Rhiana.«

10 Der Arrest

Havena, Mitte Boron 914 BF

Früh am Morgen bereiteten sich Rhiana und Finni darauf vor, Nahemus Turm aufzusuchen. Im Licht einer Kerze kleideten sie sich an. Dann überlegten sie gemeinsam, was sie mitnehmen wollten. Sie wussten nicht, was sie in dem Turm erwartete. Möglicherweise würden Waffen ihnen nicht helfen können, eher schon Finnis Magie. Es war verboten, in Havena Magie anzuwenden, und dieses Verbot galt auch für die Unterstadt. Aber die beiden gingen davon aus, dass niemand dort draußen die Einhaltung des Verbots überwachen konnte. Im Übrigen konnten sie sich nicht vorstellen, dass man ihnen einen Strick daraus drehen würde, wenn sie einen magischen Angriff mit magischen Mitteln zurückschlugen. Ob es Finni überhaupt gelingen konnte, ihre Magie wirkungsvoll einzusetzen, war ohnehin fraglich. Die Halbelfe selbst glaubte am wenigsten daran. Ihre Magie taugte vielleicht, um das Publikum zu verblüffen, wenn die Gaukler ihre Künste zeigten. Einem starken magischen Gegner fühlte sie sich dagegen kaum gewachsen, erst recht nicht einem Dämonenbeschwörer.

Den beiden Frauen standen im Wesentlichen nur die Waffen zur Verfügung, die sie auf Loando eingesetzt hatten. Rhiana hatte Susmin ihren Schild zurückgegeben, aber die Streitaxt des Orks an sich genommen, während Finni nach dem Kampf ihren knappen Vorrat an Pfeilen auffrischte, indem sie die verschossenen Pfeile einsammelte, soweit sie noch tauglich waren. Die Prinzessin wollte ihre Gastgeberin bitten, ihnen mit Leinen und vielleicht auch Kettenhemden und Helmen auszuhelfen, falls sich dergleichen in ihrem Besitz befand. Sie setzte nicht darauf, dass sie es mit Gegnern aus Fleisch und Blut zu tun bekommen würden, aber falls es zu einem Kampf kam, wollte sie gewappnet sein.

Rhiana und Finni waren nicht die einzigen Frühaufsteher. Im Haus rührte sich bereits Leben. Einmal war die Stimme der Kaufherrin zu hören, die ihre Dienstboten ermahnte, sich zu eilen. Auf dem Hof ertönten Geräusche: Das Quietschen eines auf und ab bewegten Pumpenschwengels und das Plätschern von Wasser. Im Erdgeschoss klirrten Töpfe und Pfannen. Die Prinzessin wunderte dies nicht. Müßiggang war nicht die Sache der Patrusco. Sie würde nicht nur abends die Letzte sein, die das Kontor verließ, sondern sicherlich auch Wert darauf legen, am Morgen vor den anderen zur Stelle zu sein.

Plötzlich pochte es energisch an der Haustür. Die beiden Frauen fragten sich, wer so früh schon unterwegs war und was ihn zu der Kaufherrin führte. Vielleicht ein Bote, der Nachrichten von einem der Schiffe brachte, die irgendwo auf den Meeren unterwegs waren? Dann kam er hoffentlich mit guten Botschaften und nicht mit der Kunde, dass eines der Schiffe in einem Sturm gesunken oder von den Thorwalern aufgebracht worden war.

Die Haustür wurde geöffnet. Im Flur und auf den unteren Stufen der Treppe waren Geräusche von trampelnden Stiefeln zu hören. Rhiana und Finni waren sofort alarmiert.

»Das kann nur uns gelten!«, flüsterte Rhiana. Sie nickte der Halbelfe zu, und die beiden schoben eilends eine der schweren Kommoden vor die Tür. Gehetzt sah die Prinzessin zu dem Fenster, das zum Hof führte. Dort war gestern Abend die Klabauterfrau verschwunden. Das mochte ihnen einen geeigneten Fluchtweg eröffnen.

»Halt!«, donnerte unten die Stimme der Kaufherrin.

»Bleibt sofort stehen! Wie könnt Ihr es wagen, in mein Haus einzudringen! Wer ist Euer Vorgesetzter?«

Die Worte zeigten Wirkung. Das Trampeln auf der Treppe verstummte. Irgendetwas wurde murmelnd geantwortet, das die beiden Frauen nicht verstehen konnten.

»Könnt Ihr nicht klar und deutlich mit mir reden?«, schimpfte die Patrusco. »Ich verlange von Euch Höflichkeit und Respekt! Ihr da auf der Treppe: Kommt herunter in die Diele und steht mir Rede und Antwort!«

Die Geräusche machten deutlich, dass ihrer Anordnung Folge geleistet wurde. An der Haustür waren weitere Stimmen und Schritte zu hören. Offenbar betraten neue Besucher die Diele.

Rhiana schob die Kommode ein Stück zur Seite und öffnete die Tür einen Spalt, um besser lauschen zu können.

»Cormac Gortum!«, schleuderte die Kaufherrin einem der Neuankömmlinge entgegen. »Habt Ihr dies zu verantworten? Ich dachte, Ihr wäret ein Freund der Familie, Hauptmann, aber darin muss ich mich wohl getäuscht haben. Travia möge Euch strafen, dass Ihr den Frieden meines Hauses brecht!«

»Ich bitte Travia und Euch um Verzeihung dafür, dass meine Leuten übereifrig waren«, sagte der Hauptmann. »Sie hatten Anweisung, Euch um Erlaubnis zu bitten, bevor sie das Haus betraten.«

»Dann sagt mir endlich, was Euer Begehr ist«, forderte die Kaufherrin ihn auf.

»Seine Durchlaucht Fürst Emerthon II. hat uns angewiesen, Prinzessin Rhiana von Talania in Gewahrsam zu nehmen. Sie wird des Hochverrats bezichtigt.«

»Dummes Zeug!«, empörte sich die Kaufherrin. »Der Vorwurf beruht auf einem Brief, den ich dem Fürsten übergeben ließ. Inzwischen weiß ich, dass ich mich geirrt habe. Führt mich zu Seiner Durchlaucht, damit ich das Missverständnis aufklären kann.«

»Das ist leider nicht möglich, Kaufherrin«, gab Gortum zur Antwort. »Wisst Ihr denn noch nicht, dass die Thorwaler gesichtet wurden, und unser Herr an Bord eines der Schiffe die Seeschlacht verfolgen will?«

Die Nachricht von der Ankunft der Thorwaler nahm die Patrusco gelassen auf. Allein ihre Dienstboten redeten durcheinander und flehten die Götter an, die Stadt zu schützen.

»Ruhe!«, fuhr die Kaufherrin dazwischen. »Tut nicht so, als hörtet ihr zum ersten Mal davon. Gut, dass sie endlich da sind. Jetzt kann der Gefahr begegnet werden. Das Warten war schlimmer.«

Finn drängte sich an Rhianas Seite und flüsterte ihr ins Ohr: »Kann sie die Stadtgarde auf Dauer wirklich an ihrem Tun hindern, oder will sie uns nur Zeit geben zu flüchten?«

»Sie hat großen Einfluss in der Stadt und im Palast«, gab Rhiana leise zurück. »Offenbar traut sie sich zu, den Hauptmann in seine Schranken zu weisen. Warten wir ab. Der Fluchtweg bleibt uns ja immer noch.«

Die Kaufherrin wandte sich wieder Hauptmann Gortum zu. »Wenn ich den Fürsten jetzt nicht sprechen kann, dann halte ich mich an Euch. Ihr habt gehört, was ich gesagt habe. Glaubt Ihr meinen Worten nicht? Wollt Ihr mich etwa der Lüge bezichtigen?«

»Bei den Zwölfen, nichts würde mir ferner liegen«, beteuerte der Hauptmann.

»Dann wiederhole ich, was ich gesagt habe. Der Vorwurf gegen die Prinzessin beruht einzig und allein auf meinem Brief an den Fürsten. Ich ziehe diesen Vorwurf nicht nur zurück, sondern habe unumstößliche Beweise dafür, dass die Prinzessin keine Verräterin ist. Mehr noch, sie und ihre Freunde haben edelmütig ihr Leben eingesetzt, um gegen die Feinde Albernias zu kämpfen und das Leben meines Sohnes zu retten. Genügt Euch das?«

Gortum blieb stur. »Ich kenne die Hintergründe nicht und

darf mir kein eigenes Urteil erlauben. Versteht doch bitte, Kaufherrin, ich muss meinen Befehlen gehorchen. Aber ich versichere Euch, dass die Prinzessin respektvoll behandelt und nicht in den Kerker geworfen wird. Ich folge damit dem Befehl Seiner Durchlaucht. Sie soll lediglich im Palast festgehalten werden, bis der Fürst Zeit findet, sich mit der Angelegenheit zu befassen.«

»Cormac Gortum«, sagte die Patrusco grimmig. »Ihr wisst, dass ich Euch schätze, aber Ihr ward schon immer ein sturer Esel. Die Prinzessin und ihre Freundin sind Gäste in meinem Haus, und die Gastfreundschaft ist mir heilig. Wenn Ihr die Prinzessin gegen meinen Willen in Gewahrsam nehmt, beleidigt Ihr mich, und Ihr beleidigt Travia. Die Götter werden Euch dafür strafen. Und Ihr werdet niemals wieder einen Fuß in eines meiner Häuser oder auf eines meiner Schiffe setzen. Mehr noch. Ihr wisst, ich habe das Ohr des Fürsten. Ich werde ihn bitten, Euch des Kommandos der Stadtgarde zu entheben!« Sie machte eine kleine Pause und fuhr versöhnlicher fort: »Ich will das nicht wirklich, denn Ihr seid ein fähiger Offizier. Überlegt deshalb gut, was Ihr tun wollt.«

»Sie wirft ihren gesamten Einfluss in die Waagschale«, flüsterte Finni bewundernd.

Der Hauptmann schwieg eine Weile und sagte dann, seine Worte sorgfältig abwägend: »Bei allem Respekt, Kaufherrin... Ich glaube, Ihr könnt nur schwer ermessen, was es heißt, Soldat zu sein. Ein Soldat darf sich nicht aus eigenem Ermessen über Befehle hinwegsetzen.«

»Ich verstehe das besser, als Ihr denkt«, widersprach die Patrusco. »Ich erwarte von meinen Kapitänen auch, dass sie die Order, die ich ihnen gebe, ohne Wenn und Aber erfüllen. Doch die Besten meiner Leute sind diejenigen, die dem Geist dieser Befehle folgen, statt sie buchstabengetreu umzusetzen.« Nach einer kleinen Pause fuhr sie fort: »Hauptmann Gortum, ich mache Euch einen Vorschlag, der allen von uns gerecht wird. Verlasst mir Euren Leuten mein Haus, und ich will vergessen, dass sie den Hausfrieden gebrochen haben. Euch trage ich ebenfalls nichts nach. Und was Euren Befehl angeht, so bürge ich dafür, dass die Prinzessin sich – gemeinsam mit mir – der Obhut und dem Urteil des Fürsten überantworten wird, sobald er zurück ist.«

Der Hauptmann antwortete nicht. Er schien das Angebot zu überdenken. Dann befahl er seinen Leuten, das Haus zu verlassen und in der Gasse auf ihn zu warten. »Ich stimme unter einer Bedingung zu«, sagte er.

»Und die lautet?«

»Die Prinzessin darf das Haus nicht verlassen, auch ihre Begleiterin nicht. Ich postiere Leute in der Gasse, um sicher zu gehen, dass meine Anordnung befolgt wird.«

Die Kaufherrin holte tief Luft. »Also Hausarrest.«

»Es tut mir Leid, mir bleibt keine andere Wahl. Selbstverständlich könnt Ihr, Eure Kinder und Eure Dienstboten jederzeit kommen und gehen, wie es Euch beliebt. Aber fremde Besucher kann ich nicht dulden.«

»Das wäre ja auch noch schöner, wenn Ihr uns hindern wolltet, unseren Pflichten am Hafen nachzukommen«, schimpfte die Patrusco. »Ihr habt uns schon lange genug aufgehalten. Also gut, Hauptmann, ich willige ein und werde die Prinzessin und ihre Freundin von den Dingen in Kenntnis setzen.« Listig fügte sie hinzu: »Aber was mache ich, wenn sie schon längst geflohen sind?«

»Das sind sie nicht«, behauptete Gortum im Brustton der Überzeugung. »Meine Leute bewachen auch die Rückseite der Gasse. Ein Fluchtversuch wäre mir längst gemeldet worden.«

Der Hauptmann verabschiedete sich, und die Kaufherrin kam schnaufend die Treppe herauf. Sie sah sofort, dass die Tür zu der Kammer nur angelehnt war. Rhiana und Finni schoben die Kommode zur Seite, damit sie eintreten konnte.

»Ihr habt alles mit angehört?«, fragte sie.

Rhiana nickte. »Und sind froh, nicht versucht zu haben, über den Hof zu flüchten. Wir wären ihnen wahrscheinlich direkt in die Arme gelaufen. Jedenfalls danken wir Euch von Herzen für Euer unerschrockenes Handeln.«

»Dankt mir nicht, es ist ja alles meine Schuld. Es tut mir Leid, dass ich nicht mehr erreichen konnte. Ich frage mich nur, woher die Stadtgarde wusste, dass Ihr meine Gäste seid. Irgendjemand muss Euch verraten haben. Ich hoffe nur, dass es niemand aus meinem Haus ist. Ich wollte Gortum nicht danach fragen. Er hätte es mir doch nicht gesagt.«

»Es gab gestern viele Zaungäste im Hafen und vor dem Kontor«, gab Finni zu bedenken. »Und die Gassen haben ebenfalls Augen und Ohren. Einer von denen wird uns gesehen oder vermutet haben, dass Ihr uns Gastrecht gewährt.«

»Das mag sein«, stimmte die Patrusco zu. »Obwohl ich noch gestern glaubte – Ihr werdet Euch an unser Gespräch in der Gasse erinnern –, jedem Einzelnen von denen vertrauen zu können.« Sie zuckte die Achseln. »Wie auch immer – ich weiß, dass Ihr Euren Gefährten retten wollt. Habt Ihr einen Plan, wie wir die Wachen überlisten können? Setzt ruhig mich, die Kinder und die Dienstboten ein. Wir können die Wachen ablenken, damit Ihr …«

»Nein«, entschied die Prinzessin und wandte sich dann an die Halbelfe. »Finni, es schmerzt mich nicht weniger als dich, dass wir Rashid noch einen oder zwei Tage lang warten lassen müssen. Vielleicht hat er sich ja selbst längst befreit und stolziert im nächsten Moment zur Tür herein. Ich wünsche es mir so sehr! Aber wenn wir jetzt flüchten, setzen wir unsere Gastgeberin in ein schiefes Licht, mehr noch, sie wäre wortbrüchig geworden.«

»Aber wir würden doch freiwillig zurückkehren, um mit ihr gemeinsam zum Palast …«, wandte Finni ein.

Rhiana unterbrach sie. »Das ist richtig, Finni, aber mit

der Flucht würden wir uns zunächst einmal ins Unrecht setzen. Der Hauptmann weiß doch nicht, dass wir unseren Freund retten wollen. Und es wird ihn auch nicht interessieren. In seinen Augen würden wir mit der Flucht unsere Schuld eingestehen und versuchen, uns der Bestrafung zu entziehen. Das könnte uns ja egal sein, weil sich am Ende alles aufklären würde. Aber wir brauchen das Wohlwollen des Hauptmanns *jetzt!* Die Talanier werden heute mit Sack und Pack an Bord der Schiffe gehen. Das wird die Stadtgarde bestimmt auf den Plan rufen. Wie soll die Kaufherrin Hauptmann Gortum besänftigen, wenn sich gleichzeitig die Prinzessin der Talanier der Anklage wegen Hochverrats durch Flucht entzieht?«

Hilflos schaute die Halbelfe zu Boden. »Das hatte ich nicht bedacht«, sagte sie leise.

»Durch mein vorschnelles Handeln seid Ihr in diese schlimme Lage geraten«, meinte die Patrusco zerknirscht. »Ich weiß, es wird Euch wenig aufmuntern, aber bitte verfügt über dieses Haus, als sei es Euer eigenes, und scheut Euch nicht, Wünsche zu äußern. Ich werde jetzt zum Kontor gehen und nach dem Rechten sehen. Und vor allem werde ich mich um die Einschiffung Eurer Leute kümmern. Cormac Gortum soll es ja nicht wagen, mir unter die Augen zu kommen! Offenbar habe ich es versäumt, ihm gehörig den Hintern zu versohlen, als er noch Lehrjunge in meinem Handelshaus war! Ich könnte versucht sein, es jetzt nachzuholen!«

Mortenberg saß in seiner neuen, sehr viel kleineren Kammer und wartete auf das Eintreffen des Fürsten und seiner Leibwache. Die von Emerthon ausgewählte Besatzung befand sich schon an Bord, und die *Wogenfee* war segelbereit. Die meisten anderen Schiffe der Flotte hatten den Hafen bereits verlassen und sammelten sich unter Dom Landos Kommando in der Bucht.

Der Ritter nippte an einem Krug mit Dünnbier und nutzte die Zeit, alles noch einmal zu überdenken.

Ein Bündnis zwischen Rhiana und der Patrusco war das Letzte, was er gewollt hatte. Dazu wäre es auch niemals gekommen, wenn Dom Lando nicht versagt und Elidana den jungen Patrusco nicht angetastet hätte. Er selbst konnte sich nur den Vorwurf machen, dass er die Südländerin nicht härter an die Kandare genommen hatte. Aber sie war Flammenrätin und unterstand nur bedingt seinen Weisungen. Vor allem jedoch hatte er nicht geglaubt, dass sie in ihrer Verbohrtheit den jungen Patrusco dem blutigen Ritual so schnell unterziehen wollte. Als sie ihn bat, an Land gehen zu dürfen, um sich um die Gruppe zu kümmern, hatte er geglaubt, sie wolle Vorbereitungen für das Bergen des Schwarzen Auges treffen.

Du hättest hellhörig werden müssen, als sie sagte, zuvor müsse die Gruppe gehärtet werden!

Sein Plan als solcher war gut gewesen. Der Dragor würde ihm keinen Vorwurf machen können. Mortenberg hatte sich gegenüber Emerthon mit dem angeblichen Sieg über die fünfzig Thorwaler gebrüstet. Widerwillig gestand er sich ein, dass der von ihm nicht beabsichtigte blutige Ausgang drastisch unterstrichen hatte, dass eine beträchtliche Gefahr für die Sicherheit der Stadt bestanden hatte und abgewendet worden war. Tatsächlich war es ihm erst im Glanze dieses Erfolgs gelungen, den Fürsten zu bewegen, an Bord der *Wogenfee* zu kommen. Und genau das hatte der Dragor von ihm verlangt, um das Attentat durchführen zu können. Wäre Emerthon während der Seeschlacht im Palast geblieben, hätte dies die Durchführung erheblich erschwert.

Im Laufe der vergangenen Tage hatte sich Mortenberg mehrfach die Frage gestellt, welche Vor- oder Nachteile es hatte, wenn Sarja Baronin zu Abilacht Fürstin von Albernia würde. Sie gehörte nicht dem Flammenbund an, aber Atamur glaubte, dass der Bund mit ihr leichteres Spiel haben werde als mit Emerthon. Immerhin war Sarja sich dessen bewusst, dass sie den Thron einzig und allein dem Bund verdanken würde. Der Dragor sah in ihr eine Marionette, ein bequemes Werkzeug. Mortenberg sah dies anders. Er kannte die Machtgier der Frau, die gelegentlich das Bett mit ihm teilte. Albernia war viel mehr, als sie sich jemals hatte erträumen können, aber er bezweifelte, dass es ihr genügen würde, wenn sie erst einmal Fürstin war. Und noch war sie nicht Fürstin – und wenn sie es war, ausgerufen von ein paar korrumpierten Leuten aus dem Adel, die im Sold des Bundes standen, dann möglicherweise nicht lange. Mortenberg hatte davor gewarnt, dass Emerthons Kinder nicht so einfach auf den Thon verzichten würden. Der Graf von Honingen und einige andere Vasallen würden aufbegehren, entweder Emerthons Kinder unterstützen oder eigene Ansprüche anmelden. Selbst Graf Tedesco mochte sich veranlasst sehen einzugreifen, wenn er die stabilen Verhältnisse in Albernia in Gefahr sah...

Der Dragor hatte von alledem nichts wissen wollen. Mortenberg hatte den Eindruck, dass es Atamur mit all seinen geheimen Unternehmungen nicht schnell genug voranging. Er schien der Ansicht zu sein, eine feste eigene Basis sei vonnöten. Den Dragor auf Dauer in seiner Nähe zu haben, gefiel Mortenberg allerdings wenig. Das würde ihn in seinen eigenen Plänen und Unternehmungen einengen. Allein der Machtzuwachs, den die Nähe Atamurs für ihn haben mochte, und sein ganz privater Einfluss auf Sarja würden die Nachteile vielleicht ausgleichen und hatten ihn davon abgehalten, die Pläne des Dragor zu hintertreiben.

Noch war Zeit, das Attentat zu verhindern – wenn Mortenberg dies denn wollte. Zwar hatte Atamur ihn nicht in die Einzelheiten eingeweiht, aber Mortenberg verfügte über Mittel und Wege, sich davon in Kenntnis zu setzen. Er war schon zu lange in Albernia und ein zu aufmerksamer Beobachter, um die gesamten Unternehmungen des Bundes in diesem Land nicht zu kennen – auch jene, die von anderen Flammenräten oder gar dem Dragor selbst ausgingen und von Flammenbündlern durchgeführt wurden, die nicht Mortenberg unterstanden, die ihm eigentlich nicht einmal als Mitglieder des Bundes bekannt sein durften. So war ihm zugetragen worden, dass es in Emerthons Leibregiment außer einer Frau, die ihm unterstand, zwei weitere Flammenbündler gab, die das unbedingte Vertrauen des Fürsten besaßen und zu seiner unmittelbaren Leibgarde gehörten. Und natürlich gehörten sie auch zu jenen zwölf Leibgardisten, die den Fürsten auf die *Wogenfee* begleiteten. Leider war es ihm nicht gelungen herauszufinden, wer die beiden waren. Mortenbergs Gewährsleute wussten lediglich, dass es sich nicht um Frauen, sondern um zwei Männer handelte. Ein weiterer Hinweis war, dass der Dragor für ein Attentat an Bord eines Schiffes bessere Möglichkeiten als im Palast sah, ohne dies zu begründen. Kamen sie auf dem Schiff besser und ungestörter an den Fürsten heran, weil es dort enger zuging? Möglich. Oder war es etwas anderes? Eine Waffe, die in jedem Fall tödlich war und an Land nicht eingesetzt werden konnte? Flüchtig überlegte er, ob diese Waffe vielleicht Feuer war. Wollten sie das ganze Schiff abfackeln, um den Fürsten zu töten? Aber das konnte nicht sein. Feuer war keine präzise, sondern eine äußerst grobe Waffe, und die Aussichten, dass der Fürst sich rechtzeitig von Bord retten konnte, waren groß. So sehr Mortenberg auch sein Hirn zermarterte: Ihm wollte nichts einfallen. Aber der Hinweis, dass die Attentäter keine Frauen waren, engte zumindest den Kreis der Verdächtigen ein, denn unter den zwölf Leibwachen befanden sich nur sieben Männer.

Was wäre, wenn es nicht zu dem Attentat kam oder der Fürst den Anschlag überlebte? Der Dragor, der dies alles eingefädelt hatte, würde seinen Flammenrat Salamander nicht dafür verantwortlich machen, ihn auch nicht in irgendeiner Art und Weise verdächtigen können. Wenn Mortenberg dem Fürsten unter dem Siegel der Vertraulichkeit mitteilte, wer unter seinen Leuten ihm nach dem Leben trachtete, würde dies Mortenbergs Stellung bei Hofe unangreifbar machen. Dass Mortenberg über gute Informanten verfügte, war dem Fürsten bekannt und würde den Ritter nicht verdächtig machen. Und wer immer ihn fortan irgendwelcher Umtriebe bezichtigte – ob dies nun Rhiana oder die Patrusco oder sonst wer sein mochte –, würde damit beim Fürsten auf taubes Gehör stoßen. Und Albernia würde in der Seeschlacht mit den Thorwalern zur Ader gelassen werden. Nach der Schlacht war der Fürst umso mehr auf das Geld des Flammenbundes angewiesen – oder besser das Geld des ominösen Bundes von Kaufleuten, die durch Mortenberg vertreten wurden. Selbst wenn etwas von den Vorwürfen an ihm hängen bleiben sollte, konnte Emerthon es sich nicht leisten, auf seinen Finanzier zu verzichten.

Mortenberg ging davon aus, dass Rhiana ihn der Patrusco gegenüber als Drahtzieher hingestellt hatte. Aber ihm war nichts nachzuweisen. Alles, was vorgebracht werden konnte, fiel auf Dom Lando oder Elidana Charazzar zurück. Die einzige ernsthafte Gegnerin war und blieb die Prinzessin. Sie kannte die Zusammenhänge, aber auch ihr fehlten die Beweise. Sollte sie es wagen, all ihr Wissen preiszugeben, würde sich dies in der Summe zu phantastisch anhören, als dass ihr jemand Glauben schenken konnte. Und Rhiana war in erster Linie daran interessiert, dass ihre Leute Albernia verlassen konnten. Die Prinzessin war nicht nur schön, sondern auch klug. Sie wehrte sich gegen seine Versuche, sie für sich und seine Pläne zu gewinnen. Gewiss war sie auch erbost darüber, dass sie ihm um ein Haar auf den Leim gegangen wäre. Aber sie wusste sehr gut, wie sehr ein in die Enge getriebener Mortenberg ihrem Volk schaden könnte. Und sie wusste oder ahnte zumindest, dass nach ihm andere kommen würden, die vielleicht eine blutigere Spur ziehen würden. Leute wie Dom Lando. Und gerade das Haupt dieses Dom Lando würde Mortenberg ihr aller Voraussicht nach auf einem silbernen Tablett präsentieren können.

Blieb als letztes Problem eigentlich nur Elidana. Die Patrusco würde nicht ruhen und rasten, bis die Frau, die ihren Sohn hatte schlachten wollen, vernichtet war. Elidana würde abtauchen müssen. Der Dragor selbst würde dies befehlen, und Mortenberg war es Recht. In Albernia wollte er sie nicht haben, aber anderswo könnte sie für ihn nützlich sein. Wenn es kein Erstes Schwarzes Auge in Nahemas Turm gab – wovon Mortenberg ausging, denn er gab wenig auf die geheimen Dokumente der Südländerin –, mochte sie sich um das Auge auf den Zyklopeninseln kümmern, angeleitet und überwacht von ihm.

Der Gedanke gefiel ihm, und der andere Gedanke, Rhiana am Ende doch noch für sich zu gewinnen, schien ihm keineswegs abwegig zu sein. Wenn erst einmal der Druck von ihr genommen war, ihr Volk schützen zu müssen, dann … Neue Pläne formten sich in seinem Kopf.

Flüchtig bedachte er noch die Möglichkeit, dass Bjarnison als Sieger aus der Seeschlacht hervorging. Mortenberg hielt das für mehr als unwahrscheinlich. Zu viele Schiffe mit zu vielen Söldnern hatte er dem Fürsten ausgerüstet. Dagegen – und gegen einen wild wütenden Dom Lando – würde auch ein Bjarnison nicht ankommen können. Falls es aber doch geschehen sollte, hatte Mortenberg schon Pläne im Kopf, wie dies zu Lasten des Flammenbundes und zum eigenen Vorteil zu nutzen war. Die Nutzung der vorhandenen Strukturen war ihm allerdings lieber.

Mortenberg hatte seinen Entschluss gefasst, als er die ersten Leibgardisten des Fürsten an Bord kommen hörte. Sie machten sich sogleich daran, das gesamte Schiff nach verborgenen Feinden und Waffen zu durchsuchen. Mortenberg begab sich mittschiffs und begrüßte Emerthon, als dieser an Bord geleitet wurde. Er passte einen Moment ab, als die beiden Armbrustschützen außer Hörweite waren, und sagte: »Euer Durchlaucht, bitte gewährt mir ein vertrauliches Gespräch unter vier Augen.«

Rashid glaubte, Tage geschlafen zu haben, als er erwachte. Er lag auf einem Steinfußboden, der mit einer dichten Staubschicht bedeckt war, aber neben sich fühlte er unter dem Staub … Dinge, die er im ersten Moment für morsche Äste und Zweige hielt. Alle Glieder taten ihm weh, und seine Kleidung war durchnässt. Wo er mit dem Staub in Berührung gekommen war, bedeckte eine Schlammschicht die Kleider. Auch sein Rapier und sein Dolch waren schlammverkrustet.

Das Letzte, woran es sich erinnerte, war, dass er mit Finni in einem Boot gesessen hatte. Sie waren den Entführern entkommen und ruderten Havena entgegen, um Rhiana zu suchen. Dunkel erinnerte er sich, dass sie sich bereits zwischen den aus dem Wasser ragenden Ruinen der Unterstadt befunden hatten.

»Finni?«, fragte er leise. Und dann noch einmal, lauter diesmal: »Finni?«

Seine Stimme brach sich an der Wand des Raumes, in dem er sich befand. Diese Wand war mindestens fünf Schritt hoch und rund, wie in einem Turm, und in der Wand befanden sich mehrere schmale Butzenglasfenster, nicht breiter als die Schießscharten von Bogenschützen. Die Scheiben waren zwar blind, spendeten aber genügend Licht, um die Umgebung in Augenschein nehmen zu können.

Finni antwortete nicht.

Als der Novadi nach den vermeintlichen Ästen neben sich tastete und die Staubschicht entfernte, prallte er zurück.

»Rastullah steh mir bei!«, keuchte er. »Das ist ein Skelett!«

Für einen schrecklichen Moment hatte er den Gedanken, er könne hier seit Jahren oder Jahrzehnten geruht haben, während Finnis Körper neben ihm zerfallen war. In panischer Angst durchwühlte er die Knochen nach einem Hinweis, bis er erkannte, dass dies unmöglich die Überreste der zartgliedrigen Halbelfe sein konnten. Der Schädel besaß eine fliehende Stirn, die Beckenknochen waren doppelt so breit wie die von Finni, die Arm- und Beinknochen ungeheuer lang. Der frühere Besitzer der Knochen musste ein Hüne ohne viel Grips, wenn nicht ein junger Troll gewesen sein.

Als sich Rashid weiter umschaute, erschauderte er. Der ganze Boden um ihn herum war mit menschlichen Skeletten bedeckt, einige verstaubt wie sein Schlafgenosse, andere blank und bleich, wie abgenagt, als seien sie noch nicht lange hier, hätten sehr wohl aber Besuch von Wesen erhalten, die sich auf das Abnagen von Knochen verstehen. Noch schauerlicher als die Skelette waren allerdings einige mumifizierte Leichen, die ihn aus von Maden halb zerfressenen Augen anstarrten. Insgesamt waren es Dutzende, die hier den Tod gefunden hatte. Mürbe Reste von Kleidungsstücken lagen herum, desgleichen allerlei Schwerter, Säbel, Dolche, Messer, Helme, Gürtelspangen, Kettenhemden, sogar ein paar Schmuckstücke. Einige der Knochen- und Mumienhände umkrallten noch immer ihre Waffen, zwei Knochenhände deckten mehrere Ringe, Halsketten und Gemmen ab, als sei es die letzte Sorge des Knochenmannes gewesen, die erbeuteten Schätze zu bewahren. Rashid hatte ohnehin kaum Neigung verspürt, an diesem schrecklichen Ort Schmuck einzusammeln. Als er den Knochenmann mit seinem kleinen Schatz entdeckte, schwand ihm auch der letzte Rest an Sammellust.

Allmählich erholte sich der Novadi von seinem Schreck

und erkannte, dass keiner der Toten ihm an den Kragen wollte. Er schaute sich weiter um. Der Raum musste einst bewohnt gewesen sein, denn es gab einige erstaunlich gut erhaltene Möbelstücke, darunter ein Himmelbett, eine Kommode mit einem angelaufenen und verstaubten Spiegel darüber und ein hohes Buchregal mit einer Vielzahl von alten Büchern, deren Ledereinbände brüchig geworden und teilweise aufgeplatzt waren. Der Himmel des Himmelbetts hing in Fetzen herab, die einstige Bettdecke sah vermodert aus, aber Rashid entdeckte sogar noch die Reste eines blauseidenen Morgenmantels, der über einem Bettpfosten hing.

Hier muss einst eine Frau gewohnt haben. Wer war sie – und was war sie? Hat sie ihre Liebhaber nach dem Liebesakt erstochen und verspeist? Oder sind die einstigen Besitzer der Skelette erst später hier eingedrungen, vielleicht, um Schätze zu suchen?

Allein die Bücher mussten ein Vermögen wert sein. Er zog einige Bände aus dem Regal und schlug sie auf. *Encyclopedia Magica … Codex Dimensionis … Kompendium der Drachenmagie … Almanach der Wandlungen …* Rashid verstand genug von diesen Dingen, um zu wissen, dass mancher Gelehrte oder Magier seinen letzten Heller für das eine oder andere dieser Bücher geben würde. Er dachte an seinen Lehrmeister, den Alchimisten. Wenn er dies sehen könnte, würden ihm die Augen übergehen.

Rashid wusste nicht, wie er an diesen Ort gelangt war, aber es drängte ihn zu wissen, wie er ihn schnellstmöglich wieder verlassen konnte.

Die Fenster waren unerreichbar hoch und viel zu schmal, um sich hindurch zu zwängen. Eine Tür war nirgendwo zu entdecken, aber es gab zwei Wandnischen, in denen sich Wendeltreppen befanden. Die eine führte nach oben, die andere nach unten. Rashid bewegte sich ein Stück die nach unten führende Treppe hinab. Es gab kaum eine Stufe, auf der sich nicht weitere Überreste von Toten befanden. Immer wieder musste Rashid mit dem Fuß Knochen wegräumen, um sicheren Halt zu finden. Nachdem er etwa zwei Schritt Höhenunterschied überwunden hatte, hinderte ihn etwas anderes: Der Rest der Treppe stand unter Wasser.

Ein schlürfendes, schmatzendes Geräusch machte ihn stutzig. Es kam von irgendwo dort unten in der Tiefe. Bevor er sich noch versah, schoss ein riesiger, mit Saugnäpfen versehener Tentakel auf ihn zu. Im letzten Moment gelang es ihm, sich mit einem Sprung die Treppe hinauf nach oben zu retten. Sonst hätte ihn der Tentakel ohne Frage gepackt und in die Tiefe gezogen.

»Bei Rastullah!«, entfuhr es ihm. »Dort unten muss ein Riesenkrake hausen!«

Die Sache wurde immer rätselhafter und grausiger. Er stieg die Treppe wieder bis zu dem Raum hinauf, wo er aufgewacht war.

Wie bin ich an diesen Ort gelangt? Wenn ich wieder einen dieser Anfälle hatte, bei denen ich offenbar Dinge sage und tue, die ich hinterher nicht mehr weiß ... wie bin dann an diesem Ungeheuer vorbeigelangt? Hat mich jemand geleitet und beschützt? Und wenn es so war – wo ist dieser Jemand? Und welchen Zweck verfolgt er damit, mich in diesen Turm zu sperren?

Und dann, zum allerersten Mal, spürte er eine Art Präsenz, ohne Wesenheit, die er nicht sehen konnte und die doch vorhanden war. Nein, eigentlich waren es wohl zwei Wesenheiten, die eine weitaus böser als die andere. Und plötzlich wusste er, dass weiter oben in diesem Turm etwas hauste, das Furcht erregender war als der Krake in der Tiefe. Er bekam eine Gänsehaut, die seinen ganzen Körper erfasste. Unwillkürlich zog er sein Rapier – und wusste zugleich auch, dass es ihm nicht helfen konnte.

Warum so ängstlich, mein hübscher Junge?, fragte eine

Stimme in seinem Kopf. *Ich will dir doch nichts Böses tun. Ganz im Gegenteil. Ich will dir Schönes tun. Ich verstehe mich darauf, Männer zu verwöhnen. Du wirst schon sehen. Freue Dich, mein hübscher Junge aus fernen Landen. Mir wurde gesagt, dass die Liebeskunst in diesen Landen in hoher Blüte steht, und ich bin neugierig auf dich und deine Wurzel. Aber ich bin noch nicht ganz bereit. Ich muss mich erst … noch schön für dich machen. Schlaf doch noch ein wenig, bis ich dich besuchen komme.*

Etwas Kaltes berührte seinen Geist, wie ein Messer, das in eisigem Wasser gelegen hatte. Rashid verlor die Besinnung und glitt zu Boden.

11 Die Seeschlacht

Havena, Mitte Boron 914 BF

Begleitet von drei weiblichen Leibwachen, stieg Fürst Emerthon II. aus dem Niedergang auf das Achterdeck und schaute zu den Segeln hinauf, die sich im Wind blähten. Der Wind fiel raumschots achterlich ein, war frisch, aber nicht zu stark. Er blies die Reste von Nebel und Dunst in die Bucht hinaus. Kapitänin Jolath hatte am Großmast Hauptsegel und Marssegel, am Fockmast nur das Hauptsegel, am Kreuzmast das Besam setzen lassen. Die *Wogenfee* lief schon jetzt schnell genug. Hätte sie auch noch die restlichen Marssegel, die Bramsegel und Klüver aufziehen lassen, wäre das Schiff dem weniger gut getakelten Geleit davon gesegelt, und das lag nicht in der Absicht der Schiffsführung.

Sie hatten ohne einen Lotsen auskommen müssen, um vom Süderhafen aus an den tückischen und stetig sich verlagernden Sandbänden vorbei die Fahrrinne des Yaquir zu erreichen, denn die Flusslotsen Havenas hatten an diesem Morgen alle Hände voll damit zu tun, die größten Schiffe der Flotte an den Untiefen vorbei in das tiefe Wasser zu führen. Aber das war kein Problem gewesen, denn vor der *Wogenfee* liefen ja die anderen Schiffe und wiesen ihnen den Weg. Außerdem kannte sich die Kapitänin hier inzwischen recht gut aus und führte ihr eigenes Seebuch, in dem die wichtigsten Untiefen und Landmarken vermerkt waren. Zur Sicherheit ließ sie nach dem Passieren der Zollbrücke immer wieder das Lot auswerfen. In der mit Talg ausgeschmierten Halbkugel des Lotbleis blieb Sand, Schlick oder, wenn der Meeresboden felsig oder mit Kieseln bedeckt war, gar nichts haften. Sie verglich diese Beobachtungen mit den Eintragungen in dem Seebuch und konnte auf diese Weise ziemlich genau die Position des Schiffes zwischen den Untiefen bestimmen. Als die Fahrrinne des Yaquir erreicht war, stellte Jolath das Loten ein. Der Weg zur Bucht war frei.

Der Blick des Fürsten hatte nur scheinbar den Segeln gegolten. In Wahrheit überzeugte er sich davon, dass seine Anweisungen befolgt worden waren. In den Topps hielten Seeleute nach dem Feind Ausschau und nicht, wie eigentlich geplant, Soldaten seiner Leibgarde. Auch mittschiffs und im Bug waren, von den Signalgästen mal abgesehen, nur Leute der seemännischen Besatzung zu sehen. Die verdächtigen sieben Männer seiner Leibgarde waren wie die meisten anderen Soldaten der Freiwache zugeteilt und unter Deck beordert worden. Erst wenn der Feind gesichtet wurde, sollten alle Leute an Deck gerufen werden und ihre Gefechtspositionen einnehmen. Mortenberg hatte dies vorgeschlagen. Er ging davon aus, dass das Attentat erst dann erfolgen würde, wenn die Seeschlacht eröffnet war und sich Drachenschiffe der Thorwaler in der Nähe befanden. Tumult jedweder Art erhöhte die Aussichten der Attentäter, unerkannt zu bleiben, um den reichlichen Lohn, den sie für ihre Tat erhielten, hinterher auch genießen zu können.

Dass sich in seiner von ihm selbst handverlesenen Leibgarde Verräter befanden, die ihm nach dem Leben trachteten, hatte Emerthon zutiefst bestürzt. Er hatte Mortenberg zunächst nicht glauben wollen, aber dieser konnte ihm überzeugend darlegen, dass die Verschwörer und ihre Pläne kein Hirngespinst waren. Der Ritter hatte vorgeschlagen, alle sieben Männer der Leibgarde in Gewahrsam zu nehmen: Es gab neben den fünf weiblichen Leibgardisten genügend viele Söldner an Bord, die die Männer überwältigen und in Eisen legen konnten. Aber der Fürst lehnte ab. Er würde damit fünf treue Leibwächter in ihrem Vertrauen zu ihm tief erschüttern und die beiden Schuldigen vielleicht niemals herausfinden. Aus dem gleichen Grunde verzichtete er darauf, die sieben Verdächtigen bei Beginn der Kampfhandlungen unter Deck zu beschäftigen. Er wollte wissen, wer ihn so schmählich verraten hatte. Er wollte die Männer dazu bringen, sich selbst zu offenbaren, auch wenn das für ihn gefährlich werden konnte. Immerhin beherzigte er Mortenbergs Rat, unter dem Wams ein Kettenhemd zu tragen, einen Helm aufzusetzen und sich ständig von seinen Getreuen – das waren die fünf weiblichen Wachen sowie Mortenberg, Oberkapitän Ongswin und seine Adjutantin – abschirmen zu lassen.

Ongswin, die Adjutantin und Mortenberg näherten sich dem Fürsten und verneigten sich.

»Gibt es schon eine Sichtung?«, fragte der Fürst.

Ongswin nickte. »Ja, Euer Durchlaucht, allerdings nicht von unserem Schiff. Aber wir segeln ja auch am Ende der Flotte. Uns wurde jedoch signalisiert, dass die vorderen Schiffe bereits Feindkontakt haben.«

»Dann werdet Ihr alle Mann an Deck beordern?«, fragte Emerthon unbehaglich.

»Das hat Zeit, bis wir selbst feindliche Schiffe sichten«, entgegnete Ongswin, der in die drohende Gefahr für das Leben des Fürsten eingeweiht war, ohne allerdings zu wissen, wer Emerthon gewarnt hatte.

»Ihr habt maßgeblich die Strategie unserer Flotte entwickelt, Oberkapitän«, sagte Emerthon. »Würdet Ihr sie mir noch einmal erläutern?« Er wusste sehr gut, wie sehr es Ongswin grämte, dass Dom Lando die Flotte führte, obwohl dieser wenig von Seefahrt verstand. Obendrein war Dom Lando zum Admiral ernannt worden. Diesen Titel hatte es in Albernia bisher nicht gegeben. Die Oberkapitäne Ongswin und Murkhen hatten bis dahin die beiden kleinen Geschwader mit jeweils fünf Schiffen befehligt, die Albernia auch in Friedenszeiten unterhielt.

Der grauhaarige Oberkapitän, der einen Brustpanzer und einen Helm, beide aus Leder, einen Säbel sowie die blau-gelbe Schärpe der Kriegsflotte trug, nickte abermals. »Gern, Euer Durchlaucht. Wir bieten drei Geschwader zu jeweils 50 Schiffen auf, ferner eine Nachhut, zu der wir gehören, die 30 Schiffe umfasst. Wie Ihr wisst, bestehen die einzelnen Geschwader aus unterschiedlich großen und unterschiedlich schnellen Schiffen. Trotzdem versuchen wir, soweit dies möglich ist, in Kiellinie zu segeln. Bisher klappt es recht gut.« Er zeigte nach vorn: »Ihr seht ja, die drei Geschwader segeln nebeneinander, aber jedes für sich in Kiellinie. Der…« Er machte eine kleine Kunstpause, bevor ihm das verhasste Wort über die Lippen kam, »…Admiral führt das mittlere Geschwader, das am weitesten voraus läuft, Oberkapitän Murkhen und Kapitänin Galahad das linke beziehungsweise rechte Geschwader, beide zurückhängend. Die Nachhut wird von mir befehligt. Die Strategie besteht darin, den Thorwalern zunächst kaum Angriffsfläche zu bieten, und dann auszuschwärmen, möglichst unter Wahrung der bestehenden Segelordnung. Wir rechnen damit, dass der Feind weniger Schiffe aufbieten kann als wir, und wir wollen verhindern, dass es zum Kampf Schiff gegen Schiff kommt. Die meisten unserer Schiffe sind größer als die Drachenschiffe der Thorwaler und bei gutem Wind – und den haben wir – schneller und wendiger. Wir versuchen, den Feind zu umsegeln und in die Zange zu nehmen. Unser Ziel ist dabei, die Angriffe der Thorwaler weitgehend ins Leere laufen zu lassen, während wir uns einzelne Drachenschiffe herauspicken und sie mit mehreren Schiffen gleichzeitig angreifen.«

Mortenberg beobachtete den Fürsten. Aus dem Gespräch auf der Werft wusste er, dass dies alles für Emerthon kein Neuland war. Aber der Fürst interessierte sich mehr für den

Bau von Schiffen als für deren Einsatz. Und sicherlich hatte er noch niemals eine so große Zahl von Schiffen im Gefecht gesehen. Für Mortenberg selbst traf dies ebenfalls zu.

»Besteht nicht die Gefahr, dass die Thorwaler das Gleiche beabsichtigen?«, fragte er. »Werden sie sich nicht mit allem, was sie haben, auf die Schiffe stürzen, die am weitesten vorn in der Linie segeln?«

»Das werden sie fraglos versuchen«, gab der Oberkapitän zur Antwort. »Aber vorn segeln auch unsere stärksten Schiffe, die sich mit Torsionsgeschützen und -schleudern zu wehren wissen und reichlich Soldaten an Bord haben. Ihre stärkste Waffe sind jedoch die Segelmanöver, mit denen, so hoffen wir, weitgehend verhindert wird, dass unsere Schiffe von den Drachenschiffen gerammt und dann von den Thorwalern geentert werden.«

Der Fürst seufzte und sah Mortenberg an. »Was sagte ich Euch neulich: Wir haben die besseren Schiffe, aber am Ende müssen wir flüchten.«

»Aber nur, um dann wieder neu anzugreifen, Euer Durchlaucht«, widersprach Ongswin. »Unsere Taktik heißt: Verwirrung und Zermürbung des Feindes.«

»Hmmm«, machte der Fürst, als würde er nicht so recht an den Erfolg dieser Taktik glauben. »Und was wird Eurer Meinung nach die Taktik der Thorwaler sein?«

»Rammen und entern, wie ich schon sagte, Euer Durchlaucht«, meinte Ongswin. »Vor allem entern.«

»Und das ist alles?«, wunderte sich der Fürst. »Keine ausgefeilte Strategie? Traut Ihr Hardred Bjarnison so wenig zu?«

»Mit Verlaub, Euer Durchlaucht«, mischte sich Mortenberg in das Gespräch ein, als der Oberkapitän nicht sofort antwortete, »der oberste Hetman konnte nicht damit rechnen, dass wir vorbereitet sind und ihm ein Seegefecht in der Bucht aufzwingen. Inzwischen weiß er es besser und muss sich blitzartig etwas darauf einfallen lassen. Sein Plan, der uns von Gewährsleuten zugetragen wurde, war ein ganz anderer. Bjarnison wollte überraschend vor Havena auftauchen, kleine, nur drei Schritt lange Knorren mit geringem Tiefgang zum Loten voranschicken und seine Drachenschiffe bei Nacht oder im Morgengrauen mit umgelegtem Mast direkt in den Südhafen rudern lassen. Dann wollte er Havena aus der Mitte heraus angreifen, plündernd, schändend, brandschatzend und mordend durch die Stadt ziehen. Er sieht seine Drachenschiffe nicht als Kampfschiffe, sondern eher als Transportfahrzeuge für seine Kämpfer. Jetzt muss er umdenken.« Geschickt brachte der Ritter seine angeblichen Verdienste bei der Bekämpfung der Thorwaler ein: »Die bereits heimlich in der Stadt eingetroffenen Kämpfer sollten zuvor Beobachtungsposten und strategisch wichtige Stellungen erobern, aber das konnte ja von uns verhindert werden.«

»Wofür Euch unser Dank gebührt – wie für so vieles«, erwiderte der Fürst pflichtschuldig.

Ongswin, schon über siebzig Jahre alt, aber noch rüstig, stieg mit dem Teleskop in die Wanten, um sich einen Überblick über die Lage zu verschaffen. Als er, schwerer als sonst atmend, zurückkehrte, befahl er seiner Adjutantin: »Signalisiert den Schiffen der Nachhut, Kurs Nordnordost zu nehmen und mehr Segel zu setzen.«

Die Frau begab sich eilends zum Großmast, wo der Signalgast die Kiste mit den Signalflaggen bereits geöffnet hatte. Bald stiegen Flaggen am Flaggenmast im Großtopp auf.

Ongswin wandte sich Kapitänin Jolath zu. »Kurs Nordnordost, Großmars- und Großbramsegel setzen!«

»Order belegt«, sagte die Kapitänin, tippte sich an die Mütze und gab den Befehl an die Seeleute weiter.

Wenig später scherte die gesamte Nachhut aus der Formation aus und lief nordöstlich von der Vorstoßrichtung der restlichen Flotte.

Nachdem die Adjutantin Ongswin Botschaften der Flaggschiffe der drei anderen Geschwader übermittelt hatte, erläuterte der Oberkapitän seinem Fürsten die Lage. »Der Feind greift mit rund 120 Drachenschiffen an, hinzu kommen einige Knorren und drei Kauffahrer. Letztere dürften Beuteschiffe sein. Bevor die Thorwaler unsere Flotte gesichtet hatten, liefen sie in breiter Phalanx auf Havena zu. Das entsprach ihrem Plan, in kurzer Zeit so viele Drachenschiffe wie möglich in den Südhafen zu bringen. Möglicherweise sollte der südliche Flügel aber auch ausbrechen, um Havena aus dem Südwesten anzugreifen. In jedem Fall hätten sie wohl bis zum Anbruch der Nacht damit gewartet.« Ongswin räusperte sich und spuckte in die See. »Als die Thorwaler uns sichteten und erkannten, dass sie es nicht mit ein paar einzelnen Schiffen, sondern mit einer ganzen Flotte zu tun hatten, zog sich die Phalanx zusammen, und die Schiffe strichen die Segel. Offensichtlich herrschte Verwirrung. Aber der Feind hat sich überraschend schnell auf die neue Lage eingestellt. Die Segel wurden wieder gesetzt, und man bildet eine Keilformation. Allein der Nordflügel hat sich abgespalten und segelt als Pulk von zwanzig Schiffen nahe der Küste. Ihm galt das Manöver unseres Nachhutgeschwaders. Wir müssen unbedingt verhindern, dass die zwanzig Drachenschiffe nach Havena durchbrechen. Die Stadt ist von Schiffen und Soldaten entblößt. Das haben wir diesem … diesem Dom Lando zu verdanken!«

»Admiral Dom Lando«, stellte der Fürst richtig.

»Ja, genau diesem«, knurrte Ongswin. »Er wollte alles auf eine Karte setzen und den Thorwalern auf See eine Niederlage bereiten, von der sie sich nie wieder erholen. Das waren seine Worte. Und zu diesem Zweck hat er alles, was schwimmen kann, in die Flotte geholt und bis auf die Stadtgarde jeden regulären Soldaten und jeden angeworbenen Söldner auf die Schiffe befohlen. Wenn die Thorwaler durchbrechen, werden mindestens sechshundert, wenn nicht achthundert oder tausend Krieger über eine fast schutzlose Stadt herfallen. Das darf nicht passieren!« Er verneigte sich vor Emerthon. »Verzeiht, Euer Durchlaucht, aber es war eigentlich geplant, dass die Nachhut Euch schützt und sich aus den Kämpfen weitgehend heraushält. Jetzt werden wir, das schwächste der Geschwader, mit unseren zum größten Teil viel zu kleinen und zu alten Schiffen versuchen müssen, 20 Drachenschiffe aufzuhalten, bis das Geschwader von Kapitänin Galahad eintrifft.«

»Warum eilt sie uns nicht sofort zu Hilfe?«, fragte der Fürst verwundert.

»Weil der Admiral auf Einhaltung des ursprünglichen Plans besteht und ihr befohlen hat, mit nordöstlichem Kurs die Hauptflotte des Feindes zu umsegeln und sie dann auf der Flanke und im Rücken anzugreifen.«

»Und Oberkapitän Murkhen?«, wollte der Fürst wissen. »Warum wird das südliche Geschwader nicht zurückbeordert, um Havena zu schützen?«

»Weil der Admiral auch ihm gegenüber auf Einhaltung des ursprünglichen Plans besteht und ihm befohlen hat, die Hauptmacht des Feindes auf der anderen Seite in die Zange zu nehmen!«, stieß Ongswin bitter hervor.

Dom Lando kann und will sich nicht an veränderte Bedingungen anpassen. Er will keinen strategischen Sieg und den ehrenvollen Rückzug des unterlegenen Gegners. Er handelt so, wie er immer gehandelt hat: Alles niedermetzeln, was sich ihm in den Weg stellt. Und er wird es mit größtem Vergnügen tun. Ohne Rücksicht auf Verluste. Eine Seeschlacht hat ihm in der Chronik seiner bisherigen Metzeleien bestimmt noch gefehlt. Mortenberg wusste, dass man ihm Dom Landos Verhalten anlasten würde, wenn dieser scheiterte. Schließlich hatte er den Söldner in diese Position gehoben.

Aber das Problem Dom Lando wird sich lösen – allerdings nur dann, wenn Elidana ihm gewachsen ist.

»Euer Durchlaucht«, sagte Ongswin, der sich wieder gefasst hatte. »Ich habe Vorentscheidungen getroffen, ohne Euch um Erlaubnis zu bitten, und bitte Euch dafür um Vergebung. Noch ist Zeit, nach Havena zurückzukehren und den Feind dort zu erwarten. Ihr könntet Euch in den Palast zurückziehen und diesen von der Stadtgarde verteidigen lassen.«

»Würde es Havena nützen, wenn wir zurückkehrten?«, fragte Emerthon. »Ich verlange eine ehrliche Antwort, Oberkapitän!«

»Nein, Euer Durchlaucht«, antwortete der alte Offizier. »Unter den 30 Schiffen der Nachhut sind zehn gute Schiffe, die den Drachenschiffen hier draußen im Sund segeltechnisch überlegen sind. Auf dem Yaquier hilft uns das nichts, eher im Gegenteil. Wir müssen dann mit landseitig einfallenden Dwarswinden kämpfen, ohne in der Fahrrinne ausreichend Platz zum Halsen oder Wenden zu haben, während die Thorwaler einfach die Segel einbringen und ihre Schiffe rudern.«

»Dann befehle ich Euch, die 20 Drachenschiffe hier draußen in der Bucht aufzuhalten!« Der Fürst straffte sich. »Und kümmert Euch nicht um die Probleme, die sich daraus für mich ergeben könnten. Nehmt keine Rücksicht darauf, dass ich mich an Bord befinde. Havena ist mir wichtiger als mein Leben! Habt Ihr verstanden, Oberkapitän Ongswin?«

»Ja, Euer Durchlaucht«, bestätigte Ongswin, und in seinen alten grauen Augen leuchteten Respekt und Hochachtung für den Landesherren.

Mortenberg war abermals beeindruckt von Emerthon. Der Mann, der sich selbst als feige bezeichnet hatte, verzichtete darauf, in Sicherheit gebracht zu werden. Mortenberg kannte Dutzende von Adligen, die anders gehandelt hätten und es sogar noch großspurig als ihre Pflicht bezeichnet hätten, ihr eigenes Leben zum Wohle ihres Landes zu erhalten. Der Ritter selbst hätte ebenfalls anders gehandelt, wenn auch nicht aus Sorge um sein eigenes Leben. Er war ein Spieler und nahm jederzeit in Kauf, dass ein besserer Gegenspieler ihm alles abknöpfte, auch das Leben. Aber er ließ sich nur ungern ein einmal begonnenes Spiel aus der Hand nehmen. Er beendete es lieber auf irgendeine Art und Weise. Er ließ sich lieber von einem würdigen Gegner wie Atamur den Kopf abschlagen als von irgendeiner Saufnase aus dem Norden, die sich auf wenig mehr als das Erschlagen und Häuten von Robben verstand und einen Halbgott namens Swafnir anbetete.

Angst empfand der Ritter nicht – nur Ärger, dass sich die Dinge so entwickelt hatten. Und Wut auf Dom Lando.

Was für ein Arschloch! Wie habe ich es mit dem so lange aushalten können?

Er schaute sich nach Elidana um. Als Erste Steuerfrau gehörte sie der Freiwache an, aber Mortenberg entdeckte sie mittschiffs, wo sie wie andere auch nach den herannahenden Schiffen der Thorwaler Ausschau hielt. Er musste unwillkürlich daran denken, wie sie steif wie eine Puppe zugelassen hatte, dass er sie teilweise entblößte, um dann umso schneller aus den verbliebenen Sachen zu steigen und ihm unverblümte Wünsche ins Ohr zu flüstern.

Eine merkwürdige Frau. Ehrgeizig und gefährlich. Wenn sie mit Dom Lando fertig wird, dürfte sie noch gefährlicher werden.

Unwillkürlich verglich er sie mit Rhiana. Die Prinzessin war ungleich schöner, weiblicher und bestimmt auch klüger. Sie hatte all das, was Elidana fehlte: Charme, menschliche Wärme, Liebreiz. Sie war eine Lichtgestalt, Elidana dagegen war nicht nur äußerlich herb, sondern innerlich ein Charakter mit einem hässlichen Buckel. Aber in ihrem Durchsetzungswillen unterschieden sich die beiden nur wenig. Und noch eine Gemeinsamkeit glaubte er entdeckt zu haben: Beide sehnten sich, ohne es zugeben zu wollen oder auch nur zu wissen, nach Liebe, Zärtlichkeit und, in diesem Verbund, nach dem, was die Zwölfgöttergläubigen Rahjas Freuden nannten. Er hatte die störrische, sperrige, spröde, harte Nuss Elidana schon einmal geknackt und traute sich zu, sie weiter zu öffnen, wenn er dies denn wollte. Mit ihr im Bunde könnte er einiges erreichen. Allerdings könnte er sich niemals gewiss sein, dass sie ihm nicht doch irgendwann einen Dolch in den Rücken stoßen würde. Rhiana dagegen…

Mortenberg hatte eine Wunschliste, und auf Platz eins stand Aventurien. Das würde auch so bleiben, davon brachte ihn niemand ab. Aber auf Platz zwei stand Rhiana – und nicht Elidana, Sarja oder sonst eine Frau, die ihm den Weg zu Platz eins hätte ebnen können. Und das war wirklich ein Problem, wie es sich seinen Lenden bisher noch niemals in den Weg gestellt hatte…

»Ach, Ritter Mortenberg«, scheuchte ihn die Stimme des Fürsten aus seinen Gedanken auf. Emerthon nahm ihn zur Seite. »In diesem Augenblick und angesichts Eurer großen Verdienste mag es unpassend erscheinen, aber ich möchte es trotzdem loswerden: Bitte greift meinem Pagen nicht noch einmal zwischen die Beine. Er mag dies nicht…von Fremden. Er ist vielleicht etwas eingebildet, aber ein lieber Junge. Und seid Ihr nicht sonst, im Gegensatz zu Eurem Schützling Lando, ein Mensch, der die Gefühle anderer achtet, auch wenn sie einen geringeren Rang haben als Ihr?«

Bin ich das? Fürst, Ihr kennt mich noch nicht. Und dann dachte er: *Offenbar bin ich nicht der Einzige, der sich im Moment der Gefahr mit abseitigen Gedanken herumschlägt.*

»Ich wollte nur seinen Hochmut ins Wanken bringen«, erwiderte er, »aber ich gebe zu, dass ich dabei zu weit gegangen bin. Entschuldigt mich bitte bei ihm. Es wird nicht wieder vorkommen.«

»Das wollte ich hören«, sagte der Fürst zufrieden und wechselte das Thema. »Ihr habt Oberkapitän Ongswin gehört – wie schätzt Ihr selbst die Lage ein?«

»Der Oberkapitän ist ein erfahrener Seeoffizier, dessen Urteil ich nicht anzweifle.«

»Und seinen ... Ingrimm über die Anordnungen des Admirals?«

»Kann ich gut verstehen«, gab Mortenberg zu. »Aber versucht es auch einmal aus der Sicht von Dom Lando zu sehen. Es mag ja sein, dass der Schutz von Havena für ihn nur an zweiter Stelle steht und er die Nachhut für ausreichend hält, die ausgebrochenen Thorwaler aufzuhalten. Aber Ihr dürft es ihm nicht zum Vorwurf machen. Ich habe Euch von Anfang an gesagt, dass er sehr ... ungestüm und rigoros ist. Aber das ist Bjarnison auch. Ich dachte, wir wären uns einig, dass auf einen groben Klotz auch nur ein grober Keil passt. Wenn Admiral Dom Lando Erfolg hat – und daran zweifle ich nicht im Geringsten – wird Hardred Bjarnison mitsamt seinen Schiffen so erbarmungslos in den Grund gerammt, dass viele Generationen lang kein oberster Hetman die Thorwaler dazu bringen kann, Albernia noch einmal anzugreifen.«

»Sagt Ihr dies nur, um Lando zu verteidigen, oder meint Ihr es auch so?«, forschte der Fürst und versuchte, im Gesicht des Ritters zu lesen.

»Ich meine es so«, erklärte Mortenberg und musste sich dabei nicht verstellen. »Aber ich sage Euch zugleich auch ganz ehrlich, dass ich als Diplomat, wenn ich mich so bezeichnen darf, und Interessenvertreter von Kaufleuten, die an freiem Handel interessiert sind, eine Lösung bevorzugt hätte, die den beiderseitigen Handelsinteressen dienlicher wäre. Aber mit Bjarnison ist das nicht zu machen. Der Mann ist nicht dumm, aber verbohrt, in gewisser Weise ein Träumer. Er will nicht wahrhaben, dass die Zeiten sich geändert haben – oder er glaubt, das Rad der Zeit ließe sich zurückdrehen. Er ist ein Jäger, dem die Jagd selbst und die zu erlegende Beute zum Lebensziel geworden sind. Er will Albernia nicht besitzen, sondern es nur verheeren. Im Grunde ähnelt er den Seeungeheuern, die er erlegt und mit deren Panzern er vor seinen Landsleuten prahlt. Ich fürchte, mit einem solchen Mann kann man so wenig reden wie mit einer Stockotter. Man kann sie nur vernichten, wenn sie einen angreift. Und dafür eben ist Dom Lando der richtige Mann. Er wird die Stockotter vernichten. Nur leider fehlt ihm die Weitsicht für alles andere.«

»Ihr denkt viel und habt eine philosophische Ader«, merkte der Fürst an. »Ich denke, ich erwähnte es früher schon einmal.«

Mortenberg lachte leise. »Verzeiht, Euer Durchlaucht, aber ich musste gerade daran denken, dass ich selbst erst vor kurzem jemandem philosophische Anwandlungen unterstellte.«

Der Fürst runzelte die Stirn. »Doch nicht etwa Dom Lando?«

Mortenberg wurde ernst. »Nein. Dem ganz gewiss nicht.«

»Er weiß hoffentlich, dass er nur eine Aufgabe zu erfüllen hat und dann wieder meinen Oberkapitänen weichen muss?«

»Das ist ihm bekannt, Euer Durchlaucht. Ich glaube nicht, dass es ihn grämen wird. Ich denke sogar, dass er Albernia sehr bald verlassen wird, um sich … neuen Herausforderungen zu stellen.«

»Das wäre für alle Beteiligten sicher das Beste«, meinte der Fürst und widmete dem Schiff wieder seine Aufmerksamkeit.

Ongswin hatte die Zeit genutzt, war erneut mit dem Teleskop in die Wanten gestiegen und hatte sich außerdem von den Toppgästen ihre Beobachtungen melden lassen. Gleichzeitig nahm seine Adjutantin die Meldungen der Signalgäste entgegen. Noch war die Gefahr, die von den Thorwalern drohte, nicht greifbar. Es hatte noch keinen einzigen Zusammenstoß mit dem Feind gegeben, weder hier draußen noch im Zentrum, wo die Geschwader weiterhin in Linie segelten. Dom Landos Geschwader, angeführt von seinem Flaggschiff *Fürst Emerthon II. zu Pferde* – der Name war nicht in Lettern am Bug angeschlagen, sondern wurde durch eine geschnitzte Darstellung am Heckspiegel ausgedrückt –, bewegte sich schnurstracks auf das Zentrum der thorwalschen Flotte zu, aber die Thorwaler machten keine Anstalten anzugreifen, sondern wichen zurück und bildeten eine Gasse. Vermutlich wollten sie abwarten, bis zehn oder mehr Schiffe in ihren Pulk eingedrungen waren, um sie dann von allen Seiten anzugehen. Dom Lando wiederum steuerte stur seinen Kurs, als habe er ein fernes Ziel und kein Auge für die Drachenschiffe um ihn herum.

Die Geschwader von Murkhen und Galahad hatten, wie es Ongswin signalisiert worden war, einen Kurs hart Backbord beziehungsweise hart Steuerbord eingeschlagen und bewegten sich in einem weiten Halbkreis um den inzwischen vorn eingedrückten Keil der thorwalschen Flotte herum. Auf einem Pergament aufgezeichnet, hätte das Ganze wie ein Herz ausgesehen, mit Dom Landos Geschwader in der Mitte, das wie ein Speer in dieses Herz zielte.

Was mochte in den Köpfen der Thorwaler vorgehen? Das war nicht ihre Art zu kämpfen. Diese Schiffe mit den vielen Segeln hatten sie als Kauffahrer oft im Meer der sieben Winde aufgebracht, vor allem dann, wenn sie in einer Flaute festlagen. Aber diese Schiffe waren so gut wie wehrlos gewesen. Es war leicht gewesen, die Besatzung zu erschlagen, die Beute umzuladen und hernach die Schiffe anzuzünden. Die Schiffe, die jetzt auf sie zufuhren oder sie an den Flanken passierten, besaßen dagegen Torsionsgeschütze im Bug und manchmal sogar an den Breitseiten, in den Gefechtsmarsen saßen Bogenschützen, und mittschiffs, auf dem Vorschiff und auf dem Achterdeck glänzte das Metall der Rüstungen und Waffen von Soldaten. Nicht dass die Thorwaler sich fürchteten, es mit ihnen aufzunehmen – sie nahmen es mit allem und jedem auf jedem Meer auf. Aber sie wussten nicht, was der Gegner bezweckte. Er fuhr ihnen ja davon. Und Bjarnison selbst hinderte sie daran, die greifbaren Schiffe im Zentrum anzugreifen. Hatte er ihnen nicht versprochen, dass Havena ihnen gehören würde? Dass die Männer unter ihnen den Weibern und Mädchen Havenas viele Kinder machen würden und sie alle ganze Schiffsladungen an Geld und Gold für ihre Familien nach Thorwal bringen würden? Dass der Zugang zu Havena von Schiffen blockiert sein könnte, hatte er nicht erwähnt.

Dann kam von Bjarnisons Schiff das erlösende Signal, den Feind anzugreifen. Auf den Drachenschiffen, die zuvor Dom Landos Geschwader noch bereitwillig Platz gemacht hatten, wurden Dutzende von Riemen ins Wasser getaucht und mit aller Kraft durchgezogen. Ein dichter Ring aus hundert Drachenbooten schloss sich wie eine Klammer um die Schiffe, die als Speerspitze in das Herz der Thorwaler eingedrungen waren.

Aber darauf hatte Dom Lando nur gewartet. Auf der *Fürst Emerthon II. zu Pferde* und anderen Schiffen wurden Segeltuchplane von weiteren Torsionsgeschützen, Torsionsschleudern und Drachenzungen gerissen, die die Zahl der offen gezeigten Waffen vervielfachten. Stückmannschaften richteten die Geschütze und Schleudern aus. Ein Hagel von Armbrustbolzen, schweren Steinen, Eisenkugeln und Feuerbällen prasselte auf die angreifenden Drachenschiffe herab. Die allermeisten der Geschosse versanken wirkungslos in der See, aber drei der Drachenboote wurden so schwer getroffen, dass sie versanken, zwei weitere gerieten in Brand. Die Thorwaler ließen sich davon nicht aufhalten. Sie hatten noch immer knapp hundert Schiffe mit über viertausend Kämpfern an Bord, die den versprochenen Plünderungen und Schändungen in Havena einen Schritt näher kommen wollten. Aber die

Feinde strichen nicht die Segel und stellten sich dem Kampf, wie es thorwalsche Art war. Im Gegenteil, sie setzten weitere Segel, nahmen noch mehr Fahrt auf, änderten den Kurs – jedes der in das Herz eingedrungene Schiffe suchte sich seinen eigenen Weg – und griffen zu mehreren einzelne Drachenschiffe in der Klammer an.

Die *Fürst Emerthon II. zu Pferde* bohrte nacheinander mit ihrem Bug zwei Drachenschiffe in den Grund und spuckte dabei ohne Unterlass aus Aalen, Rotzen und Drachenzungen Bolzen, Steine, Eisenkugeln und Feuer. Drei weitere Schiffe in der Linie waren kaum schwächer. Gleichzeitig griffen die Geschwader von Murkhen und Galahad in den Kampf ein. Sie bewegten sich nicht länger in Linie, sondern formierten sich genau zu der gleichen Art von Klammer, die Bjarnison im Inneren gegen Dom Landos Geschwader versucht hatte und dabei gescheitert war.

Die scheinbare Überlegenheit der Drachenschiffe im Zentrum gegen zunächst zehn, dann zwanzig oder dreißig in Dom Landos Linie nachrückenden Schiffen war im Nu dahin, als die Klammer von den beiden anderen Geschwadern aufgebrochen war. Dom Landos Schiffen war die Munition für die Geschütze längst ausgegangen, und viele der Geschütze hatten nach wenigen Schüssen den Dienst versagt. Die Geschwader von Murkhen und Galahad besaßen vergleichsweise wenige Geschütze, die obendrein kaum zum Einsatz kamen. Insgesamt war der Schaden, den die Geschosse angerichtet hatten, eher gering gewesen. Entscheidender war gewesen, dass der Geschosshagel die Thorwaler verunsichert und in die Defensive gedrängt hatte. Verheerender waren noch die plötzlichen und scheinbar willkürlichen Kursänderungen der Segelschiffe gewesen, die sich dem Zugriff der angreifenden Thorwaler selbst dann noch entzogen, wenn diese bereits klar zum Entern waren.

Allein die *Fürst Emerthon II zu Pferde* machte, nachdem

sie die beiden Drachenschiffe vernichtet hatte, keinerlei Versuch mehr, durch Segelmanöver zu entkommen. Gleich drei Drachenschiffe dockten an dem Flaggschiff an, und mehr als 140 Thorwaler sprangen mit Äxten und Schwertern an Bord, endlich in ihrem Element, begierig darauf, diesen tückischen Gegner mit dem Stahl ihrer Waffen zu bezwingen.

Aber das Flaggschiff hatte ihnen gar nicht entkommen wollen. An Bord warteten mehr als zweihundert Söldner, angeführt und roh angefeuert von Dom Lando, nur darauf, den eigenen Stahl zu röten. Mehr als fünfzig von Dom Landos Leuten starben innerhalb kürzester Zeit unter Schwert- und Axthieben, obwohl sie besser gerüstet und verschanzt als die Enterer waren. Aber von den Thorwalern überlebte nicht ein Einziger. Den letzten vieren, die sich längst ergeben und ihre Waffen weggeworfen hatten, trennte Dom Lando höchstpersönlich mit einer Axt den Kopf vom Rumpf.

Die herzförmige Umklammerung der Thorwaler zog sich zusammen, die Zange wurde enger und unerbittlicher. Gleichzeitig wurde der Speer in der Mitte dicker, weil immer mehr Schiffe aus Dom Landos Geschwader aufschlossen und in das Herz eindrangen. Beides nahm Thorwal den Atem. Von allen Seiten wurden die Drachenschiffe angegriffen. Das Herz pumpte Ströme von Blut in die See.

Die Thorwaler kämpften mit dem Mute der Verzweiflung, und es gelang ihnen, eine Anzahl von Schiffen des Gegners zu entern und zu erobern. Hardred Bjarnisons Otta des Schwerthais gehörte zu den Tapfersten und erstürmte hintereinander drei Schiffe. Swafnir schien seinen Schild über Bjarnison zu halten und ihn gegen jeden Pfeil und jeden Schwertstreich zu feien, während der oberste Hetman selbst eine blutige Spur über die Decks der Schiffe zog, die er mit seinen Leuten geentert hatte. Und doch konnte kein Zweifel bestehen, dass die Thorwaler diesen Kampf verlieren würden. Dutzende ihrer Drachenschiffe waren bereits gesunken, die meisten von ihnen von Dom Landos Schiffen in den Grund gerammt. Weitere Schiffe brannten. Andere dümpelten, von Leichen übersät, auf der See, ohne dass noch jemand an Bord war, der die Riemen ergreifen oder das Ruder bedienen konnte. Viele Thorwaler konnten nicht schwimmen und ertranken jämmerlich, wenn ihre Schiffe versanken. Wo immer Dom Lando mit der *Fürst Emerthon II. zu Pferde* auftauchte, zog er eine Schneise der Vernichtung. Er befahl seinen Bogen- und Armbrustschützen, auf verletzte, in der See treibende Thorwaler zu schießen, bis sie sich nicht mehr bewegten. Manchmal, wenn ihm dies nicht schnell genug ging, stieß er einen Armbrustschützen zur Seite, nahm dessen Waffe und jagte dem hilflos in der See Schwimmenden selbst einen Bolzen in den Kopf. Anderen Thorwalern schleuderte er einen Speer in die Brust, einen, der sich an Bord seines Schiffes retten wollte, spießte er auf, einem weiteren, um Gnade Flehenden zertrümmerte er den Schädel mit einem Belegnagel. Einmal ließ er das Schiff auf eine Gruppe von um ihr Leben schwimmenden Thorwalern zulaufen und den schweren Stockanker mitten in sie hinein werfen.

Hardred Bjarnison sah vieles von dem, was seinen Leuten geschah. Er sah, wie Swafindra Hyggeliksdotter, die Tochter des thorwalschen Helden und selbst eine stolze Heldin, die sich mit Todesverachtung in den Kampf geworfen hatte, mit einem Pfeil in der Brust in der See versank. Bjarnisons eigenes Schiff war bei der letzten Attacke auf ein Schiff des Gegners gesunken. Mit unbewegter Miene stand er im Bug des eroberten Schiffes. Nur wenige seines Otta hatten überlebt, und von diesen waren zwei so schwer verletzt, dass sie auch ohne Dom Landos Wüten den Abend nicht mehr erleben würden. Konnte sich der ruhmreiche Otta des Schwerthais von diesem Aderlass jemals erholen? Nur die Alten und Kranken waren zu Hause geblieben, und Bjarnison hatte ihnen versprochen, ihnen die Jungen und Gesunden, beladen mit Schätzen und im Glanz ihrer Heldentaten, zurückzubringen. Und jetzt waren fast alle tot. Hatte er dies alles verschuldet? Womit hatte er Swafnir erzürnt, dass er ihnen nicht beistand? Bjarnison entschloss sich, ihn persönlich zu fragen. Er rief die stämmigste Kämpferin unter den Überlebenden zu sich, drückte ihr seine Axt in die Hand, kniete nieder und beugte das Haupt. »Schlage mir den Kopf ab, Tochter von Thorwal!«, befahl er.

Am Sieg der albernianischen Flotte konnte es keinen Zweifel mehr geben. Der Tod von Hardred Bjarnison ließ den letzten Kampfeswillen der eingekesselten Thorwaler ersterben. Jeder andere Oberbefehlshaber einer Flotte hätte sich damit begnügt, die überlebenden Feinde gefangen und ihre Schiffe als Prisen zu nehmen. Nicht so Dom Lando. Er ließ den Geschwadern von Murkhen und Galahad signalisieren, weiterhin auf alles Jagd zu machen, was sich bewegte, und die restlichen Drachenschiffe zu verbrennen.

Kapitänin Galahad bat um Erlaubnis, der Nachhut zu Hilfe eilen zu dürfen, die als Einzige noch mit einer größeren Anzahl von Schiffen des Feindes zu kämpfen hatte und dem Kampf allem Anschein nach nicht gewachsen war. Dom Lando lehnte ab und befahl Galahad, sich weiterhin um die Vernichtung der restlichen Schiffe zu kümmern.

Gewiss war den Thorwalern an Bord der zwanzig ausgescherten Drachenschiffe nicht verborgen geblieben, dass es um die Sache insgesamt schlecht stand. Mit etwas Glück und Swafnirs Wohlwollen hätte es ihnen gelingen können, auf einem Kurs eng an der Küste nach Thorwal zurückzukehren. In Küstennähe hatten sie Vorteile: Ihr Schiffe hatten weniger Tiefgang, und landseitig einfallende Winde würden die Albernianer überdies zum Kreuzen zwingen und aufhalten, während die Drachenschiffe unabhängig vom Wind gerudert werden konnten. Aber sie waren Thorwaler. Wie würden sie dastehen, wenn sie zurückkehrten und berichten mussten, dass außer ihnen alle tot waren und sie sich durch Flucht einem ruhmvollen Ende entzogen hatten? Dann lieber nach Havena durchbrechen und so viele Feinde wie möglich erschlagen und, wenn dafür Zeit blieb, den Weibern des Feindes thorwalsche Kinder machen.

Ongswin wies den Oberbootsmann an, die Freiwache und alle Soldaten an Deck zu pfeifen. Wenig später hatten alle die ihnen zugewiesenen Positionen eingenommen, auch die sieben männlichen Leibgardisten des Fürsten. Mortenberg war sicher, dass die beiden Attentäter, die sich unter ihnen befanden, jetzt nur noch auf eine günstige Gelegenheit für den Anschlag warteten. Er sah zu den Drachenschiffen hinüber, die stur Kurs auf Havena hielten, ohne sich zunächst um das sich ihnen nähernde Nachhutgeschwader zu kümmern. Wer immer das Kommando über die zwanzig Drachenschiffe führte, schien eindeutige Anweisungen von Bjarnison zu haben oder sich aus eigenem Entschluss seiner Sache sicher zu sein.

Oberkapitän Ongswin hatte frühzeitig die Nachhut aus der Formation der albernianischen Flotte herausgenommen, um die Ausbrecher zu stellen. Dies war allerdings nicht so einfach, denn die Thorwaler ruderten in Linie dicht unter Land und legten sich mit aller Kraft in die Riemen. Die zumeist kleinen und langsamen Schiffe der Nachhut hatten Mühe, unter den für sie jetzt ungünstigeren Windverhältnissen an den Feind heranzukommen. Die Hauptlast lag damit auf der *Wogenfee* und den drei zum Schutz des Fürsten abgestellten Geleitschiffen, da nur sie über genügend Schnelligkeit und Wendigkeit verfügten, den Thorwalern den Weg abzuschneiden. Ongswin war sich aber darüber im Klaren, dass die vier Schiffe allein den zwanzig Drachenschiffen nicht gewachsen waren. Seine Hoffnung bestand darin, die Drachenschiffe lange genug aufhalten zu können, bis der Rest der Nachhut eintraf. Gleichzeitig wusste er, dass die Nachhut insgesamt es schwer haben würde, die wild entschlossenen Thorwaler aufzuhalten, und hoffte auf Unterstützung von Galahads Geschwader. Den zehn oder zwölf größten und schnellsten Schiffen ihres Geschwaders sollte es, auch wenn sie gegen den Wind kreuzen mussten, ein Leichtes sein, aus der Mitte der Bucht zur Mündung des Yaquier zu segeln und dort die Drachenschiffe abzufangen. Voraussetzung dafür war allerdings, dass die Entscheidung für dieses Manöver sehr bald getroffen wurde.

Mortenberg musterte die rund dreißig Söldner und regulären Soldaten, die sich über das Deck sowie auf die Wanten und Marsen verteilt hatten. Sie wurden ergänzt um die Männer und Frauen der Freiwache, an die Ongswin gerade Waffen ausgeben ließ. Während die Söldner und Soldaten mit Schwertern, Säbeln, Äxten, Hellebarden, Speeren, Langbögen oder Armbrüsten ausgerüstet waren und meistens auch Brustharnische, Helme und Schilde besaßen, mussten die Seeleute größtenteils mit Entermessern auskommen. Der Ritter erkannte die Männer und Frauen des fürstlichen Leibregiments an ihren Schärpen in den Farben des Fürsten. Die fünf Frauen waren auf dem Achterdeck postiert und schirmten Emerthon ab. Es würde für die Attentäter schwer sein, an ihnen vorbeizugelangen, zumal es ihnen verboten war, das Achterdeck zu betreten. Außer Emerthon, Mortenberg und den weiblichen Leibwachen durften sich hier nur Offiziere sowie der Rudergänger aufhalten. Die sieben männlichen Leibwachen waren mittschiffs und im Vorschiff postiert. Zwei von ihnen standen mit Langbögen ganz vorn im Bug, drei weitere mit Speeren an Backbord zwischen Fock- und Großmast, und die restlichen zwei – die besten Armbrustschützen des Leibregiments – waren dem Gefechtsmars des Großmastes zugeteilt. Keiner der Männer benahm sich auffällig. Alle schauten aufmerksam und einsatzbereit nach vorn, wo am Backbordbug die ersten Drachenschiffe in Sicht kamen.

»Ruder hart Steuerbord!«, befahl Ongswin, und Kapitänin Jolath leitete den Befehl an den Rudergänger weiter.

Langsam drehte sich die *Wogenfee* in den Wind, und Ongswin überließ es der Kapitänin, die Anpassung der Segel vorzunehmen. Jolath hatte damit keine Mühe. Im Nu waren die Segel gebrasst und neu angeholt worden.

Jetzt lagen die führenden thorwalschen Schiffe für die *Wogenfee* an der Backbordbreitseite und ruderten direkt darauf zu. Sie befanden sich allerdings noch nicht nahe genug, um Schusswaffen einsetzen zu können. Mortenberg bedauerte, dass er nicht wenigstens einen Aal im Bug hatte aufstellen lassen. Aber es war ja nicht beabsichtigt gewesen, sein Schiff in die Kampfhandlungen einzubeziehen.

Die drei Geleitschiffe der *Wogenfee* hatten den kürzesten Kurs gewählt und griffen bereits die Flanke der Thorwaler an. Die *Graf von Honigen* und die *Trollbraut* besaßen Aale, die *Wappen von Havena* sogar eine Rotze, und setzten sie ein. Aber die schmalen Drachenschiffe waren mit den ungenauen Geschützen schwer zu treffen, und die ersten Salven waren entschieden zu kurz. Die nächsten Geschosse sausten über die Drachenschiffe hinweg und versanken wirkungslos in der See. Vielleicht hätte eines von ihnen ein Segel zerfetzt, aber diese waren längst eingeholt worden, weil der Wind zu ungünstig einfiel und die Thorwaler sich allein auf das Rudern verlegt hatten. Da alle Kämpfer auf den Drachenschiffen die Riemen bedienten, würden sie ihre Langbögen nicht einsetzen können. Aber das schien sie nicht zu kümmern, und die an den Breitseiten aufgehängten Schilde schützten sie recht gut vor den Pfeilen, Bolzen und Speeren, die bereits auf sie herabhagelten. Allein die Soldaten in den Wanten und Gefechtsmarsen der albernianischen Schiffe hatten einen besseren Schusswinkel und konnten einige Treffer landen.

Ongswin, der mit seinem Teleskop wieder in die Wanten geklettert war und alles genau beobachtete, ließ sofort alle Bogen- und Armbrustschützen, die sich noch an Deck aufhielten, in die Wanten aufsteigen.

Der *Wappen von Havena* gelang es, mit einem Rotzenschuss knapp oberhalb der Wasserlinie eines der Drachenschiffe zu treffen. Dort klaffte jetzt ein Loch, und einer der Thorwaler war mit zertrümmertem Brustkorb von der Ruderbank gerutscht, aber seine Kameraden ließen sich davon nicht aufhalten. Der Riemen wurde eingezogen, und das Schiff glitt weiter auf die *Wogenfee* zu. Die *Graf von Honingen* und die *Trollbraut* brachen in die Linie der Thorwaler ein und zwangen sie, sich zum Kampf zu stellen. Im Nu drehten die Leute aus dem Norden den Spieß um. Fünf ihrer Schiffe wandten sich den Eindringlingen zu. Etliche Thorwaler wurden von Pfeilen, Bolzen und Speeren niedergestreckt, aber die Drachenschiffe ließen sich nicht aufhalten. Wenig später sahen sich die beiden albernianischen Schiffe in einen Enterkampf verwickelt, den sie eigentlich hatten vermeiden wollen. Und es sah nicht gut für sie aus, zumal ein weiteres Drachenschiff heran glitt. Die *Graf von Honingen* und die *Trollbraut* hatten jeweils fünfzig Bewaffnete an Bord – zu wenig für die wild entschlossenen Thorwaler, die jedes der beiden Schiffe mit mindestens 130 Kämpfern angriffen. Sie machten kurzen Prozess. Alles wurde niedergemacht, was sich ihnen in den Weg stellte. Wenig später brannten die beiden Holks, die zu den Zierden der fürstlichen Flotte gezählt hatten, und die Thorwaler stiegen wieder in ihre Schiffe. Sie hatten selbst Blutzoll zahlen müssen, aber nicht mehr als insgesamt vierzig Kämpfer verloren. Sie gaben eines ihrer Schiffe auf, zündeten es gleichfalls an, um es dem Feind nicht zu überlassen, und verteilten die überlebenden Kämpfer auf die anderen Schiffe. Gemeinsam griffen sie die *Wappen von Havena* an.

Kapitänin Galahad hatte mit ihrem Teleskop die erfolglosen Bemühungen der *Graf von Honingen*, *Trollbraut* und *Wappen von Havena* verfolgt, die Thorwaler aufzuhalten. Die Kapitänin stand seit achtzehn Jahren im Dienst des Fürsten und hielt große Stücke auf ihn. Sie entschloss sich zu handeln, egal was es sie kosten mochte. Sie ließ den Schiffen ihres Geschwaders signalisieren, sich aus dem Zentrum zu lösen und dem Fürsten zu Hilfe zu eilen. Als ihr Geschwader wendete und den neuen Kurs aufnahm, stieg am Flaggenmast der *Fürst Emerthon II. zu Pferde* ein eindeutiges Signal auf: *Manöver abbrechen!* Es folgte eine Botschaft, die der Signalgast nur mühsam anhand von mehreren, aufeinander folgenden Flaggensignalen entziffern konnte: *Befehlsverweigerung bedeutet Tod!*

Galahad kümmerte sich nicht darum. Sie fluchte nur und wünschte Dom Lando das Gleiche, was er ihr androhte.

Während all dies in der Mitte der thorwalschen Linie passierten, bewegten sich die vorderen vier Drachenschiffe, jetzt durch nichts mehr aufgehalten, weiter auf die *Wogenfee* zu. Mortenberg war sich nicht sicher, was die Thorwaler bezweckten. Würden sie zu viert die scheinbar leichte Beute in jedem Fall vernichten wollen, bevor sie weiter gen Havena zogen, oder betrachteten sie das Schiff, das sich ihnen in den Weg stellte, nur als lästiges Hindernis, das sie gern umschifft hätten? Die *Wogenfee* war voll manövrierfähig und schnell. Sie konnte sich den Thorwalern entziehen, wenn diese nicht allzu entschieden nachsetzten.

Mortenberg sah, dass sich Ongswin mit Emerthon beriet. Dann stand die Entscheidung fest: Die *Wogenfee* würde nicht weichen. Aber Ongswin ließ abermals den anderen Geschwadern signalisieren, dass er dringend Hilfe benötigte. Zwar hatten die kleineren Schiffe der Nachhut inzwischen die hinteren Schiffe der thorwalschen Linie erreicht und sie in den

Kampf verwickelt, aber das würde ihnen hier vorn wenig helfen. Obendrein waren die Schiffe wenig erfolgreich. Auf den meisten von ihnen gab es nicht mehr als zwanzig Kämpfer, die sich der Thorwaler kaum erwehren konnten. Innerhalb kürzester Zeit waren fünf der Schiffe von den Thorwalern geentert und angezündet, während diese nur zwei Drachenschiffe verloren hatten.

Das vorderste Drachenschiff war auf Schussweite herangekommen. Aus den Gefechtsmarsen und in den Wanten der *Wogenfee* taten die Bogen- und Armbrustschützen ihr Bestes, die Ruderer von den Bänken zu schießen, und vor allem die Leute aus der fürstlichen Leibgarde erwiesen sich als fähige Schützen, die blutige Ernte hielten. Ein Viertel der Besatzung des Drachenschiffs war bereits tot oder zumindest kampfunfähig. Aber die Thorwaler waren schon zu dicht aufgekommen, um sich noch hindern zu lassen. Sie ließen nur noch acht Leute rudern, während die restlichen mit Langbogen sowie Armbrüsten schossen und Speere warfen. Zwei Bogenschützen und ein Armbrustschütze in den Wanten der *Wogenfee* wurden getroffen und stürzten auf das Deck oder in die See.

Wenn ich ein Attentat vorhätte, würde ich jetzt *handeln,* dachte Mortenberg. Sein Blick wanderte zu den Leibgardisten im Bug und in den Wanten: Die kämpften vorbildlich und schienen nur Augen für den Feind zu haben. Dann streifte sein Blick die beiden Armbrustschützen im Gefechtsmars. Bisher waren sie ihrem Ruf gerecht geworden. Kein Schuss war fehlgegangen. Die vier Bolzen, die sie abgeschossen hatten, steckten in den Körpern von Thorwalern, die niemals wieder gegen Albernia ziehen würden. Gerade setzten sie wieder die Kurbeln an, um die Armbrüste zu spannen.

Und dann sah Mortenberg, dass der eine Mann, während er noch kurbelte, nicht zum Drachenschiff, sondern zum Achterdeck des eigenen Schiffes schielte. Der zweite Mann drehte sich, noch während er die Kurbel bediente, ebenfalls von den Thorwalern weg und dem Achterdeck zu, ohne dabei aufzuschauen.

Das sind sie!, dachte Mortenberg. Am liebsten hätte er es laut herausgeschrieen, aber er hatte sich gut im Griff. Lieber mochte der Fürst sterben, als dass er vor Elidana und all den anderen Zeugen Emerthon warnte.

»Sie sitzen im Gefechtsmars des Großmastes!«, zischte er Ongswins Adjutantin zu. »Sie legen schon an! Tut etwas!«

Die junge Frau, lang aufgeschossen und etwas dürr, aber mit einem hübschen Gesicht, tat etwas.

»Attentäter im Großmast!«, schrie sie, warf sich auf den Fürsten und riss ihn zu Boden.

Fast im gleichen Moment schoss ein Armbrustbolzen heran und drang der Adjutantin in die Schulter. Ein zweiter Bolzen bohrte sich in die Planken des Achterdecks.

»Holt die Kerle aus dem Gefechtsmars und vierteilt sie!«, bellte Ongswins Stimme über das Deck.

Die Seeleute und Söldner, die sich mittschiffs aufhielten, wussten im ersten Moment nicht, wie sie sich – die angreifenden Thorwaler direkt vor ihnen – verhalten sollten, aber die Leibwachen des Fürsten zögerten nicht. Zwei der Frauen spannten die Bögen, und wenig später stürzte einer der Attentäter mit zwei Pfeilen in der Brust auf das Deck.

Kapitänin Jolath brüllte ihre Leute an: »Habt ihr nicht gehört, Deckshände? Schnappt euch den anderen!«

Unbeeindruckt von den bereits das Schiff enternden Thorwalern enterten vier Matrosen in den Gefechtsmars, packten den Armbrustschützen, der noch damit beschäftigt war, die Armbrust neu zu spannen, und warfen ihn kurzerhand aus dem Mastkorb. Als er auf dem Deck aufprallte und noch nicht ganz tot war, besorgte das Beil eines Söldners ihm den Rest.

In dem Drachenschiff, das an der *Wogenfee* angedockt hatte, hatten sich nur noch zwanzig kampffähige Thorwaler befunden. Sie wüteten entsetzlich an Bord und rissen zwölf Gegner in den Tod, aber dann erlagen sie der Übermacht. Aber drei weitere Drachenschiffe bewegten sich auf die *Wogenfee* zu. Wenn die Besatzungen dieser Schiffe sich für das Entern entschieden, würde die *Wogenfee* verloren sein.

Oberkapitän Ongswin fühlte sich zwischen zwei Pflichten hin und her gerissen: Er musste Havena schützen, und er musste das Leben des Fürsten schützen, auch wenn dieser es für Havena opfern wollte. Einen solchen Konflikt hatte der alte Mann noch niemals durchstehen müssen. Bisher war er immer eindeutigen Befehlen oder genauso eindeutigen, von ihm selbst entworfenen strategischen Zielen gefolgt. Zum ersten Mal in seinem siebzigjährigen Leben fühlte er sich hilflos – und das in einem Moment, wo es gelungen war, den Anschlag auf den Fürsten zu vereiteln. Sollte dies umsonst gewesen sein, wenn die Thorwaler ihn erschlugen? Aber hatte der Fürst nicht auch befohlen, auf ihn keine Rücksicht zu nehmen und Havena zu retten? Wenn die *Wogenfee* die vier Drachenschiffe genügend lange aufhielt, mochte es den restlichen Schiffen der Nachhut gelingen, heranzukommen und der Thorwaler Herr zu werden. Vielleicht. Vielleicht aber auch nicht…

Dann sah er, dass Kapitänin Galahads Geschwader herannahte, Galahads Flaggschiff, die *Fürstin Murgin zu Albernia,* vorneweg. Ein Stein fiel ihm vom Herzen.

Hat der Schweinehund Dom Lando sich jetzt doch noch besonnen?

»Kurs hart Backbord! Vollzeug!«, brüllte er, dicht gefolgt vom Echo, das Jolaths Stimme erzeugte. »Wir bekommen Unterstützung!«

Mit dem neuen Kurs gab er den Weg für die Thorwaler frei, rammte dabei jedoch das Letzte der Drachenschiffe noch in den Grund. Den Rest besorgte Galahad, die an den Thorwalern vorbeisegelte und die Mündung des Yaquier blockierte. Keines der thorwalschen Schiffe drang bis Havena vor. Keines flüchtete. Weil die Thorwaler es so gewollt hatten, wurden sie nacheinander von Galahads Schiffen gestellt und im Nahkampf bezwungen. Galahad hielt sich auch weiterhin nicht an Dom Landos Befehle. Thorwaler, die ihre Waffen fortwarfen und sich ergaben, wurden an Bord genommen und ehrenvoll behandelt. Es waren aber nur wenige. Die meisten unterwarfen sich lieber dem Urteil Swafnirs als der Gnade der Albernianer und sprangen, als alles verloren war, in die See.

12 Der Turm

Havena, Mitte Boron 914 BF

Der Fürst mit seinem Gefolge hatte das im Südhafen liegende Schiff längst verlassen, und die Stammbesatzung war wieder an Bord, als Dom Lando eintraf. Mortenberg hatte ihn herbeizitiert.

»Ihr habt gehandelt wie immer, Dom Lando«, sagte er, noch während er ihn zur Kammer des Kommandanten geleitete, die jetzt wieder ihm gehörte, »und Ihr wart erfolgreich – wie meistens. Aber in Havena habt Ihr Euch trotz allem damit wenig Freunde gemacht. Die Leute hier mögen Euch und Eure Art nicht. Ich würde Euch raten, Euch während der Siegesfeier am besten nicht sehen zu lassen. Im Übrigen muss ich Euch die Mitteilung machen, dass Ihr als Admiral abgelöst seid.«

Dom Lando zuckt nur die Schulter, bevor er sich setzte und den Becher mit Raschtulswaller, den ihm der Ritter kredenzte, in einem Zug leerte. »Die Leute hier sind mir scheißegal und können mich mal. Ich habe sie nicht ihretwillen vor den Thorwalern gerettet, sondern weil ich den Auftrag hatte, dies zu tun.«

»Das ist die richtige Einstellung«, lobte Mortenberg, der an seinem Becher mit Wein nur nippte. »Das erleichtert mir die Pflicht, Euch schon jetzt, ohne Euch eine Ruhepause gönnen zu dürfen, einen neuen und dringenden Auftrag zuzuweisen.«

Dom Lando schaute missmutig drein. »Ich glaubte, einen Anspruch darauf zu haben, mich für ein paar Wochen …«

Er sprach nicht zu Ende, aber Mortenberg wusste, was er meinte. *Er will zu seiner Familie, und das macht ihn beinahe menschlich. Aber dafür ist es jetzt zu spät, Dom Lando.* Laut sagte er: »Der Auftrag ist wichtig, aber er kostet Euch nur ein paar Stunden. Danach seid Ihr frei, Euch für einige Zeit Euren eigenen Interessen zu widmen.« *Wenn Ihr dann noch eigene Interessen habt.* Für den Fall, dass Elidana scheitern sollte, fügte er hinzu: »Später wird der Bund Euch ein neues Aufgabengebiet zuweisen. In Albernia seid Ihr inzwischen … zu bekannt, um uns noch weiterhin nützlich zu sein.«

Er schenkte Dom Lando Wein nach, und der stürzte auch den Inhalt des zweiten Bechers hinab, als sei es saurer Elenviner oder sonst ein billiges Gesöff. »Was soll ich tun?«, grunzte er.

»Ihr werdet für diesen Auftrag Elidana Charazzar unterstellt«, sagte der Ritter.

Dom Landos Miene verfinsterte sich. »Der Charazzar? Die ist doch völlig unfähig.«

»Darüber steht Euch kein Urteil zu!«, rügte ihn Mortenberg. Süffisant fügte er hinzu: »Sie hat übrigens das Gleiche über Euch geäußert. Ihr bekommt jetzt die Möglichkeit, sie eines Besseren zu belehren.«

»Die ist nur eines Besseren zu belehren, wenn sie mal gehörig durchgevögelt wird!«, meinte Dom Lando.

»Ich fürchte, das hat sie gehört, denn sie lauscht schon an der Tür«, meinte Mortenberg. Lauter fügte er hinzu: »Warum tretet Ihr nicht ein, Elidana? Ich bin nicht so schwerhörig wie unser Freund hier und habe Eure Schritte sehr wohl gehört.«

Die Tür öffnete sich, und Elidana begab sich in den Raum. Sie warf Dom Lando einen spöttischen Blick zu. »Mir wurde berichtet, Ihr werft Euch gern auf Frauen, die sich nicht wehren können. Aber *ich* kann mich wehren. Sehr gut sogar.

Solltet Ihr mir jemals zu nahe kommen, schneide ich Euch Euer Ding ab! Was im Übrigen wohl kaum ein Verlust sein dürfte, denn ich denke, dass Ihr in dessen Benutzung so ungeschickt wie in allen anderen Dingen seid.«

Dom Lando sah sie an, als würde er sich im nächsten Moment mit der Waffe auf sie stürzen wollen, unternahm und sagte aber nichts.

Erstaunlich, wie dieser seinen Trieben gehorchende Mann sich zügeln kann, wenn es ihm opportun erscheint, dachte Mortenberg. Er sah Elidana an. »Er hat Euch beleidigt, und Ihr habt es ihm heimgezahlt. Aber damit muss jetzt Schluss sein! Dom Lando soll für Euch die Kastanien aus dem Feuer holen – also stellt ihn bitte nicht als unfähig hin. Das ist er nämlich nicht!« Vieldeutig fügte er hinzu: »Ihr wäret gut beraten, seine Stärken zu beachten!«

Er wandte sich Dom Lando zu. »Und Ihr respektiert gefälligst die Abgesandte des Dragor! Welche Befehle sie Euch auch erteilen mag: Hinter ihr steht die Macht des Flammenbundes. Wagt es ja nicht, Euch widerspenstig zu verhalten! Atamur will, dass Ihr dieser Frau gehorcht und dem Bund einen Schritt weiterhelft. Die eine oder andere … Eigenmächtigkeit und das eine oder andere Fehlverhalten könnten Euch damit vergeben werden.«

»Ich habe dem Flammenbund niemals Grund gegeben, an meiner Loyalität zu zweifeln«, sagte Dom Lando finster, »und ich werde mich auch dieser Frau gegenüber loyal und respektvoll verhalten, wenn es im Dienste der Sache ist. Worum geht es?«

»Um die Bergung eines Schwarzen Auges aus Nahemas Turm«, antwortete die Südländerin, »möglicherweise sogar um die Bergung des Ersten Schwarzen Auges.«

Dom Landos Augen verengten sich. Feinheiten über die Natur des Beuteobjekts interessierten ihn wenig, aber die Erwähnung des Turms brachte ihn ins Grübeln. »Die Leute reden allerlei Unsinn über diesen Turm, aber in einem sind sie sich einig: Es gibt keinen Weg, um hinein zu gelangen.«

»O doch, den gibt es!«, widersprach Elidana. »Die Leute wollen es nur nicht wahrhaben. Dutzende von Abenteurern sind diesen Weg gegangen, um die Schätze des Turms zu rauben. Es ist ein alter Stollen, der unter dem Wasser verläuft und im Südhafen endet. Zwei junge Magier sollen ihn einst gegraben haben, um Zauberbücher aus dem Turm zu bergen. Sie kamen dabei um, aber der Tunnel ist noch vorhanden, wenn auch inzwischen voll Wasser gelaufen. Aber es gibt einen Einstieg in diesen Tunnel am Sockel des Turms. Taucher könnten …«

»Taucher könnten gar nichts!«, unterbrach sie Dom Lando. »Auch mir wurde die Geschichte von dem Stollen zugetragen und dass sich Dutzende von Narren darin versucht haben, diesen Weg auszuprobieren. Einige wenige sind zurückgekehrt und haben von einem riesigen Kraken berichtet, der im Keller des Turms haust.«

»Wie alt sind diese Berichte?«, fragte Elidana. »Der Krake wird längst tot sein. Und wenn schon: Fürchtet Ihr Euch vor einem Kraken, Dom Lando?«

Dom Lando setzte ein schiefes Lächeln auf. »Mit einer Harpune in der Hand nicht.«

»Ihr selbst habt dafür gesorgt, dass die auf den Drachenschiffen angebrachten Harpunen inzwischen auf dem Meeresgrund liegen«, erinnerte Mortenberg den Söldner. »Aber ich denke, sie würden unter Wasser ohnehin wenig hilfreich sein.« Er wandte sich an die Brabakerin. »Ist das der einzige Zugang?«

»Es gibt einen weiteren Einstieg etwas nördlich davon«, sagte sie. »Er steht ebenfalls unter Wasser, aber wenn er nicht verschüttet ist, könnte er an einer anderen Stelle des Kellers münden, die außerhalb der Reichweite des Kraken liegt – wenn es denn diesen noch gibt.«

»Entweder der Krake beherrscht den Keller, oder er beherrscht ihn nicht«, erklärte Dom Lando. »Habt Ihr keinen besseren Vorschlag?«

»Der Turm war Teil der alten Befestigungsanlage und ist nur vom Sockel aus zugänglich«, sagte die Südländerin.

»Unsinn«, befand Dom Lando. »Ein Turm ist immer auch von oben zugänglich.« Er grinste: »Jedenfalls für den Eroberer.«

»Aber er ist fünfzehn Schritt hoch, und die Fenster sind zu klein für den Einstieg«, beharrte Elidana.

»Na und?« Dom Lando zuckte die Schultern. »Wir nehmen eines der Schiffe, das eine Rotze an Bord hat.« Er wandte sich an Mortenberg. »Wenn ich als entlassener Admiral über ein derartiges Schiff nicht mehr verfügen kann, dann werdet Ihr es doch richten können, oder?«

Mortenberg nickte. »Wenn Ihr mir sagt, was Ihr zu tun gedenkt.«

»Wir schießen mit der Rotze einen Wurfanker hinauf«, sagte Dom Lando. »Fünfzehn Schritt – das ist mit einer Rotze zu schaffen, wenn der Wurfanker nicht zu schwer ist. Notfalls genügt es auch, wenn der Wurfanker sich in einem der Fenster verkeilt. Von dort dürfte es gelingen, zum Dach hinauf zu klettern.«

Mortenberg lächelte. »Seht Ihr, Elidana? Es hat durchaus seine Vorteile, einen Mann der Praxis an der Seite zu haben.« Er wandte sich an Dom Lando: »Was das Schiff angeht, so redet mit Oberkapitän Ongswin. Er kann Euch nicht leiden, aber wenn Ihr Euch auf mich beruft, bekommt Ihr, was Ihr haben wollt. Allerdings rate ich Euch, die Rotze auf einen Kutter oder eine Barkasse umzuladen. Ein Holk hat einen zu großen Tiefgang, um sich durch die Untiefen und anderen Hindernisse der Unterstadt zu bewegen. Wie viele Leute benötigt Ihr? Bedenkt bitte, es wird gesagt, dass eine Hexe im Turm haust, dass es Kraken und andere Ungeheuer geben mag.«

»Ich brauche vier Leute, die gut klettern und eine Waffe zu führen wissen«, erwiderte Dom Lando. »Und die sich nicht in die Hose scheißen, wenn es brenzlig wird. Mit Eurer Erlaubnis suche ich die Besten unter jenen Flammenbündlern aus, die mir geholfen haben, die Thorwaler zu verjagen.«

»Ihr meint zu vernichten«, korrigierte der Ritter. »Aber Ihr habt mein Einverständnis, denn in diesen Belangen seid Ihr kundiger als ich. Nehmt die besten Leute, und sorgt dafür, dass Elidana Charazzar dem Dragor das Schwarze Auge übergeben kann.«

»Dies ist *meine* Aufgabe, und *ich* suche die Leute aus, die Dom Lando begleiten!«, widersprach die Südländerin.

»Entschuldigt bitte, dass ich voreilig war«, sagte Mortenberg. »Zweifellos habt Ihr gute Gründe, die Leute selbst auszusuchen.« Er dachte daran, dass Elidana zwei Fliegen mit einer Klappe schlagen wollte: Das Schwarze Auge bergen und Dom Lando töten. Sie musste sich darauf verlassen können, dass Dom Landos Begleiter ihr ergeben waren und nicht dem Söldner. Neugierig fragte Mortenberg: »Ihr selbst werdet Euch nicht in den Turm begeben?«

»Ich werde Dom Lando genau erklären, wo sich das Schwarze Auge befindet und im Boot auf seine Rückkehr warten«, antwortete Elidana.

Der Söldner warf Elidana einen verächtlichen Blick zu, sagte jedoch nichts.

Mortenberg fragte sich, was sie vorhatte. Vermutlich würde sie Dom Lando und seine Begleiter nach deren Rückkehr auffordern, zunächst das Artefakt abzuseilen. War dies geschehen, konnte sie Dom Lando mit einem guten Bogenschuss den Garaus machen, während er selbst am Seil herabkletterte. Oder sie stieß ihm das Rapier ins Herz, sobald er das Boot erreicht hatte.

»Ich nehme an, Ihr habt alles gut bedacht«, meinte Mortenberg. Er macht eine kleine Pause und fragte dann: »Ihr seid Euch sicher, dass dieses Schwarze Auge noch niemals von einem Magier benutzt wurde? Ihr wisst, weshalb ich danach frage.« Er dachte an das Schwarze Auge im Augenhort, das selbst von Atamurs starker Magie nicht vom Fleck bewegt werden konnte.

»Wollt Ihr mich beleidigen?«, schnappte die Südländerin. »Mir ist durchaus bekannt, dass ein Schwarzes Auge nur geborgen werden kann, wenn es noch niemals von einem Magier geöffnet wurde. Aus den von mir studierten Dokumenten geht hervor, dass es dazu nicht mehr gekommen ist. Das Große Beben hat dies verhindert.«

Der Ritter nickte. »Wenn Ihr es sagt, wird es sich so verhalten.« Er wandte sich an den Söldner und fragte ihn beiläufig: »Dient Ihr eigentlich einem Gott, Dom Lando? Erzählt mir nichts von Pyrdacor – ich weiß, dass Ihr nur um des Geldes willen dabei seid, und das ist Euch nicht vorzuwerfen.«

Dom Lando grinste. »Traut Ihr mir wirklich zu, irgendeinem Gott zu dienen?«

»Eigentlich nicht«, antwortete Mortenberg.

»Warum fragt Ihr dann?«

»Weil ich Euch ihm gern anempfohlen hätte«, sagte der Ritter. »Der Auftrag ist nicht ganz ungefährlich, und wer weiß, in wessen Paradies der eine oder andere daran Beteiligte eingehen könnte. Aber da Ihr für Euch keines der Paradiese in Aussicht genommen habt, wünsche ich Euch einfach nur viel Glück.«

»Das habt Ihr noch niemals getan«, wunderte sich Dom Lando.

»Da seht Ihr es«, meinte Mortenberg. »Irgendwann werden wir eben alle alt und rührselig. Vergesst es einfach.«

Elidana mischte sich ein. »Ist nun alles geklärt? Ich möchte meinen Auftrag so bald als möglich durchführen.«

»Was hindert Euch daran?«, fragte Mortenberg freundlich. »Trefft Eure Anordnungen.«

»Sehr gut«, meinte die Südländerin und wandte sich an Dom Lando. »Ich suche Eure Begleiter aus, und Ihr werdet feststellen können, dass sie in jeder Beziehung sehr fähig und ohne Furcht sind. Ihr hingegen kümmert Euch um das Boot und das Geschütz. Wenn alles bereit ist, meldet Euch hier auf der *Wogenfee.* Ich erwarte Euch in vier Stunden zurück.«

Dom Lando deutete eine knappe Verbeugung an und verschwand. Elidana wartete, bis die Schritte verklungen waren. »Ich wollte Euch im Beisein des Tieres nicht darauf ansprechen«, sagte sie dann. »Die Machtfrage in Albernia wurde nicht in unserem Sinne entschieden, nicht wahr?«

»Ihr seid eine aufmerksame Beobachterin«, stellte Mortenberg ironisch fest. »Ja, es ist richtig, der Plan des Dragor ist gescheitert. Der Fürst hat das Attentat überlebt.«

»Worauf führt Ihr das zurück?«

Mortenberg zuckte die Schultern. »Ich war in die letzten Einzelheiten nicht eingeweiht, aber im Nachhinein erscheint mir die Sache in der Anlage etwas zu durchsichtig, auf jeden Fall aber in der Ausführung stümperhaft.«

»Wie meint Ihr das?«

»Ich selbst sah, wie die Attentäter sich vorbereiteten. Kein Wunder, dass es auch anderen auffiel.« Schnell fügte er hinzu: »Woraus Atamur kein Vorwurf zu machen ist. Wir sind einmal mehr an denen gescheitert, die mit der Ausführung beauftragt waren.«

»Plant die Erste Flamme ein neues Attentat?«

»Das müsst Ihr schon Atamur selbst fragen«, antwortete Mortenberg. »Aber wenn Ihr meine Meinung hören wollt, dann wurde der richtige Moment verpasst. Emerthon ist jetzt gewarnt und wird sich besser zu schützen wissen. Außerdem jubeln alle dem Fürsten zu. Er hat sein eigenes Leben für Havena in die Waagschale geworfen, als die Möglichkeit bestand, es zu retten. Ihn jetzt zu töten hieße, das ganze Land gegen die Attentäter aufzuwiegeln.«

»Ihr meint also, die Machtfrage in Albernia sei entschieden?«

Mortenberg lächelte sparsam. »Das habe ich nicht gesagt.«

Die Haustür wurde aufgestoßen, und die Patrusco stürmte in die Diele. »Prinzessin Rhiana?«, rief sie, bevor noch die Tür ins Schloss gefallen war.

»Wir lassen uns gerade Euren köstlichen Kräuterkäse schmecken«, antwortete Rhiana aus der Küche.

Die Kaufherrin eilte herbei und schwenkte triumphierend ein Stück Pergament. »Das Unrecht ist wieder gut gemacht«, schnaufte sie und reichte der Prinzessin das Dokument. »Unterzeichnet von Fürst Emerthon II. und mit seinem Siegel versehen. Lest selbst: Seine Durchlaucht hat verfügt, dass Ihr und Finni frei seid und jederzeit fürstliche Unterstützung einfordern könnt. Mehr noch: Der Fürst weist seine Leute an, die Schiffe mit Euch und Eurem Volk passieren zu lassen.«

Rhiana und Finni waren aufgesprungen und lagen sich jubelnd in den Armen. Schließlich löste sich die Prinzessin, zögerte kurz, trat dann auf die Kaufherrin zu und nahm sie in den Arm. »Das werden wir alle Euch niemals vergessen!«

»Die Wachen …«, begann Finni.

»… sind bereits abgezogen«, fiel ihr die Patrusco ins Wort, die Rhianas Umarmung etwas verlegen und hölzern erwidert hatte, weil sie derlei nicht gewohnt war.

»Dann sollten wir sofort zu Nahemas Turm aufbrechen!«, forderte die Halbelfe.

»Das werden wir auch tun«, antwortete Rhiana und gürtete ihr Schwert.

»Eure Schaluppe wurde mit allem ausgerüstet, was ihr erbeten habt, und liegt am Kai«, sagte die Kaufherrin. »Seid Ihr sicher, dass Ihr wirklich allein aufbrechen wollt? Ich kann Euch Leute und weitere Boote zur Verfügung stellen. Das Dokument des Fürsten würde es Euch sogar erlauben, Hauptmann Gortum und die gesamte Stadtgarde zu Eurem Schutz einzusetzen. Ich würde es dem Dussel gönnen, Eure Weisungen entgegennehmen zu müssen!«

Rhiana lachte. »Habt Dank für alles, aber wir wollen keine Schlacht schlagen.« Ernster fügte sie hinzu: »Die Gefahren, die im Turm auf uns lauern mögen, sind anderer Natur. Soldaten werden uns wenig helfen können.«

»Auch nicht gegen den Kraken?«, fragte die Kaufherrin. Sie hatte die Stunden, in denen ihre Gäste unter Hausarrest standen, genutzt, um alles zusammenzutragen, was über den Turm erzählt wurde, und ihr Wissen den beiden Frauen mitgeteilt.

»Es heißt, er sei im Keller gefangen und schon zu groß geworden, um sich daraus zu befreien«, sagte die Prinzessin. »Wir werden den Einstieg wählen, der sich seinem Zugriff entzieht. Und sollte er doch angreifen oder ein anderes Ungeheuer auf uns lauern, wird Finnis Magie uns schützen.« Sie wandte sich an die Halbelfe. »Das schaffst du doch, Finni, oder?«

»Ich hoffe es«, antwortete Finni. »Es gibt einen Lähmzauber, den ich leidlich gut beherrsche.«

»Ich mache mir trotzdem große Sorgen um Euch«, gestand die Kaufherrin. »Seit dem Großen Beben sind Dutzende ausgezogen, um das Geheimnis des Turms zu lüften und dort vermutete Schätze zu bergen. Kaum einer kehrte zurück. Es gibt etwas Böses, das dort regiert, und dabei handelt es sich nicht um den Kraken.«

»Wir sind es gewohnt, mit den Mächten des Bösen zu kämpfen«, sagte die Prinzessin mit einem kleinen Lächeln. Im Innern empfand sie jedoch alles andere als Sorglosigkeit. Aber einen Freund einfach aufzugeben, kam für sie so wenig in Frage wie für Finni. Sie würden das Böse stellen und es bezwingen – oder gemeinsam untergehen.

Rashid starrte die Frau an, die aus dem oberen Stockwerk des Turms herabstieg. Sie trug ein langes, dunkelrotes Gewand, das von den Schultern bis zu den nackten Füßen reichte, aber so dünn und durchsichtig war, als würde es aus Spinnweben bestehen. Darunter war die Frau nackt, und während sie sich die Stufen der Wendeltreppe hinab bewegte, klaffte das vielfach geschlitzte Gewand an dieser oder jener Stelle auf und zeigte weiße Haut, dunkle Brustwarzen und dichtes Schamhaar, das so schwarz und kraus wie das hüftlange Haupthaar war und doch einen rosigen Spalt nicht ganz verbergen konnte.

Selten zuvor hatte Rashid eine so schöne und aufreizende Frau erblickt. Der Körper war schlank und verführerisch weiblich, die großen Brüste waren wohl gerundet, voll und dabei doch straff, das Gesicht mit der geraden Nase und der hohen Stirn wirkte edel, der Mund mit den vollen Lippen verführerisch, fast wollüstig. Allein die Augen, die wie glühende Kohlen unter grauer Asche glosten, sahen seltsam aus, aber vermutlich waren es die Begierde und die Verheißung unglaublicher Wonnen, die aus ihnen sprachen und sie zum Funkeln brachten.

»Komm mit mir, mein Schöner aus dem Süden«, sagte die Frau mit einer weichen, samtigen Stimme und nahm seine Hand. »Oben wartet eine weiche Lagerstatt auf uns.«

Dom Lando fluchte, als auch der zweite Schuss aus der Rotze nicht das gewünschte Ergebnis brachte. Der Wurfanker prallte gegen die Turmwand, bevor er ausreichend Höhe gewonnen hatte, und fiel in die aufspritzende See. Der Söldner stieß die Frau im Bug zur Seite, während einer von den anderen Leuten die Leine mit dem Wurfanker wieder einholte.

»Steck ihn dir in den Arsch!«, herrschte Dom Lando den Mann an, der den Anker aufgefischt und nach vorn bringen wollte. Er drückte ihm einen leichteren Wurfanker in die Hand. »Der reicht völlig aus!«

Während der Mann den kleineren Anker mit einer Leine versah, wies Dom Lando die Rotzenschützin an, das Torsionsgeschütz neu zu spannen. Der Mann half ihr dabei, als er die Leine befestigt hatte. Dom Lando selbst legte den Wurfanker auf und visierte das Ziel an.

»Richtkeile stärker anschlagen!«, befahl er, und die Frau trieb die vorderen Keile der Lafette mit kleinen Hammerschlägen Finger um Finger nach innen. Der Schusswinkel der Rotze wurde steiler.

»Gut so!«, sagte Dom Lando, und die Frau hielt inne.

Der Bootsbug bewegte sich im Takt der Wellen leicht auf und ab. Dom Lando wartete ab, bis der Bug den tiefsten Punkt erreicht hatte und wieder aufstieg. Dann löste er die Abschussvorrichtung aus. Der Anker wurde in hohem Bogen hinausgeschleudert, die Leine hinter sich herziehend. Dieses Mal prallte er nicht gegen die Turmwand, sondern erreichte das Spitzdach, brach ein Loch in die Schindeln und verhakte sich dort.

»Na also!«, triumphierte Dom Lando.

Die ablaufende Leine kam zur Ruhe, und der Mann im Bug machte sie fest.

Elidana saß im Heck und hatte das Ganze mit unbewegtem Gesicht verfolgt. »Worauf wartet Ihr noch?«, fragte sie spöttisch, als Dom Lando sie fragend ansah. »Dass der Turm abbricht und Ihr schnurstracks zu dem Artefakt stolzieren könnt?«

Dom Lando bedachte sie mit einem grimmigen Blick. »Ich bringe Euch das verdammte Auge«, versprach er. »Nehmt ein Halbstundenglas. Bevor der Sand durchgelaufen ist, bin ich zurück.«

Die Südländerin winkte ab. »Ich gebe Euch zwei Stunden, Dom Lando. Wenn Ihr früher zurück seid, macht Euch am

Dach des Turms bemerkbar. Ich behalte es mit einem Teleskop im Auge.«

»Ihr wollt nicht am Turm warten?«, wunderte sich der Söldner.

»Ich bin derzeit in Havena nicht gut gelitten«, erwiderte die Frau, »und das ist auch fast das Einzige, was uns beide verbindet. Es wäre nicht ratsam, hier am Turm zu ankern und die Aufmerksamkeit der Stadtgarde auf sich zu ziehen. Wie ich schon sagte: Macht Euch bemerkbar, und ich hole Euch ab.«

Der Söldner spuckte in die Hände, packte das Seil und kletterte den Turm hinauf. Als er das Dach erreicht und die Lücke so weit vergrößert hatte, dass er hindurchschlüpfen konnte, winkte er dem Ersten seiner Begleiter.

Elidana wartete, bis der Letzte der vier Begleiter das Dach des Turms erreicht hatte. Dann befahl sie den beiden Ruderern, die ihr verblieben waren, die Leine des Wurfankers zu lösen und sich in die Riemen zu legen.

»Das ist merkwürdig«, sagte Rhiana und deutete auf das Seil, das vom Dach des Turms herabhing. »Was glaubst du, Finni? Ist Rashid wieder zu sich gekommen und hat sich von dort oben abgeseilt?«

Die Halbelfe schüttelte den Kopf und zeigte nach oben. »Das sieht eher so aus, als sei jemand erst kürzlich von außen eingedrungen. Ich weiß zwar nicht, wie jemand einen Wurfanker so hoch hinaufschleudern kann, aber dort oben steckt etwas, das genauso aussieht wie ein Wurfanker. Wenn Rashid ausgebrochen wäre, hätte es ihm doch wohl genügt, ein paar Dachschindeln herauszuschlagen und ein Seil an den Sparren zu befestigen.«

Rhiana folgte Finnis Blick und gab ihr Recht. Die Dachschindeln sahen aus, als seien sie von außen beschädigt worden. »Wir haben es also mit weiteren Besuchern zu tun?«

»Davon müssen wir wohl ausgehen«, sagte Finni.

»Leute, die wie Rashid einen unwiderstehlichen Drang verspürten, den Turm aufzusuchen?«

Die Halbelfe verzog das Gesicht. »Vielleicht ja, vielleicht nein – ich weiß es so wenig wie du. Ich weiß nur … Spürst du auch dieses Unbehagen, Rhiana?« Sie wurde deutlicher: »Diese … Angst? Ich habe sie schon einmal verspürt, als ich Rashid bis zum Turm folgte. In mir ist Angst, wie ich sie in dieser Stärke noch nie gekannt habe, und du weißt, dass ich keine Angstmaus bin!«

»Ja«, gab die Prinzessin zu. »Ich spüre es auch. Im Turm ist … *etwas*, das diese Gefühle erzeugt. Aber wir müssen diese Angst bekämpfen, wenn wir Rashid retten wollen!« Bitter fügte sie hinzu: »Oder uns zumindest Klarheit darüber verschaffen wollen, was mit ihm geschehen ist.«

»Das Seil ist verlockend«, meinte Finni. »Dort hinaufzuklettern wäre einfacher, als in die See hinabzutauchen, den Einstieg zu suchen und vielleicht gegen einen Riesenkraken kämpfen zu müssen. Andererseits – wer weiß, was uns dort oben erwarten mag?«

»Ich mag Hunde, Katzen und Pferde«, gab die Prinzessin zur Antwort, »aber nicht unbedingt Riesenkraken. Außerdem können wir beide ganz gut klettern. Nutzen wir die Gelegenheit!«

Als Dom Lando und seine vier Begleiter vom Dachgeschoss des Turms in das darunter gelegene Zimmer hinab stiegen, überraschten sie ein Paar in einer eindeutigen Situation. Die beiden lagen nackt auf einem Kanapee und trieben es miteinander.

»Heda!«, rief der Söldner, der die Gruppe anführte, und grinste dreckig. Er knöpfte sich die Hose auf. »Du da, Bürschchen, verpiss dich! Ich habe einen längeren Speer und kann es dem geilen Weib weitaus besser besorgen!«

Die beiden waren zusammengezuckt. Jetzt lösten sie sich voneinander, und der Mann versuchte, seine Blößen zu bedecken, suchte dabei nach seiner Kleidung und seiner Waffe.

»Weg von dem Rapier!«, befahl einer von den Männern und trat die Waffe fort. Er stierte die nackte Frau so lüstern an, wie Dom Lando dies tat, und rechnete sich wohl Chancen aus, sie nach ihm besteigen zu dürfen.

Mit der Frau allerdings geschah etwas, das sowohl ihm als auch Dom Lando das bereits anschwellende Glied in der Hose schrumpeln ließ. Sie sprang auf und stand breitbeinig da, aber nichts an ihr wirkte noch einladend und sinnlich. Vielmehr hatte sich das Gesicht zu einer Fratze mit hell lodernden Augen verzerrt, und der ganze Körper begann zu zerfließen. Die Augen gruben sich immer tiefer in die Höhlen ein, das Haar wurde grau und strähnig, die Brüste sackten in sich zusammen, hingen herab, wurden zu grauen Schläuchen aus aufplatzendem Leder. Der ganze üppige Körper schrumpfte, die Rippen traten hervor, die Muskeln bildeten sich zurück, die Beckenknochen brachen unter grauer, aufplatzender Haut hervor, die Arme und Beine bestanden fast nur noch aus blanken Knochen. Die letzten Muskeln und Bänder rissen, und es klang wie das Knallen von Peitschen. Staubwolken erhoben sich dort, wo sich wenige Augenblicke zuvor noch Fleisch befunden hatte. Ein Skelett aus blanken, weißen Knochen stand ihnen gegenüber, und das einzig Lebendige darin waren die tief in dem Schädel glimmenden Augen.

»Rastullah, steh mir bei«, keuchte Rashid, der die Verwirrung genutzt hatte, um in seine Kleider zu fahren, und sogar das weggetretene Rapier wieder in seinen Besitz gebracht hatte. »Um ein Haar hätte ich einem Skelett beigewohnt!«

»IHR WAGT ES, MICH IN DIESEM *MOMENT ZU STÖREN?«*, kreischte eine Stimme, die von keiner Zunge und keinem Kehlkopf gestützt wurde und doch von den Wänden wi-

derhallte und zugleich auch in die Köpfe der Anwesenden eindrang.

Dom Lando war der Einzige, der mit der Situation fertig wurde. Mit dem Schwert in der Hand trat er auf das Skelett zu. »Ich haue dir sämtliche Knochen auseinander, wenn du versuchst, mich aufzuhalten!«, drohte er. »Meinetwegen kannst du mit dem dort...« Seine Schwertspitze zeigte auf Rashid. »... weitermachen, sobald wir unseren Auftrag erfüllt haben. Mir selbst ist allerdings der Appetit vergangen.«

»Was wollt ihr hier?«, herrschte die Stimme des Skeletts Dom Lando an.

»Das Schwarze Auge!«, sagte Dom Lando.

»Das Schwarze Auge?«, kam die Stimme des Skeletts wie ein Echo zurück. Dann ertönte ein grässliches Lachen, das sich allen, die es hörten, von der Stirn bis in die Haarspitzen fraß. *»Das könnt ihr gern haben. Holt es euch doch! Es befindet sich dort drüben in dem Turmraum, der der Stadt zugewandt ist.«* Ein Arm des Skeletts zeigte zu einer Tür in dem Gemäuer.

Dom Lando runzelte die Stirn. »Du willst mich nicht daran hindern?«

Das Skelett lachte abermals dieses schaurige Lachen, das allen durch und durch ging. *»Ich euch daran hindern? Aber nein! Warum denn auch? Ich bin froh, wenn ihr es an euch nehmt. Ich will es hier gar nicht haben!«*

Rhiana und Finni hatten das Dach des Turms erreicht und sich durch die Lücke gezwängt. Von unten drangen Stimmen herauf. Die eine der Stimmen drang ihnen durch Mark und Bein, ohne dass sie sagen konnten, ob es die Stimme eines Menschen oder eines Dämons war. Sie spürten sie mehr in ihrem Kopf als dass sie sie mit den Ohren hörten. Aber die andere Stimme hätten sie aus Hunderten herausgehört.

»Dom Lando!«, zischte die Halbelfe und zog ihren Dolch. »Wenn ich diesen Mistkerl erwischen kann, dann…«

»Finni, wir sind hier, um Rashid zu retten!«, beschwor Rhiana die Freundin.

»Er hat mir und meiner Mutter das Schlimmste angetan, was ein Mann einer Frau antun kann«, brach es aus Finni hervor. »Und als meine wehrlose Mutter seinen Trieben genügt hatte, brachte er sie auf grausamste Art um!«

»O Finni«, flüsterte Rhiana entsetzt. »Warum hast du mir das niemals erzählt?«

»Weil ich, und zwar ich ganz allein, dieses Schwein zur Rechenschaft ziehen will!«, stieß Finni hervor. »Vielleicht ist jetzt der Moment dafür gekommen!«

Dom Lando versammelte seine Leute, drei Männer und eine Frau, um sich. Er hätte sich bessere Leute gewünscht, einige von den Haudegen, die den Thorwalern die Schädel gespalten hatten. Aber bisher waren die von der Charazzar ausgesuchten Begleiter zumindest nicht unangenehm aufgefallen.

»Das Skelett will uns offenbar nicht aufhalten«, flüsterte er ihnen zu, das Schwert weiterhin in Richtung des Skeletts erhoben. Er blickte die einzige Frau in der Runde an. »Ihr bleibt hier und achtet darauf, dass es sich nicht doch eines anderen besinnt. Die anderen gehen mit mir und holen das Schwarze Auge!«

»Aber…aber dieses Skelett…«, stammelte die Frau und rollte die Augen.

»Was wollt Ihr?«, knurrte Dom Lando. »So enden wir alle einmal.«

»Ich dachte, wir würden dann in einem Grab liegen«, erwiderte die Frau. »Aber dieses Skelett hier…kann sprechen und sogar herumhuren…«

»Und was kümmert dies Euch?«, fragte der Söldner grimmig. »Mit Euch will es ganz gewiss nicht herumhuren! Und nun genügt Eurer Pflicht und haltet uns nicht länger auf.«

Das Skelett setzte sich auf das Kanapee und machte keine Anstalten, in das weitere Geschehen einzugreifen. Allein die Augen schienen noch heller als zuvor zu lodern. Aber das kümmerte Dom Lando wenig. Er stapfte voran und öffnete die Tür zum Turmzimmer, das gen Havena zeigte.

Das Schwarze Auge war längst erwacht. Abermals befanden sich Fremde im Turm. An den Kraken und an die Dämonenbeschwörerin hatte es sich längst gewöhnt. Der Krake war nur ein Tier, das seinen Instinkten genügte und sich Nahrung beschaffte, wenn diese greifbar war. Der Körper der Dämonenbeschwörerin war längst vergangen, und ihr Geist, der das Skelett dieses Körpers noch immer zu beleben mochte, widersetzte sich allen Versuchen des Auges, ihn an sich zu binden. Aber die Fremden, die Eindringlinge... Sie waren die Nahrung, die das Auge suchte und brauchte.

Das Auge war eine mächtige magische Präsenz. Diejenigen, die es einst erschaffen hatten, wollten diese Präsenz für sich nutzen, und dies war ihnen auch stets gelungen. Selbst jene, die ihnen nachfolgten und nur einen Zipfel der Magie der einstigen Herren zu nutzen verstanden, hatten in den Schwarzen Augen willige Instrumente vorgefunden, die ihren unvollkommen vorgebrachten Wünschen gehorchten.

Nicht so dieses Schwarze Auge. Es war nur *ein* Schwarzes Auge und keineswegs eines der *Ersten* Schwarzen Augen. Seine Macht war begrenzt. Aber diese Macht war dennoch viel größer, als jeder der Magier, der eines der Schwarzen Augen fortan benutzte, es sich vorstellen konnte. In jedem Schwarzen Auge wohnte eine magische Präsenz. Bereit zu dienen. Bereit zu gehorchen. Begierig darauf, die eigenen Möglichkeiten unter den kundigen Händen eines Magiers auszuschöpfen.

Aber dieses eine Schwarze Auge war anders als die anderen. Es war aufgestellt worden, hoch oben in diesem Turm, um einem Magier zu dienen. Aber bevor der Magier selbst es ganz öffnen konnte, war Havena von dem Großen Beben erfasst worden. Der Magier war einer der Ersten, der in Panik geriet, alles um sich herum vergaß und zu fliehen versuchte. Hier oben auf Nahemas Turm hätte er das Beben überlebt – aber es zog ihn zu seiner Familie in der Stadt, und mit ihr gemeinsam ertrank er in der Flut, die dem Beben folgte. Das Schwarze Auge jedoch, sich seiner selbst kaum bewusst und nur halb geöffnet, nicht mehr gelenkt durch die kundigen Hände des Magiers und nicht mehr durch ein Tuch verhüllt, das es abzuschirmen vermochte, sah hinaus auf die ertrinkende Stadt.

Es sah Männer, Frauen und Kinder, die, verzweifelt um Hilfe schreiend, ungehört gurgelnd in der Flut verschwanden. Es nahm Todesangst, Grauen, Entsetzen und Verzweiflung von Tausenden von Kreaturen auf, Menschen wie Tieren, die in den Fluten versanken. Da waren die Hofhunde, die, an ihren Ketten gefesselt, heulend in die Tiefe gezogen wurden. Pferde, die wild wieherten und mit den Hufen ausschlugen, sich die Beine brachen und dann von den schäumenden Wassern begraben wurden. Herren und Knechte, Mütter und Kinder, eingesperrt in unterspülten und halb zusammengebrochenen Häusern, flehten die Götter an und verfluchten sie schließlich, bevor das Wasser, das immer höher stieg, sie schließlich verstummen ließ. Das Schwarze Auge nahm all dies in sich auf, das Entsetzen, die Verzweiflung, die Todesangst, das Grauen, und formte sich daraus ein eigenes Bild. Es trank den Schmerz und das Grauen und verstand es als Nahrung. Fortan warf es jedem Besucher die Bilder der Angst und des Grauens entgegen und sog ihn selbst in sich hinein.

Und dann kam Dom Lando.

Seine Begleiter verspeiste das Schwarze Auge fast beiläufig, denn sie hatten wenig mehr zu bieten als die eigene Angst und ein paar Untaten, die sie im Namen des Flammenbundes begangen hatten. Sie wurden aus ihren Körpern gesaugt und dem Auge einverleibt.

Dom Lando war anders. Seinen Augen entströmte all das, was das Schwarze Auge während des Großen Bebens erblickt hatte: Gepeinigte, zermarterte, zerstückelte Körper ... viele, viele, viele ... Leiden ohne Ende ...

Aber zugleich gab es viele neue Eindrücke, die das Schwarze Auge noch niemals erschaut hatte: Frauen und Kinder, die der Söldner zu Boden warf, schändete, sie zu weiteren Gräueln anderen überließ oder sie höchstpersönlich auf grausame Art auslöschte. Aufgeschlitzte Leiber, gespalteten Schädel, abgeschlagene Gliedmaßen und Köpfe. Rohes Gelächter über im Dreck liegende, ausblutende Körper von Männer, Frauen und Kindern. Tritte in blutiges Gedärm.

Das Schwarze Auge war keine Präsenz, die wertete. Sie nahm nur auf und warf ihre Eindrücke zurück. Sie warf all das zurück, was sie selbst gespeichert hatte, ergänzt um das, was sie Dom Landos Geist entnommen und als willkommene Erweiterung verstanden hatte.

Dom Lando sah, geballt in einem einzigen Bild und in einer einzige Woge von Furcht, Todesangst, Verzweiflung, Erschütterung, Hass, Ingrimm und Verfluchung all das, was er selbst angerichtet hatte, vermehrt um alles Elend, das Havena im Großen Beben widerfahren war. Und selbst dieser unempfindliche Klotz zerbrach an dieser Woge.

Niemals zuvor und niemals danach wurde Aventurien von einem solch Mark und Bein erschütternden Schrei erschüttert, als Dom Lando im Feuer eines Entsetzens verglühte, das er selbst geschürt hatte.

Das Schwarze Auge nahm ihn und seine Bilder auf – und wurde noch böser. Niemals mehr würde es sich einem Magier fügen. Aber die Speise war üppig gewesen. Das Schwarze Auge schloss sich, um dies alles zu verdauen, und verzichtete darauf, die weniger interessanten Geister einzusaugen, die sich in seiner Nähe befanden.

Die beiden Frauen hatten Dom Landos Ende mit Schaudern verfolgt. Sie wussten nicht, was sich in Wahrheit abgespielt hatte, aber sie hörten seinen Aufschrei, in dem sich an Entsetzen und Pein all das entlud, was Dom Lando seinen eigenen Opfern zugefügt hatte. Dann war der Körper verglüht, als habe ihn eine Flammenzunge erfasst, und das Gleiche war seinen Begleitern schon früher widerfahren. Allein die Frau, die das Skelett der Dämonenbeschwörerin bewachen sollte, entging der Vernichtung. Ein Windzug schlug die Tür zu dem Raum zu, in dem das Schwarze Auge auf einer Säule thronte. Die Frau warf ihre Waffen fort und rannte schreiend die Wendeltreppe hinauf. Rhiana und Finni ließen sie passieren. Sollte sie doch entkommen und ihren Auftraggebern berichten. Es kümmerte sie nicht.

»Mutter«, sagte Finni mit erstickter Stimme. »Jetzt kann er uns nichts mehr tun…«

Rhiana nahm die Halfelfe in den Arm. Eine Weile weint sie nur und klammerte sich an die Freundin, als wollte sie sie niemals wieder loslassen. Als sie wieder zu sich kam, erblickte sie den verstörten Rashid. Sie löste sich von der Vergangenheit und wandte sich dem Leben zu. Zögernd ging sie auf ihn zu.

»Rashid«, sagte sie sanft, griff nach seinen Händen und führte den Freund die Wendeltreppe hinauf. »Wir sind so froh, dass wir dich wiederhaben. Es ist alles überstanden.«

»Kleiner Dschinn«, erwiderte der Novadi, der sichtbar Mühe hatte, wieder ganz zu sich zu finden. »Wie schön es doch ist, Dich und die bezaubernde Rhiana erblicken zu dürfen.« Dann warf er sich nieder und bedeckte sein Haupt mit den Händen. »Es ist alles so entsetzlich! Niemals zuvor hat mich Rastullah einer derart harten Prüfung unterzogen. Um ein Haar hätte ich … «

»Nimm es einfach als dringende Mahnung deines Gottes hin«, unterbrach ihn die Halbelfe. »Es gibt andere Frauen in deiner Umgebung, die sich dir mit Freuden öffnen würden. Du bedarfst dazu nicht irgendwelcher Trugbilder … «

Rashid schaute Rhiana an, aber diese schüttelte den Kopf.

Finni zuckte resignierend die Schultern. Dieser Sohn der Wüste würde es wohl niemals verstehen.

Als sich die drei zum Boot abseilten, erklang eine Stimme in ihrem Kopf: *Ich habe es mir dir genossen, mein Schöner aus dem Süden, und lasse dich jetzt ziehen. Schade, dass wir gestört wurden und du nicht zu deinem Recht gekommen bist. Wende dich der Kleinen zu, du Dummkopf, denn sie liebt dich!*

Finni wurde rot, und Rashid wurde verlegen, und Rhiana lächelte nur.

Glossar

Götter und Monate

Gottheit	*Kompetenz*	*Symbol(-tier)*	*Monat*
Praios	Gott der Sonne und des Gesetzes	Greif	Juli
Rondra	Göttin des Krieges und des Sturms	Löwin	August
Efferd	Gott des Wassers, des Windes und der Seefahrt	Delphin	September
Travia	Göttin des Herd feuers, der Gastfreundschaft und der ehelichen Liebe	Gans	Oktober
Boron	Gott des Todes und des Schlafes	Rabe	November
Hesinde	Göttin der Künste, der Gelehrsamkeit und der Magie	Schlange	Dezember
Firun	Gott des Winters und der Jagd	Eisbär	Januar
Tsa	Göttin der Geburt und Erneuerung	Eidechse	Februar

Phex	Gott der Diebe und Händler	Fuchs	März
Peraine	Göttin des Ackerbaus und der Heilkunde	Storch	April
Ingerimm	Gott des Feuers und des Handwerks	Feuer	Mai
Rahja	Göttin des Weines, des Rausches und der Liebe	Pferd	Juni

Zwischen den Monaten Rahja und Praois liegen 5 Tage ohne Namen, die an den verfehmten 13. Gott, den Namenlosen, erinnern.

Wochentage

Windstag = Montag
Erd(s)tag = Dienstag
Markttag = Mittwoch
Praiostag = Donnerstag
Rohalstag = Freitag
Feuertag = Samstag
Wassertag = Sonntag

Himmelsrichtungen

Osten = Rahja
Süden = Praios
Westen = Efferd
Norden = Firun

Die meisten Aventurier haben von den Thorwalern die Bezeichnung der Himmelsrichtungen übernommen: Norden (thorwalsch: norda), Süden (sijdan), Westen (Wesda) und Osten (ostion). Ebenso gebräuchlich ist aber auch die Verwendung der vier Götternamen.

Maße

Finger	=	2 Zentimeter
Spann	=	20 Zentimeter
Schritt	=	1 Meter
Meile	=	1 Kilometer

Münzen

Dukat (Goldstück)	=	125,00 Euro
Silbertaler	=	12,50 Euro
Heller	=	1,25 Euro
Kreutzer	=	0,12 Euro

Die Umrechnung in Euro soll eine ungefähre Vorstellung des Wertes ermöglichen. Einprägsamer sind aventurische Preise: ein Maß Bier kostet in der Schankwirtschaft 6 Kreutzer, ein Laib Brot auf dem Markt 15 Kreutzer, ein gutes Leinenhemd 8 Silbertaler, ein Kurzschwert oder eine einfache Lederrüstung 8 Dukaten.

Sonstige Begriffe

99 Gesetze – Grundlage der Religion der Rastullahgläubigen

Aal – Torsionsgeschütz, das in schneller Folge Bolzen verschießt, wird auch Hornisse genannt

Abagund – sanfte Hügellandschaft im Fürstentum Albernias
Abilacht – kleine Handelsstadt, im Süden der albernischen Grafschaft Honingen gelegen
Achaz – Eigenname des Volkes der Echsenmenschen
Al'Ankhra – Beiname des Gottes Rastullah (»der Löwe«)
Albernia – an der Westküste Aventuriens gelegenes Fürstentum; Bestandteil des Mittelreiches
Almadaner – beliebte Weinsorte
Altenfaehr – kleine Ortschaft südöstlich von Havena
Alveran / Wächterin Alverans – Heimstatt der Zwölfgötter, deren Wächterin Rondra ist
Angroschim – Selbstbezeichnung der Zwerge Aventuriens
Angroscho – Einzahl von Angroschim
Aventurien – Kontinent der Welt Dere
Backbord – vom Heck aus gesehen die linke Seite eines Schiffes
Blaue Keuche – oft tödlich verlaufende Krankheit
Bornländer Met – Honigwein
BF – Bosparans Fall, allaventurische Zeitrechnung; es gibt andere Zeitrechnungen, z. B. nach Hal. Das Jahr 0 Hal entspricht dem Jahr 993 n. BF, das Jahr 0 BF entsprechend dem Jahr 993 v. H.
Boltan / Fünfas – beliebtes Kartenspiel, ehemals von Söldnern entwickelt
Brabak – Stadt und Königreich an der Südspitze Aventuriens. Die große Hafen- und Hauptstadt des gleichnamigen Königreichs lebt von Handel und Fischfang und ist von Sümpfen und Regenwäldern umgeben.
Brabakrohr – ein bis zu 30 Schritt hohes Bambusgewächs
Bracke – aventurische Jagdhundrasse
Damast – feiner Stoff mit eingewebtem Muster
Drachengau – kleine Region der Mark Osterfelde im Westen Tobriens
Drachenschiff – von den Thorwalern genutzter Schiffstyp, der sowohl gesegelt als auch gerudert werden kann

Dschinn – halbmenschlicher, beschworener Elemtentargeist mit Zauberkräften
Ehrensteiner Massiv – Teilbereich der Schwarzen Sichel
Elenviner – ein vollblütiges Pferd mit viel Temperament
Famerlor – mächtiger Drache mit Löwenhaupt, himmlischer Gefährte Rondras und Vater ihres Sohnes Kor
Ferdoker – helles Bitterbier
Fiering – abgelegener Küstenort im Delta des Großen Flusses
Firunsföhren – Nadelbaumart
Flammenbund – Geheimbund, der den Drachen Pyrdacor verehrt und die Macht in Aventurien anstrebt
Gagelstrauch – kleines, strauchartiges, aromatisches Sumpfgewächs
Gefechtsmars – Mastkorb auf der Mars, in dem Kämpfer mit Distanzwaffen postiert werden
Geschwader – beliebig großer Teil einer Flotte mit einem eigenen Kommandanten, der nur dem Oberbefehlshaber der Flotte untersteht
Goblin – aventurischer Ureinwohner, nicht dumm, aber von den Menschen als verschlagen verachtet, äffisches Äußeres
Golgaris Schwingen – der Tod. Der große schwarze Rabe
Golgari – der Götterbote des Totengottes Boron
Grangor – reiche und mächtige Handelsstadt an der Westküste Aventuriens
Großer Fluss – längster aventurischer Fluss, der bei Havena an der Westküste in einem großen, sumpfigen Delta ins Meer der sieben Winde mündet
Gwydin – ärmliches Dorf im Mündungsgebiet des Großen Flusses südlich von Havena
H'Rabaal – eine der ältesten Städte Aventuriens. Vor über 5000 Jahren im Süden von Echsenmenschen als religiöses Zentrum gegründet und heißt übersetzt »Heilige Stadt«
H'Ranga – echsische Bezeichnung für Gott
Hairan – tulamidischer Titel für Stammesoberhaupt

Hetman – thorwalscher Sippen-, Otta- oder Dorfvorstand
Harpyie – fliegendes Mischwesen aus Vogel und Frau, wahrscheinlich schwarzmagischen Ursprungs
Havena – bedeutende Hafenstadt an der Westküste Aventuriens und Hauptstadt des Fürstentums Albernia, nördlich im Mündungsgebiet des Großen Flusses gelegen
Herrscher Alverans – Beiname des Gottes Praios
Holk – Schiffstyp, Weiterentwicklung der Kogge
Honingen – Grafenstadt im Hinterland von Albernia
Hylailer Feuer – Brandbomben
Iryanleder – in Sumpf gesäuerte Häute von Reptilien aus dem Süden Aventuriens
Isegrimm – zweiköpfiger Wolf aus der »Wilden Jagd«, dem Gefolge des Gottes Firun, gilt als Schutzpatron von Tobrien
Jasalinheide – das purpurblühende Jasalinkraut ist typisch für die Heidelandschaft im albernischen Abagund
Kätner/-in – Bewohner einer Kate, ein einfaches Bauernhaus
Keft – Oasenstadt in mitten der Wüste Kohm und religiöses Zentrum und Pilgerort der Rastullahgläubigen
Khom – große Wüste im Süden Aventuriens
Khoramsbestien – schwarzgelb gescheckte, im Rudel lebende, aggressive Wildhundeart
Kr'Thon'Chh – Kriegsgott der Echsenwesen. Seine Repräsentation und heiliges Tier ist der Schlinger
Lindwurmschläger – zwergische, einblättrige Handaxt
Madamal – Bezeichnung des Mondes
Mark Osterfelde – westlichste Provinz Tobriens
Mars – Verbindung von Mast und der darüber befindlichen Marsstenge
Mawdli – Rechts- und Glaubensgelehrter der Novadis
Mishkharas Niederhölle – das Reich einer Erzdämonin, auch als Belzhorash bekannt, Herrin über Pestilenz und Fäulnis

Mohagoni – Holzart, benannt nach den Moha, dem größten Stamm der südaventurischen Waldmenschen
Muhrsape – alter Name des Moor- und Marschlandes im Mündungsdelta des Großen Flusses
Mysob – Fluss im Süden Aventuriens, der bei Brabak ins Meer mündet
Mysobviper – giftige, blaugrau gebänderte tropische Wasserschlange von etwa zwei Schritt Länge
Nostria – Hauptstadt des gleichnamigen Königreichs an der Westküste Aventuriens, nördlich von Albernia
Novadi – in der Wüste Khom nomadisch lebende Stämme der Tulamiden, die sich zum Rastullahglauben bekennen
Oger – ein in Höhlen lebendes, zweieinhalb Schritt messendes menschenähnliches Wesen, das sich primitiver Waffen und Werkzeuge bedient
Ork – ähnlich wie ein Goblin, nur etwas größer und mit schwarzem Pelz ausgestattet
Phexensbecher – weiß blühende Frühlingsblume
Praiosscheibe – Bezeichnung der Sonne
Premer Feuer – klarer Rübenschnaps
Pyrdacor – einer der mächtigsten Drachen, der allerdings seinem Bruder Famerlor im ersten Drachenkrieg unterlag
Quinja / Quinjaschnaps – eine kraftsteigernde Beerenart aus den südaventurischen Wäldern, deren Wirkung sich durch Destillieren verstärken lässt
Raschtulswaller – schwerer Rotwein
Rahjatänzer – kleiner Schoßhund, sehr beliebt bei Hofe
Rashdul – älteste tulamidische Stadt, östlich der Khom gelegen
Rastullah – der Eingott der Novadis
Rondrikane – heftige Stürme aus Nordwest auf dem Meer der sieben Winde
Rotze – Torsionsgeschütz

Salzarelen – eine durchschnittlich drei Spann lange Plattfischart

Satinavs Hörner – Satinav ist Halbgott und Hüter der Zeit

Säumerzug – Zug von Lasttieren entlang gebirgiger, schmaler Pfade

Schlinger – eine bis zu vier Schritt große, aufrecht gehende Raubechse, die in den Sümpfen Südaventuriens beheimatet ist und als heiliges Tier der Echsengötter gilt

Schwarze Sichel – Gebirgszug im Westen Tobriens

Selem – Handelshafen am Rand der Echsensümpfe, südlich der Khom

Shabob al-Hillhil – ein bedeutender Mawdli der Novadis

Shadif – edle, temperamentvolle tulamidische Pferderasse

Sharisad – tulamidische Tänzerin

Shastra – talanischer Titel der Thronfolgerin

Sikrami – hochwertige Dauerwurst

Söldner – im Gegensatz zu einem regulären Soldaten nur auf Zeit zu einem bestimmten Zweck gegen Sold verpflichteter Kämpfer

Steuerbord – vom Heck aus gesehen die rechte Seite eines Schiffes

Süll – Rand der Ladeluke eines Schiffes

Sultana – Frauenname abgeleitet vom Titel Sultan

Sumu – Urriesin, die im Kampf mit dem Himmelsgott Los die Welt erschuf

Swafnir – Halbgott, Sohn der Rondra und des Efferd. Der Gottwal wird besonders bei den Thorwalern verehrt

Talania – Inselkönigreich im Meer der sieben Winde

Thorwal – Stadt und Landstrich im äußersten Nordwesten Aventuriens und Siedlungsgebiet der Thorwaler

Thorwaler / -in – Seefahrervolk, kräftig und hochgewachsen und von heller Haut- und Haarfarbe; leben vom Seehandel und Fischfang, sind aber auch als Seeräuber und als Gegner der Sklaverei bekannt

Tobrien – Herzogtum und Bestandteil des Mittelreiches, im Nordosten gelegen

Toppgast – Seemann, der in die obersten Stengen der Masten steigt

Triere – vorwiegend gerudertes Schiff mit drei übereinander angeordneten Ruderreihen

Trollzacker – Obstbranntwein

Tulamiden – Volk, das den Süden Aventuriens besiedelt und von dunkler Haar- und Augenfarbe ist

Tulamidya – Sprache der Tulamiden

Wehrheim – große Grafenstadt im mittelreichischen Fürstentum Darpatien gelegen

Wehrheimer Dogge – großer, doggenähnlicher Hund unterschiedlicher Farbe

Weibel / -in – Dienstgrad, Anführer einer zehnköpfigen Einheit

Willbergen – Baronie in der Mark Osterfelde im Westen Tobriens

Wulfroth – kleines Dorf in Willbergen / Mark Osterfelde / Tobrien

Yaquier – bei Havena mündender Arm des Großen Flusses

Ysilia – Stadt und Landgrafschaft im Herzogtum Tobrien

Yslisee – großer Binnensee bei Ysilia

Zorgan-Pocken – oft tödlich verlaufende Krankheit

Zornbrechter Bluthund – sehr großer, hochbeiniger, bösartiger Kampfhund, meist schwarz, weiß oder gescheckt

William King

Gigantenkrieger

Die Abenteuer von Gotrek und Felix 7. Aus dem Englischen von Christian Jentzsch. 399 Seiten. Serie Piper

Der kampfeslustige Zwerg Gotrek und sein menschlicher Gefährte Felix geraten in das Wegesystem der Alten, eine magische Verbindung zwischen den Kontinenten. Doch finstere Zauberer entziehen dem Netzwerk die Kraft, und Gotrek und Felix müssen es mit einer übermächtigen Horde Riesen, Orks und Tiermenschen aufnehmen, um das Elfenland zu retten – ein Konflikt, der schlagkräftige Argumente erfordert …

Endlich das neue furiose Abenteuer der erfolgreichsten »Warhammer«-Helden!

»Großartige Romane zum beliebtesten Fantasy-Spiel, das es je gab.«
The Daily Star

05/1806/01/L

Robert Jordan

Der neue Frühling

Das Rad der Zeit 29. Aus dem Amerikanischen von Andreas Decker. 429 Seiten. Serie Piper

Was geschah vor der Rückkehr Rand al'Thors, des legendären Wiedergeborenen Drachen? Welche Ereignisse führten zu Rands Flucht aus seiner Heimat? Das langerwartete Prequel über die Vorgeschichte und die Hintergründe zum Welterfolg »Das Rad der Zeit« ist eine faszinierende Reise in die Vergangenheit, eine Zeit voll düsterer Schlachten und mystischer Magie. Endlich lüftet Robert Jordan eines der bestgehüteten Geheimnisse seiner Welt – unverzichtbar für Robert Jordan-Fans und alle, die es werden wollen!

»Jeder Roman dieses Zyklus ist wie der Satz einer Sinfonie!«
Interzone

05/1784/01/R

SERIE PIPER

Robert Jordan

Der Sturm bricht los

Das Rad der Zeit 9. Aus dem Amerikanischen von Uwe Luserke. 556 Seiten. Serie Piper

Über das Gebiet der Zwei Flüsse bricht die Hölle herein: Trollocs, die brutalen Häscher des Dunklen Königs, erobern das Land. Zugleich hat eine fanatische Sekte ein Heer entsandt, um den König, die Aes Sedai und alle Schattenfreunde zu vernichten. Eine verheerende Schlacht entbrennt, in der es nur noch eine Hoffnung gibt: Rand al'Thor, der Wiedergeborene Drache, und seine Gefährten müssen sich zwischen die Fronten begeben …

»Ein wunderbares Epos.«
Sunday Times

05/1738/01/L

Robert Jordan

Die Herrschaft der Seanchaner

Das Rad der Zeit 25. Aus dem Amerikanischen von Andreas Decker. 348 Seiten. Serie Piper

Mat Cauthon, der treue Gefährte des Wiedergeborenen Drachen, gerät in Ebou Dar in größte Gefahr: Die Invasoren aus Seanchan festigen durch fortwährende Kämpfe ihre Herrschaft und bauen ihre Stellungen immer weiter aus. Mat muss fliehen. Doch er ist der Geliebte der Königin, die ihn nicht gehen lassen will. Und die Hochlady Tuon, die Tochter der Neun Monde, steht mit ihren Heeren schon vor den Toren der Stadt …

»Jordans Werk erinnert in seiner Dichte und Wärme an Tolkien.«
Publishers Weekly

05/1735/01/R

Markolf Hoffmann

Nebelriss

Das Zeitalter der Wandlung 1.
510 Seiten. Serie Piper

Fremdartige Invasoren fallen in die Welt Gharax ein und reißen die magischen Quellen an sich, auf die Kaiser, Götter und Priester ihre Macht gründeten. Ein Bündnis der letzten freien Reiche könnte die Feinde aufhalten, doch zwischen den Ländern herrschen Hass und Intrigen. Fürst Banister wagt eine gefährliche diplomatische Mission. Nur ein junger Zauberlehrling, der über die Macht verfügt, in die bizarre Dimension der Fremden einzutauchen, wird die Welt retten können – doch er fällt dem Feind in die Hände …

Mit diesem Band beginnt der große Zyklus des neuen Shooting-Stars deutscher Fantasy!

05/1803/01/L

Markolf Hoffmann

Flammenbucht

Das Zeitalter der Wandlung 2.
462 Seiten. Serie Piper

Während das Kaiserreich Sithar in Glaubenskriegen und Intrigen versinkt, gerät der Zauberlehrling Laghanos in die Fänge einer unheimlichen Sekte. Gepriesen als der Auserwählte, soll er die magischen Quellen durchschreiten und in den Kampf um die Sphäre ziehen. Schon bald erkennt Laghanos, dass er zum Werkzeug einer uralten Verschwörung wurde. Noch hält sich der Drahtzieher im Hintergrund, doch dann entbrennt der Kampf um den Leuchtturm Fareghi, das legendäre Machtzentrum der Magie …

Die Fortsetzung des neuen großen Fantasy-Epos »Das Zeitalter der Wandlung«

05/1804/01/R

Markus Heitz

Schatten über Ulldart

Ulldart – Die Dunkle Zeit 1.
399 Seiten. Serie Piper

Kurz vor seinem Tod prophezeit ein Mönch, dass die Dunkle Zeit den Kontinent Ulldart erneut mit Leid und Zerstörung überrollen werde. Der verwöhnte Prinz Lodrik wird unterdessen in die Provinz gesandt, um die Stelle des neuen Statthalters einzunehmen. Noch ahnt Lodrik nicht, dass er das Schicksal seiner Welt entscheiden wird – denn die Dunkle Zeit droht zurückzukehren, und er wird der Retter oder Zerstörer Ulldarts sein …

Der Auftakt zum sensationellen Epos »Ulldart – Die Dunkle Zeit« – ausgezeichnet mit dem Deutschen Phantastik Preis

05/1755/03/L

Markus Heitz

Der Orden der Schwerter

Ulldart – Die Dunkle Zeit 2.
495 Seiten. Serie Piper

Lodrik wird neuer Herrscher des Reiches Tarpol. Doch seine Reformen rufen Neider, Intriganten und falsche Freunde auf den Plan. Bald weiß Lodrik nicht mehr, wem er trauen kann, und ist auf die Hilfe finsterer Gestalten angewiesen, um seine Macht zu verteidigen. Und über allem schwebt die verhängnisvolle Prophezeiung, dass die Dunkle Zeit wiederkehren und die Welt in Leid und Zerstörung versinken wird …

Die spektakuläre Fortsetzung der großen Fantasy-Saga »Ulldart – Die Dunkle Zeit«

05/1756/03/R

Markus Heitz

Das Zeichen des dunklen Gottes

Ulldart – Die Dunkle Zeit 3.
525 Seiten. Serie Piper

Das Böse droht, die Überhand auf dem Kontinent Ulldart zu gewinnen. Die eigene Machtstellung wird dem jungen Herrscher Lodrik zum Verhängnis: Unter dem Einfluss verräterischer Freunde und intriganter Berater hat er sich in einen unberechenbaren Kriegstreiber verwandelt. Seine wahren Gefährten werden verfolgt und geraten in Lebensgefahr. Doch sie geben nicht auf: In der Ebene von Telmaran stellen sie sich Lodriks Herr, und eine vernichtende Schlacht beginnt …

»Markus Heitz hat eine große Zukunft vor sich.«
Saarländischer Rundfunk

Christina Zina

Die Schwerter von Oranda

Roman. 318 Seiten. Serie Piper

Chantal Bergner, eine junge Wissenschaftlerin, hat es sich zur Aufgabe gemacht, den fernen Planeten Oranda zu erforschen. Sie begibt sich auf eine Zeitreise und gelangt an ihr Ziel. Heimlich schlüpft sie in die Rolle einer Kriegerin und dient fortan Herzog Aldo, der sich in seine tapfere Streiterin verliebt. Bald kommt Chantal geheimnisvollen übernatürlichen Kräften in Gestalt der Neun Lebenden Schwerter auf die Spur. Der Sage zufolge soll im verborgenen noch ein Zehntes Schwert existieren, das über die anderen gebietet. Als ein feindlicher Herzog sich im Besitz dieses Meisterschwertes wähnt, entbrennt ein schicksalhafter Kampf um die Macht auf Oranda.

SERIE PIPER

05/1757/03/L

05/1595/01/R